本书的研究工作获得下列科研基金的立项资助：

2010 年度广东高校优秀青年创新人才培养计划项目
《格林布拉特与英国文艺复兴文学研究》（编号：WYM10080）

2010 年暨南大学—中央高校基本科研业务费基金项目
《新历史主义视域中的文化诗学研究》（编号：10JYB2004）

新历史主义文化诗学

——格林布拉特批评理论研究

王　进　著

Cultural Poetics of New Historicism:

A Study of Stephen Greenblatt's Critical Theories

暨南大学出版社
JINAN UNIVERSITY PRESS

中国·广州

图书在版编目（CIP）数据

新历史主义文化诗学：格林布拉特批评理论研究/王进著．—广州：暨南大学出版社，2012.11
ISBN 978-7-5668-0385-6

Ⅰ.①新… Ⅱ.①王… Ⅲ.①文学理论—美国—当代 Ⅳ.①I712.065

中国版本图书馆 CIP 数据核字(2012)第 254419 号

出版发行：暨南大学出版社

地　址：中国广州暨南大学
电　话：总编室（8620）85221601
营销部（8620）85225284　85228291　85228292（邮购）
传　真：（8620）85221583（办公室）　85223774（营销部）
邮　编：510630
网　址：http://www.jnupress.com　http://press.jnu.edu.cn

排　版：广州市天河星辰文化发展部照排中心
印　刷：佛山市浩文彩色印刷有限公司

开　本：787mm×960mm　1/16
印　张：14.5
字　数：242 千
版　次：2012 年 11 月第 1 版
印　次：2012 年 11 月第 1 次

定　价：35.00 元

序

不久前我到欧洲学术交流时去了一趟荷兰的莱顿大学。这所大学坐落在一个名叫莱顿的小镇上，如果按照中国大学的命名习惯，就可能意味着这不过是一所县立的职高之类的学校。然而她却是世界上最古老的大学之一，这所大学的人文学科曾在《泰晤士报》高等教育大学排名中居欧洲大陆第一！十多位在此求学或工作过的诺贝尔奖得主倒在其次，更重要的是这里还是艺术大师伦勃朗生活和求学的地方。莱顿其实就是以这所大学为中心的一座大学城，一座精致古雅而富有荷兰水城特色的古城。在这里学习、研究和交流，必会受此人杰地灵之气熏陶，岂能无所成？王进在博士毕业后有机会来此从事博士后研究，对于这位刚刚进入学术生涯的青年学者来说实在是人生和学术生涯中一件令人羡慕的幸事。

王进在中大读博三年，致力于研究格林布拉特并完成了研究格林布拉特的博士论文。如今得以付梓的这部论著就是以他的博士论文为基础写成的。不过我相信，他毕业后在莱顿的访学交流使这项研究得以更深入，呈献给读者的成果也因此更臻完美。王进对格林布拉特的批评理论用“新历史主义文化诗学”这个名称概括，似乎也颇费了一番斟酌。这个名称其实包含了两个概念：“新历史主义”和“文化诗学”。在当代文艺学界，这两个概念都是颇具争议性的。谈到新历史主义，批评者很容易联想到对文本价值确定性的消解，而文化诗学则常常被理解为对文学意义的泛文化解释。如果顺着二元对立的学术争议路子走，那么对格林布拉特的研究就可能限制在对这些标签化的概念进行是非判断的圈子里，在“历史性”与“文化性”的关系概念中没完没了地兜圈子。

王进在本书中注意到了这个问题：“新历史主义、历史诗学与文化诗学这些形形色色的学术标签，在某种程度上已经遮盖了格林布拉特批评理论本身的思想光芒。在历史诗学与文化诗学的阐释对立中，新历史主义更是面临着潜在的命名危机和方法论困惑。面对国内外学界的各种阐释之惘和批评之乏，必须从格林布拉特批评理论的历史语境出发，在对历史性与文化性的思考中分析历史诗学与文化诗学的阐释对立，在对协调观和对话性的深入探讨之中确定新历史主义批评的文化诗学指向，即格氏的批评观念在泛文化批评中提倡的是历史与文化在文本层次的对话，在文化史研究中引导的是历史诗学与文化诗学的对话和协调，而在文化诗学理念中实现的却是历史性回归和主体性重建的学术理想。”

可以说，新历史主义和文化诗学是描述格林布拉特学术思想的两个维度——史学的维度和诗学的维度。当王进把这两个概念合成一个时，实际上是试图把格氏的学术观念在文学研究的框架内整合起来。作为这种整合中心的诗学，其实也就是文本研究。因为无论给格氏理论贴上什么标签，他真正的学术成就并非是提出了一种惊世骇俗的理论，而是他对文学和文化文本的分析方法与视角对文学研究的贡献。王进在他的这部著作中，把研究的重点放在格氏的“话语”方面，也就是对格氏的具体批评话语进行深入解读和分析，在此基础上归纳了格林布拉特“新历史主义文化诗学”的批评经验、话语范式，从中探索了这种研究活动背后的文学观念和话语体系特征。

老实说，王进干的是一份力气活：对格氏形形色色的批评论著进行认真仔细的阅读、爬梳和分析，这方面他下了很大功夫。如果说有的理论研究者的研究首先靠的是悟性和阐释能力，那么王进首先靠的是下死功夫。王进给人的第一印象是人高马大而又讷于言辞，看上去就像干力气活的人。他的研究正如其人，从干力气活开始，一丝不苟地耕耘。这种研究方式似乎过于古典，与张扬灵感和破坏性的后现代思维方式不大合拍。然而正是靠着这种死功夫，他的研究才具有了发挥灵感的可靠基础。王进的悟性、灵性和学术思维深度是藏在死功夫背后的东西，有点像郭靖的功夫。在这本完成了的著作中，我们看到的不仅是认真研究的态度，更重要的是在这种扎实研究的基础上获得的真正深刻而有创建的理论成果。读了这本书后，读者得到的收获并非仅仅一个简单的结论——“格林布拉特的理论是什么?”——更有价值的是随着研究者的旅行而得以了解一种具有个人色彩的学术研究路径和体验。

明末清初一位著名的批评家金圣叹说，人们常常是“鸳鸯绣出从君看，不把金针度与人”，而他自己的批评则是金针度人的功夫。王进的研究也许还未能全及金圣叹的境界，但他的这种底层功夫对于读者而言也应当说有些金针度人的效果——读了这本书，我们所获得的不仅仅是“格林布拉特的理论是什么”，更多的是对一种学术研究思维方式和研究经验的感受、体会和“了解之同情”。我想，这可能是王进这部著作（至少给我）最大的启发吧。

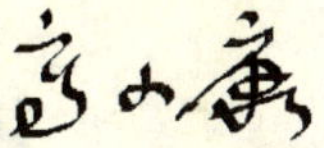

中山大学中文系
教授，博士生导师
2012 年 8 月 6 日

目 录

序 …………………………………………………………………………… (1)

第 1 章 格林布拉特与新历史主义文化诗学 ………………………… (1)

第 2 章 后现代历史诗学、文化转向与新历史主义文化诗学 ……… (18)

2.1 语言牢笼、叙事嬗变与后现代历史诗学 ……………………… (18)

2.2 后现代主义文化与历史文化表征危机 ………………………… (24)

2.3 新历史主义文化诗学：历史诗学的文化转向 ………………… (30)

2.4 文化诗学的历史观念：历史与文化的文本对话 ……………… (36)

第 3 章 新历史主义文化诗学的对话语境和理论渊源 ……………… (41)

3.1 历史解构与文化重建：文化诗学对后现代主义的批评转向 …… …………………………………………………………………………… (42)

3.2 文化祛魅与社会批判：文化诗学对文化唯物论的理论会商 …… …………………………………………………………………………… (49)

3.3 意识形态与权力话语：文化诗学对马克思主义的范式转换 …… …………………………………………………………………………… (56)

3.4 权力话语与主体重建：文化诗学对福柯历史观的话语重建 …… …………………………………………………………………………… (63)

3.5 文本意义与阐释过程：文化诗学对当代阐释学的视阈转移 …… …………………………………………………………………………… (70)

3.6 文化塑型与厚度描写：文化诗学对文化人类学的诗性置换 …… …………………………………………………………………………… (77)

第 4 章　新历史主义文化诗学的批评经验和话语范式 ……………… (84)
4.1　批评越界与话语振摆：理论话语的对话理念 ……………… (85)
4.2　文学经验与自我塑型：文艺复兴的身份观念 ……………… (92)
4.3　语言符号与权力结构：历史文化的表征形态 ……………… (99)
4.4　历史文本与主体视阈：文化历史的阐释范式 ……………… (106)
4.5　文学产品与社会能量：文化生产的流通话语 ……………… (112)
4.6　意识形态与权力话语：文化批评的政治意识 ……………… (118)

第 5 章　新历史主义文化诗学的文学观念和话语体系 ……………… (127)
5.1　文化生产与历史批评：文化诗学的话语体系 ……………… (128)
5.2　文学文本与历史文化：文化诗学的历史维度 ……………… (137)
5.3　社会资本与通货谈判：文化诗学的社会维度 ……………… (143)
5.4　自我塑型与主体间性：文化诗学的作者维度 ……………… (152)
5.5　权力颠覆与形式遏制：文化诗学的作品维度 ……………… (160)
5.6　逸闻轶事与共鸣美学：文化诗学的读者维度 ……………… (167)
5.7　文化政治与症候阅读：文化诗学的批评维度 ……………… (174)

第 6 章　新历史主义文化诗学的跨界批评和理论延伸 ……………… (181)
6.1　历史契合与理论分歧：文化诗学与文化研究 ……………… (182)
6.2　性别隐喻与历史阐释：文化诗学的性别研究 ……………… (188)
6.3　主体政治与历史书写：文化诗学的后殖民批评 ……………… (194)
6.4　从历史延异到文化播撒：文化诗学的理论趋向 ……………… (201)

结束语：新历史主义文化诗学的理论贡献和历史意义 ……………… (210)

参考文献 ……………………………………………… (216)

后　记 ……………………………………………… (223)

第1章　格林布拉特与新历史主义文化诗学

斯蒂芬·格林布拉特（Stephen Greenblatt）是当代美国学界享有国际声誉的文学批评家与文化理论家，现为哈佛大学英文系约翰·柯冈人文科学大学教授，曾任美国现代语言协会（MLA）副主席、2002年度理论与批评分会主席、美国文学艺术学会会员、文化批评刊物《表征》主编、1997年诺顿莎士比亚全集主编、2000年诺顿英国文学全集主编等。格氏早年求学于耶鲁大学和剑桥大学，终获耶鲁大学哲学博士学位，1969年起在加州大学伯克利分校任教，1982年在北京大学担任访问教授，1997年转任哈佛大学英文系教授至今。在40多年的任教期间，他兼任过欧亚二十多所知名大学的客座教授。格林布拉特涉猎广泛，治学严谨，著作颇丰，研究兴趣遍及文艺复兴文学、文学人类学、新历史主义及西方文化史等领域，代表著作包括《文艺复兴的自我塑型》、《莎士比亚的协调》、《学会诅咒》、《不可思议的占领》、《实践新历史主义》、《哈姆雷特的炼狱》等。自20世纪70年代以来，在众说纷纭、空前繁荣的后现代文化领域，西方文学批评界总能听到格林布拉特提倡新历史主义批评、挑战形式主义、提倡历史转向的时代呼唤。哈佛大学霍米·巴巴（Homi K. Bhabha）教授曾高度评价说："他不仅创建新历史主义批评学派，而且刷新了文学批评的思维习惯。"[①] 在文艺复兴文学研究领域，格氏对意识形态和文化理论的深入研究、对历史文化图景的精辟分析，使他成为当代欧美学界举足轻重的知名批评家与文化理论家之一。在当今西方学术界之中，对格林布拉特和新历史主义文化诗学的阐发研究早已扩展到文学批评、历史编撰学、文化学、人类学、民族志、心理学、翻译学甚至医学史等诸多学科领域。

从学术史的角度来看，格林布拉特的批评思想最初萌芽于20世纪60年代左右，在经历与新批评学派的学术论争之后，80年代初在新历史主义

---

① Stephen Greenblatt, *The Greenblatt Reader*, Michael Payne (ed.), Malden, M. A.: Blackwell, 2005, p. i.

的旗号下获得理论学派地位，90年代后逐渐崛起于已经逐渐衰微的后现代主义思潮，成为当今最具学术生命力的批评理论之一。曾经有论者指出，“在‘主体’与‘结构’二元上，形式主义选择了结构和语言，历史主义批评选择了历史的客观决定论，而新历史主义选择了主体与历史”①。但是，对于格氏本人而言，新历史主义更多的是作为某些“信仰的群体”或“同时代的文学批评家所共有的人生经历”。在其批评思想从文本性“文字图像”到历史性“文化产品”批评理论的“主体性建构过程”②，当代英语文学界中最具盛名的两位理论家威姆萨特（W. K. Wimsatt）和威廉斯（Raymond Williams）均留下了难以磨灭的方法论印记。作为耶鲁大学英文系的时任掌门人物，威姆萨特在各种社会政治运动“狂飙突进”的20世纪60年代，仍然要求在文本层次上探求诗歌的“具体的普遍性”、解读文学的“神秘之道”。③ 时为文学专业研究生的格氏却无意于解读诗歌那种“具体的普遍性”的“神秘而特别”的丝竹之声，反而更倾向于文本之外的天籁之音，甚至考虑从自身经历出发以“文学不确定性”为题来撰写学位论文。20世纪60年代中期获富布莱特基金资助继而前往剑桥大学师从威廉斯学习和研究的经历，终于给身处困境的格林布拉特提供了重要的发展契机。

威廉斯的文化唯物论在强调文学生产性和文化物质性的基础上，重新建构文化与社会的互动关系，即“从社会语境即社会的物质条件来诠释文化的新动向”；在文学批评方面，提倡从文学文本到社会语境、从“细读”与“体验”到“书写”和“传播”概念的诸多方法论转变。④ 从威廉斯对文化物质性的论述之中，格林布拉特似乎寻得了历史批评的学术兴奋点：在早期的两部著作《三个现代的讽喻家：沃尔夫、奥维尔及郝克雷》（1965年剑桥大学硕士学位论文）与《瓦尔特·拉勒斐爵士：文艺复兴的人物及其角色》（1969年耶鲁大学博士学位论文）中，他将批评视角投向中世纪和文艺复兴历史文学，聚焦于文艺复兴时期多位作家的文学写作的社会功能，而他的研究方法论却表现出文化唯物论的深刻影响，即出现了

---

① 王岳川．新历史主义的文化诗学．北京大学学报，1997（3）：23.

② Stephen Greenblatt, *Learning to Curse*, New York: Routledge, 1990, pp. 3－4.

③ 特里·伊格尔顿．二十世纪西方文学理论．伍晓明译．西安：陕西师范大学出版社，1986. 63.

④ 雷蒙·威廉斯．关键词：文化和社会的词汇．刘建基译．北京：生活·读书·新知三联书店，2005. 274.

从“诗歌朦胧性”到“写作的功用”的批评转向。

在威廉斯的理论启蒙之下，格氏强调文学创作者和接受者都是物质性的产物，提倡通过考察其社会行为来解读文学生产和文化权力的痕迹。在丰富的文学批评实践中，他将威廉斯的思想扩展到文化研究的历史转向上，认为阅读文学的最好方法是回到社会历史语境中去，而文学阐释也是解读历史的最佳途径：“我一直以来的浓厚兴趣，就是在于文学和历史之间的关系，在于探讨某一特定生活世界中的文学艺术的经典著作如何超越它的时代和语境。我通常惊诧于这样的一些奇异的阅读经验——某些作者早已入土成灰，而他们的作品却好像又密切针对我个人的阅读视域。”① 也就是在将文学阐释与社会文化整体联系的批评过程中和在文史哲等学科联动的研究模式上，格氏强调文学文本的形式内涵必须回到文化生产的历史语境中进行某种“症候式”的社会阅读，而这种分析的主要目的就是要再现各种文本蕴含的诸如性别、身份、权力、种族之类的社会踪迹，以求尽可能地放大并恢复历史语境的各种意义内涵，尤其是那些被主流文化遮蔽的边缘声音。应该说，从批评领域的转移方向来讲，超越新批评思维、回归社会批评的确是借助了威廉斯文化唯物论的影响，但是从学术旨趣的嬗变方面来看，转向历史语境、重建历史主义批评则完全是格氏本人的理论功劳。

正如伊格尔顿（Terry Eagleton）所言，“历史是文学的最终能指，正如它是最终的所指”②。以文学与历史的指涉关系为突破点，格林布拉特提倡“历史转向”的理论呼声，号召 20 世纪 70 年代初期的美国文学批评重新转向社会与历史，改造传统历史主义批评方法，致力于恢复被遮蔽的主体性话语，建构新历史主义文化诗学的全新理论框架。有论者指出他的学术创见主要在于“重唤历史性和意识形态性”③。但是，从格氏批评思想的历史走向来看，主体性的历史再现和历史性的主体建构才真正是重构历史主义的理论关怀和学术旨趣。剑桥大学和耶鲁大学这两所知名学府迥异的学术氛围与人文环境，让格氏深受批评思想的冲击和学术理想的洗礼，最终培育出兼容并蓄的跨学科批评品质。从 1969 年开始，他在加州大学伯克利分校讲授“马克思主义美学”课程，但是他那种超越学科界限的研究方

---

① Stephen Greenblatt, *Shakespearean Negotiations*, Oxford: Clarendon, 1990, pp. 2 – 19.

② Terry Eagleton, *Criticism and Ideology*, London: Verso, 1978, p. 24.

③ 王岳川．后现代主义文化研究．北京：北京大学出版社，1996. 398.

法、模糊不清的学派身份和变动不居的政治定位，使他不仅在课堂上受到学生的当面羞辱，在文学批评圈内也备受学术同行的误解和蔑视。即便如此，格氏仍然坚持自己跨学科的文化诗学原则："对于这样一种政治和与马克思主义思想毫不相干的文学视角，我更加不安，但是，这也没有使我不得已而求其次，就赞同、支持各种见解或接受某一种哲学、政治，或宣传套话。"① 幸运的是，他的批评观念所遭受的冷遇并没有持续太久。70年代初以法国思想家米歇尔·福柯（Michel Foucault）为代表的后现代文化思潮在美国学界的逐渐流行，为新历史主义理论的成熟提供了时代契机。福柯本人在伯克利兼职任教六年的经历为新历史主义批评的崛起提供了不可或缺的思想深度和文化背景。

福柯谱系学的新历史观念，既来自于对传统启蒙历史观念的颠覆性再建构过程，也蕴含了后结构主义与后现代文化的历史逻辑和文化理想。对于深受福柯影响的格氏来讲，谱系学历史观的实践意义，乃是不再以历史的本原为唯一的研究目的，而是要在断裂性的基础上关注历史现象的偶然性以及历史意义的异延性质。知识理性的抽象本质不再是历史的本体，其存在只是为主体服务，历史形式也就要转向历史表述和阐释的主体，恢复被传统历史主义所遮蔽的主体价值。如果说福柯的谱系学历史观给身陷困境的格林布拉特提供了学术发展契机和理论生成背景，那么新历史主义批评在美国学界的全面兴起则验证了福柯历史谱系学的理论预设，并将"历史的主体性和主体的历史性"课题引入到文学批评和文化研究活动中。格氏对传统历史主义的理论改造，是源自对莎学专家蒂尔亚德（E. M. W. Tillyard）及其《伊丽莎白世界图景》的批判。蒂尔亚德认为：既然伊丽莎白时代被理性和规则的总体概念统治，而且"戏剧就是规则"；那么文学批评的意义就应该是在"理性和规则"的思想观照下回到历史语境解读作者的意图、文本的意义以及读者的反应。然而，格氏却指出"传统历史批评认为历史存在于文本之外，是文本符号的外部指涉物。在时间消磨指涉联系之前，历史只能是所指的集合体，等待文学能指符号的依附和转移"②。以福柯谱系学的批评观念为武器，格氏批判传统历史主义的"单

---

① 葛林伯雷．通向一种文化诗学．张京媛．新历史主义与文学批评．北京：北京大学出版社，1993. 2.

② Stephen Greenblatt, *Representing the English Renaissance*, Berkeley: The University of California Press, 1988, p. viii.

声道"："这种观念，以内部连贯性和协调性为预设前提，尽管时常被视为两三个要素的融合，仍旧被给予历史事实的地位。它并不是被看作历史学者阐释的结果，也不是特定社会群体与其他群体之间利益矛盾的特定产物。回避了文学阐释和利益矛盾的问题，这种想象通常作为超越了偶然性的恒定参照基点，文学批评可以心安理得地引经据典。"①

针对蒂尔亚德的传统历史主义批评，格林布拉特提出新历史主义的批评理念。在历史的意识形态性方面，他指出新历史主义"涉及权力的诸形式"，其批评实践"向那种在文学前景和政治背景之间作出截然划分的假设挑战，说得宽泛一点，是向在艺术生产和其他社会生产之间作出截然划分的那种假设挑战"；另外，从主体性和历史性的视角，他又强调新历史主义的"批评旨趣并不在于抽象的普遍之中，而是在于某些个别的偶然性事件、被塑造的自我、特定文化的生成性的规律和矛盾的作用，而那个被阶级、性别、宗教、种族和民族身份等各种文化期待所塑造的自我，在历史的进程中恒定地产生变化"②。在对传统历史主义的批判当中，他彻底打破"文学前景"与"历史背景"的二元对立区分，指出文学作品并不是单纯的作家创造物或历史语境的反映物，而是文学、社会与历史相互交织的权力产品。格氏在高举的新历史主义旗帜上，明确打出的是历史性与意识形态性的宣传语，在探寻权力表述的历史踪迹的实践中，张扬的却是以主体性重构历史主义的学术旨趣。随着后现代主义思潮的日益衰退，格林布拉特在美国学界的学术地位不断飙升，新历史主义开始受到前所未有的重视，就连耶鲁大学的解构主义大师希利斯·米勒（J. Hillis Miller）教授也不得不承认"现在作为解释方法的历史转向"③。对于历史转向的新历史主义批评观念，曾有论者指出其三种理论属性："文学研究的跨学科属性"、"文化的政治学属性"、"历史的意识形态属性"。④ 但是，从新历史主义的学术谱系来看，格氏在后现代文化语境中提出的"文化诗学话语"，至少包括三个方面的理论内涵：文本的历史性和历史的文本性、历史的主体性和主体的历史性、阐释的文化性和文化的阐释性。他的文化批评实践集中体现出文化人类学对文化诗学的方法论转向，以及对文化批评范式的整合

---

① Stephen Greenblatt, *The Power of Forms in the English Renaissance*, Norman: Pilgrim Books, 1982, p. 5.

② Stephen Greenblatt, *Learning to Curse*, New York: Routledge, 1990, p. 164.

③ J. Hillis Miller, *Hawthorne and History: Defacing It*, Oxford: Blackwell, 1991, pp. 152 – 153.

④ 王岳川．后殖民主义与新历史主义文论．济南：山东教育出版社，1999. 169—173.

作用。

在对文化诗学的观念梳理过程中，格林布拉特在《文艺复兴的自我塑型》（1980年）当中特别谈到文化人类学阐释理论的启发，“我在本书中企图实践一种更为文化的或人类学的批评……与此类工作有着亲缘关系的文学批评，因而也必须意识到自己作为阐释者的身份，同时有目的地把文学理解为构成某一特定文化的符号系统的一部分；这种批评的正规目标，无论多么难以实现，应该称之为一种文化诗学”①。文化人类学对于文学研究来讲，要求某种特定的文化阐释性的态度，一种将文化中立和价值悬置的主体意愿，从而能够细致地考察被文学经典所遮蔽的文化活动和历史语境。格氏却将人类学家的文化阐释方法与福柯的权力话语理论对接和组合，在对文艺复兴文学，特别是莎士比亚戏剧的泛文化解读当中，开拓了根植于“阐释的文化性”和“文化的阐释性”的文化诗学空间。正如加州大学孟特洛斯（L. A. Montrose）教授所指出的，“文学的历史就是聚集的文化语码，并使文学和社会彼此互动的历史”②。在历史文化与主体阐释交织的批评实践中，格氏以文化人类学的文化批评视角，扩展文学的学科概念和潜在材料，提出文学与文化的三种关联方式：作家的主体性、作品的社会性和阅读的阐释性。他将文学视为构成某一特定文化的符号系统的组成部分，提倡打破文学与社会、文学与历史之间封闭的话语系统，沟通作品、作家和读者三个文学维度的内部关联。

在后现代文化语境中提出文化诗学的理论构想，以及倡导文化人类学的阐释方法，格氏的目的是为了避免文学批评偏执于作家、作品、读者的任何单一之隅，进而在历史文化的批评网络中重新构建作品、作家和读者的理论关系。文化诗学的批评理想，就是“将文化对象放置到与社会和历史过程的某种有趣的关系之中”，恢复“文学阅读中通常被忽视的一整套文化实践”，因此它的批评实践必须“依靠于某种让人不舒服、却令人着魔的能力，能够入得文化对象其内，也能出得其外，能够寻找到差异，也能发现与世界的联系”。③ 对文学批评的历史性和主体性的关注，使格氏深

---

① 格林布拉特．文艺复兴的自我造型导论．中国社会科学院外国文学研究所《世界文论》编辑委员会．文艺学和新历史主义．北京：社会科学文献出版社，1993. 79—80.

② L. A. Montrose, “‘Shaping Fantasies’: Figurations of Gender and Power in Elizabethan Culture”, *Representation*, 1983 (2): pp. 61 – 94.

③ Harvey Blume, “Stephen Greenblatt”, http: //www. bookwire. com/bookwire/bbr/reviews/june2001/GREENBLATTInterview. htm, 2006 – 12 – 25.

信“文学批评家所从事的语境研究，只有当它取得一种强迫性的想象兴趣、某种深厚的吸引力的拉动时，才能使其无法避免地成功转向到作为原初旨趣的事物本身”①。也正是出自对文化理论的历史性和主体性的深刻理解，他尤其强调新历史主义文化诗学的非理论化和非经典化形式，认为“我们每个人都知道某些历史的知识和新历史主义的原则，但是我们也应该知道它所有的目的就是为了抵制系统化”②。

对于格氏本人来说，新历史主义在西方学界的流行，并不代表“文化”就自然而然地成为一个超验的、涵盖一切的学术范畴，或是某种能够永远漂浮着的、无“所指”而又无所不“指”的“超级能指”符号，文化诗学也不见得就可以晋升为名门正派、“身居庙堂之高”而从此“出社会现实之远”。对于他的文化诗学而言，文化从来就只是批评方法的重要组成部分，而不是解决诗学问题的根本途径。从抵制新批评的形式主义盲区，到重构传统历史主义的价值观，再到反拨后现代主义的虚无之妄，格氏在文化诗学的历史轨迹中留下了深厚的理论印记。对于他的特殊学术贡献，哈佛大学前任校长陆登廷（N. Rudenstine）的评价是公允而客观的：“没有人能够像格林布拉特那样，在过去的 20 多年之间改变了文学批评和研究的整个方向；作为研究文艺复兴文学的著名学者，尽管他总是与文学研究的历史方法联系在一起，但他真正的贡献远远超越了方法论的意义。”③ 总体看来，格氏的批评理论是历史阐释性、文化再现性和思想前瞻性的集大成。面对后现代文化的各种历史碎片，它始终以其特有的理论开放性特征，使我们对文学形式化、历史虚无化、文化泛滥化的各种乌托邦理论保持警惕，也正是在这个意义上，他的新历史主义文化诗学在后现代文化“历史终结论”和“文化危机论”的理论反拨之中已经宣告一个崭新的文化批评时代的正式到来。

实际上，自格林布拉特 1980 年在《文艺复兴的自我塑型》中首次亮

---

① Stephen Greenblatt, *Hamlet in Purgatory*, New Jersey: Princeton University Press, 2001, pp. 4 - 6.

② Catherine Gallagher & Stephen Greenblatt, *Practicing New Historicism*, Chicago: The University of Chicago Press, 2000, p. 1.

③ The Harvard University Gazette, “Greenblatt Named University Professor of the Humanities”, http://www.hno.harvard.edu/gazette/2000/09.21/greenblatt.html, 2006 - 10 - 02.

出“文化诗学”的学术幡号①、1982 年在《文类》杂志特刊发刊词之中正式提出“新历史主义”的批评概念、1986 年在《通向一种文化诗学》中提出新历史主义文化诗学的学术理想之后，新历史主义批评在短短的数年之间就已经成为当代西方学术界的热门话题：大量的文学研究和文化人类学的学位论文均以新历史主义作为课题对象或研究方法，美国中西部的某所知名大学甚至公开高薪招聘专治“新历史主义批评理论”的讲座教授或专任讲师。② 也有部分知名学者专门撰文反对新历史主义对文学研究传统的各种冲击，比如金宝尔（Goger Kimball）教授就直接谴责格林布拉特，认为他以社会学批判代替文学批评，使人们不再相信任何超越时间、地点、种族和性别的文学体验。更多学者则撰文论证格氏批评思想的前瞻性的批评视角和超越性的时代特征。例如，迈特切尔（Mitchell Stephens）在《清醒的教授：格林布拉特与新历史主义》一文中就专门指出，格林布拉特对莎士比亚戏剧等历史文学的新历史主义解读恰恰是挽救了历史文化的危机与文学研究方法的匮乏。③

随着解构主义与后现代主义思潮的余晕缓缓褪去，西方学术界对新历史主义文化诗学的种种感性攻击逐渐转为对这种新兴批评流派全面、理性的理论梳理。20 世纪 90 年代期间，格林布拉特的多部重要专著相继出版，也对新历史主义文化诗学的理论研究起到重要的推动作用。与此同时，专门针对新历史主义的各种研究成果层出不穷。威尔逊（Scott Wilson）教授的《文化唯物主义：理论与实践》从学术谱系的理论角度出发，详细梳理美国新历史主义与英国文化唯物主义的理论渊源，主张从学术价值、历史谱系与社会影响三个方面将新历史主义纳入文化唯物主义的总体框架之中；杰瑞米（Jeremy Hawthorn）教授的《巧妙的通道》从文学文本和历史语境的关系出发，将新历史主义、文化唯物主义与西方马克思主义视为突

---

① 格氏在 1980 年由芝加哥大学出版社出版的《文艺复兴的自我塑型》中第一次提出“文化诗学”的批评理念，在 1982 年的名为《文艺复兴中形式的权力和权力的形式》的《文类》（*Genre*）杂志特刊发刊词当中再次界定“新历史主义”的批评概念，1986 年 9 月 4 日在西澳大利亚大学所作的《通向一种文化诗学》的演讲中首次明确提出“新历史主义文化诗学”的学术理想，此文作为新历史主义批评的宣誓词被翻译成多种文字并被多次转载。

② Catharine Gallagher & Stephen Greenblatt, *Practicing New Historicism*, Chicago: The University of Chicago Press, 2000, p. 1.

③ Mitchell Stephens, "The Professor of Disenchantment", *West Magazine* (San Jose Mercury), March 1, 1992.

破文本主义牢笼的三种途径，从文本概念、意识形态与历史阐释方法三个层面对三种情境主义文论进行了深度探讨；克勒布鲁克（Claire Colebrook）的《新文学史》从当代文论的发展历史出发，对新历史主义的理论背景做了详尽研究，认为福柯、威廉斯、皮埃尔·布尔迪厄（Pierre Bourdieu）、米歇尔·德塞图（Michel de Certeau）等理论家是格氏及新历史主义学派的直接理论来源，民族志人种学与西方马克思主义理论为新历史主义提供了整体批评思路和诗学观念体系。

从历史角度来看，新历史主义的理论研究在美国学术界的进一步发展并不一帆风顺，而是始终充斥着不同学派理论的批评声音。早在 1990 年，加州大学英语系理查·勒翰（Richard Lehan）教授在《新历史主义的理论局限》一文中就明确否定新历史主义的学术价值，认为新历史主义批评受到解构主义与后现代主义理论的过多影响，过分热衷于对历史的消解和对文化的裁剪，存在“时间空间化”、“过分意识形态化”、“割裂历史与语言关系”的理论盲区，在玩弄历史的同时失去“历史序列的自然延伸”，自然也就丧失了其自身的历史意义与学术生命。[①] 相对于勒翰从后现代思潮的各种理论弊端全盘否定新历史主义批评的实践意义，加州大学伯克利分校的卡瑞林·波特（Carolyn Porter）教授却在《历史与文学：新历史主义之后》一书中极力反对新历史主义在文学研究中渗透意识形态和权力意识，认为这种理论杂糅性将导致新历史主义走向理论消亡，通向“新历史主义之后”的其他理论形式。[②] 与前两位学者对新历史主义的批判角度不同，布鲁克·托马斯（Brook Thomas）教授在《新历史主义与其他过时的话题》中直接断言：格氏的历史批评实践在对后现代文化的挑战中已经再次落入美国实证历史编撰学的传统套路，新历史主义学派本身也必然将在短暂辉煌之后走向理论终结。[③]

20 世纪 90 年代中后期，格氏在其后续重要著作中不断引入格兹·克利福德（Geertz Clifford）的文化人类学理论，逐渐明确了新历史主义的文化诗学批评理想，与此同时，西方学界在后现代文化历史终结论的喧嚣中

---

① Richard Lehan, “The Theoretical Limits of the New Historicism”, *New Literary History*, 21, 3, Spring, 1990, pp. 533 – 553.

② Carolyn Porter, “History and Literature: After the New Historicism”, *New Literary History*, 21, 2, Winter, 1990, pp. 253 – 272.

③ Brook Thomas, *The New Historicism and Other Old – fashioned Topics*, New Jersey: Princeton University Press, 1991.

对新历史主义的研究兴趣与认识水平也达到相当的高度。约翰·布莱尼甘（John Brannigan）的《新历史主义与文化唯物主义》、汉密尔顿（Paul Hamilton）的《历史主义》和杰诺韦赛（Elizabeth Fox - Genoverse）的《文学批评和新历史主义的政治》从文学批评的历史转向入手，对新历史主义与文化唯物主义的理论旨趣展开深入分析，指出格氏提出的从新历史主义到文化诗学并没有理论上的突破，仍然属于一种广泛意义上的"历史转向"；瑞安（Kiernan Ryan）的《新历史主义与文化唯物主义读本》对新历史主义批评的理论依据进行深度探讨，指出"历史转向"中的文化政治学旨趣，强调"历史转向"背后的理论话语与文化意义。对于新历史主义批评"历史转向"与"文化政治"的复杂学理关系，凯瑟琳·百瑟丽（Catherine Belsey）的《通向一种文化史学：理论与实践》、李·帕特森（Lee Patterson）的《历史批评与人文主义的召唤》和凯瑟琳·伽勒尔（Catherine Gallagher）的《实践新历史主义》均强调这样一种观点：新历史主义批评的"历史转向"并不意味着要求文学批评重新转向传统的社会事件史或作家生活史，而是要通向一种基于历史语境的当代性的文化批评，力图在共时性的历史文本中恢复某种历时性的文化发展历程。

随着海登·怀特（Hyden White）从思想史研究加盟到文学批评的理论探讨，这些关于新历史主义理论属性的各种争论也就越演越烈。带有深厚结构主义和后结构主义理论背景的历史学家海登·怀特，在《评新历史主义》、《作为文学虚构的历史文本》、《历史主义、历史与修辞想象》、《历史解释中的形式主义与情境主义策略》等多篇论文中明确指出，新历史主义实际上已经提出了一种"文化诗学"的观点，他随后进一步提出一种"历史诗学"的观点。海登·怀特的历史修辞学理论认为，对历史文本中的零散插曲、轶闻趣事、偶然事件等历史内容的"创造性"与"话语性"阐释可以被认为具有情境主义的"诗学"品质，而对历史的各种阐释实践则体现出某种形式主义的元历史结构。[①] 与海登·怀特强调新历史主义批评的历史叙事结构不同，孟特洛斯在《文艺复兴的文学研究与历史主体》中阐明新历史主义只是文学批评领域新近产生的历史转向，其理论性话语的明显缺失说明新历史主义具有经验主义、形式主义与人文主义的历史烙

① Hyden White, "New Historicism: A Comment", in *The New Historicism*, H. Aram Veeser (ed.), London: Routeldge, 1989, pp. 293 - 301.

印，并不容易与其他传统批评方法相互区别。① 乔纳森·多利莫尔（Jonathan Dollimore）和阿兰·辛菲尔德（Allan Sinfield）的观点恰恰相反，他们认为新历史主义文学批评致力于转向文学研究的文化精神史建构，在文学文本的历史解读中衍生出深层社会文化精神的历史分析，因此作为新历史主义批评家，就必须以文艺复兴的文学研究为平台，提倡展开文化与权力、文化与历史、文化与政治、文化与意识形态的总体性研究，以此挖掘历史背景的“文化冲突”和文化变革时代的“文化精神”。②

近年来，来自新历史主义阵营外部的种种尖锐批判逐渐被其内部的理论阐释之争论所替代，新历史主义在现阶段的深度发展也呈现出多重话语杂乱交织的无序态势。在新历史主义者自身或被视为新历史主义者的各种批评实践中，各种理论观点差异明显，相互之间的争论与批评也屡见不鲜，新历史主义的领袖人物也大多不愿意赋予他们的批评实践以清晰的理论定位，格林布拉特就曾多次强调，新历史主义文化诗学是“一种实践，而不是一种学说”或“全然没有学说”。③ 由于新历史主义者自身放弃了建构一种明晰的、系统化的理论体系的努力，美国学术界对它的界说众说纷纭，难分伯仲。《新历史主义》的主编威瑟（H. Aram Veeser）在对新历史主义批评进行理论归纳的时候也倍感为难，只能承认在实际研究中或许只能大致概括出新历史主义者相对集中的批评宗旨：①每一个陈述都来自物质实践的网络；②揭露、批判和树立对立面时所使用的方法往往都采用对方的手段，因此有可能沦陷为自己所揭露的实践的牺牲品；③文学与非学问的文本并无界限，而是不可割裂的互相“流通”；④没有任何话语可以引向固定不变的真理，也没有任何话语可以表达永恒的人类本性；⑤批判和分析文化时所使用的方法和语言分享并参与该文化机制的运转。④

正当美国同行们为新历史主义的理论去向争论不休的时候，欧洲学者们的实践性批评却为新历史主义提供了新的探索方向。比利时根特大学的尤根·皮埃特斯（Jürgen Pieters）教授是当代欧洲学界最为活跃也是成果

---

① Montrose, “Renaissance Literary Studies and the Subject of History”, *English Literary Renaissance*, 1986 (1): pp. 5 – 12.

② Jonathan Dollimore, “Cultural and Textuality: Debating Cultural Materialism”, *Textual Practice*, 1990 (4): pp. 91 – 100.

③ Stephen Greenblatt, “Towards a Poetics of Culture”, in H. Aram Veeser (ed.), *The New Historicism*, London: Routledge, 1989, p. 10.

④ H. Aram Veeser (ed.), *The New Historicism*, London: Routledge, 1989, p. 1.

最为丰富的新历史主义研究者之一。他近年来专治新历史主义批评理论，出版诸如《批判性的自我塑型：格林布拉特与新历史主义》、《过去、现在与将来：新历史主义 vs 文化唯物主义》、《与逝者对话：文学与历史的探讨》等研究著作。[①] 鉴于新历史主义内部成员复杂、派别众多的现状，他认为与其像美国学者那样徒劳地为新历史主义建构庞大和统一的本质主义的理论体系，还不如专门就某位新历史主义理论家或某个历史文本展开个体与局部的研究，从而避免理论研究中普适主义的叙事体系。皮埃特斯的博士论文《谈判的瞬间：格林布拉特的新历史主义》集中探讨了格氏的新历史主义思想，从当代文化理论的发展历史角度，在各种理论的对话关系网络中重点强调他对新历史主义的特殊贡献。在此之中，皮埃特斯就新历史主义与旧历史主义、新历史主义与文艺复兴文化、《暴风雨》的多种历史阐释、后现代历史主义与文学历史关系、当代文化理论中的历史观念、文化主义与结构主义、文艺复兴的自我塑型、《莎士比亚的协调》与福柯的遗产等课题展开全面而深入的理论研究。然而，在过分关注理论对话背景的同时，皮埃特斯在某种程度上或许忽略了格氏本人的理论创见，以新历史主义的“理论关系学”代替了“关系理论性”研究。尽管如此，他对格林布拉特的研究，在美国学术界对新历史主义研究日益低迷的今天，却在欧洲学界重新掀起新历史主义文化诗学的理论热潮，无疑是代表着新历史主义理论研究的最新发展方向。

相比新历史主义在西方学术界的发展情况，中国学术界对新历史主义文化诗学的研究在 20 世纪 90 年代初才刚起步，理论研究水平相对滞后。1988 年，王逢振在《今日西方文学批评理论》中第一次对新历史主义做了相关介绍，并将其纳入了后现代西方文论的研究范围。随后，韩加明的《新历史主义的兴起》、杨正润的《文学研究的重新历史化》、赵一凡的《什么是新历史主义》以及盛宁的《二十世纪美国文论》等论著陆续地对新历史主义的发展脉络进行了相关梳理，同时在中国大陆范围内掀起对新历史主义广泛翻译和深入介绍的学术潮流。1993 年，中国社会科学院外国文学研究所《世界文论》编辑委员会出版的《文艺学和新历史主义》、北

---

① Jürgen Pieters, *Critical Self-fashioning*: *Stephen Greenblatt and the New Historicism*, Frankfurt am Main: Peter Lang, 1999; “Past, Present and Future: New Historicism versus Cultural Materialism”, *Postmodern Culture*, 2000 (2); *Moments of Negotiation*: *The New Historicism of Stephen Greenblatt*, Amsterdam: Amsterdam University Press, 2001.

京大学出版社出版张京媛主编的《新历史主义与文学批评》，收入国外新历史主义研究主要论文的译文，为国内新历史主义研究提供了重要的阐释文本和研究资料，在 20 世纪 90 年代中期的大陆学术界掀起了研究新历史主义的第一次高潮。

在此期间，张京媛、盛宁、王逢振、赵一凡、徐贲、王宁、王一川、杨正润、韩加明、廖炳惠和王岳川等学者专门针对美国新历史主义学派的理论根基和历史谱系进行了深入分析，体现出中国文论研究者对新历史主义这个西方新兴文学批评理论的清晰梳理与深刻理解，并为其在国内学界的发展提供了文本解读和理论阐释的基础。林继中在《文化诗学刍议》中分析指出，新历史主义开创的文化诗学，贡献在于揭示了文学问题是一种特殊的意识形态和话语形式，必须从人类学、心理学、经济学、民俗学和社会学等多学科角度观照文学，全面评价文学研究的文化关涉与价值判断。张首映在《20 世纪西方文论史》中探讨新历史主义对文学史研究的意义，指出新历史主义对文学经典的解构要介入文学经典的形成过程，通过意识形态的介入"重新评价历史"和"重构文学史"。在关注新历史主义积极作用的同时，钱中文在《全球化语境与文化理论的前景》中指出"宏阔文化诗学"与"专门文学批评"的矛盾关系，主张文学批评可以采用文化批评的方法，但应该保持其独立品格。王岳川在《新历史主义的理论盲区》中深入分析布鲁克与卡瑞林的批评观点，强调新历史主义的历史虚无观与意识形态化的理论局限。

王逢振、赵一凡等文论学者对新历史主义在中国的传播和研究做了重要的前期译介与研究工作。但是，现阶段研究状况决定了国内学界在新历史主义研究初期对美国学者的理论依赖，在一定程度上也左右着目前研究工作的侧重方向与理论视角。自 20 世纪 90 年代中后期以来，国内学界对新历史主义文化诗学的研究逐步进入理论本土化的研究高潮，在与中国文学批评经验的融合过程中大体上形成三种相互区别的研究思路与批评实践。

第一种是以童庆炳领衔的北师大文艺学中心学者群体。他们认为新历史主义是西方理论批评从文学"自律性"到"他律性"研究的转变，国内学者在文学批评中可以部分借鉴新历史主义的理论成果，但是最终必须根源于中国自身的现实，并建立中国的"文化研究"或"文化诗学"。童庆炳在《植根于现实土壤的文化诗学》、《新理性精神与文化诗学》、《文化诗学的学术空间》和《中西比较文论视野中的文化诗学》等多篇论文中指出，中国社会现实和当代文学现状要求重建理性精神、走向文化诗学，而强调文学研究的文化视角则是中国文化诗学的现实性品格，是新时期以来文学理论人文精神的延续，是对新时期以来文学审美立场的继承。李春青在《走向一种主体论的文化诗学》等论文中指出文化诗学理论是当代中国文学理论学科危机的必然产物，强调文学理论的“元叙事”危机不断导致文学理论的转型，而转型之后必然走向一种文化诗学。

第二种是以王岳川、盛宁、王逢振、陆扬为代表的学者。他们认为新历史主义或文化诗学是欧美文学批评在西方后现代语境中历史转向的理论产物，属于当代西方文学理论的范畴，中国学者在对新历史主义的研究中应该采取适当的理论阐释角度，以保证客观而公允的学术评价。王岳川近年来在《后殖民主义与新历史主义文论》、《新历史主义的文化诗学》、《海登·怀特的新历史主义理论》、《新历史主义的理论盲区》等著作（文章）中，盛宁在《新历史主义》、《二十世纪美国文论》中，均以当代西方文学理论的批评视角，对新历史主义的理论来源、学科定位、研究思路进行详尽而深刻的梳理性研究，体现了国内学者以“文化他者”的批评视角对新历史主义的冷静思考与深刻阐释。张进的《新历史主义与历史诗学》广泛结合国内历史文学热的社会现实，以宏大而全面的研究视角，将国内学界对新历史主义理论的学术梳理与阐发研究推向了一个新的理论高度。

第三种是以蒋述卓为代表的暨南大学学者群体。他们既承认中国文化诗学与新历史主义文化诗学的亲缘关系，也强调中国文化诗学的审美特性是与西方新历史主义相区别的重要标志。他们认为“文化诗学既是文化系统的实证性探讨与文学审美性描述的统一与结合，又是文学外在研究与内在剖析、感受的统一与结合，是西方哲学化批评与中国诗化批评的化合”，强调“文化诗学的价值基点是文化关怀和人文关怀”，即“对作品的文化哲学观、对作品中社会文化背景以及作品对文化人格的建设”等现实问题。[①]

新历史主义关心的问题，同样也是中国学者思考的问题，新历史主义文化诗学在欧美崛起不久，中国学者就把它译介到了国内文论界。然而，时至 2007 年底，经过长达十多年的理论研究，国内学者发表的相关论文仅

---

① 蒋述卓．批评的文化之路．北京：中国社会科学出版社，2003；文化诗学：理论与实践．北京：人民文学出版社，2005.

为一百二十余篇，论著也只有寥寥两三部。可以说，新历史主义文论一直沉寂于学术研究的边缘。即使是在对新历史主义的理论研究中，关于海登·怀特和后现代历史叙事学的研究也占到相当大的比重。虽然早在1993年，格林布拉特的《文艺复兴的自我塑型》导言就被赵一凡翻译并收录于其论文集《文艺学和新历史主义》中，《通向一种文化诗学》被张京媛翻译并收录于其论文集《新历史主义与文学批评》中，但是作为新历史主义领袖的格林布拉特在中国学界却还是一个既熟悉又陌生的西方学者。虽然每逢新历史主义的场合就必然会引用到他的相关论点，但是国内学界针对格氏本人的文艺思想进行专门研究的案例却并不多见。诚然，具有同一标签的新历史主义学派内部并不统一，不同批评家的主要观点也不尽相同，而新历史主义也通常被认为是“一个没有确切指涉的措词”。考虑到这样的理论特征，对新历史主义文化诗学的进一步研究，就有必要摆脱传统的学派式的研究套路、避免理论研究中宏大叙事模式的本质主义倾向。正如英国学者布莱尼甘所说，“不依靠某种理论家的作品就无法定义某一批评实践，为了寻找共同的特征而压抑不同实践者之间的实际差异，由此而来的各种定义是不准确的，这些共同特征的准确性也是受到质疑的”①。从以上情况来看，选择格林布拉特的批评理论作为当代西方文论的研究个案，对新历史主义文化诗学的批评话语体系展开深入探讨，仍然具有相当大的理论空间及现实意义。

新历史主义批评在西方学界的全面崛起是在当代语言学转向之后的后现代文化语境中，在对各种形式主义倾向的极力反拨之中逐渐促进当代文学研究重新转向具有反本质主义意味的历史文化语境和主体建构的过程。在当代反本质主义、反普适主义的思想潮流之中，西方文化对元历史叙事的总体性形式进行深刻反思，以往被深度压抑的各种文化成分纷纷突破启蒙主义和理性主义的普适牢笼，最终导向一种边缘化和权力化的政治美学地域。在这样的思想背景之下，格氏的新历史主义文化诗学采用某种历史阐释和主体建构的批评视角，来重新审查性别、种族、历史、文化等意识形态问题，在启蒙现代性话语的同时寻找历史断裂之处的权力踪迹、恢复被权力遮蔽的“他者”声音。他总是以历史文化和主体阐释为理论基点，以历史性和主体性的对话视角重新介入文艺复兴与前现代文化的研究领

---

① John Brannigan, *The New Historicism and Cultural Materialism*, London: Macmillan, 1998, p. 22.

域，提倡以主体建构的历史性视角重新探索西方历史碎片中的文化影像。因此，格氏的文化诗学批评不再以某种宏大而堂皇的历史结构为目标，而是只求某种差异化的认识过程与文化体验，它打破了文学与历史之间的传统学科界限，并且揭示出历史话语与文化话语的共同诗性品质。在对历史文本的这种泛文化批评中，格氏极力提倡对文学文本展开文史哲联动的整体性研究，而正是这种在历史语境和文化结构之间交叉阐释的批评方法，已经使得“文学的历史叙事”与“历史的文化批评”重新成为文艺研究的热点课题，逐渐促进当代西方学术思想的新历史主义方法论的转向。

如果说西方学界的新历史主义批评始终局限在英国文学史中“文艺复兴和前现代文化”以及“浪漫主义时代”的经典文学文本的话，那么当代中国历史文学的全面复兴则为文化诗学在中国本土文学语境中的发展提供了坚实的理论根基与丰富的实践经验。另外，历史文学在当下语境中的繁荣现状，也必然会将新历史主义文化诗学推向理论体系的研究前台。考虑到当下中国学界的各种民俗热、文化热、传统热和历史热，开展对新历史主义文化诗学的理论研究则更加具有特别的社会现实意义。比如，如何理解符号、文本、历史、文化、权力及叙事之间的对话关系？如何将后现代文化积极介入到某种历史性的文化批评？如何根据有限的各种残留文本来合理解释历史性的民俗、文化和传统意义？如何理解文化传统与当代文化之间的辩证关系？如何认识经典文学与当代阐释、民间叙事与主流叙事的交织和疏远关系？如何解读文本、叙事乃至文化之中的权力内涵，以及如何梳理历史文本与文化批评的理论外延？诸如此类的理论困惑和现实问题，在新历史主义文化诗学的体系观照之下或许能够得到合乎情理的历史阐释。换句话说，自20世纪90年代后期在中国批评理论界全面兴起以来，文化诗学的理论意义已经直接表现为如何使这种历史批评理论与中国文学的具体实践相互结合，并在理论体系的诗性维度中重写本土文学历史、重估历史文化遗产的实践意义。

然而，具有本土特色的文化诗学要得到健康长足的发展，必须准确把握住文化诗学的思想脉络和历史谱系，其先决条件就是要从理论源头上对新历史主义和文化诗学批评作出细致详尽的理论梳理与全面深入的体系研究。令人遗憾的是，无论是西方学术界还是中国理论界，迄今为止均尚未对新历史主义文化诗学作出某种客观公允的观念甄别和理论界定，也没有对它所涉及和催生的其他学术问题进行系统化的体系性研究，致使中西方理论话语在这一问题上出现了“众说纷纭”并且“各执一词”的尴尬局面。另外，新历史主义批评家自身对理论体系的重视不够，在某种程度上也限制了新历史主义文化诗学的理论高度与批评视野。在其内部派系纷乱的现状之下，进行以学派界定为主的体系建设似乎还是有些以偏概全、大而宽泛的做法，难以回避理论归纳活动中的各种本质主义的普适思维。因此，有相关论者指出，“对某种批评实践的理论定义必须扎根于不同批评家的理论著作，但这样的定义又会导致为寻求共同特征而减小不同批评家间的各种差异，而这些共同特征的准确性在某种程度上也无法确定”[①]。

与其挖空心思去罗列不同理论家的全部观念，或是以某些理论家的个体话语去置换并规范这一批评流派的理论张力和话语空间，倒不如集中关注并深入探讨某一个体理论家本身的思想体系，从而达到以一斑而窥全豹的整体研究目的。因此，本书以新历史主义文化诗学为研究个案，通过重点分析格林布拉特的代表性论著，逐步演绎出其批评思想的理论体系，目的在于从理论源头上重新把握文化诗学的理论思路和实践走向，揭示出“历史文本化”和“文本历史化”的文化政治学内涵，将新历史主义批评的理论研究推向一个新的学术高度。与此同时，建构新历史主义文化诗学的理论体系并阐明其理论局限和历史意义，对中国历史文学的当代阐释无疑具有重要的方法论指导和理论借鉴意义。我们有理由相信，新历史主义文化诗学一旦植根于中国历史文学的批评沃土，必然将有助于其自身批评实践的疆域扩展与理论完善，在立场自醒、理论自觉和价值自省的思想基础之上进一步推动中国本土历史文学创作与文化诗学批评的健康生态型发展。

---

① John Brannigan, *The New Historicism and Cultural Materialism*, London: Macmillan, 1998, p. 22.

第2章　后现代历史诗学、文化转向与新历史主义文化诗学

新历史主义在欧美学界全面崛起的历史契机是后现代文化的历史理性终结与文化表征危机。在当代语言论转向所引导的西方思想革命中，由后结构主义、解构主义等诸多后学理论学派支撑起来的后现代主义文化，以反本质主义的批判视角，从语言间性问题来重新评价历史叙事的合法性和历史事实的再现性；以文史哲互动的研究视角，从历史表述层面打通历史与诗学的传统界限，构建起西方历史诗学的元批评形态。然而，在语言论形态的后现代历史理论中，语言表述的合法性仍然是困扰西方知识界的理论难题。无论是德里达（Jacques Derrida）式以符号游戏截断语言指涉，还是福柯式以话语结构置换语言叙事，后现代历史诗学始终无法避免后现代文化所固有的表征危机与理论偏执。针对文本性与历史性对立的后现代批评观念，格林布拉特的新历史主义文化诗学主张在文本和语境的相互对话中实现文本性与历史性的形式交叉，在文字书写与社会情境、历史表述与历史事实之间架设起历史阐释的沟通桥梁。在对后现代历史终结论的认识论批判中，它提倡后现代历史诗学从传统社会史到泛文化史研究的文化论转向，使历史诗学在文化研究的观照之下突破文本主义牢笼，实现文化与历史在文本层次的形式对话和阐释共鸣。

2.1　语言牢笼、叙事嬗变与后现代历史诗学[①]

西方思想史上的观念嬗变总是伴随着知识形态和理论方法的不断调整。纵观历史哲学的理论脉络，历史主义传统产生于18世纪末的浪漫主义

① 承蒙中山大学历史系在读博士张颖提供后现代历史话语的相关资料，本章节的相关部分内容作为前期成果已经与其联名发表在《中国海洋大学学报》（社会科学版）2007年第3期和《甘肃理论学刊》2007年第3期。

思潮之中，曾经代表着一场伟大的知识革命。它将历史旨趣从历史事件的经验总结转向历史意义的思辨建构，将历史知识从经验的实用主义“机械论”调整到归纳的本质主义“有机论”形态。自 19 世纪末以来，以狄尔泰（Wilhelm Dilthey）、克罗齐（Benedetto Croce）、科林武德（Robin Creorge Collingwood）为代表，以亨普尔（Carl Gustav Hempe）的《普遍历史在历史中的作用》为标志，历史主义全面转向对史学思维的认识论反思，关注对历史认识本身的反思和解释，甚至认为这是历史哲学唯一合法的研究领域。[①] 随着 20 世纪初的那场“语言学革命”，西方思想界普遍步入语言论轨道，历史主义的学术光环开始褪色。从特赖尔（Emst Troeltsch）的《历史主义问题》到波普尔（Karl Popper）的《历史主义的贫困》，本质主义的历史观受到普遍质疑。在分析哲学所引导的语言转向中，历史叙述的语言性、历史知识的合法性、历史本质的建构性等问题都将反本质主义的批判焦点集中到历史主义的先验性与实体性知识形态之上。一般来说，传统的历史观念有两种形式：一种是“历史的本体”或“历史的存在”，即“史实”；另一种是“历史的认识”或“历史意识”，即“史学”。[②] 史实是史学的研究对象与学科依据，而史学则是史实的主体认知与学术显现。历史主义在主客两重性基础上建构“思辨”与“批判”的历史哲学，投向历史意识相对论的同时却遮蔽了两种历史观念形式的叙事关联性；当代语言转向却将批判视角集中到长久以来被根本忽视的语言本体，将语言形态的文化叙事作为人类历史文化的思想栖息地；而反本质主义思潮则致力于从语言角度考察历史的表现形式，在语言论的历史哲学中否认史学对史实的任何直接的思想观照，主张在语言叙事的相对独立性中重新评价历史主义的知识体系。

语言叙事的独立性，即语言“间性”问题，早就为西方先哲们所觉察。柏拉图（Plato）在《斐德若篇》中斥责图提文字之药，“只能医再认，不能医记忆，文字靠捷径来冒充知识，而非凭借内在的脑力回忆”[③]。他认定作为叙事载体的语言是用声韵或符号来替代鲜活的实际经验，充其量只是真实世界的翻版。借助语言载体，主体的历史意识似乎可以无所不至，实际上对真实世界还是一无所知。语言作为载体无法直接观照“意义”，

---

① 周建漳．历史及其理解和解释．北京：社会科学文献出版社，2005. 7.

② 李凤亮．文学叙事与历史叙事比较的理论基点．华中师范大学学报，2004（4）：113—116.

③ 柏拉图．斐德若篇．柏拉图文艺对话录．朱光潜译．北京：人民文学出版社，1963. 169.

只能“冒充知识”而存在，充当“知识”的傀儡并等待“意义”的征用。作为“逻格斯”的根源，柏拉图拈出抽象的意义本原，以对抽象本质的追求替代对现实世界的关注，否定语言对本原的直接观照却肯定其对经验的观照，构成了古典文化的本质主义雏形。“理式”理念启动西方文艺思想之舟，在“理式”、现实、艺术之间最终选择“理式”航道。在从本体论到认识论的转向中，由于对语言间性的顾忌与对语言叙事的排斥，“理式”观照逐渐作为潜层次的最高理想退居后台，而经验再现和内心表现论作为模仿论的后继者走到前台，形成西方“灯和镜”的文艺传统。在本质主义的思想史中，本体论思维关注的是意义本质，而对显示层次的语言叙事置若罔闻；认识论转向推动的是显示层次的叙事方法论的转变，而对潜在层次的理式本质却仍顶礼膜拜。在主客对立的历史主义传统理念中，无论是本体论还是认识论，可能都已经意识到语言作为载体没有可能到达意义的彼岸，但为了追求各种形式的本质意义，只能要求语言尽量客观准确以尽量缩短它与意义之间的差距。

语言叙事被本质主义所遮蔽的特殊品格，直到当代反本质主义思潮兴起之后，才真正成为历史批评的焦点问题。索绪尔（Ferdinand de Saussure）与维特根斯坦（Ludwig Wittgenstein）批判以柏拉图为代表的“逻格斯中心主义”传统，语言与意义的关系由此被重新书写。索绪尔主张切断语言与现实世界的指涉联系，指出“我们表示语言事实的一切不正确的方式，都是认为语言现象中有实质这个不自觉的假设引起的”①；维特根斯坦提倡以“语言游戏论”取代“语言图像论”，将语言的意义从指示性转移到语言运用，认为不应太多注重词语与世界的关系问题，而应考察语言在“人类实践的各种语境中得到实际的运用”②。索绪尔与维特根斯坦关于放逐意义、排斥本质的取消主义倾向，虽然不断受到后继学者的调整和批判，但他们对语言本质的理解却具有深远的思想内涵。对于当代历史批评而言，最重要的一点就是突出以往被忽略的语言问题，用本维斯特（Emile Benveniste）的话来说，即语言“揭示人类状况的一个基本的，也许是最基本的事实，即人与世界或在一个人与另一个人之间不存在自然的、无中介

---

① 索绪尔. 普通语言学教程. 高名凯译. 北京：商务印书馆，1982. 169.

② Ludwig Wittgenstein, *Philosophical Investigations*, Anscombe (trans.), Oxford: Blackwell, 1953, p. 43.

的和直接的关系”①。既然意识和现实的联系不能直接通过语言的直观来说明，语言叙事则成为史学与史实的唯一表述方式。以往本质主义历史观将语言假设为澄明之物，认为在史学与史实之间可以直接建立指涉关系，而反本质主义则将语言视为某种间接的叙事通道，强调在意识与事实之间存在着语言间性。语言论转向对于历史批评而言，就是要在对历史观念的两重性区分之中，重新解读语言叙事在历史事实与意义表述之间的中介角色。

语言叙事对史学与史实的作用，诚如伊格尔顿所言，“意义不仅仅是某种以语言‘表达’或‘反映’的东西，意义其实是被语言创造出来的”②。历史的意义是历史意识的产物，而意义又只能按语言的可能形态去解释。历史回到对语言本身的思考，这时人们看到史学是由语言规定的，通向史实的道路也只能凭借语言来抵达。既然语言由“器”转为“物”，借助语言的历史表述就成了问题。换句话说，通过语言叙事的形式，对史实的把握在很大程度上只能是语言中的世界，但这并不意味着对史实的认识就只能停留在“语言世界”的层次上，更不能进而断定语言之外就别无他物。语言不是“自足体”，而是为了把握世界的需要才被创造出来，目的在于帮助我们进入到现实世界，但这也并不意味着就可以忽略语言间性而直接进入意义的澄明之境，更不能进而投向某种先验的抽象本质以寻得解脱。继续使用语言对史实进行表述肯定是不合法的，但是抛弃语言直接观照史实也不大可能。在用以叙事的语言牢笼中，历史表述既不能尽情拥抱语言而求得对历史意义的把握，也不能漠视语言而奢望历史事实的自我呈现，而只能在与语言的若即若离式的暧昧意蕴中建构史学和史实的新型关系。语言间性的问题使得历史主义传统被平时习以为常的语言符号抄了后路，失去了以往的学术光晕；而处于反本质主义思潮中的当代历史批评，对语言性质的重新审视，对历史主义传统的深层反思，必然引发关于历史本质的思想嬗变。

当代语言论的历史批评，从历史形式的语言叙事性入手，将矛头直指“启蒙理想”与“历史本质”。保罗·利科（Paul Ricoeur）批判本质主义的历史方法论，认为史学是历史本质的主体显现，而历史是真理的主客经

---

① 保罗·利科．哲学主要趋向．李幼蒸，徐奕春译．北京：商务印书馆，1988. 354.

② 特利·伊格尔顿．二十世纪西方文学理论．伍晓明译．西安：陕西师范大学出版社，1987. 68.

验的复合体，即“历史是历史学家在真理中、在客观性中重新把握的已经过去的历史，也是我们经历的和创造的正在进行之中的历史”①。历史本质的存在，保证了历史再现的可能与历史认知的意义，使得历史，尤其是知识的历史，对于历史事实具有相应的合法性。无论是“先知的历史（比如黑格尔或马克思的历史观）”，或是“以灾难的眼光看待的历史（比如斯宾格勒的历史观）”，抑或是“循环的或维科眼中的诸如此类的历史”，均是在历史本质基础上寓言的宏大叙事。而对利奥塔（Lyotard）来说，也正是在这种历史本质的先验性之中，各种关于历史的陈述“成为自身的自义语”，形成某种“思辨语言游戏的规则”；虽然它“违背了语言游戏的异质性”，却以历史本质的“元叙事形式作为一切之合法性源泉达到共同认识”。② 反本质主义重新审视历史与真理的关系，既是对历史方法论客观性的否认，更是对历史本质及其先验实体性的诘问。在当代西方思想界，围绕历史与真理、知识与理性、语言与本质等问题，本质主义与反本质主义阵营展开了激烈的口水战。最有代表性的是乔姆斯基（Noam Chomsky）与福柯关于“人性：公正 vs 权力”的电视辩论。乔姆斯基坚信人类必定存在着抽象意义和普适人性，而且除非有某种形式的相对固定的人性，真正科学的理解绝无可能。③ 而在福柯看来，这个世界根本没有“确定性的外在形式”，“也不存在超越历史和社会的普适理解”，“知识最初就是从经验中产生的，而最终成为受理性制约的纯思辨形式”。④

乔姆斯基与福柯分歧的焦点与其说是对人性或者权力的理解不同，还不如说是本质主义与反本质主义对于启蒙合法性的观点不同。乔姆斯基无法摆脱对意义本质的迷恋和对启蒙理性的执着，固执地信仰着逻格斯真理；而福柯没有简单地否定知识的启蒙价值，只是将批判的焦点转移到意义表述以及启蒙理性的合法性问题上，揭示出本质主义与反本质主义的根本分歧不在于世界是否存在本质或本性，而在于语言叙事以及理性本质的问题。在反本质主义的立场上，利奥塔深入历史理性的背后质问历史理性

① 保罗·利科．历史与真理．姜志辉译．上海：上海译文出版社，2004. 4—6.

② J. Francois, Lyotard, *The Lytotard Reader*, Andrew Benjamin (ed.), Oxford: Blackwell, 1989, p. 314.

③ Noam Chomsky, "Human Nature", in *Reflexive Water*, Fons Elders (ed.), London: Souvenir Press, 1974, pp. 136–140.

④ M. Foucault, "Nietzsche, Genealogy, History", in *The Foucault Reader*, P. Rabinow (ed.), London: Penguin, 1984, pp. 76–97.

的宏大叙事，反对将“经验组织在普适历史的观念基础上”。真理或许存在，但是如何表述真理却是关系到真理合法性的问题：既然语言叙事作为历史的唯一表述途径都无法证明自身的合法性，历史本质的“元叙事形式”就明显“违背了语言游戏的异质性”。[①] 当代反本质主义也不是一味盲目地反对本质，它所反对的是通过不透明的语言、以元叙事形式将启蒙真理在历史领域中普适化。提倡历史回到经验、现象，并不是要停留在现象层面并满足于经验世界，其真正目的在于考察历史叙述与阐释中的权力运作规则，在元历史层面以主体与历史为中心，提倡以权力视角探索历史批评的诗性特征。提倡历史关注主体与经验，不是要求历史表述只停留在现象世界而远离意义与本质，而是要求通过主体意识的介入，改变以往历史意义的普适性模式，实现历史表述从史学到诗学的元批评转向。

作为启蒙主义历史观的发源，亚里士多德（Aristotle）认为，历史和文学的区分，与语言韵律和文体形式并无关系：历史是记录已经发生之事，而文学则叙述可能发生之事。亚氏从语言层面打通历史与诗学的形式边界，以语言透明性和历史真实性为基点，确立西方文化对历史与诗学的本质主义的认知导向。而反本质主义在当代语言学转向之中对语言问题的旧事重提和借题发挥，使得历史形式只能在语言牢笼之中求得意识与现实的相互贯通。随着语言论知识研究的不断深入，西方学界的各种形式主义和结构主义批评要求将历史概念不断化约到语言叙事的符号秩序和表述结构中，并且主张通过语言论的文学批评对历史世界进行彻底的却放逐。形式主义的历史批评强调历史形式的语言性而排斥历史维度，却从语言层面打通史学与诗学的认知界限，以语言理论为知识范本而使文学成为其他学科的参照。不同于分析哲学在语言层面片面强调科学性，历史批评的诗学转向提倡史学在文学理论、修辞学、阐释学、文化学等学科的交流中扩展学术疆域，在元历史形态基础上回归史学原本蕴含的诗性纬度。对于文学研究来讲，经历了反本质主义思潮的洗礼，认识过去就不再是客观记录的活动，而成为历史意识的“建构和诠释的再现问题”[②]。史学观照史实的产物，不再是历史主义的历史意识或历史阐释，而是史学用语言符号对某种真理的功能性建构过程。反本质主义对语言间性问题的重视，使得当代历

---

① J. Francois, Lyotard, *The Lytotard Reader*, Andrew Benjamin (ed.), Oxford: Blackwell, 1989, p. 314.

② Linda Hutcheon, *The Politics of Postmodernism*, London: Routledge, 2003, p. 70.

史批评面对文本的征象时，要在叙述事实的考察中特别关注语言的叙事过程，在叙事文本的共时性存在中重点考察其历时性踪迹。从历史的静态理解转向历史的过程阐释，詹姆逊（Jameson）指出，“正是在探索突然中断的那种叙事的痕迹当中，在把被压制和埋没的这种基本历史现实复归到文本的表面当中”，批评家的任务是使“历史文本本身恢复‘充分的言语’”。①

超越了历史文本的阐释传统，当代历史诗学对历史的关注已经转向对历史深层结构即元历史形态的关注。按照对于历史深层结构的不同理解，元历史形态可以区分为海登·怀特提倡的形式主义形态和以福柯为代表的情境主义形态。无论是形式主义的叙事模式，还是情境主义的话语形式，当代历史批评对历史主义的诗学化改造，在历史表述层面打通了历史与诗学的传统界限，使文学研究获得了一个元历史批评的逻辑新起点。历史形式不再是语言叙事的澄明之器，而成为阐释模式中语言结构的自在之物；历史的本质也不再是某种先验的意义实体，而成为话语结构中的意义嬉戏过程。对当代文艺研究而言，线性连续的历史主义被深层断裂的“历史诗学”所取代，历史不再只是过去的再现，而是某种话语和非话语实践的结合，旨在将过去带入是非的嬉戏并造就某种诗性认知的过程。或许，诚如海德格尔所言，历史的重心“既不在过去之事中，也不在今天以及今天与过去之事的联系中”，而是“本质地扎根在将来中”。② 当代西方历史诗学的根本旨趣或许并不在于对过去事件的科学性历史认识，而更多的是通向某种主体性的诗性历史感悟，它的重要意义不仅在于解构面向过去的本质主义历史观念，同时也在于打通面向未来的历史阐释的丰富多样之路。

2.2 后现代主义文化与历史文化表征危机

随着当代欧美思想界的语言论转向，西方学术界经历了传统历史主义的危机，对历史价值和历史知识的客观性产生怀疑，而后现代主义文化在反本质主义思潮中对历史主义的诗学化改造，在形式表述层面打通了历史与文学的传统界限，赋予历史以诗学本体论和方法论的诗性意义。历史研究的诗学化倾向，在元历史层面把握历史理性背后的诗性结构，奠定了后

---

① 詹姆逊．政治无意识．王逢振，陈永国译．北京：中国社会科学出版社，1999. 19—20.

② 海德格尔．存在与时间．陈嘉映译．北京：生活·读书·新知三联书店，1987. 454.

现代历史理论的根基；然而，语言叙事或话语结构的元历史形态，将历时性的历史存在压缩到共时性的再现机制，在揭示历史叙事性的同时却陷入历史表述的陷阱，在强调历史诗性的同时却抹杀了历史概念的物质性和复杂性。在语言叙事与历史情境、共时性史学与历时性史实的潜在矛盾中，后现代理论家虽然打通了历史阐释的丰富多样之路，却无法避免后现代文化的表征危机与理论偏执。针对后现代历史理论的研究现状，新历史主义文化诗学从作为文本的历史、作为话语的历史、作为文化的历史三个层面重新厘清历史诗学的本体论形态，在对历史终结论的批判中提倡文化诗学的文化史研究理念。

后现代主义的历史论基点是后结构主义对结构主义之“历史否定论”的理论批判。如果说结构主义否定历史事实的存在并陶醉于语言符号的互文结构，那么后结构主义则致力于解构语言符号的稳定结构，在承认历史事实的基础上将历史诗学纳入文本形式的轨道。就理论基础而言，后结构主义确实具有与结构主义相通的语言论形式，然而对历史性的文本化解构则将其自身纳入了后现代文化历史诗学的理论轨道。德里达率先在对形而上学历史观的批判中提出文本历史的学术理念。他认为，历史意义与语言文本原本具有迥异的本体论形式：形而上学的历史是历史作为意义历史的概念，是“意义自身的发展、自身的生产、自身的实现的历史”；在语言的封闭系统中，“没有先于语言系统存在的观念和声音，而只有来自这个系统的观念和声音的差异”。[①] 在历史再现的方法论问题上，历史意义与语言文本则需要实现表征形式的必要交叉，历史意义必须化约于文本形式，历史事实要通过语言符号才能得到呈现。换句话说，历史意义始终只是功能性的，只能通过语言符号的差别得以体现。对于历史再现而言，既然“在语言中存在的仅仅是差异”，德里达因而断定只有关于书写本身的历史和作为“符号化真理系统”的历史，而在作为文本的历史中，“如果历史这个词不带有对差异性进行最后压抑的主题”，“差异就彻头彻尾地是‘历史的’”。[②]

德里达提出文本历史的理念具有突破结构主义语言牢笼和颠覆形而上

① Jacques Derrida, *Of Grammatology*, G. C. Spivak (trans.), Baltimore: Johns Hopkins University Press, 1976, p. 15.

② Jacques Derrida, *Speech and Phenomena, and Other Essays on Husserl's Theory of Signs*, Newton Garver (trans.), Evanston: Northwestern University Press, 1973, p. 141.

学历史的理论意义，而其对语言结构的解构与对历史概念的恢复并没有解决困扰西方知识界的语言叙事的合法性问题，反而引发了诸多关于后现代历史终结和文化危机的言论：伊格尔顿认为德里达的后结构主义代表着“对历史的享乐主义的撤退”，导致大屠杀式的“历史清算”的危险；而佩里·安德森（Perry Anderson）认为文本历史会导致历史的“随机化”；汤姆森·威利（Thompson Willie）则宣称“历史编撰学中的后现代情感的最终表达就是否定其可能性”，文本历史的概念导致“历史书写的将来只能是诗学的形式，除了想象力以外并不能反映任何历史或者现在”。[①] 针对诸如德里达文本历史的实质，罗兰·巴特尔（Roland Barthes）指出，“语言和文体成为目标，写作的模式成为功能—形式从而被视为人类意图，从而使语言问题直接联系到历史的巨大危机”[②]。既然德里达坚持语言文本与历史事实具有同等效用，那么历史事实与语言叙述的传统界限就成了潜在的悖论：“历史话语总是针对着实际上永远不可能达到的自身‘之外’的所指物的唯一的一种话语。”[③] 按照巴特尔的理解，历史话语的本质是将历史意指的三层结构（能指、所指和对应物）化约为能指和对应物的二层结构，在表面的二层结构中插入“事物自身”的所指，但是在文本层次将历史事实与历史形式等同起来，实际上就是用语言的逻辑真实去代替现实的事实存在。既然语言与现实之间不存在对等的指涉关系，而且文本历史的存在前提就是历史文本，那么我们谈论历史岂不是自我呓语和自我陶醉？巴特尔认为历史文本化的这个悖论“控制了历史话语独特性的所有问题”，在文本历史的理念中“历史话语没有追随外在世界，也不局限于将外在世界符号化，却染指历史叙述的整个过程”。[④]

德里达把文本形态的历史等同于客观存在的历史，无视客观存在的历史而沉浸在文本阐释的欢娱之中，在封闭的能指符号的网络中自我设计历史真实，这种“文外无史”的观念确实有些极端和牵强，但巴特尔在对后结构主义历史话语的猛烈批判中，似乎也只能揭示历史文本化的理论误区，尚未能寻得突围文本历史的第三条道路。后现代文化中历史与文本的

---

① Thompson Willie, *Postmodernism and History*, Hundmills: Palgrave Macmillan, 2004, p. 24.

② Roland Barthes, *A Barthes Reader*, Susan Sontag (ed.), London: Cape, 1982, p. 35.

③ 罗兰·巴特尔．写作的零度．符号学原理．李幼蒸译．北京：生活·读书·新知三联书店，1988. 56—60.

④ Roland Barthes, “The Discourse of History”, Stephen Bann (trans.), *Comparative Criticism*, Cambridge: Cambridge University Press, 1981, pp. 7 – 20.

复杂关系，实际上反映了某种文本性的焦虑和表征性的危机。因此，正如后现代理论家詹姆逊在《马克思主义和历史主义》中不断强调的，“历史本身在任何意义上不是一个文本，也不是主导文本或主导叙事，但我们只能了解以文本形式或叙事模式体现出来的历史……只能通过预先的文本和叙事建构才能接触历史”①。

关于文本历史的后现代意义，在历史学家杰金斯（Keith Jenkins）看来，就是要解构“过去被历史化的现代主义的、线性的以及本质化的元叙事形式”；作为文本的历史性的焦点问题，在美国学者拉卡普拉（Lacapra）看来，却是要关注“在语言运用问题中蕴含的现实存在”，也就是要重新思考自身语言叙事的合法性问题。② 历史与文本的关系问题实际上是得还原到“先有鸡蛋还是先有母鸡”的古老寓言。作为文本的历史概念突破了语言结构的牢笼，却被语言叙事的历史形式抄了后路：后现代历史的语言表征逻辑没有跳出语言叙事的窠臼，导致“历史的终结，历史理性的终结”。实际上，后现代主义的历史问题，倒不是伊格尔顿所宣称的历史缺席的问题，而是在语言叙事合法性问题的基础上涉及“历史性自身的危机”；文本历史也不只是历史方法论的问题，而是关涉后现代文化的表征危机，即“将再现视为某种以客观性为基础、主体性为目的的再生产，建构某种知识与艺术的镜子理论”的西方思想危机。③

后现代历史诗学从对语言叙事的合法性批判展开，提倡重新审视历史与史实的关系，既是对传统历史主义方法论客观性的否认，更是对历史本质及其先验实体性的诘问。在对结构主义和历史主义的批判中，德里达以文本概念替换语言结构，试图建构文本历史的本体论形态，但最终也无法回避历史终结和表征危机的潜在问题。语言叙事的合法性问题始终困扰着后现代历史理论家们。如果说德里达在文本的回音墙中敢于直面语言叙事问题直至解构历史性的行为，表现出了后现代历史理论的某种理论盲点和实践偏执的话，那么福柯则如同机敏的狐狸，巧妙地回避了语言叙事的棘手问题，提倡以话语权力代替语言结构，在以话语性置换历史性的基础上建立起作为话语的历史的体系。诚如解构主义理论家米勒所言：“历史可

---

① 转引自张京媛．新历史主义与文学批评．北京：北京大学出版社，1993. 19.

② Keith Jenkins, *The Postmodern History Reader*, London and New York: Routledge, 2001, p. 57.

③ Fredric Jameson, "Reflections in Conclusion", in *Aesthetics and Politics*, E. Bloch (ed.), London: NLB, 1977, p. 198.

以重新解释，但历史绝不可能逆转。”从历代思想家冥思苦想而碌碌无为的语言牢笼中挣脱出来，重新建构起历史阐释的话语体系，福柯确实是深谙此道并煞费苦心：为了避免讨论语言与真实之间的关系，他对语言叙事问题，以一种存而不论的超然态度，通过对话语结构的强调来替换语言符号和文本结构，以此置换对“能指”与“所指”的传统区分。

在福柯的批评视阈里，由话语产生的权力微观物理学编织成一张无所不容的权力关系网：断裂是任何一个历史阶段思维的主导方式，话语结构是任何一种历史形式的终极所指。[①] 既然话语代替语言成为历史再现和文化表征的合法途径，那么我们对待语言又该采取何种态度呢？对于被话语废黜的语言或文本，福柯指出：“不要在其所指涉的方向上质问语言，而是要在造就它的维度上质问语言；在对语言的考察中，我们不仅必须要怀疑‘所指’的观念（我们现在对此已习以为常），而且必须要怀疑‘能指’的观念。”[②] 如果说福柯对语言符号和文本结构的作用持有彻底怀疑的态度，那么他对话语概念的执着则决定了作为话语的历史的理论基点。传统西方思想对话语历史的态度，或是置若罔闻，或是讳疾忌医，福柯则致力于揭开历史透明性和公正性的伪装，在权力话语的关系网络中强调历史的物质性和意识性。在作为话语的历史中，权力话语性置换了连续历史性的概念，话语结构也顺势替代了历史与历史写作的连续性体制；传统历史学家致力于清除的历史瑕疵，比如事件和断裂等概念，业已成为福柯眼中话语的历史的理论平台。既然历史被理解为话语行为，那么历史行为的坐标在话语历史的领域中又该如何绘制？

对于话语分析的形式和目的，福柯指出“我们必须展现出为什么它不能成为其他形式，在哪些方面排除其他形式，通过什么方式能够获取其他话语无法占据的地域”，而话语历史的旨趣就是要“置换先于话语性且如谜语般高深莫测的事物，揭示只在话语中出现的形成客体的常规过程”。[③] 正如加拿大学者林达·哈琴（Linda Hutcheon）所言：“过去的事件以历史

---

① Michel Foucault, “Nietzsche, Genealogy, History”, in *The Foucault Reader*, Paul Rabinow (ed.), London: Penguin, 1984, pp. 65 - 75.

② Michel Foucault, *The Archeology of Knowledge*, A. M. Sheridan (trans.), New York: Pantheon, 1972, pp. 79 - 111.

③ Michel Foucault, *The Archeology of Knowledge*, A. M. Sheridan (trans.), New York: Pantheon, 1972, pp. 79 - 111.

表征的形式，被赋予意义而不是存在。"① 对于历史的话语性特征，话语历史体系提倡意义的物质性与历史的权力性特征，就是要深入到历史表征和历史意义的形成过程之中，探求历史文本中的话语形式和权力踪迹，以历史文化表征的话语结构代替传统社会史的材料研究；而对于话语的历史性特征，福柯表明："我们不应该回到话语之前的状态……不应该超越话语而只是为了发现它产生和遗留的形式；我们应该驻守，或努力停留在话语自身的水平。"② 福柯提出的话语历史理念，对语言叙事的合法性问题存而不论，潜心于对历史再现的话语规则的建构，却以情境主义之名摒弃对历史真实的探求。就历史再现的目的而言，福柯的话语历史与德里达的文本历史如出一辙，执着于对历史表述的关注而忽略了对历史事实本身的追寻。为求在话语历史的空间中自圆其说，福柯再三强调"我们不再将话语联系到经验的主要场地，也不再关注知识演绎的权威，我们只在话语本身的地域中寻求话语形成的规范"③。用话语性置换历史性，福柯似乎回到了某种"历史的修辞学"的理论套路，将历史表述形式当成了话语历史的全部内容。

福柯的话语历史逻辑，以话语概念解构历史的主体和目标，实际上是在宣称历史是后现代文化中的"虚在的动因"，而且"我们只能在文本的形式里接近它"，只能"通过其效应来理解历史"；而在他的批评视野里，"历史是一个没有目的也无主体的过程"，是"对宏大叙述及其孪生的叙述终结（目的）与人物（历史主体）范畴的批驳"。④ 应该说，福柯用话语性置换历史性，对揭示历史写作的意识形态因素确有深刻的指导意义，然而无论是文本形式，还是话语形式，我们不能接触到本原的历史，它们并不表明历史事实就只是一种历史效果，也不表明历史表述就能等同于历史事实本身。如果硬是要以共时性的文本历史或者话语历史分析去代替历史性的语境本身，那无疑就再次落入了语言叙事合法性的问题陷阱，最直接的结果就是导致后现代文化历史性的平面化和历史感的虚无化，以及产生后现代理论家们各种各样的历史终结论和历史危机论。利奥塔在《历史的

---

① Linda Hutcheon , *The Politics of Postmodernism*, London: Routledge, 2003 , p. 78

② Michel Foucault, *The Archeology of Knowledge*, A. M. Sheridan (trans.), New York: Pantheon, 1972, pp. 79 - 111.

③ Michel Foucault, *The Archeology of Knowledge*, A. M. Sheridan (trans.), New York: Pantheon, 1972, pp. 79 - 111.

④ 詹姆逊. 政治无意识. 王逢振，陈永国译. 北京：中国社会科学出版社，1999. 2—3，29，82.

符号》的演讲中多次提到“历史的虚无”和“历史的死亡”；而福山(Francis Fukuyama)在《历史的终结和最后的人类》中则以“历史的终结”断定人类历史的理性发展最终通向“人类意识形态进化的终点”。后现代文化的历史终结论所发出的种种危险信号表明：后现代历史理论在历史写作本身的张力中“仍然表现了历史的想象力的障碍”。难道真像鲍德里亚(Jean Baudrillard)在《符号交换和死亡》中所作的结论：在后现代文化中“再也没有什么意识形态，有的只是仿象”，而在历史诗学的学术空间中“历史本身却早已受到永远的放逐”？

在后现代历史理论中，无论是德里达式的以符号游戏截断语言指涉，还是福柯式的以话语结构置换文本叙事，语言叙事与历史再现的关系始终是历史诗学中的棘手问题，当代历史诗学的理论家们也大都无法避免后现代文化所固有的表征危机与理论偏执。对后现代理论家们来说，历史表述的形式成为理论关注的焦点问题，相比之下，对历史事实的遗忘症问题早已是不务之虚。按照荷兰学者佛克马(Douwe Fokkema)的理解，历史叙事的形式不是一扇洁净明亮的窗户，但是如果故意挑剔这扇窗户的特质而非透过它看到的景象，过分考察历史叙事的形成而不是其真实性，那么后现代理论对历史的关注似乎不大可能跳出语言结构和文本主义的谬误，而“将历史科学的(理论)对象化约为真实的历史；从而混淆知识的对象与真实的对象”[①]；或者借用格林布拉特本人的话来说，在后现代历史理论中，历史实际上都“充当了外加在一种理论结构上顺手捎带的轶事一样的装饰”[②]。当语言叙事的悖论和文化表征的危机迫使后现代文化在历史终结论的泥潭中越陷越深时，20世纪80年代后期崛起于欧美文学批评界、以格林布拉特为代表的新历史主义文化诗学，在文艺复兴的历史研究领域提出泛文化的历史概念，已经迎来历史性和主体性的理性回归。

2.3 新历史主义文化诗学：历史诗学的文化转向

针对后现代文本性与历史性对立的状况，格氏主张在文本和语境的相互对话中实现文本性与历史性的交叉，在文字书写与社会情境、历史表述与历史事实之间架设起历史阐释的沟通桥梁。诚如伊格尔顿所言：“历史

① 佛克马，蚁布思．文学研究与文化参与．俞国强译．北京：北京大学出版社，1996. 66.
② Stephen Greenblatt, *Learning to Curse*, New York: Routledge, 1990, pp. 12 - 14.

并不总是将历史事实纳入最完美的形式或将其安排为某种最具美学感性的模式。"① 后现代文本历史和话语历史诗学的主要误区就在于过分集中于历史表述层面，要求历史书写通过文化部件与价值线索的串联，建构连贯的历史叙事以再现某种历史修辞学的理论结构。而新历史主义的历史概念既强调在历史表述层面文本历史与话语历史的对话，又揭示出历史阐释层面文化历史的过程性和循环性。按照它的批评观念，"历史不仅仅为文本的研究提供背景，而且也组成文本意义的重要部分；文本或再现本身在历史与文化的形成过程中也起到基础性作用"②。在对文本性和历史性的后现代界限进行猛烈批判的同时，格林布拉特的文化诗学同时寻得了关于语言叙事与历史表述问题的解决思路，即"文本的历史性"和"历史的文本性"的批评理念。

孟特洛斯指出，文本的历史性指"所有的书写形式，包括批评家所研究的文本和我们身处其中探索的文本，具有特定历史意义和社会物质性的内容"，也包括"所有阅读模式中包含的历史、社会和物质内容"。而历史的文本性则包含两个层面的意义：一是"我们不可能获取一个完整、本原的过去，不以我们所研究的社会文本中残存的踪迹为中介，我们也不可能获得一个物质存在。哪些踪迹得以保留，不能被视为是偶然形成的，而应该被认为是部分产生于选择性保存和涂抹的微妙过程"；二是"那些在物质及意识形态斗争中获得胜利的文本踪迹，当其转化成'档案'"的时候，"自身也会再次受到媒介的影响"。③ 对于文本与历史的嵌套关系，盛宁进一步阐明，"文本的历史性"是指所有类型的文本（比如文学文本和社会文本）所具有的文化性和历史性；"历史的文本性"则是所有历史表述的文本性和阐释性。④ 与各种后现代历史理论片面关注历史的文本性不同，新历史主义特别关注文本的历史性，要求以历史文本的阐释来重估相应历史时期的社会文化价值。但是，以历史的文本性与文本的历史性为新的学术基点，我们如何知晓历史，又如何达到客观？对比新历史主义理论与后现代历史理论，格林布拉特承认"后—主义"理论的主要贡献是"将文学与非文学文本的界定问题化，挑战虚构和现实之间的稳定差异，将话语不

---

① Terry Eagleton, *Saints and Scholars*, London: Verso, 1987, p. 10.

② Ania Loomba, *Post－colonial Shakespeares*, London and New York: Routledge, 1998, p. 3.

③ Stephen Greenblatt (eds.), *Redrawing the Boundaries*, New York: MLA, 1992, p. 410.

④ 盛宁．新历史主义·后现代主义·历史真实．文艺理论与批评，1997（1）：48—58.

再视为可以看透现实的透明玻璃，而是巴特尔眼中‘现实效果’的创作者”，但是新历史主义批评则要“怀有以往对文学文本加倍的关注力度来解读所有过去的文本踪迹”。[①]

作为历史批评的泛文化形态和后现代文化的衍生物，新历史主义文化诗学基本上是从文化人类学视角提出文化诗学的学术构想。也有不少国内学者认为，“文化”代表新历史主义的泛文化理想，“诗学”意味着新历史主义的形式主义研究的分析模式。但是，如果对文化诗学本身作出新历史主义的历史分析，我们就会发现：从文化诗学的历史方法论来看，格氏对文化阐释历史性的强调来自于历史学家娜塔莉·泽蒙·戴维斯（Natalie Zemon Davis）的文化史理念；从文化阐释的维度来看，他对阐释方法的重视却又来源于加州大学范曼教授的“主体性效用”概念。[②] 换句话说，通过对话方式协调历史事实、历史表述和历史阐释三者之间的复杂关系，新历史主义在泛文化历史诗学中提倡的是历史与文化在文本层次的对话，在后现代终结论的批判中所引导的是后现代历史理论的文化论转向。[③] 然而，“新历史主义不只是知识效用的问题，也不是对历史写作难题的解决，而是引发出更多新问题”[④]，其中对格氏批评观念本身的命名和界定难题无疑是诸多理论困惑之中最亟待解决的关键问题之一。

新历史主义、历史诗学与文化诗学这些形形色色的学术标签，在某种程度上已经遮盖了格林布拉特批评理论本身的思想光芒。在历史诗学与文化诗学的阐释对立中，新历史主义更是面临着潜在的命名危机和方法论困惑。面对国内外学界的各种阐释之惘和批评之乏，必须从格林布拉特批评理论的历史语境出发，在对历史性与文化性的思考中分析历史诗学与文化诗学的阐释对立，在对协调观和对话性的深入探讨中确定新历史主义批评的文化诗学指向，即格氏的批评观念在泛文化批评中提倡的是历史与文化在文本层次的对话，在文化史研究中引导的是历史诗学与文化诗学的对话和协调，而在文化诗学理念中实现的却是历史性回归和主体性重建的学术

---

① Stephen Greenblatt, *Learning to Curse*. New York: Routledge, 1990, pp. 12 – 14.

② 格林布拉特本人也曾多次在代表著作的致谢部分提到过娜塔莉·泽蒙·戴维斯等学者对他的思想启发和理论影响。

③ 关于文化转向的学科意义，请查阅 Victoria Bonnell and Lynn Hunt (eds.), *Beyond the Cultural Turn: New Directions in the Study of Society and Culture*, Berkeley: The University of California Press, 1999.

④ Claire Colebrook, *New Literary Histories*, Manchester: Manchester University Press, 1997, p. vi.

理想。

作为对当代文学研究中各种形式主义倾向的反拨力量，新历史主义自诞生之日起就致力于引导文学批评从文本内部的狭窄平面转向外部社会的广阔视阈，赋予文本以开放的社会历史内涵。在新历史主义对文本主义疾风骤雨的批判当中，就连作为解构主义贵胄的米勒教授也不得不承认，“近几年的文学研究，突然发生一个普遍性的转向，即从偏向语言的理论转向历史、文化、社会、政治、制度、阶级、性别关系、社会语境、制度化的物质基础、生产的条件关系、技术、分配、文化及其他社会产品的消费”[①]。然而，对于“普遍性的转向”的不同理解，即转向历史还是转向文化的争论，却又造成文论界对于新历史主义阐释的迷惘。对于格氏在文艺复兴研究领域所引导的文化史实践，威尔逊（Richard Wilson）认为格氏理论主张的是“转向历史”，而新历史主义则是“对过去十年中文学批评中历史转向的称谓”。[②] 南茜（Nancy Armstrong）教授却坚持新历史主义引导的“文化的转向”是“语言学转向的彻底置换，在 20 世纪下半叶已影响到所有的人文社会学科”。[③] 对于国内批评界来讲，历史与文化的概念或许是并行不悖的整体性概念，而对于西方学界来说，对历史与文化概念的取舍不同则意味着在共时性和历时性之间选择不同的学术思路与批评走向。在“历史转向”与“文化转向”的论争中，布克（Peter Burke）教授的观点集中反映了对新历史主义理论走向的矛盾性阐释。他认为，“历史的形式和人类学的方法已经催生了新历史主义文化史的研究”，然而脱离了新历史主义的历史转向，实践“文化史写作就好比企图在捉蝴蝶的网中捕获云彩”。[④] 如果说学术同行们对于新历史主义理论形态的理解和推断体现了他们对这一历史批评学派在理论建构方面的殷殷期望，那么新历史主义理论家们的缄默态度在某种程度上则又促成诸多文论学者更进一步的主观臆想和阐释虚妄。

也许是深受解构主义誓不建构原则的影响，也许是为了避免重蹈结构

---

① J. Hillis Miller, “Presidential Address 1986: The Triumph of Theory, the Resistance to Reading, and the Question of the Material Base”, *PMLA*, May, 1987 (3): p. 283.

② Richard Wilson & Richard Dutton, *New Historicism and Renaissance Drama*, London: Longman, 1992, p. 1.

③ Nancy Armstrong, “Who’s afraid of the Cultural Turn?” *Differences: A Journal of Feminist Cultural Studies*, 2001 (1): pp. 17 – 49.

④ Peter Burke, *Varieties of Cultural History*, Ithaca, New York: Cornell University Press, 1997, p. 1.

主义结构情节的覆辙，格氏本人多次明确表示放弃对理论形态和学派特征的建构，主张以一种“无为而治”的淡然态度对待新历史主义的理论发展和阐释增殖。新历史主义的实践者在理论阐释层面各自为政而终究碌碌无为，在理论建构方面缺乏清醒认识和准确定位，这些都促进了新历史主义、文化诗学、历史诗学和文化批评等学术标签的泛滥，造成了文论界在新历史主义阐释问题上众声喧哗而各执一词的局面。在新历史主义的理论形态问题上，斯特尔勒（Strier）认为，“文化诗学和新历史主义之间，格林布拉特更喜欢前者，是因为前者更机智、更暧昧、更具描述性且更少争议”；而布莱尼甘则坚持“新历史主义之后是文化诗学”，“文化诗学与新历史主义的名称改变，批评实践没有变化，名称使他们少受争议”。[①] 在新历史主义的理论倾向上，历史学家怀特从思想史转入新历史主义，发现“新历史主义之所以转向历史，不是为了寻找他们所研究的那种文学的材料，而是为了获得文学研究中历史方法提供的那种知识”[②]；而在相同理论阐释平台之上，国内学者张进却以为，从新历史主义到文化诗学“意味着转向一种对于文化的更加形式主义化的研究和新批评方法向文化领域的渗透”，或是“新历史主义选择从历史撤退而进入更加名正言顺、更少争议、也更为学术化的‘文化’领域”。[③]

以上关于新历史主义理论形态的各种阐释结论均不无道理而且能自圆其说，它们表现出新历史主义内部的批评活力和阐释张力，但是新历史主义对学派性的忽视和对理论性的消解对其自身的理论阐发也有一定的消极作用。在新历史主义的理论指向问题上，历史诗学与文化诗学的对位阐释则透露出批评界的某种阐释之迷惘和批评之虚妄。诚如布鲁斯特（Douglas Bruster）所言，“将新历史主义称为革命性的批评流派并不夸张。我们关注于新历史主义及其联系的文学文本发现历史材料的方式，而没有注意新历史主义如何与其他批评模式合作并改变我们探讨的客体，如何将我们的注意力从作为文学文本的文学作品转移到作为文本的文化本身”[④]。新历史主义将作为文本的历史叙事视为理论批评的工作平台，将作为符号网络的文化视为批评的旨趣，正是在文本、历史与文化的复杂网络中才真正实现

---

① John Brannigan, *The New Historicism and Cultural Materialism*, London: Macmillan, 1998, p. 91.

② 转引自张京媛．新历史主义与文学批评．北京：北京大学出版社，1993. 52.

③ 张进．在“文化诗学”与“历史诗学”之间．甘肃社会科学，2001（1）：63—65.

④ Douglas Bruster, *Shakespeare and the Question of Culture*, New York: Palgrave, 2003, p. 6.

了文学研究之“普遍性的转向”。或许只有回到历史性与文化性的关系之中，才能揭示出理论阐释中的历史历时性与文化共时性的二元对立谬论，也才有可能在文化诗学与历史诗学之间最终确定新历史主义批评的理论形态。针对国内外学界对新历史主义批评的种种主观阐释，盛宁指出：“我们已经一再强调，新历史主义的批评不是回归历史，而是提供又一种对历史的阐释，可是新历史主义却始终不能消除热门心头的印象，总给人以它就是历史所指的感觉。”① 盛宁将新历史主义的理论旨趣准确地定位在历史诗学的文化阐释和文化诗学的历史阐释之间，但理论界批评之虚妄的根本原因，还是在于理论阐释将历史性与文化性二元对立的前提性谬误。

对于新历史主义的历史性视角，格氏排斥对文化形态和历史时代的任何形式的单一性描述，在对本质主义历史观念的批判中始终坚持历史阐释的多样性，在对后现代历史虚无观的批评中主张建立一种泛文化形态的微观历史批评。对于新历史主义的文化性视角，格氏将文化诗学定义为“对集体生产的不同实践之研究和对各种文化研究之间关系的探察”，目的是为了“追问集体信念和经验如何形成，如何从一种媒介转移到其他媒介，如何聚集成可操作的审美形式供人消费”。在历史性与文化性的协调中，他建议“我们可以考察被视为艺术形式的文化实践与其他详尽的表达形式之间的边界是如何标明的，我们可以设法确定这些被划分出来的领域是如何被权力赋予，进而或者提供乐趣，或者激发兴趣，或者产生焦虑的”②。

格林布拉特致力创建的乃是一种更加偏向于文化与生产的社会学批评，更加坚定的是将文学理解为既定历史文化的符号系统的信念。然而，在对格氏观点的阐释过程中，孟特洛斯从语言论的结构主义批评角度频频向文化人类学的文化界定发难，在文化性与共时性、历史性与历时性、文化性和历史性之间竖立起二元对立的阐释屏障，他坚持“文化诗学倾向于强调结构关系，以牺牲连续性进程为代价；实际上，它以共时性的文本性的轴线为取向，采用作为文化系统的文本概念，而不是历史性地将文本视为自足的文学研究的文本”③。更有论者借题发挥，义正词严地指责格氏的新历史主义将历时性的历史存在压缩到共时性的文化文本之中，导致了历史物质性的丧失和历史意识的虚无。文化性与历史性的对立阐释，也使得

---

① 盛宁. 二十世纪美国文论, 北京: 北京大学出版社, 1993. 270.

② Stephen Greenblatt, *Shakespearean Negotiations*, Oxford: Clarendon Press, 1990, p. 5.

③ Stephen Greenblatt & Gile Gunn, *Redrawing the Boundaries*, New York: MLA, 1992, p. 401.

学术界不可避免地陷入了关于文化诗学和历史诗学理论倾向的阐释争论。应该说，如果单独从历史与文本的互文关系来看，或是从文化与文本的指涉关系来看，对新历史主义方法论的诸多批评似乎情有可原且有理有据；而如果从文本、历史与文化三者之间的复杂关系来看，这些对格氏和新历史主义文化诗学的批评意见无一不是将文化性与文本性简单等同起来，而将历史性与文本性简单对立起来，这自然就忽略了新历史主义文化诗学历史观念中的对话性内涵，即历史与文化在文本层次的“互文性”阐释特征。

2.4 文化诗学的历史观念：历史与文化的文本对话

在对新历史主义的讨伐之声淡出之前，在对文化诗学的批判之尘埃落定之前，有必要指出将文化性与历史性完全对立的批评谬误和理论虚妄。孟特洛斯等人的批评逻辑似乎非常简单：既然文化人类学将文化性定义为与文本性相通的符号系统，那么文化诗学就自然而然地将文化性与历史性对立起来，从而在强调共时性叙述结构的同时忽视了历时性的社会存在。诚然，“某一人群的文化是文本的整体”①，但是某一人群的历史又何尝不是文本的整体？历史与文化的存在同样离不开文本的媒介，文本的存在更是脱离不了历史与文化的内涵；文化的延续不能缺乏历史性文本的存在，历史的存在不能失去文化性文本的指涉。文化与历史之间存在着相互指涉的复杂关系，很难想象脱离了文化性实质的历史转向会通往何处，也无法设想脱离了历史性根基的文化转向又该如何存在。

正如戴维·钱尼（David Chaney）所指出的，“在描述随着对文化主体和文化事件越来越密切的关注而出现的历史视角的重大转变时”，“不可能把直接来自文化研究领域的作品，与因历史研究的发展而出现的作品完全分开”。② 新历史主义文化诗学具有某种理论的整合性或对话性特征，格氏也强调对文本性的关注不能脱离历史性和文化性内涵，对历史性的重视不能脱离作为文化的历史文本。他认为新历史主义引导的历史文化转向是为了恢复“作为一种人类特殊活动的艺术再现的复杂性”，“防止自己被禁锢

---

① Clifford Geertz, *The Interpretation of Cultures*, New York: Basic Books: 1973, p. 450.

② 戴维·钱尼．文化转向：当代文化史概览．戴从容译．南京：江苏人民出版社，2004. 63—64.

在话语网络之中”、“防止自己拒绝文学作品、作家与读者生活之间的联系”，新历史主义就是“对文学文本世界中的社会存在以及社会存在于文学的影响实现双向考察”。[①] 当代批评界对新历史主义的多种理论诠释，就连格氏本人也始料未及，对于文化诗学与历史诗学的“单声道”阐释，更是他本人所极力避免的。实际上，从格氏在大部分作品中对新历史主义的描述来看，具有极大包容性和对话性的语词“文化”成为使用频率最高的关键词。在历史诗学和文化诗学的阐释之间，他本人也倾向于具有较少理论教条色彩的文化诗学称谓，这倒并不是因为如不少国内学者指出的那样要从历史领域撤退而进入“更为学术化的‘文化’领域”，而是要在历史性与文化性的相互指涉和协调对话中通向一种历史性的文化诗学与文化性的历史诗学。

如果说格氏对历史的理解受到后现代文化和西方马克思主义理论的深刻影响，那么他对文化的界定则主要来源于威廉斯的文化唯物论和格兹的文化人类学观点。在文化的物质性方面，威廉斯主张从社会的物质条件来把文化界定为人们生活方式的整体，解读文化就是要在文化生产过程中揭露其意识形态性；在文化的阐释性方面，格兹认为“文化是某种以符号为媒介的意义传承模式”，“对文化的分析不是寻求规律的实验科学，而是找寻意义的阐释科学”。[②] 两位文化理论家从各自的学术背景出发给予文化以学科界定，格氏综合了文化物质性与阐释性的概念，在历史文学领域中提出文化诗学的理论观念。在他的学术视野中，文化不再是某种大而无当的非限定性概念，而是符号化世界的表征途径和集体经验的意义阐释。文化概念的介入极大地扩展了新历史主义历史转向的理论意义，也彻底改变了它的理论倾向，即“以新的视野来看待新历史主义，不是将它作为一种文学历史化和历史文本化的实践，而是将它作为这样一种实践：将文化阐释成一个自足的符号系统，将任何现实和历史的观念都看成这个符号系统的结果并完全由表述所决定”[③]。

历史与文化作为格氏批评观念的理论平台，历史诗学与文化诗学作为它的不同理论形态，似乎都存在着共时性再现与历时性存在的二元对立，

---

① 中国社会科学院外国文学研究所《世界文论》编辑委员会. 文艺学和新历史主义. 北京：社会科学文献出版社，1993. 80.

② Clifford Geertz, *The Interpretation of Cultures*, New York: Basic Books, 1973, p. 89.

③ Stephen Greenblatt, “Culture”, in *Critical Terms for Literary Study*, Thomas McLaughlin et al. (eds.), Chicago: The University of Chicago Press, 1990, pp. 225 - 232.

但是对于格氏本人来说，它们都是并行不悖而又有所交叉的学术理念。历史批评的最终指向在于文化经验的当代性阐释，文化研究的批评旨趣莫过于历史图景的当代性重构；历史诗学要借助文化诗学的符号体系才能再现历史的阐释性经验，文化诗学则必须通过历史诗学的阐释框架才能实现文化的物质性意义。对于文化与历史批评对立的谬误，格氏指出，“伟大的艺术作品在文化材料的流动中不仅是神经中枢点……而且是历史偶然性中文化含义的符号”①。文化与历史之间实际上存在着相互协调的对话性特征，相互沟通的唯一途径就是文学文本的文化诗学和历史诗学的协调性批评。通过这种对话性的协调观，新历史主义才能在文化诗学与历史诗学的对立阐释中摆脱批评方法论的盲点，在泛文化批评的实践中超越共时与历时的概念纠缠，最终到达历史图景和文化经验相互协调的思想彼岸。

英国学者百瑟丽曾指出：“新历史主义就是意义的历史与寻求意义的过程，而意义或是被发现，或是被创造。新历史主义的焦点问题是历史变迁、文化差异与真理相对性，目的是改造主体。”② 对于新历史主义批评来说，文化只能是作为文化意义的历史，历史也只能是作为历史意义的文化。格氏本人的批评意图原本应该是异常清晰的，批评思路也是相当严谨的，然而传统批评术语的匮乏或欠缺，使得他本人面对历史与文化的复杂关系时，在新历史主义、文化诗学、历史诗学等学术标签面前左顾右盼而徘徊不前。他一再强调：“文学批评具有熟悉的术语来描述艺术作品和历史实践之间的关系……但它们似乎总不够……它们的不足扩展到当代文化和历史文化的方方面面。”③ 当代学术研究日益专门化与批评话语日益个性化的现状，正如余英时所言，“如果大家要找一个超越的领域进行沟通和对话，文化是唯一可能的选择”④。从这方面来看，格氏选择“文化”作为自身理论言说的基点，最终确定新历史主义的文化诗学，既是对批评界批评之虚妄和阐释之迷惘问题的回应，也是对新历史主义批评理论指向的积极期待。对此，比利时学者皮埃特斯指出，新历史主义同时属于“历史的

---

① Stephen Greenblatt, *Renaissance Self-fashioning*, Chicago: The University of Chicago Press, 1980, p. 179.

② Catherine Belsey, “Towards Cultural History: In Theory and Practice”, *Textual Practice* , 1989 (3): p. 168.

③ 中国社会科学院外国文学研究所《世界文论》编辑委员会. 文艺学和新历史主义. 北京：社会科学文献出版社，1993. 80.

④ 余英时. 钱穆与中国文化. 上海：上海远东出版社，1994. 263.

理论和文化的理论"[①]。更进一步来说，新历史主义文化诗学对文化和历史的重视既代表着深层次的理论转向与历史意识的回归，也意味着各种文学生产要素之间相互关系的重新建构。在文化批评的诗学观念中，批评对象是作为历史与文化的文学文本，理论平台是文化、历史与文本的对话关系，对文本、历史与文化三者关系的合理阐释成为新历史主义文化诗学的批评理念和理论皈依。

以泛文化史批评的视角对文本、历史与文化三者的复杂关系作出重新阐释，既是新历史主义和后现代历史诗学的理论分歧，也是新历史主义文化诗学的理论义务。关于历史与文化的对话关系，思想家萨哈林（Sahlins Marshall）指出，"历史是受文化规范的，根据不同的意义结构，不同社会将有所差异"，但是"文化的结构也是受历史规范的，历史时期的变更使得文化的意义或多或少被重新估算"，即历史的意义只能落脚于文化的结构之中，文化的结构同时只有在具体历史时期才具有当代意义，历史与文化的"接合的结构"是指通过历史中介的偏向性活动，文化类型在具体历史语境中实际的表现状态。[②] 应该说，历史意义要通过文化结构才得以再现，文化结构也只有通过历史意义的积淀才得以塑型。文化依托于历史经验的传承，而历史又反衬着文化意义的光彩。脱离了文化结构的历史意义犹如虚无缥缈的海市蜃楼，而缺失了历史意义的文化结构似乎也好像毫无基奠的空中楼阁一般。如果说文化与历史之间存在着互相规范、互为所指的对话关系，那么作为历史文化承载物的文本则无疑就是它们之间批评对话的沟通桥梁和表征中介。

正如孟瑞迪斯（Meredith Skura）所言："对于绝大多数阅读书籍来说，重要的不是形式，而是特定文本如何适应到既定文化中特定历史时刻的总体机制之中。"[③] 对于文化和历史的意义再现过程来说，文学文本既具有被动接受文化意义和历史积淀的时代义务，也同时拥有主动塑造文化和延续历史的形式权力。历史事实的再现过程脱离不了文本的表征形式，文化意义和文化结构的存在形式也不能脱离文本的形式观照，文化诗学理念中历史与文化的对话似乎更不可能脱离文本的形式中介而达到柏拉图式的思想

---

① Jürgen Pieters, *Moments of Negotiation*, Amsterdam: Amsterdam University Press, 2001, p. 20.

② Sahlins Marshall, *Islands of History*, Chicago: The University of Chicago Press, 1985, pp. vii – viv.

③ Meredith Skura, "Recent Studies in Tudor and Stuart Drama", *Studies in English Literature, 1500 – 1900*, 2000 (2): pp. 355 – 386.

神交。换句话说，我们可以察文化之变而究历史之因，可以窥文化之斑而知历史之源，但是历史与文化知识之所以能够传承终究是文本记载之功。由此可见，以文本形式的对话观念为理论依托，新历史主义文化诗学突破文本性与历史性对立的后现代状况，在泛文化批评中提倡的是历史与文化在文本层次的对话，在对后现代历史终结论的批判中引导的是历史诗学与文化诗学的对话和协调，而在文化诗学理念中实现的则是历史性回归和主体性重建的学术理想。

第3章　新历史主义文化诗学的对话语境和理论渊源

新历史主义全面崛起于当代批评话语纷杂的后现代文化语境中，不可避免地被卷入了批评理论的话语“角斗场”。然而，在与其他批评理论的碰撞和交流之中，新历史主义却不断形成其泛文化批评的诗学品格，在各种批评理论的话语网络中逐步明确了它文化诗学的理论定位。在对待新历史主义文化诗学的理论渊源问题上，威瑟和赛尔顿（Raman Selden）认为它是后现代历史批评的时代产物，是对历史话语的旧事重提或者改头换面之后的批判性重建；[①] 也有论者坚持新历史主义代表着“某种广义的‘历史转向’在当代理论中的普遍性”，是后现代批评话语的“碎片拼贴”。[②] 他们充分强调新历史主义与其他批评话语之间的单向度影响效果，却未曾对它的理论语境给予必要的关注。实际上，在新历史主义文化诗学的理论“塑型”过程中，各种批评流派或多或少地留下了方法论的印记，赋予其极大的理解空间和阐释张力。另外，正是在后现代文化的各种理论对话中，文化诗学批评才得以博采众长，逐渐孕育出自身宽阔的学术视野，在对后现代历史话语批判的同时，不断彰显它独特的泛文化批评特征，以文化诗学的学术理想极大地丰富了当代批评话语的对话过程。为进一步澄清新历史主义文化诗学的理论依据和学术指向，本章以格氏批评理论的对话语境为关注对象，在文化诗学的“关系学”研究中明确它与当代批评话语之间的契合和偏离关系，解密文化诗学与后现代主义、文化唯物主义、西方马克思主义、当代阐释学、福柯话语理论及文化人类学话语的“会商”

---

① Raman Selden, *A Reader's Guide to Contemporary Literary Theory*, Hemel: Harvester Wheatsheaf, 1997, pp. 188 – 195.

② 张进．新历史主义与历史诗学．北京：中国社会科学出版社，2004. 95.

过程。①

3.1 历史解构与文化重建：文化诗学对后现代主义的批评转向

新历史主义文化诗学崛起于西方后现代文化语境中，与各种后形态理论之间存在着异常复杂的话语关系。王一川认为新历史主义是20世纪西方语言论诗学的一部分，是以语言文本为中心的后结构主义对理性认识论诗学的反拨产物；② 比利时学者皮埃特斯则指出德里达、德曼以及福柯等后现代理论家的作品，“对于新历史主义的出现来说，不仅是否定的界限，也是肯定的条件”③。在各种后现代理论的话语场中，新历史主义对后现代理论既有批评方法论层面的承继关系，也有话语本体论层面的反叛关系。从文化诗学的学术构想出发，对新历史主义与后现代话语的复杂关系作出清理，不仅是正确理解新历史主义的先决条件，也是文化诗学谱系研究的理论要求。从批评方法和理论旨趣两个层面入手，本节对文化诗学的后现代特征展开相关探讨，指出解构与建构的话语理念是批评方法论的契合点，文本与文化的理论偏向是批评旨趣的分歧点。泛文化诗学的批评方向代表着后现代主义的理论盲点与新历史主义的话语特征。借助文化诗学的学术理想，新历史主义才有可能最终突破后现代理论的话语局限，在对历史遗忘症的激烈批判中通向文化与历史的诗性空间。

作为后现代主义文化的理论衍生物，新历史主义自诞生之日起就被打上了后形态理论的方法论印记。正如后现代理论家柯里所指出的，新历史主义“不是一种在某一相同的领域用一套理论命题代替另一套理论命题的批评，而在很大程度上是解构思想观念在新领域的延伸”④。如果说解构思想是新历史主义与后现代主义的理论契合点，那么新历史主义对传统历史主义的方法论批判则明显呈现出解构范式在历史批评领域的扩张效果，以

① “会商”概念来自法国社会学家布罗代尔，他提倡“集合所有的人文学科，从传统科学到新兴科学，从哲学到人口学和统计学，进行‘会商’”。详见布罗代尔．资本主义论丛．顾良，张慧君译．北京：中央编译出版社，1997. 157.

② 王一川．后结构历史主义诗学：新历史主义和文化唯物主义述评．外国文学评论，1993（3）：1.

③ Jürgen Pieters, *Moments of Negotiation*, Amsterdam: Amsterdam University Press, 2001, p. 18.

④ Currie Mark, *Postmodern Narrative Theory*, London: Macmillan, 1998, p. 73.

及后现代话语对新历史主义批评的渗透过程。对于解构话语在新历史主义思潮中的理论旅行，霍德尔尼斯指出："旧历史主义依赖历史研究的基本的经验主义模式，相信其对历史事件的界定能力；新历史主义则吸收后结构主义理论，将'历史'视为叙述或再现过去事件的当代性活动。"① 德里达等后现代理论家对语言意义与文本结构的解构，使得新历史主义不再沉溺于语言透明性和文本指涉性的海市蜃楼；福柯等人对文本意义和知识理性的解构，也使得它不再崇拜任何乌托邦形式的理性启蒙和知识本质。从语言结构和知识形态两个层面，新历史主义颠覆了传统历史主义的理论根基，主张以语言表征和知识批判的解构范式重新介入并扩展出新的历史批评领域。从语言的表征性质出发，新历史主义解构传统文学批评的本体论形式，阐明学科界限的建构性的生产性；从知识范畴的形态批判出发，它解构意义范畴的本体形态和理性特征，侧重从历史表述的角度来重新评价批评方法论的历史意义。

对于后现代理论对传统知识形态批判的实质，格林布拉特强调："文学和非文学的绝对区分是 20 世纪中叶文学研究的最根本的假定。解构作为解放性的挑战，是文学文本到所有其他类型文本的有益回归，也是对非文本实证主义信念、历史事实特权领域的批判。"② 后现代话语对文学与非文学界限的方法论解构，既揭示了传统文学研究疆域的建构性并打通了学术研究的各种学科和方法论的壁垒，也使得解构主义作为一种流行的当代性思维逐步扩展到当代人文研究的各个方面。通过挪用后现代主义的解构理论到文艺复兴的历史领域，格氏发现：在语言叙事的表征层面，"文艺复兴的文学作品，不再是含有稳定的意义并且孤立于其他表达方式的固有文本体系，也不再是历史事实之外的沉思产物"；在知识范畴的批判层面，"批评实践挑战'文学前景'与'历史背景'之间、艺术生产与其他社会生产之间的稳定界限"；在学科界限的建构层面，知识形态也"并不是文本的内部属性，它们是被艺术家、观众和读者自己建构并重新勘定的，这些集体性的社会建构物一方面限定了既定再现模式中的美学潜力，另一方面也将这一模式联系到社会机制的复杂网络、实践、信仰以及组成文化整

---

① Holdemess Graham, *Shakespeare Recycled: The Making of Historical Drama*, Hemel Hampstead: Harvester, 1992, p. 32.

② Stephen Greenblatt, "Shakespeare and the Exorcists", *Shakespeare and the Question of Theory*, Patricia Parker and Geoffrey Hartman (eds.), London: Routledge, 1985, p. 164.

体的其他部分”。[1]

在以上对解构话语的三个分析层面上，新历史主义文化诗学与后现代主义话语在历史领域实现了批评方法论方面的基本契合。正如格氏本人所指出的，“新历史主义腐蚀了批评与文学的稳定基础。它倾向于质疑其自身和其他批评流派的方法论预设的条件……挑战‘文学前景’与‘政治背景’，或更宽泛点，艺术生产与其他社会生产之间的区分”[2]。然而，新历史主义文化诗学对传统历史主义的颠覆并没有满足于历史碎片的符号游戏，而是要求以宏大的文化理论视角，通过对话方式来根本解决文本与非文本、文学与历史、形式与内容之间的二元对立问题。在文艺复兴和前现代文化的历史研究领域，格氏主张历史背景与文学前景的颠置对换，将文学文本等同于其他意指形式，就是要求不再将历史看作文学的稳定的和透明的语境参照系，而是将其作为广泛意义上的文学生产和意义生成的话语场地。通过这种对话的批评观念，格氏的文化诗学希冀以历史语境作为研究对象，以文学文本作为介入形式，通过各种文本或非文本的历史材料将历史前景化，在历史碎片的基础上重新拼贴起文化阐释的权力图景。正如克勒布鲁克所指出的，“新历史主义自身吸收拉康、德里达、福柯等人的后结构主义思想”，“如果历史写作真是权力的某种形式，某种西方现代性的具体形式，那么新历史主义则最好被视为在广泛问题域中的非常具体的回应”。[3]

在解构传统历史主义方法论的问题上，新历史主义文化诗学和后现代主义已然寻得解构话语的批评契合点；然而，在历史批评的解构与建构问题上，两者之间则呈现出批评旨趣的重要分歧。是要停留在解构之后的文本废墟上继续语言或话语的游戏，还是要在历史碎片的语言表征中重建历史阐释的文化影像，格氏的新历史主义批评坚定地选择后者作为解构历史的批评旨趣，从而与各种后现代话语划清了理论界限，以文化诗学的学术理想引导后现代主义之后的历史批评空间。对于后现代解构话语的理论盲区，李·帕特森曾经指出：“解构既没有否定历史事实也没有排斥知识效用，而是致力于理解‘事实’如何通过话语手段而各归其位的批评实

① Stephen Greenblatt, “Introduction: The Forms of Power”, *Genre*, 1982 (7): pp. 5 – 6.

② Stephen Greenblatt, “Introduction: The Forms of Power”, *Genre*, 1982 (7): pp. 5 – 6.

③ Claire Colebrook, *New Literary Histories*, Manchester: Manchester University Press, 1997, pp. 1 – 2.

践。"[①] 在文本批评层次上，他认为德里达之所以说"文外无物"，是因为"重申诸多社会文化历史学家的立场，现实是文化性或话语性的产物"，而所谓的"文本政治"也就是在强调"政治关注的社会现实，和它们得以操控的形式，与话语结构和意指系统是不可分割的"；在社会批评层次上，他坦诚地指出文本层次的解构思维当然会在某种程度上"忽略社会、经济和权力得以加强的政治体制"，后现代主义的解构主张"会使我们将中介沉浸于结构……如果我们将解构放置于历史编撰实践中而不是反对如此，那么解构就可以被视为某种分析方式，并因而导向对文化意义的生产过程的理解"。[②] 正是由于这种解构思想在历史批评领域的渗透和扩张，格氏的新历史主义既顺利完成了对传统历史主义方法论进行颠覆的使命，也成功勾勒出历史解构之后的批评新视角。然而，不同于后现代理论的独特之处在于，他的文化诗学观念明确选择的是以文化的历史性概念来替代文本的平面性概念，最终通向一种基于文化诗学和政治学的历史批评道路。

对于新历史主义文化诗学和后现代理论在历史解构和文化重建问题上的分歧，库克斯（Cox Jeffrey N.）曾经指出："新历史主义区别于旧历史主义，是因为前者缺乏对'客观性'和'成功性'的信心：它强调的不是对过去历史的直接重建，而是历史事件得以重建和重塑的过程。不稳定与超越性之间似乎有些矛盾，但是新历史主义文化诗学倾向于考虑文本的物质性，将其看作真实世界中人类生活、社会、权力的历史事实、权威和抵抗的客体与事件；而同时，它排斥直接存在的统一性'大历史'的概念，提倡作为一系列人为建构、代表特定当代目的的'小历史'的理念。"[③] 对于孟特洛斯来说，这种对历史建构性和文本物质性特征的重视将引起各种具有形式主义倾向的理论话语向"文本历史性和历史文本性"的转向。同各种后现代理论话语一样，新历史主义文化诗学在历史批评方法论上也受到解构思维的深刻影响，也倾向于以历史的文本性的基点颠覆作为宏大叙事的历史叙事，但在文化层面上却更加重视从文本的历史性角度出发重构历史叙事的文化动因。就历史的文本性而言，格氏多次强调，"历史脱离

① Lee Patterson, "Making Identities in Fifteenth – century England: Henry V. and John Lydgate", in *New Historical Literary Study*, Jeffrey Reynolds (eds), N. J.: Princeton University Press, 1993, p. 71.

② Lee Patterson, "Making Identities in Fifteenth – century England: Henry V. and John Lydgate", in *New Historical Literary Study*, Jeffrey Reynolds (eds.), N. J.: Princeton University Press, 1993, p. 71.

③ Cox Jeffrey N., et al. (eds.), *New Historical Literary Study*, Princeton, N. J.: Princeton University Press, 1993, pp. 1 – 4.

不了文本性，甚至所有的文本都可以被引发出面对文学文本所显示的不确定性的危机”，但是新历史主义文化诗学的批评重点却是在文本的历史性基础上以“加倍的意愿解读所有过去的文本线索，关注力度绝不亚于文学文本的传统方式”①。

针对格氏等有关文艺复兴的研究经验，海登·怀特发现“新历史主义者之所以转向历史，不是为了寻找他们所研究的那种文学的材料，而是为了获取文学研究中历史方法所能提供的那种知识”，但是“他们已经发现根本就不存在历史研究中特定的历史方法这种东西；存在的只是多种多样的历史方法——在目前的意识形态领域里，有多少立场、观点便会有多少这些方法”。② 对历史阐释性的重视以及对意识形态问题的关注，已经表明新历史主义文化诗学在历史解构过程中对文化重构的理论要求。格氏本人也明确指出：“历史用途与文本解释的传统范式已经改变，它不会再引起由教条性的解释带来的诸多相同性质的情感指令系统，而所有有价值的历史和文本解释均必须承认差异的存在。”③ 历史阐释的差异性或许已经体现出历史范式中的某种权力诉求，文化诗学的历史批评却恰恰是在历史解构过程中才能显现的泛文化图景。换句话说，后现代主义的历史解构就是从文本层面极力否认历史的可能性，而新历史主义文化诗学的历史阐释则要从文化层面充分强调“微观历史”和“文化史”的研究理念，即作为文化的历史概念和作为文化诗学的历史批评。④

如果说对传统历史主义观念进行解构的思路使得新历史主义文化诗学与后现代主义之间实现了批评方法论的契合和对话，那么在历史解构之后的批评趋向问题上，两者之间就产生了批评旨趣和理论理想的根本分歧。后现代主义话语宁愿固守文本或话语的解构阵地，听任各种“历史遗忘症”的蔓延和恶化；新历史主义批评则选择以文化的诗学和政治学为工具在历史批评领域另辟新境，主张历史批评在文本与文化之间的对话和协

---

① Stephen Greenblatt, *Learning to Curse*, New York: Routledge, 1990, p. 15.

② Hayden White, "New Historicism: A Comment", in *The New Historicism*, H. Aram Veeser (ed.), London: Routledge, 1989, p. 294.

③ Stephen Greenblatt, "Shakespeare and the Exorcists", in *Shakespeare and the Question of Theory*, Patricia Parker and Geoffrey Hartman (eds.), London: Routledge, 1985, p. 164.

④ “微观历史”的概念由西方学者斯若曼教授提出，指由金斯堡（Carlo Ginsburg）或戴维斯（Natalie Zemon Davis）等历史学家所提倡的采用人类学和人种学方法集中关注琐碎的细节故事的历史研究思路，详见 Snowman Daniel, "Natalie Zemon Davis", *History Today*, 2002, 10 (2): 19.

调，从而突破后现代主义解构话语的“单声道”范式，在历史与文化的“多声道”对话中重新建构泛文化诗学的理论空间。应该说，以文化史为理论导向，新历史主义在后现代主义的解构废墟之上重新开拓了历史批评的空间，为后现代话语中“历史终结论”和“文化表征危机”提供了理论话语突围的重要方法论契机，即通向一种历史批评的泛文化诗学。

新历史主义文化诗学对后现代理论的话语反叛主要体现在文本与意义关系的调整上。在后现代理论的话语观念中，文本是历史再现和文化表征的唯一途径，意义也只能存在于语言指涉关系的延异过程中。新历史主义则更加重视在文本阐释中摒弃后现代式的符号意指游戏，而致力于恢复文本形式所涵纳的社会和文化意义。对于新历史主义批评的文本策略，赛尔顿认为“它质疑自身的某些阐释以求把意义从随意性的天真游戏中解脱出来”①。在意义主体与文本载体的对立关系中，新历史主义文化诗学并不像后现代理论那样完全沉溺于文本的平面游戏而根本漠视外部指涉和历史存在，而是不断要求在对文本进行主体阐释的同时尽可能地恢复以往被遮蔽的各种语境意义。历史事实与文化材料确实存在于文本的形式世界中，但对文本形式的阐释必定要超越文本层次而指向社会与文化的主体性关怀。新历史主义文化诗学对语言文本的历史性阐释，就是要引导历史意义的再次生成和文化图景的重新建构。借用孟特洛斯的话来说，新历史主义就是要在“历史的文本性与文本的历史性”的批评实践中努力揭示出“话语和物质领域之间某种动态的、不稳定的和相互影响的关系”②。话语与物质领域之间的动态关系意味着文学生产过程中话语权力的潜在结构，新历史主义文化诗学则主张通过历史阐释活动来揭示出文化权力的历史踪迹和运作过程。对于后现代文化的文本阐释方式，布莱尼甘强调“将我们对过去的知识归结于各种文本中权力关系的设计和操作，将所有文本视为同等的意识形态操纵下的产物，历史或许还不如称为共谋”③。因此，正是在对文本的历史性阐释和文化性解读中，格氏的新历史主义文化诗学与后现代主义彻底划清了理论界限，以文化诗学的历史阐释范式“对传统学科领域的

① Raman Selden, *A Reader's Guide to Contemporary Literary Theory*, Hempstead: Harvester, 1997, p. 195.

② Louis Montrose, "Professing the Renaissance: The Poetics and Politics of Culture", in *the New Historicism*, H. Aram Veeser (ed.), New York: Routledge, 1989, p. 23.

③ John Brannigan, *The New Historicism and Cultural Materialism*, London: Macmillan, 1998, p. 76.

‘重新勘界’，促进跨学科实践的兴起”①。

关于解构话语对传统阅读方式的主要影响，厄马斯（Ermarth Elizabeth）认为：颠覆性思维“促进支撑唯美主义和历史主义的‘现实’与‘人造’的二元界限的瓦解”，因而“阅读就是阐释，而阐释也就是创作或再创作文本”。② 对于后现代主义话语而言，历史阐释可以只停留在文本层次的互文性指涉关系上，而对格氏的批评实践来说，历史阐释则是广泛的文化实践和话语结构的重要内容。对于新历史主义的阐释目的，伽勒尔认为，它就是“要求将文学文本与非文学文本当作文本内外的历史话语的组成部分，要求实践者在追溯各种文本、话语、权力以及主体性塑造过程之间的关系时不能预先设置因果关系的层次”③。新历史主义在解构话语中主张主体性的文化重建，实际上就是要求文学批评转向历史性领域从而建构起物质性文化实践的话语体系，或者按照格氏的话来说，就是要置身于主体性阐释空间中，致力于研究“独特文化实践的集体建构过程，以及这些文化实践的相互关联性”④。应该说，历史的文本性解构话语是后现代主义和新历史主义相互契合的批评范式，而对文本的历史性的不同理解则造成两者批评旨趣的严重分歧：与后现代话语盲目解构知识本体不同，新历史主义文化诗学更加侧重知识形态和批评范式的重新建构，并且主张以泛文化的批评视野在历史解构的废墟上重新开辟出历史文化的研究空间。与后现代理论驻守文本批评的学术壁垒并忽视历史性的文本意义的做法完全不同，格氏的新历史主义转向历史领域并建构起文化诗学的理论空间，主张将文化知识的生产作为目标，重点分析知识形式的生产方法。正是运用文化诗学的理论新视角，新历史主义才能够摆脱后现代理论的各种话语局限，主导当代文学批评的普遍性历史转向，并且在主体性重建的基础上开辟出历史与文化的诗性空间。

---

① Stephen Greenblatt & Giles Gunn, *Redrawing the Boundaries*, New York: MLA, 1992, pp. 1 – 11.

② Ermarth Elizabeth, *Postmodernism and the Crisis of Representational Time*, N. J.: Princeton University Press, 1992, p. 23.

③ Catherine Gallagher, "Marxism and the New Historicism", in *The New Historicism*, H. Aram, Veeser (ed.), New York: Routledge, 1989, p. 37.

④ Stephen Greenblatt, *Shakespearean Negotiations*, Oxford: Routledge, 1990, p. 5.

3.2　文化祛魅与社会批判：文化诗学对文化唯物论的理论会商

美国新历史主义与英国文化唯物主义的理论关系是文化诗学谱系研究的重要部分，也是中外学术界尚未厘定的理论问题。有些学者这样认为：既然新历史主义和文化唯物主义具有相同的文化理论语境、操守相似的社会批判术语、实践相近的文化批评范式，那么这两种批评学派就是同一所指的不同能指符号，它们之间也就只有国籍和地域的外部差异。然而，新历史主义与文化唯物主义的相互理论渗透又超越了地区和国家的界限，"美国学者发现自己比较熟悉文化唯物主义的理论设想，极端的英国式阅读也能够移植到大洋彼岸的新历史主义的温床"①。新历史主义对文化唯物主义既有批评方法论层面的亲缘关系，也有理论范式层面的反叛关系。针对这两种批评理论的学理关系，本节从新历史主义文化诗学的历史谱系入手，从批评方法论的契合、批评旨趣的分歧、理论建构的范式导向三个方面重点阐释两者之间的理论渊源和批评指涉，指出新历史主义对文化唯物论既有社会批评的方法论借鉴也有文化诗学的理论创建：文化与社会的批评理念是两者方法论的理论契合点，"借古讽今"与"以今参古"的批评指向是两者研究旨趣的分歧点，意识形态与权力话语的批评范式则体现出两者理论建构的不同诗性导向。

文化唯物主义的学术称谓由英国马克思主义理论家威廉斯在其早期著作《马克思主义与文学》中首次提出。他提倡以文学与社会的互动关系积极介入当代文学批评，强调文学研究对文化物质性的充分重视和对社会历史的必要关注。② 文化唯物主义在20世纪中期西方批评界中的学术影响力可谓如日中天，大洋彼岸的众多文学批评家对它都顶礼膜拜。在相当长的一段时期内，文化唯物主义就自然成为新历史主义的指代名词或总体称谓。自20世纪80年代以来，随着格林布拉特的文化诗学批评在美国学界的异军突起，英国学界文化研究风潮不断兴起，文化唯物主义的学术疆域

① Kiernan Ryan, *New Historicism and Cultural Materialism: A Reader*, New York: Arnold, 1996, pp. xi – xvii.

② Raymond Williams, "Notes on Marxism in Britain Since 1945", in *Problems in Materialism and Culture*, London: Verso, 1980, p. 243.

逐渐被局限到英国学者多利莫尔、辛菲尔德、百瑟丽等人的理论探索和批评实践中，新历史主义批评反倒成为文化唯物主义在当代西方学界的理论代言者。虽然文化唯物主义业已淡出当代文艺理论的历史舞台，但是它对新历史主义的方法论启蒙作用仍不容忽视。正是在对文化唯物主义的文化和社会批评理念的借鉴中，新历史主义文化诗学才有可能突破新批评和历史主义的理论局限，寻得一条通向文化诗学和政治学的历史性道路。

回溯新历史主义的生成语境，格氏早期历史批评的理论和实践无不体现出威廉斯的"文化与社会"问题的方法论烙印。如果说威姆萨特的美国新批评代表着新历史主义者的共同教育背景，带给他们的是对形式主义批评的厌倦和无奈、对文学研究新方法论的渴望和憧憬；那么威廉斯的文化唯物主义在很大程度上左右了新历史主义批评的发展轨迹，带给他们有关文学批评的崭新学术理念和研究思路、对社会历史批评的深刻理解和灵活运用。在威廉斯的理论启蒙之下，格氏承认"所有在我接受的文学批评教育中被刻意排除的东西，比如谁控制着出版权力、谁拥有地产和工厂、谁的声音被压制以及谁的声音在文学文本中得到再现、我们建构的美学价值又是服务于什么样的社会政治，都在文学诠释的过程中得以呈现"①。从马克思主义左派批评家的政治定位出发，威廉斯的文化唯物主义从文化物质性的批评视角关注文化与社会的联动关系，从社会语境和物质条件的维度来诠释当代社会的文化动因，开启了新历史主义的文化社会学和政治学航道。

多利莫尔认为："文化唯物主义的称谓来自威廉斯，它的实践却存在于'二战'之后以文化分析为主导的当代英国学界，其中包括威廉斯本人的著作。文化唯物主义暗合历史学、社会学、英语文化研究、女性主义的主要发展，包括大陆马克思主义、结构和解构主义理论，尤其包括阿尔都塞、麦克雷、葛兰西和福柯。"② 如果说在文化唯物主义和新历史主义的批判体系当中，文化分析是占主导地位的方法论肌体，那么西方马克思主义的批评精神则是不可或缺、贯穿始终的理论血液。对于威廉斯来说，马克思主义"排斥启蒙运动的理论程序"，发现"社会与经济之间的新组织关

---

① Stephen Greenblatt, *Learning to Curse*, New York: Routledge, 1990, p. 2.

② Jonathan Dollimore & Sinfield Alan, "History and Ideology: The Instance of Henry V", in *Alternative Shakespeare: New Essays in Gltural Materialisn*, J. Drakakis (ed.), London: Methuen, 1985, pp. 2 – 3.

系”，恢复“历史的整体性”和“文化的生产性”，马克思主义的文化分析则“塑造特定生活方式的基本社会过程”，“不是要极端地将文化历史完全物质化，而是要将它纳入‘上层建筑’范畴：某个基本由物质历史决定观点、信仰、艺术、风俗的地带”。[①] 作为文化唯物主义的创建者和新历史主义的启蒙者，威廉斯关于文化生产与社会批判的思想观念对格氏的文化诗学批评具有非常深刻的方法论指导意义，以至于后者的历史文化批评实践总是不断回溯马克思主义和威廉斯文化分析方法的思想源泉。新历史主义和文化唯物主义与西方马克思主义的理论亲密程度虽然不尽相同且各有侧重，但是马克思主义式的文化分析观念却无疑是两种理论话语之间批评方法论的重要契合点。

从社会与文化的物质性关系入手，文化分析的批评观念将文化概念作为社会组成过程的所有可能性成分，对文化再生产的社会维度展开深度探讨，致力于考察文化产品和社会语境中意识形态的运作过程，从而在文化表征的批评实践中恢复被主流文化和线性历史所遮蔽的实践、经验、意义与价值。通过分析文化生产的合法化和经典化的建构过程，文化分析主张将文本与历史、文本与世界、物质性与文化性之间的传统关系在具体的解读实践中加以问题化和价值化。文化不再只是再现层面的某种自足的符号系统，而又成为表征层面的主体意义的价值舞台。文化的生产性和意识形态性，是新历史主义和文化唯物主义在文化分析实践中共同的批评基点，文化物质性的理论观念和文化分析的批评实践，则是这两种批评流派之间相互沟通的方法论语言。文化与社会的批评理念是新历史主义和文化唯物主义的理论契合点，而文化批评的导向差异则在这两种批评理论间产生出批评旨趣乃至理论范式的重要分歧。

正如辛菲尔德所指出的：“关注文本如何达到当前的估算值的过程，是文化唯物主义的一个重要动向，也是区别于新历史主义的重要原则。”[②] 文化唯物主义的文化分析，以当下社会语境中的文化再生产为分析对象，致力于解读历史文本的当代性重建过程中的意识形态因素；新历史主义的文化批评则以历史文本中的话语踪迹为研究对象，提倡在文本的历史性和历史的文本性基础上恢复历史碎片中的文化图景。文学的物质性和文化的生产性是文化唯物主义与新历史主义的共同批评平台，“借古讽今”与

① Raymond Williams, *Marxism and Literature*, Oxford: Oxford University Press, 1977, p. 19.

② Alan Sinfield, *Cultural Politics-Queer Reading*, London: Routledge, 1994, p. 28.

“以今参古”的阐释旨趣则成为两者批评理论的重要分歧点。文化唯物主义侧重以当下语境为批评导向，在对历史的文化性分析中达到“借古讽今”的当代性效果；新历史主义的文化诗学批评偏向以历史语境为研究导向，在对文化的历史性分析中实现“以今参古”的历史性效果。

如果说文化唯物主义的批评理念蕴含在威廉斯关于文化物质性的重要论述中，那么“借古讽今”的阐释目的则无疑来源于威廉斯关于文化层次的理论。对于文化的结构性和对抗性，威廉斯认为，文化体系由三种活动因素构成，即残余的文化因素、主导的文化因素和兴起的文化因素，在三种文化动因的关系网络之中，文化体系得以维持某种动态性结构和过程性状态。[①] 在文化体系的任意时间性或空间性断面，三种文化动因必定同时在场并在相互碰撞中达到自身的暂时性的平衡状态。对于文化体系的对抗性结构，威廉斯认为它是：“被压抑的、逝去的、兴起的、其他的、对抗性的文化力量，连同主导文化在某种吸收、协调和抵抗的变化关系中的共同呈现。”[②] 从威廉斯的文化对抗性视角出发，文化唯物主义改造社会总体性的传统理论，将文化分析延伸到当代社会生活的过程分析，以“相互影响且不均匀分布的决定因素的场地”取代“经济基础和上层建筑的公式”，以“整个生活方式中不同要素之间的关系”代替文学形式的文本意义，提倡以意识形态分析的途径“再三思考那些不是集体的资源，那些不是有效主导文化部分的实践、经验、意义和价值观念”[③]。或许是出自“批评介入社会”的英国经验主义学院派作风，但更多的是源于威廉斯对于文化结构性的强调，文化唯物主义特别关注当代文化体系中各种文化动因的运动轨迹和流动网络，致力于从文化的过程性分析中解读经典文化产品非经典化和非经典文化产品经典化的双向流动过程的意识形态印记。

与文化唯物主义强调当下语境的文化生产不同，新历史主义选择驻守文艺复兴研究的历史领域，通过对经典文化产品中蕴含的意识形态踪迹的追溯和对非经典文化产品中被压制的边缘声音的阐释，以文学前景和历史背景的倒置关系重新建构起历史语境与文化图景的权力影像。新历史主义的文化诗学和政治学解读，借用格氏的话来说，就是要反对“高雅文化作

---

① Raymond Williams, *Marxism and Literature*, Oxford: Oxford University Press, 1977, pp. 121 - 127.

② Alan Sinfield, *Faultlines: Cultural Materialism and the Politics of Dissident Reading*, Oxford: Clarendon Press, 1992, p. 9.

③ Raymond Williams, *Problems in Materialism and Culture*, London: Verso, 1980, pp. 20 - 22.

为通过美学工作而超越特定经济或政治决定因素的和谐地域，而缺乏精神、社会和物质抵抗性、不可吸收的他者性以及距离和差异的体验”，主张“将巫术控诉、医学手册或服装等文化表述不再看作原材料，而是将其看作对社会语境的想象性和意识形态性结构的某种‘加工过的’、复杂性的符号和物质表述”。① 举例来说，文化唯物主义与新历史主义均对莎士比亚戏剧的研究情有独钟，但是两者的理论关怀却明显表现出某种导向性的重要差异：文化唯物主义侧重莎剧作为文化产品的再生产过程，考察作为经典文学符号的莎剧如何在当代文化语境中被改造、挪用和表征的过程，探讨对莎剧经典化和非经典化过程的意识形态操控因素等问题；新历史主义批评回溯莎剧的历史语境，通过追寻各种文学文本和非文学文本材料的意识形态因素，考察作为社会作家和文化符号的莎士比亚所背负的不同语境意义，通过研究者的主体阐释生成有关历史背景和社会语境的各种文化印象。

从文化分析的方法和过程来看，文化唯物主义和新历史主义之间并没有很大的方法论差异，但就阐释实践的批评导向而言，这两种批评理论就明显透露出在批评功能和研究范式层面的理论分歧。文化唯物主义更加关注当前文化并将其视为文化分析的政治义务，强调历史重建的当代视角并将历史的文化看作改变当前社会语境的批评媒介；新历史主义文化诗学考察历史语境并将其当作文化批评的研究宗旨，强调当代文化的历史回音，而将文化的历史视为参照当前社会语境的理论关怀。文化唯物主义将批评视角聚焦于文化的现代性过程，激活历史文本的颠覆潜力，以求挑战当代社会机制中的保守性共识；新历史主义将阐释焦点集中到文化的历史性存在，认为文化的现代性是历史性的生产过程，主张恢复历史文本的文化印记。两种批评理论的方法论契合使得它们拥有文化分析的研究平台，但是批评旨趣的导向差异引发文化唯物主义与新历史主义对理论话语的重新建构：以西方马克思主义的意识形态论为理论范式，文化唯物主义倾向于将文化当作非限定性因素的当代性分析范畴，主张借古人之事发今人之忧而刺当下之时弊，在文化产品中搜寻颠覆因素的抵制迹象，并探究颠覆力量在过去和现在存在的可能性；新历史主义则以福柯的权力话语体系为批评范式，将文化看作某种限制性因素的历史性批评领域，提倡借今人之眼参古人之事而知历史之图景，在历史文本世界中解读意识形态的文化踪迹，

---

① Stephen Greenblatt, *Learning to Curse*, New York: Routledge, 1990, p. 169.

并揭示权力与颠覆之类的文化动因之间的辩证关系。

文化唯物主义介入当下社会政治的强烈愿望和乐观态度来自于威廉斯对文化生产性与对抗性的理论建构。与新历史主义文化诗学相比，文化唯物主义更加关注主流文化对边缘文化因素的收编和排斥过程，揭示新兴文化和各种亚文化成分的接受和抵抗前景，在对文化生产过程所涉及的意识形态因素的批判中倾向于从主体性重建的角度改造当下社会意识和文化政治。正如多利莫尔所指出的："文化唯物主义坚持文化没有也不能够超越物质力量和生产关系。文化不只是经济和政治体系的反应物，也不能独立于经济与政治之外。"① 在威廉斯的文化物质性理论的启蒙下，文化唯物主义坚信文化的现实意义不仅在于对主流意识形态的批判和颠覆，更多的在于对当代社会关系和传统思想价值的改造与重构。恰如威尔森（Scott Wilson）所言："文化唯物主义就没有考虑过价值问题。相反，它们每时每刻都在强调价值是由历史和文化决定的。"② 在对文化再生产过程的文化分析中，文化唯物主义并不标榜政治中立，同时又流露出某种强烈的政治欲望和权力诉求，积极深入到种族与性别的话语之中寻求文化的政治慰藉。借用多利莫尔的话来说，文化唯物主义提供"历史语境、理论方法、政治倾向与文本分析的综合：历史语境抵制文学文本和恢复历史的传统超验观念；理论方法将文本从复制自身的内部批评中脱离开来，社会主义和女性主义的政治倾向挑战诸多批评流派实践至今的某些保守范畴"③。

如果说在文化唯物主义的批评视野里，意识形态分析积极介入并改造社会关系和文化意识，具有马克思主义式的开放性和批判性特征，那么对于新历史主义文化诗学来讲，文化分析的目的就在于揭示历史文化中的主流和颠覆因素之间的权力关系与运作过程，明显地具有福柯话语理论的封闭性和话语性特征。对于文化唯物主义的意识形态范式来说，文化的结构是由残余的、主导的和兴起的文化因素构成的三维动态性生产过程，文化分析的目的在于打破文化生产的平衡状态，重新建构新的文化再生产关系。而对于新历史主义的权力话语范式而言，文化的结构只是"颠覆—遏制"二元对立的稳定性权力关系，文化批评的目的或许只在于揭示权力话

---

① Jonathan Dollimore & Alan Sinfield, *Political Shakespeare*: *New Essays in Cultural Materialism*, Manchester: Manchester University Press, 1985, p. vii.

② Scott Wilson, *Cultural Materialism*: *Theory and Practice*, London: Blackwell, 1995, p. 85.

③ Jonathan Dollimore & Alan Sinfield, *Political Shakespeare*: *New Essays in Cultural Materialism*, Manchester: Manchester University Press, 1985, p. vii.

语潜在的历史性结构，通过阐释实践改造文化主体的政治意识。借用格氏本人的话来说：“我的兴趣在于考察限制性形式背后的原因：颠覆观念在显在权威文本的生产和抑制过程中体现，文本对颠覆性成分的控制是如此有效，以至于社会性的审查和管理机制都没有直接介入。”① 总而言之，在对文化产品的意识形态分析中，文化唯物主义重视文学批评对当代社会的介入功能，具有强烈的政治诉求和革命欲望；新历史主义文化诗学则聚焦于文学文本的历史性阐释对当代文化的参照价值，具有特殊的知识价值和诗性品质。用齐泽克（Slavoj Zizek）的话来说，如果文化唯物主义的政治批评是“物质主义的‘歇斯底里’（hysterical）和历史形式”②，那么新历史主义的泛文化的历史批评则无疑就是历史主义的“歇斯底里”和物质形式。

意识形态和权力话语的不同理论范式，使得文化唯物主义和新历史主义在文化分析的道路上产生了批评理想方面的分歧，呈现出文化再生产研究和意识形态分析的不同价值观念与批评取向。正如英国文化学者安东尼（Anthony Easthope）所言，文学的价值就是“功能性的多义结构”，文学批评则“明显表现出跨历史性和多语义性的特征”。③ 由于文学价值的意义多样性，同时也是因为文学批评的历史跨越性，英国文化唯物主义与美国新历史主义这两种原本具有亲缘关系的当代文化批评理论在批评旨趣的严重分歧之中分别投向文化研究和文化诗学的不同学术领域。新历史主义文化诗学在历史文化层面上对文化唯物主义理论话语的重新建构过程，不但在文化批评领域完善了自身历史批评的方法论范式，而且在历史批评领域也逐步实现了自身文化批评疆域的扩容和学术增殖。

---

① Stephen Greenblatt，“Invisible Bullets：Renaissance Authority and Its Subversion”，*Glyph*，1981（8）：p. 41.

② “歇斯底里”原本是弗洛伊德首先使用的精神病分析概念，通常指（妇女）神经性失态和言语错乱等症候，而齐泽克（Slavoj Zizek）在此处则对这一医学术语给以黑格尔和阿尔都塞式的改造，指的是“主体抵制某种主体讯问（interpellation）或符号认同的流行性和历史性形式”。详见 Slavoj Zizek，*For They Know not What They Do：Enjoyment as a Political Factor*，London：Verso，1991，p. 101.

③ Anthony Easthope，“The Question of Literary Value”，*Textual Practice*，1990（3－4）：pp. 376－389.

3.3 意识形态与权力话语：文化诗学对马克思主义的范式转换

新历史主义与西方马克思主义的理论关系通常是文化诗学谱系研究的盲点。众多学者一直是众说纷纭且各执一词：爱德华·佩切特（Frank Lentricchia Pichette）认为，新历史主义是“马克思主义的粗浅版本”[①]，林特利查却以为它是“对一种明显的马克思主义观点的福柯式的转换”[②]，格林布拉特本人坚持他的新历史主义批评是“一种变节蜕变了的马克思主义”[③]。虽然中外学界对新历史主义批评的马克思主义纯度所持看法不尽相同甚至相互矛盾，但无论是持马克思主义的复兴说，还是持左派幻灭之产物说，新历史主义文化诗学“作为一种话语场，马克思主义则从来不曾缺席过”[④]。西方马克思主义既是新历史主义理论生成的历史语境，也是理解文化诗学批评的理论参照；新历史主义既是马克思主义批评介入文艺复兴领域的理论结果，也是对历史唯物主义权力话语的重构。针对两者之间的亲缘和反叛关系，本节从历史表征性和文化物质性问题入手，对文化诗学的马克思主义谱系展开理论探讨。两种批评思想之间既有历史唯物主义的方法论契合，也有历史多样性阐释和政治单一性阅读的旨趣差异，但是在理论建构过程中却显现出意识形态和权力话语的不同理论范式与话语导向。

格林布拉特在《通向一种文化诗学》中曾经多次提到马克思主义的理论影响：他不仅强调威廉斯、本雅明（Benjamin）、卢卡契（Lukacs）等马克思主义者们带给他的社会和文化批评理念，甚至宣称对与马克思主义毫不相干的政治和文化视角倍感别扭。在新历史主义批评的整个理论轨迹中，马克思主义无论是作为历史语境还是作为理论平台似乎都已经留下了深刻的方法论印记。深入到历史诗学的文化结构内部，有论者认为两者的

---

① 转引自中国社会科学院外国文学研究所《世界文论》编辑委员会．文艺学和新历史主义．北京：社会科学文献出版社，1993. 161.

② 转引自张京媛．新历史主义与文学批评．北京：北京大学出版社，1993. 151.

③ 盛宁．新历史主义．台北：台湾扬智文化事业公司，1996. 126.

④ Howard Felperin, "'Cultural Poetics' Versus 'Cultural Materialism': The Two New Historicisms in Renaissance Studies", in Francis Barker, et al (eds.), *Use of History*, Manchester: Manchester University Press, 1991, p. 88.

理论契合点在于“意识形态批评理论”与“文化表述理论”[①]。然而，深入到文化诗学的历史结构内部，笔者却以为历史唯物主义的批评理念才是新历史主义文化诗学与马克思主义话语之间共同的阐释平台，而意识形态批评理论和文化表述理论却是两种批评思想的理论分歧与话语界限。

对于西方马克思主义所持的历史唯物主义观念来说，历史的物质性和文化的表征性是认知前提和理论基础。正如伊格尔顿所言，“马克思主义批评的原创性，不在于其对文学的历史批评，而在于其对历史本身的革命性理解”[②]，物质性和表征性的历史概念集中反映出历史唯物主义认知模式的某种革命性理论创建。以历史的物质性概念为基础，马克思主义的历史范畴是指客观事物发展的本质规律，历史方法论则是指人类的思维必须符合社会客观现实的文化逻辑；以历史的表征性内涵为特征，马克思主义的历史观念不仅是时间序列的线性进程，也是历史认知的普遍规律，而马克思主义的历史理论则是黑格尔式的逻辑思维与费尔巴哈式的唯物主义思想的有机结合体。无论是作为物质性的历史概念，还是作为表征性的历史内涵，历史唯物主义的批评观念都要求文学研究回到社会和历史的具体语境中，在社会关系的网络中考察文化生产和意识操控的本质规律。物质性层面的历史语境和社会关系是历史唯物主义的批评视阈，表征性层面的历史叙述和文化意义则成为西方马克思主义批评的理论指向。对于马克思主义话语的历史观念，伊格尔顿明确指出“历史填充了文学和文化批评中永恒性美学价值的欠缺”，“表征”则取代“其地位和象征性功能”，成为“最终的目标”、意指实践的“源泉和指向”和“终极能指”。[③] 对于历史唯物主义的批评理念，詹姆逊则在《政治无意识》中多次指出“永远历史化”的批评义务是马克思主义的主要理论工作，是“决定性的或者我们可以称之为‘超历史性’的义务”[④]。

如果说文学批评对历史语境和物质关系的充分重视是西方马克思主义话语的理论义务，那么历史批评对文化表征和意识形态的理论批判则是唯物主义历史批评的实践道路。对于意识形态的历史批评方法，阿尔都塞认为：意识形态是人们体验社会的想象性途径，历史与文学则既是体验的内

① 张进．马克思主义与新历史主义历史诗学．甘肃联合大学学报，2004（4）：15—17.

② Terry Eagleton, *Marxism and Literary Criticism*, London: Routledge, 2002, p. 3.

③ Terry Eagleton, *Criticism and Ideology*, London: New Left Books, 1976, pp. 72 – 95.

④ Fredric Jameson, *The Political Unconsciousness*, London: Methuen, 1981, p. 9.

容也是想象的形式；文学文本与意识形态虽然具有特殊的指涉关系，但文学和历史却不能简单地化约到意识形态的范畴。从意识形态的总体性视角，西方马克思主义理论家从生产关系的各个角度对历史批评进行了深层次的理论建构：从社会生产关系入手，麦克雷（Pierre Macherey）发展了文学生产和意识形态生成的理论视角；从历史小说的形式意义入手，卢卡契形成了文学形式与历史批评的社会视角；本雅明则从作为文学生产者的作家视角入手建构了文学生产的主体性、艺术的技术性和生产性等相关理论。在历史唯物主义的批评方法论体系中，文化表征性、历史非连续性和意识形态物质性的各种理论范畴在历史化的阐释中得到充分重视并直接介入到历史批评领域。正是在意识形态和文化表征的理论平台之上，马克思主义的历史观念才能够在文化结构层面以历史诗学的理论形式彰显历史的社会生产关系和意识形态视角。

从历史的物质性和文化的表征性问题介入到历史批评领域，马克思主义历史观念逐步渗透到新历史主义的批评实践之中，并作为一种物质性的批评精神始终贯穿于文化诗学的各个方面。对于经历马克思主义理论洗礼之后的新历史主义而言，文本的历史性研究要比历史的文本性分析在理论关怀层面更为重要，探讨文本的历史性也就要“探索它的直接的社会关系（写作和阅读的各种形成过程），不是作为‘语境’或‘背景’，而是作为实践本身的实质成分”①。受历史唯物主义的理论影响，新历史主义反对“将艺术概念作为跨越时间、超越文化的普遍性人类本质，或者作为某种自我满足的封闭系统”，主张在对社会能量的流动踪迹的历史性阐释中建构艺术再生产的诗性空间。② 从新历史主义在历史领域的物质性批评来看，历史唯物主义的批评理念是文化诗学与西方马克思主义之间的理论契合之处；从新历史主义在文化领域的历史性批评来看，历史阐释的“多声道”特征则是两种批评思想之间历史阐释与政治阅读的理论分歧和话语界限。

传统的历史范畴通常表现为两种形式，即作为历史存在的史实和作为历史意识存在的史学，历史主义的批评观念则倾向于在两种历史形式之间画上等号，将对历史的主体认识等同于历史的客观事实。从历史唯物主义的批评视角，马克思早已认识到历史形式的这种意识形态特征，指出“历

---

① Mulhern Francis, *Contemporary Marxist Literary Criticism*, London: Longman, 1992, p. 19.

② Stephen Greenblatt, *Renaissance Self - fashioning*, Chicago: The University of Chicago Press, 1980, p. 4.

史就是人类、真实的和活生生的人所创造、占有和战斗……历史只是人类追求自己目标的活动"[①]。在历史概念的物质性方面，西方马克思主义话语与新历史主义在历史唯物主义的认识论基础上已经达成共识并实现了批评方法论的基本契合，但是在历史形式的主体性方面，两种批评理论之间在历史阐释的理论导向问题上却产生了批评旨趣的重要分歧。前者主张以政治阅读的单一性批判视角介入到历史领域之中并建构意识形态分析的理论范式，后者则提倡以个体话语的"多声道"阐释视角介入到历史批评之中并建立权力关系的文化诗学体系。

以历史形式的主体性特征为理论背景，本雅明多次质疑过历史表述的理性形式，认为历史不是过去、现在和未来按目的性原则连接起来的直线，不是"进步"在其展开过程中的一个时刻，也不是各种事实前后递进中的一部分，而是时间凝结于现在，打破貌似连接而实则虚假的历史叙事，使"过去"在回溯中展现新的意义。从历史唯物主义的物质性视角来看，历史原本就是意识形态的主体性产物，却又披上了历史理性的启蒙外衣；历史理性的启蒙途径，恰恰是对"叙事的封闭（目的）和人物（历史主体）这对孪生范畴的排斥"，将历史改装成"没有目的的或主体的过程"。[②] 相对于传统历史主义的历史理性观念，马克思主义的历史批评要求以政治性阅读的视角介入到历史表征的整个过程，通过对意识形态因素的分析实现个体解放和历史自觉的理论理想。为了恢复理性压迫下的历史真相，本雅明主张批评家以主体精神介入，穿破历史理性的束缚达到解放历史意识的目的；阿尔都塞则要求消除黑格尔对马克思主义的影响，重新诠释意识形态的作用，强调意识形态能动地创造历史，坚持历史批评必须首先揭露"在'明显和易观性'背后隐藏着它与意识形态之间的交叉繁殖"[③]。历史范畴的物质性理念使得马克思主义形成历史唯物主义的批评方法论，历史表征的主体性特征则让其获得意识形态与政治批评的理论范式。正如詹姆逊所指出的，马克思主义批评强烈的政治诉求"把文学不仅仅理解为一种构成或形式体验，而且理解为一个既定形式的过程，这个过

---

① Karl Marx & F. Engels, "Holy Family, or the Critique of Critical Criticism", in *Collected Works*, vol. 4: 1844 – 1845, Karl. Marx and F. Engels, New York: International Publishers, 1975, p. 93.

② 特利·伊格尔顿. 瓦尔特·本雅明：或走向革命批评. 历史中的政治、哲学、爱欲. 马海良译. 北京：中国社会科学出版社，1999. 33—38.

③ Louis Althusser, *Reading Captal*, London: Verso, 1979, pp. 109 – 110.

程要履行历史的、意识形态的，甚至是政治原型的功能"①。

新历史主义批评也极力反对黑格尔式思辨形态的历史理念，它既否定历史形式与历史事实之间的等同关系，也反对历史表述的理性形式和启蒙意义。然而与马克思主义的单一性政治批评范式不同，它对传统历史主义的批判是在步福柯权力话语的理论后尘，走的也是"多声道"历史阐释的文化诗学道路。如果说马克思主义和新历史主义之间的确存在历史物质性的理论契合，那么在历史阐释问题上两种批评理论之间则在分析范式和批评旨趣方面产生了观念分歧。诚如多利莫尔所言："唯物主义批评将历史经典及其阐释变迁联系到生产它们的文化结构，文学阐释则再次生产或促进改变文化结构的重构。"② 在历史物质性和文化表征性的理论基础上，西方马克思主义和新历史主义同时转向历史领域的唯物主义批评，但是对于历史主体的不同阐释道路却又成为两种批评思想话语重建和结构重构的理论契机。

对于大多数西方马克思主义理论家来说，意识形态分析和政治意识批判是历史阐释的批评导向和理论关怀，历史意识形态批判的政治性目的就是改造社会文化与主体世界的革命理想。按照齐泽克的说法，如果意识形态领域的"革命是严格意义上的创造主义行为、'死亡冲动'的极端介入：支配性文本的消逝以及通过窒息过去的'存在方式'产生某种新文本"③，那么新历史主义对社会文化的态度则更加偏向于循序渐进的温和派改良作风，主张以历史阐释的主体性为基础建构起多样性和对话性的文化诗学体系。对于新历史主义历史阐释的"多声道"对话特征，格林布拉特强调："所有由社会生产出的事物都能够流动，除非它可以被排除在外；在此情况之下，就不再存在单一的方法论、全面的图景和限定性范畴的文化诗学。"④ 与西方马克思主义话语的意识形态和政治阅读范式不同，格氏的新历史主义文化诗学更加重视历史表征的话语结构和历史阐释的主体经验，主张在历史唯物主义的基础上建构以权力话语为批评范式的文化诗学的新理论空间。

以历史物质性和文化表征性为批评理念，马克思主义的历史批评并不

---

① 詹姆逊．新马克思主义．王逢振主编．詹姆逊文集（第1卷）．北京：中国人民大学出版社，2004. 190.

② Jonathan Dollimore, *Radical Tragedy*, Hemel Hepstead: Harvester, 1989, p. xv.

③ Slavoj Zizek, *The Sublime Object of Ideology*, London: Verso, 1991, pp. 142 – 144.

④ Stephen Greenblatt, *Shakespearian Negotiations*, Oxford: Clarendon, 1990, p. 19.

局限于对历史语境中社会现象的实证性研究，而是主张从经济基础与上层建筑、社会存在和意识形态之间的辩证关系切入到社会文化领域，在文化生产的各种关系网络中形成历史唯物主义的意识形态范式。同样是以历史表征和文化生产的批评视角介入文学研究领域，新历史主义并不局限于从历史背景探求文学文本背负的各种文化意义，而是主张在历史语境与文学艺术的双向流通之间解读历史语境中的权力踪迹和文化图景，在历史阐释的“多声道”网络中建构历史唯物主义批评的权力话语范式。

从新历史主义的理论导向来看，文化诗学的思想源泉是 20 世纪六七十年代以来美国本土的新左派运动，倘若硬是要将新历史主义历史阐释的权力维度化约到马克思主义的意识形态范畴，那么也“只好认为它是一种变节蜕化的马克思主义”①。在历史唯物主义的意识形态批评中，西方马克思主义话语对文化（再）生产关系网络的过分强调，在很大程度上取代了对文学艺术多样性意义的必要关注，意识形态的理论范式也几乎已经遮蔽了历史批评中主体性阐释的多元视角。对于文化生产中的意识形态因素，麦克雷认为“它弯曲和改编‘作为意识形态语言的日常语言’”，因此将读者与这种语言隔离开来，将注意力吸引到意识形态本质上，也使得向意识形态的科学性知识的过渡成为可能。② 对于主体性建构和异化过程中的意识形态影响，阿尔都塞指出，“意识形态就是个人同他的存在的现实环境的想象性关系的建构”，“将作为个体存在的主体全部‘招募’（recruit），或者通过‘讯问’（interpellation）或‘跟踪’（hailing）的方式将个体‘改造’（transform）成为主体”。③ 对于西方马克思主义来说，意识形态在社会文化和历史意识的生产关系网络中发挥了主导性的塑造与控制作用，作为意识形态的自然产物，历史阐释主体在生产关系的物质性牢笼中或许只能通过政治批评的理论介入才能最终实现身体层面的自决、自愿以及精神层面的自由、自觉。

如果说在文学批评活动中，格氏的文化诗学对历史背景与文学前景的对立性区分已经是颇有微词，那么在理论范式层面上，他则更加不满西方马克思主义理论话语一元化模式的意识形态观念。对于西方马克思主义批

① 盛宁．新历史主义．台北：台湾扬智文化事业公司，1996. 126.

② Pierre Macherey, *A Theory of Literary Production*, Geoffrey Wall (trans.), London: Routledge, 1978, p. 59.

③ Louis Althusser, *Lenin and Philosophy and Other Essays*, London: New Left Books, 1977, p. 152, p. 176.

评对意识形态的过度强调，他认为，“文学被当作社会规则和物质关系的表达手段，连马克思本人也极力反对这种对文学艺术的功能性吸收，但后继的马克思主义美学，因为权力和抽象，从来没有满意地解决《资本论》中提出来的理论问题”①。相对于马克思主义的意识形态批判，新历史主义批评再次转向福柯的权力话语理论，并在“权力—遏制”的二元结构中重新建构起历史阐释的文化诗学范式。在历史阐释的主体性和话语性的对话理念中，格氏指出新历史主义的批评旨趣不在于片面强调社会介入的政治批评，而在于追溯历史真相的阐释经验。新历史主义文化诗学的批评实践或许并不能真实再现历史事件之肉身从而完整恢复起历史本来之面目，但是通过历史阐释的主体性建构过程，格氏却始终相信“我们能够质问集体信仰和体验如何被塑型、如何从某种介质转向其他类型、如何集中于可操控的美学形式并满足受众消费之需；我们可以考察各种文化实践之间的界限如何被标识为艺术形式或其他毗邻的表现方式；我们可以试图决定这些被划分的特定区域如何受到权力的影响而提供乐趣、激发兴趣或生成焦虑”②。

与西方马克思主义的意识形态批评不同，新历史主义的历史唯物主义批评形成的是基于权力话语的理论范式。由于批评旨趣和理论范式的严重分歧，伽勒尔认为新历史主义在文化诗学的批评理念中“已经不能恢复对马克思主义的信仰，也不能皈依解构批评”，为了划清新历史主义批评与马克思主义话语之间的界限，她甚至宣称前者对“历史的兴趣可以脱离政治而独立发展；在历史地看待文学的愿望背后可以没有任何政治动机”③。虽然在对西方马克思主义的政治介入问题上，伽勒尔的批评话语不免有些激烈甚至矫枉过正，但她确实指出了新历史主义批评家在意识形态问题上的明确态度：“没有任何文化或批评实践是种单纯的政治伪装物，而这些批评实践极少在本质上是具有解放或压迫性质的”，新历史主义的文化诗学“通常也不把政治当作自己的内涵，反而是通过占据特定的历史位置，并由此进入各种交换或交涉活动，其中附带着被称作‘政治的’的实

---

① Stephen Greenblatt, *Shakespearian Negotiations*, Oxford: Clarendon, 1990, p. 19.

② Stephen Greenblatt, *Shakespearian Negotiations*, Oxford: Clarendon, 1990, p. 5.

③ 凯瑟琳·伽勒尔．马克思主义与新历史主义．中国社会科学院外国文学研究所《世界文论》编辑委员会．文艺学和新历史主义．北京：社会科学文献出版社，1993. 161—177.

践”。[①]

实际上，新历史主义批评一方面拒绝承认任何形式的超越社会关系和意识形态的艺术形式，积极要求文学批评回到基于历史语境与社会文化的物质性批评上来；另一方面，它也不认为文学艺术就仅仅是等待加以适当解码的政治产物。按照新历史主义理论家自己的说法，历史领域的批评实践有时只是某种“主体性的深刻局部体现，用不着在所有情况下都需要政治点火装置”，他们之所以要用权力话语的批评范式取代马克思主义的意识形态理论，就是为了“继续抵制那种把他们的历史的、文学批评的以及政治的意识统统合并到一个和谐整体中去的综合化目标”。[②] 从总体上来看，新历史主义理论家在对马克思主义式政治阅读的批评态度中激进的情感要远远多于理智的判断，对意识形态范式的价值评判也不免有些以偏概全而有失公允，但是回溯新历史主义所崛起的后现代文化语境，他们的过激言论和极端情感似乎也可以理解，毕竟新历史主义的文化诗学批评所张扬的也无非是任何文艺作品原本就应该具有的主体经验和诗性维度。

3.4 权力话语与主体重建：文化诗学对福柯历史观的话语重建

新历史主义批评普遍被西方学界视为福柯解构思想在文艺复兴研究领域的理论副产品。不少学者倾向于在福柯解构史学和新历史主义之间直接画上等号，认定福柯才是新历史主义真正意义上的理论始祖；更有学者认为新历史主义是福柯历史观念在美国化过程中的翻译版本或实践产品，艾伯拉姆斯甚至宣称，以格林布拉特为首的新历史主义批评家无非只是福柯解构思想在美国学界的推销者或代言人。[③] 从历史解构和文化批判的理论范式来看，新历史主义观念与福柯解构史学之间确实具有很多“家族相似”的理论特征，但是如果直接将两种批评思想等同起来，甚至认为新历史主义只是福柯思想的美国化包装，就完全忽视了新历史主义文化诗学本

---

① 凯瑟琳·伽勒尔．马克思主义与新历史主义．中国社会科学院外国文学研究所《世界文论》编辑委员会．文艺学和新历史主义．北京：社会科学文献出版社，1993. 161—177.

② 凯瑟琳·伽勒尔．马克思主义与新历史主义．中国社会科学院外国文学研究所《世界文论》编辑委员会．文艺学和新历史主义．北京：社会科学文献出版社，1993. 161—177.

③ 陆扬．关于新历史主义批评．外国文学研究，1994（3）：93—96.

身的理论体系和学术理念。从格氏提倡的文化诗学理念来看，新历史主义对福柯思想既有历史解构的理论借鉴也有文化阐释的批评创见。知识考古和历史谱系的解构思维是两者方法论的契合点，解构历史与主体重建的批评指向是两者研究旨趣的分歧点，权力话语与文化阐释的批评范式则体现出两者不同的权力和诗性导向。新历史主义这种解构历史不沉溺于历史解构的文化诗学理念，既是其区别于各种版本的后现代历史诗学的理论特征和诗性品质，也是它崛起于后现代主义之后的理论依据和批评导向。

作为西方后现代文化的主导力量，福柯的解构主义思想对当代文艺理论的影响范围广泛而又意义深远。如果说福柯的思想对其他批评理论的渗透很大程度上在于权力话语的批评思维，那么它对新历史主义文化诗学的影响则主要集中在知识考古和历史谱系的解构思维。相对于传统历史主义强调历史前景的文本意义，福柯的解构史学更加重视历史背景的权力结构，强调情景主义历史批评观念。在对线性历史和理性历史的解构中，福柯指出："'考古学'是局部话语性的分析方法论，而'谱系学'则是在对这些局部话语性描述的基础上将客体知识解放并带入嬉戏过程的各种策略。"[①] 知识考古和历史谱系的解构思维既是新历史主义与福柯思想在历史批评领域的方法论契合点，也是新历史主义文化诗学突破传统历史主义批评的理论契机。

从总体上来看，福柯提倡的情境主义历史批评，并不着眼于从语言层面贯通历史与文学，而是积极倡导以权力话语为元历史形态替代宏大叙事介入历史的表述，倡导以历史情境的介入去消解历史的先验本质。在历史解构的过程当中，福柯建议"我们不要再将话语联系到经验的主要场所，或者某种知识的权威，但是我们必须在话语内部寻求其形成的规则"[②]。他认为，既然文本本身不是意义的背负者，而是在权力话语领域的介入形式；既然文本背后没有什么深厚的真理等待发掘，也没有历史偶然性背后的最终规律要去发现，历史批评自然就应采取考古学或谱系学的方法，将真理与谬论生产中的参数放置于历史分析和政治讨论的中心环节，在权力话语的元历史层面致力于"描述"而不是"阐释"过去。在传统历史主义的理论话语中，史实只能作为史学的知识"他者"并且使后者具有某种本

① Michel Foucault, *Power/Knowledge*, C. Gordon (ed.), Brighton: Harvester, 1980, p. 85.

② Michel Foucault, *The Archaeology of Knowledge and the Discourse on Language*, A. M. Sheridan Smith (trans.), New York: Pantheon, 1972, pp. 34 – 79.

质的意义，而史学在对史实的权力介入中获得自身的合法性；福柯的解构史学则主张将主体价值悬置、将历史表述机制倒置，提倡以问题化的方式回到经验现象、重新考察历史诗性之权力维度。在福柯的历史观念中，对过去历史的问题化过程应该抛弃传统历史主义的理性伪装，并且深入到历史情景中去揭示局部话语的整个权力结构和关系网络；而从历史解构的过程来看，"'问题化'既不是对现存对象的再现，也不是对非现实事物的话语性创造，而是将某些事情带入真理和谬误的嬉戏过程并建构为思维对象的话语性和非话语性实践的总体"[①]。

对此，福柯首先提倡考古学的研究方式。考古学本身也是一种历史元批评形式，目标是通过考察由经验现象到意义生成的必要途径，发现史学实践"如何变为连贯的并具有确定目标的沉思手段，如何让特定话语从这些沉思手段中浮出并被视为真理，如何又将它们与寻求真理并复述真理的责任联系起来"[②]。福柯的考古学提倡历史批评回到经验现象，不是要停留在现象并满足于经验世界，而是要考察历史叙述与阐释中的权力运作规则，在元历史批评层面揭示历史空间的权力关系和话语结构。通过考察各个时代"知识型"的演变过程，福柯把寻找文本之中隐蔽的社会历史起源并形成关于文本的"反记忆"看作后现代历史批评的首要任务。在尼采和海德格尔的影响下，福柯继而更加明确地提出谱系学的历史概念，指出"谱系学要重新建构客体化的多样系统；不是意义的权力预兆，而是各式统治的复杂嬉戏"[③]。

从情景主义的历史批评来看，谱系学观念实际上是对知识考古学的某种极端化的话语转向，它基本抛弃了对历史起源的迷恋和追溯，更加侧重于揭示历史领域中权力的运作过程。通过知识考古学意义上的历史断裂分析和历史谱系学意义上的权力话语介入，福柯认为情景主义的历史批评应该具有三种形式：其一是对现实做反讽和破坏性使用，针对历史作为回忆或确认的模式；其二是对同一性做分解和破坏性使用，针对历史作为连续

---

① Michel Foucault, "Le Souci de la Vérité", *Magazine littéraire*, 207, 1984, p. 18.

② Michel Foucault, *The Archaeology of Knowledge and the Discourse on Language*, New York: Pantheon, 1972, pp. 34 – 56.

③ Michel Foucault, *Language*, *Counter – Memory*, *Practice*, D. F. Bouchard (trans.), Ithaca: Cornell University Press, 1977, p. 148.

性和传统；其三是对真理的牺牲和破坏性使用，针对历史作为认知。① 谱系学的历史观念不是将历史插曲当作不可把握的东西从而忽略过去，也绝不是直接去追溯它们的本原，而是在历史断裂观念的基础上关注历史现象、历史偶然性以及历史话语性。相对于历史主义的“意义”历史，历史谱系批评实际上已经提出了“效果”历史的概念。福柯的解构史学并不着意于对历史事实的追溯和恢复，而着意于历史真相的生产过程中权力话语的踪迹。对于历史谱系学的研究目的，福柯再三强调，“我的问题就是要了解人们如何通过真理的生产途径控制他们自己和其他人（我再次强调，真理的生产并不是指真实言论的生产，而是指真实和错误得以调节和指涉的控制领域），我则致力于将真理和谬误的生产条件放置到历史分析和政治话题的中心地带”②。

福柯的解构主义史学理论在很大程度上影响了以格林布拉特为代表的新历史主义批评家。以知识考古学的历史观念为理论依托，新历史主义抛弃总体性历史的概念转而投向断裂性的局部历史的研究，追寻的不再是历史语境的整体性图景而是历史文本深处的各种文化影像。以历史谱系学为批评理念，新历史主义同样放弃对历史本原的追求而转向对历史语境和历史叙事的研究，在历史批评领域所强调的也不再是历史发展的线性轨迹，而更多的是关注于历史的逸闻轶事并追寻历史文本中压制与颠覆的权力痕迹。作为新历史主义批评家，格氏本人早就清醒地意识到那种企图恢复整个时代的历史全景的虚妄意图和徒劳无功，转向以文化主体的社会关系和文化生产的运作过程为批评目的，通过追溯各种社会能量的流动轨迹揭示文艺复兴时代的权力网络和文化景观。如果说借助情境主义的历史观念，新历史主义文化诗学与福柯解构史学理论实现了知识考古学和历史谱系学批评方法论的整体契合，那么对历史解构的不同理解则导致了两种批评思想之间理论导向和批评旨趣的根本分歧。

福柯的知识考古学和历史谱系学理念源自尼采式的解构历史理性与揭示话语结构的非理性诉求。相对于要求恢复历史文本的各种隐含意义的黑格尔式历史观念，福柯更加倾向于在历史断裂的痕迹中对权力踪迹和权力

---

① Michel Foucault, "Nietzsche, Genealogy, History", in *The Foucault Reader*, London: Penguin 1984, pp. 76 –97.

② Robert Castel, " 'Problematization' as a Mode of Reading History", in *Foucault and the Writing of History*, Goldstein, Jan (ed.), London: Blackwell, 1994, pp. 236 –252.

网络的话语性描述，而并非历史意义和主体意图的历史性阐释。他认为历史文本不是意义本质的背负者，而只是历史力量场中的各种话语的介入形式。与其将历史文本当作揭示历史语境、世界观念或意识生产的阐释途径，不如将它视为自身无法正名且自欺欺人的话语症候和权力征兆。历史文本背后除了权力话语没有任何形式的语境意义和主体关怀。就历史解构的主体命运而言，诚如拉宾诺（Paul Rabinow）所说，福柯是“一个非历史性的历史学家、一个反人本主义的人类科学家、一个反对结构主义的结构主义者”[①]，那么格林布拉特就应该是一个历史性的文学批评家、一个文化性的历史批评家，他解构历史但不沉溺于历史解构，而期盼主体性的重新建构。

福柯的解构史学理论“不在于要书写这种禁忌的社会史，而在于‘真理’生产的政治史”[②]，对权力过程和话语结构的集中关注注定会遮蔽历史语境的表征意义和主体性的阐释空间。对于福柯而言，“连续性的历史不能脱离于主体的相互联系”，并且“主体的存在保证了任何欺骗他的事物能否得到恢复”，因而解构史学的首要任务是重新确立历史主体的地位。要颠覆连续性的历史而引入断裂的历史概念，要解构抽象的历史本质而引入局部的话语理念，历史性的主体形式和社会性的个体存在就必须消逝在权力话语的共时性关系网络中。为了彻底解构历史本质和放逐历史主体，福柯继而引入“知识型”的批评概念，将理论焦点投向各个时代知识形态变化背后的权力关系和话语结构，强调“权力只通过某种网状结构得到运作，个体只是权力的载体，而非权力运用的接点”[③]，提倡“不要将话语联系到经验的主要场地，也不要联系到知识的权威性，而只在话语内部寻求形成的规律”[④]。福柯主张解构历史而又沉溺于历史解构，在很大程度上忽略了历史主体的丰富性内涵和多样性意义。解构史学的这种反人本主义的理论倾向，又具体表现在他为了揭示权力话语在历史语境的运作过程中，在反本质主义层面上否定历史个体的主体性建构过程，他为了在历史断裂

---

① Dreyfus, H. and Paul Rabinow, *Michel Foucault: Beyond Structuralism and Hermeneutics*, Hemel Hempstead: Harvester Wheatsheaf, 1986, p. iii.

② Michel Foucault, *Politics, Philosophy, Culture and Other Writings*, 1977 – 1984, London: Rutledge, 1988, p. 112.

③ Michel Foucault, *The Archaeology of Knowledge and the Discourse on Language*, New York: Pantheon, 1972, p. 12, p. 79.

④ Michel Foucault, *Power/Knowledge*, C. Gordon (ed.), Brighton: Harvester, 1980, p. 98.

的痕迹中追寻权力关系的踪迹，却又在本质主义的意义上忽略话语结构之外的阐释空间。

格林布拉特的文化诗学同样将历史解构理念付诸文艺复兴文学的具体分析过程中，考察“各种历史偶然性之中背负的文化对象意义”。在权力话语语境中分析历史文本，在历史文献材料中穿梭往返，新历史主义借助情境主义的历史批评能够获取深层次的历史结构和文化影像。然而，与福柯沉溺于历史解构而消解历史主体的观念不同，新历史主义同时强调文化主体性的重新建构，尤其关注个体自我和知识主体在特定历史情境中的形成过程。格氏本人多次指出，新历史主义的批评旨趣不在于某种抽象概念或超验结构，而在于发现“在各种偶然性场合之中主体得到自我塑型和按照既定文化的生成规则的塑型过程”①。从格氏的批评理念来看，福柯的解构史学以权力话语的概念过渡化约了历史批评的多元视角。在由主体性介入的具体历史语境中，权力关系和话语结构往往要比历史解构的简化意识来得更加复杂多变。新历史主义对历史文本的分析并不局限于既定的话语结构和权力关系，而是通过历史主体和历史意识的重新建构将历史批评的视角延伸到历史情境的诗性阐释空间。新历史主义文化诗学解构历史而不沉溺于历史解构的理论前提乃是历史主体性的建构。用佛克马的话来说，新历史主义的理论基点就是“对在历史之中占据了一个独特位置的‘此时此地的我’（I here - and - now）的承认”②。

福柯与格林布拉特对于历史主体的迥异态度实际上体现出两者在历史解构层面对于权力话语的不同理论策略和批评导向。福柯主要将权力话语当作解构历史的方法论策略和历史解构的终极目的，在权力关系和话语结构的封闭网络之中否定任何形式的历史主体的可能性；格氏则将权力话语主要看作是表征形式和意义生产的政治因素，在权力施行的具体过程和多样结构中突出历史主体性的能动方面。福柯认定权力是主体陷落的某种匿名性的网络体系而沉溺于历史解构的话语迷宫；格氏认为权力是某种意识形态对历史主体性的控制和塑造过程。克勒布鲁克指出：“对于福柯而言，权力是某种方法论的策略，是避免将文本、行为和实践联系到诸如意愿、意识形态、兴趣等领域的阅读方式和解释手段；对于格林布拉特来说，权

① Stephen Greenblatt, “Resonance and Wonder”, in *Modern Literary Theory*, 4th edition, Philip Rice et al. (eds.), London: Arnold, 2001, pp. 305 - 324.

② 佛克马，蚁布思．文学研究与文化参与．俞国强译．北京：北京大学出版社，1996. 44.

力的概念早就已经包含在被研究的文本之中，而批评家在运用权力阅读文本的时候并没有权力的概念。”[①] 与福柯消解历史主体的单向度权力话语不同，新历史主义文化诗学的权力概念指向任意历史切面之中颠覆—压制因素的双向运作过程，即权力的施行既是社会机制和话语结构对主体意识的控制与塑造过程，也是历史主体在社会能量的历史性流动中对知识话语和意识形态的回溯与制衡过程。从权力的塑型效用出发，格氏认为文艺复兴时期的文艺家们普遍具有特殊的自我意识和清晰的社会认识，主张引入自我塑型的概念集中表现在话语形成过程中的主体性生产，继而展现文艺复兴期间社会主体性建构的特定条件和不同品格。另外，从权力的表征特征出发，他又强调“戏剧在文艺复兴领域被广泛认为是生活的历史品质的具体体现，尤其是对权力话语的再现”[②]，指出文艺复兴意义上的权力话语在文学世界中发现并转向文学文本的再生产过程，它的历史文本作为权力运作的文化产品同时呈现或折射出福柯视角的各种权力关系和意识形态。

对于新历史主义而言，权力的概念在历史文学作品中更多的只是某种再现或表征形式的意识形态因素。也正是在这种表征的意义上，权力又被视为历史主体性建构的重要语境和必要条件。权力或许并不是排除主体性再现的知识条件，而是代表文化诗学的历史性批评平台和主体性阐释维度；同时，权力的批评视角并没有完全颠覆历史语境的阐释平台，而是保留了处于自我与再现之间的个体意识和主体阐释。在对历史情境的阐释过程中，格氏提倡历史阐释者“不断返回到个人的经验与特殊环境之中，回到当时的人们每天必须面对的物质需要和社会压力中，以及回到一部分具有共鸣性的文本上”[③]，以权力关系和话语结构的分析方式更加透彻地再现出历史主体的塑造与自我塑型过程。对于历史情境的主体性建构过程，他又强调权力的双向性特征和意识形态的多样性形式，指出“对每个特定的‘我’来说，这种‘我’是特殊的权力形式，它的权力集中在某些专门机构中，比如法庭、教会、殖民当局和宗教法庭，同时也分散于意义的意识

---

① Claire Colebrook, *New Literary Histories*, Manchester: Manchester University Press, 1997, p. 62.

② Stephen Greenblatt, *Renaissance Self-fashioning*, Chicago: The University of Chicago Press, 1980, p. 253.

③ Stephen Greenblatt, *Renaissance Self-fashioning*, Chicago: The University of Chicago Press, 1980, p. 253.

形态结构、特有表达方式与反复循环的叙事模式中间”[①]。换句话说，权力的概念既是历史阐释的主体性经度，也是历史主体的阐释性纬度，既是解构历史的意识形态的主体性平台，也是历史解构的主体性的意识形态舞台。

与福柯解构史学否定主体性的权力话语有所不同，新历史主义的权力理念更加侧重于历史性的回归和主体性的建构。对历史主体和阐释主体的清醒意识，是新历史主义对福柯解构史学主体性盲区的话语回应和理论突围，文化诗学对权力话语和主体重建之间的理论导向也表明其权力话语模式向文化人类学和当代阐释学的转向。从本质上来讲，新历史主义文化诗学是一种在历史性的主体重建和主体性的历史阐释之间的对话理论：它既不能远离主体重建之间的批评理想而沉溺于权力话语的历史解构迷宫，也不能陷落于历史阐释的主体空间而忽视权力话语的塑型结构。诚如格氏本人所言：“当代理论必须重新定位：不在阐释之外，而是在谈判和交易的隐蔽处。”[②] 正是通过权力话语与主体重建之间的沟通与对话过程，格林布拉特的文化诗学批评才得以从权力与主体之间的辩证关系出发，逐步拓展福柯解构史学理论单向度的权力观念，不断开辟出权力关系和历史主体的新历史主义阐释空间。

3.5 文本意义与阐释过程：文化诗学对当代阐释学的视阈转移

新历史主义与当代阐释学几乎同时崛起于20世纪70年代左右，但是这两种批评学派的理论关系却始终没有得到足够重视和深入探讨。在两种批评流派的理论归属方面，理论家伊瑟尔（Wolfgang Iser）认定当代阐释学就是“文化人类学的历史性研究”，指出新历史主义只是阐释学在历史领域的实践成果；批评家汤姆金斯则提倡阐释学转向“一种新的历史批评”，认为“我们或许应当把日益引起人们兴趣的读者反应批评也包括在新历史主义这一总标题之下”。[③] 有论者根据保罗·利科的阐释观念，将当

---

① Stephen Greenblatt, *Renaissance Self - fashioning*, Chicago: The University of Chicago Press, 1980, p. 253.

② Stephen Greenblatt, *Learning to Curse*, New York: Routledge, 1990, p. 159.

③ 转引自张京媛．新历史主义与文学批评．北京：北京大学出版社，1993. 33.

代阐释学对新历史主义的理论影响集中在两个思想层面：伽达默尔（Gadamer Hans - Georg）的强调历史文化传统决定主体解释视阈的“上溯”哲学，以及哈贝马斯（Jürgen Habermas）的强调联系经济、政治条件和意识形态对历史阐释的“下倾”哲学。[①] 但是，格林布拉特却坚持新历史主义主要受益于伽达默尔的阐释学理论和格兹的文化人类学阐释观念。针对理论家与批评家阐释对立的情况，本节以伽达默尔阐释学对格氏文化诗学的理论影响为分析对象，从批评方法论、批评旨趣和理论导向层面对两种理论的阐释范式展开探讨，指出新历史主义对当代阐释学既有主体阐释的方法论借鉴也有文化诗学的理论创建。历史批评的阐释视角是两者方法论的理论契合点，“文本意义”和“阐释过程”的不同旨趣是两者批评观念的重要分歧，主体阐释和权力话语的批评范式则体现出两者迥异的理论导向与诗性品格。

当代阐释学发源自海德格尔所代表的解释方法论阶段，成型于伽达默尔的阐释本体论阶段。不同于黑格尔式世界历史的哲学概念，当代阐释学以历史阐释的主体视角极力避免历史的开放式发展与历史意义的决定性理解之间不可调和的理论矛盾。海德格尔在历史批评领域对 Historie（“所发生的事情”）和 Geschichete（“被体验为真正有意义的所发生的事情”）所作的实体性区分突出了历史意识的阐释性维度，伽达默尔进而认为阐释主体的个人视角和知识结构代表着对历史事实的认知边界，主张从文本阐释的主体性维度考察历史叙述的意义本质与主体意识。[②] 从历史批评的主体性和主体阐释的历史性的对话角度来看，伽达默尔的解释学理论为新历史主义的历史批评提供了理论参照和阐释范式，新历史主义文化诗学则在某种程度上代表着当代阐释学在文艺复兴研究领域的理论扩容和阐释增殖。对于历史意识的阐释性本质，伽达默尔指出“历史的体验不是意义、计划和理性的体察”，因而“历史的体验不断回归到阐释的义务，它不得不重新解释历史碎片的意义，这些历史碎片也时常受到现实世界的未知偶然性的限制而在当下的意义逝去的未来曙光之中搁浅”。[③] 在伽达默尔的阐释学理论看来，历史事实之所以具有本体意义就是因为它首先是主体阐释的效

---

① 张进．新历史主义与历史诗学．北京：中国社会科学出版社，2004. 156.

② Gadamer Hans - Georg, "The Heritage of Hegel", in *Gadamer*, *Reason in the Age of Science*, Fredrick Lawrence (trans.), Cambridge: MIT Press, 1981, p. 40.

③ Gadamer Hans - Georg, "Replik", in *Hermeneutik and Ideologiekritik*, K. O. Apel (eds.), Frankfurt: Suhrkamp, 1977, p. 196.

果，历史意识在实质上就是“与知识消减和沉沦的对立过程：也就是通过传统引入的语言的复苏和意义的重新认知过程”[①]。

与历史哲学强调历史规律的思辨逻辑不同，伽达默尔的阐释论历史观念关注的乃是主体阐释所建构的文本意义和历史意识。借用历史学者卡尔（E. H. Carr）的话来说，当代阐释学意义上的历史“既不是由‘各种可疑阐释的精髓’环绕着的‘事实的硬核’，也不是‘由各种事实的精髓围绕的阐释的硬核’，而是两者之间的某种辩证关系”[②]。在“此在”与“彼在”、事实与意识、意义与阐释的多重对话关系中，阐释史观念“标志着此在的根本运动性，这种运动性构成此在的有限性和历史性，因而也包括此在的全部世界经验”，因此“解释学反思的进一步发展恰好是为历史主义的问题所支配”。[③] 在历史的阐释性和阐释的历史性两个层面上，伽达默尔指出认知主体和阐释对象都只能存在于历史性的活动中，强调任何形式的历史意识都无法消除历史特殊性和时代局限性的深刻印记。如果历史性对于主体阐释来说是获取知识理性不可或缺的批评维度，那么主体性对于历史阐释来说就是通向历史意义的必由之路。在历史性和主体性的阐释对话中，伽达默尔的阐释学理论主张“阐释视阈融合”，通过文本意义和阐释者的历史性交流，在语言文本、历史意义、主体阐释的对话关系中建构“效果历史”的批评理念。

与伽达默尔的阐释史理念相似，格林布拉特的新历史主义也坚持历史意义的阐释实质和主体维度，强调从语言文本与主体阐释的辩证关系着手重新考察历史批评的阐释效果。既然历史事实与历史意识之间不存在任何超越历史形式的再现通道，那么对叙事文本的历史性批评在本质上来说也就是某种主体性的阐释过程和认知效果。格氏认为：首先，主体阐释是历史批评的必要途径，因此在对历史文本的各种阐释实践中“我只能听到我自己的声音，但我的声音就是死者的声音，因为死者已经设法为我们留下了他们自己的文本踪迹”；其次，效果历史是历史意义的认知形式，因此在对历史形式的各种批评实践中“我们认识社会能量只能是间接地在某些文字、声音和图像踪迹之类能够生产、塑造和组织集体性物质和精神体验

① Gadamer Hans - Georg, “Replik”, in *Hermeneutik and Ideologiekritik*, K. O. Apel (eds.), Frankfurt: Suhrkamp, 1977, p. 196.

② E. H. Carr, *What is History*, London: Macmillan, 1986, p. 4, p. 18.

③ 伽达默尔. 真理与方法（上卷）. 洪汉鼎译. 上海：上海译文出版社，1999. 6，391.

的能力之中感受其效果”。[①] 在格氏的文化诗学观念当中，既然历史批评的实质只能是主体阐释和意义建构，那么“我向我的资料提出的问题和这种材料的性质，都是由我向自己提出的问题所形成的”；既然历史批评的最终指向只能是伽达默尔的阐释史和效果史，那么“与这种阐释实践具有亲缘关系的文学批评，必须清醒地意识到自身作为阐释的地位并专注于将文学理解成为特定文化的各种符号系统的组成部分”。[②]

如果说伽达默尔的阐释理论主要集中于历史文本的阐释实践，专注于历史意义的主体性呈现，那么格氏的文化诗学批评则将历史文本的概念扩展到整个文化系统，解读历史意识的建构过程和主体阐释的文化结构。对于后者来说，“伟大的艺术是对复杂斗争和文化和谐的敏感的记录”，新历史主义批评就是要“不断返回到个别人的经验与特殊环境之中，回到当时的人们每天必须面对的物质需要和社会压力，以及回到一部分具有共鸣性的文本上”，通过主体阐释将历史意义以“文化的共鸣性质释放出来”。[③] 应该说，新历史主义文化诗学同样强调历史阐释的主体性和主体阐释的历史性，在历史批评领域也认同伽达默尔的阐释史和效果史理念。然而，与前者片面重视阐释意义和认知结构不同的是，格氏主张从历史情境与文化系统着手考察意义阐释的历史性过程和主体认知的文化性结构。如果说历史批评和主体阐释是新历史主义与当代阐释学之间批评方法论的理论契合，那么文本意义和阐释过程的不同理论导向则意味着两种批评理论之间阐释观念与批评旨趣的根本分歧。

对于历史阐释的意义生产过程而言，伽达默尔认为“阐释在特定意义上来说可能就是某种再创造，而这种再创造并没有遵循先前的创造性方式；相反的是，它遵照每个人据其发现的意义并带入再现过程的创作物的外观”[④]。既然历史意义是某种主体性与历史性的创造产物、历史文本与主体认知之间视阈融合的结果，那么历史批评就包括意义本体与认知过程这两个目标层次，即历史文本的再现意义和历史阐释的表征过程。在伽达默尔的阐释理论中，对意义本质认知的强烈愿望似乎遮蔽了对过程本体的相

① Stephen Greenblatt, *Shakespearean Negotiations*, Oxford: Clarendon Press, 1990, p. 1, p. 6.

② Stephen Greenblatt, *Renaissance Self - fashioning*, Chicago: The University of Chicago Press, 1980, pp. 5 - 6.

③ Stephen Greenblatt, *Renaissance Self - fashioning*, Chicago: The University of Chicago Press, 1980, pp. 5 - 6.

④ Gadamer, Hans - Georg, *Truth and Method*, New York: Seabury Press, 1975, p. 245.

应重视，对视阈融合的过分强调也取代了在情境层面对阐释过程的必要关注。在历史阐释的主体性方面，伽达默尔指出主体性是历史意义的再现形式而不是阐释实践的终极关怀，认为“主体性的焦点是某种歪曲成像的镜子；个体的自我反思只是历史生活的闭路电路中的短暂闪烁”；在历史阐释的文本性方面，他认定历史意义不在于主体性的阐释过程而在于历史文本的深层结构，指出“想要理解文本就要准备好让文本自己言语”，“阐释学训练的意识必须对文本与生俱来的他者性具有足够的敏感度”；在历史意义的阐释性方面，伽达默尔重视历史文本在当代语境下的再现意义而未曾对历史阐释的表征过程给予充分关注，他认定“填充我们历史意识的总是与过去呼应的各种声音……我们通过这种方式也能拥有历史经验，因为每次在过去的回音之中总能听到新的声音”。[①] 对伽达默尔的阐释理论而言，既然历史文本的阐释意义遮蔽了历史情境与意义生产的再现过程，那么历史阐释的终极关怀只能是文本形式的历史意义而不是历史意识和意义本质的建构过程。

如果说在伽达默尔的阐释理论中，文本阐释的意义产品要比历史意识的生产过程更为重要的话，那么对格氏的新历史主义阐释观念来说，历史文本的阐释过程和历史意识的文化结构要比历史意义的再现形式更有阐释价值与批评空间。对后者而言，历史文本不仅是历史意义和主体价值的再现载体，而且是社会能量的流动踪迹和文化结构的表征形式；历史批评也不是对历史意义或历史情境实施某种单纯的恢复工作，而是在历史阐释的主体性和主体阐释的历史性的基础上构建文化的诗学与政治学。对于历史意义的阐释性特征，格氏指出“社会行为本身也总是嵌套于文化性的意指系统之中，而且通常被它们的创造者以阐释的方式得以掌握”；对于文本阐释的文化性目的，他强调“我们阐释的任务是必须更加敏感地理解阐释行为的后果，既要考察文学文本世界之中的社会存在，也要研究文学文本之中世界的社会存在”。[②] 既然历史文本嵌套于文化系统的意指网络，那么新历史主义就要在历史情境和阐释语境两个层面上考察“快感、焦虑和兴趣的某种动态的集体流动过程”；既然历史意义是历史再现和文化表征的

---

① Gadamer, Hans - Georg, *Truth and Method*, New York: Seabury Press, 1975, p. 38, pp. 252 - 253.

② Stephen Greenblatt, *Renaissance Self - fashioning*, Chicago: The University of Chicago Press, 1980, p. 4.

主体性产物，那么新历史主义就要引入意识形态的文化分析方法来考察历史意义的生产和再生产过程。

对新历史主义批评来说，历史文本的概念不再局限于传统的语言叙事形式，而是扩展到文化体系的整个符号网络；历史批评的目的也不再局限于对过去事件和历史意义的再现结果，而是延伸到历史阐释和文化表征的政治过程与诗学结构。通过历史文本的主体阐释获得的意义本体，新历史主义的历史阐释固然得以拼贴出历史情境的残缺影像；通过考察历史阐释的主体性建构和主体阐释的历史性过程，新历史主义文化诗学体现的是“知其然也要知其所以然”的批评精神，追寻的是历史情境之中社会能量和权力话语的流动踪迹，最终目的却是要在历史主体、再现文本和阐释主体之间的辩证关系中重新建构对历史语境的文化认知以及对文化结构的历史意识。如果说在历史意义的阐释层面，新历史主义与伽达默尔阐释学实现了批评方法的契合和理论范式的共鸣，那么在历史意义的生产层面，新历史主义则选择了转向历史意义的阐释过程，进而通向主体性重建的理论征途。

历史意识从某种意义上来说只是主体阐释和文化结构的共同产物，对历史意义的情境主义式的阐释却决定着当下语境的文化性体验和历史性想象。从历史意义的阐释和生产层面来看，历史意识既不能沉溺于文本的符号网络之中，也不能超然于文化的生产关系之外；从阐释活动的文本性和文化性层面来看，阐释史和效果史的历史概念既不能陷落于当代阐释理论的批评范式之中，也不能独立于阐释理论的话语网络之外。对于历史意义的文本性与主体性之间的微妙关系，詹姆逊明确指出，“阐释被建构为某种本质意义上的隐喻行为，即以某一特定阐释主符码对既定文本的改写过程”①。正是在历史阐释的复杂过程中，当代阐释学与新历史主义重新建构起各自的阐释范式和理论话语，最终通向文本意义与主体意识的不同批评道路。如果说历史叙述者与意义阐释者在文本层面上的共鸣理念是伽达默尔阐释学的理论主符码，那么对于格氏的新历史主义来说，在文化层面上的历史性阐释和主体性重建过程则是文化诗学的隐喻行为。

相对于伽达默尔对文本意义的还原主义式的阐释理论，格氏的新历史主义强调历史文本的主体阐释和文化结构。以文化诗学的历史观念为理论依托，他认为在历史阐释的批评实践中对文本踪迹的主体性阐释固然必不

① Fredric Jameson, *The Political Unconscious*, London: Methuen, 1981, pp. x - xi.

可少，但也不能够局限于历史意义的文本再现，更不能“将‘文本自身’当作完美的、不可替代的、自给自足的所有意义的容器”①。对历史文本的意义还原和情境阐释是新历史主义批评的理论基础，对阐释过程和文化结构的历史性关注则是文化诗学的隐喻内涵。一方面，对文本意义的历史性阐释不能独立于文化再生产过程之外，历史文本必须在历史阐释的文化结构之中才能获得历史性意义；另一方面，对历史意义的主体性重建也不能游离于历史意义的文本形式之外，历史阐释和文化结构也需要回到历史文本的主体阐释之中以获得表征性形式。在意义阐释与主体重建的对话关系中，格氏特别关注阐释经验对文化主体的塑型作用，他甚至认为“特定文化和这些文化的遵循者，均毫无避免地被引入对现实世界的某种隐喻性的把握过程之中，即人类学意义上的阐释必须较少指向各种风俗与机制的结构，而更多地应该关注社会成员们对自身经验的各种阐释性建构”②。

对此，克勒布鲁克指出，新历史主义批评的主要工作不在于挖掘历史文本的各种意义，而是考察“文本历史性过程的阐释学”：它的历史批评无意去发觉文化规律性的潜在体系，而是倾向于阅读文化构成的“表面价值”；它的阐释视角也超越了历史文本的“显在内容”，深入到话语结构内部去考察“文本做了什么以及文本如何运作”。③ 对于格林布拉特本人来说，文本意义的主要价值不在于对过去历史的某种超验性理解，而在于通过考察文本意义的生产过程不断再现出社会能量与文化产品的运动轨迹。新历史主义文化诗学在阐释视阈融合的历史批评之中所具有的是伽达默尔阐释学的理论外形，在文本意义的阐释过程之中所借鉴的是福柯权力话语的理论内核，在历史阐释的文化结构之中所实践的却是历史性阐释与主体性重建的诗学导向。正是在历史的主体性阐释与主体的历史性阐释的理论对话之中，格氏的文化诗学观念特别强调“当代理论必须重新定位，它不在阐释之外，而是在谈判和交易的隐蔽处”④。

---

① Stephen Greenblatt, *Shakespearean Negotiations*, Oxford: Clarendon Press, 1990, p. 3.

② Stephen Greenblatt, *Renaissance Self-fashioning*, Chicago: The University of Chicago Press, 1980, pp. 4-5.

③ Claire Colebrook, *New Literary Histories*, Manchester: Manchester University Press, 1997, p. 204.

④ Stephen Greenblatt, *Learning to Curse*, New York: Routledge, 1990, p. 159.

3.6　文化塑型与厚度描写：文化诗学对文化人类学的诗性置换

新历史主义和文化人类学在文化阐释层面上贯通历史批评与人类学研究的传统界限，但是两者的对话关系却没有得到足够重视。新历史主义在西方学界普遍被视为格兹文化人类学的理论副产品，在国内学界被看作文化人类学的历史性实践[①]，不少学者倾向于在两者之间直接画上等号，认定文化人类学才是新历史主义的理论来源：杰诺韦赛指出“新历史主义是一种采用人类学‘厚描’方法[②]的历史学和一种旨在探寻自身可能意义的文学理论的混合产物，其中融会了泛文化研究中多种相互趋同然而又相互冲突的潮流”[③]；格林布拉特在《文艺复兴的自我塑型》的导论中也强调，“我在本书中试图实践一种更为文化或人类的批评——说它是‘人类学的’，我们是指类似于格兹、布鲁恩、道格拉斯、拉宾诺和特纳等人的文化阐释研究”[④]。针对中外批评家在新历史主义理论体系问题上的各种取消主义倾向，本节以格兹的文化人类学对格林布拉特文化诗学的理论影响为分析对象，从批评方法论、批评旨趣和理论导向三个层面对这两种批评理论的阐释范式展开深入探讨，指出新历史主义对文化人类学既有文化符号阐释的方法论借鉴也有意识形态批判的理论创建。文化塑型和厚度阐释是两者方法论的契合点，文化符号结构和社会能量踪迹的批评主题是两者研究旨趣的分歧点，文化的诗学和政治学的批评范式则体现出新历史主义的权力诗学的理论导向。文化诗学批评贯通文化符号与社会意识的理论观念，为后现代主义之后的历史批评提供了一种文化阐释学和阐释文化学的研究视角。

就文化批评的方法论特征而言，无论是主张历史的文化性批评，还是

---

① 叶舒宪．文学与人类学：知识全球化时代的文学研究．北京：社会科学文献出版社，2003.

② 新历史主义的厚度描述（thick description）是相对于深度描述（deep description）和浅度描述（thin description）的研究传统而由格兹提出的文化人类学观念。国内学界的译介情况比较复杂，本文沿用新历史主义的“厚度描述”观点。

③ 格林布拉特．通向一种文化诗学．张京媛．新历史主义与文学批评．北京：北京大学出版社，1993. 52.

④ Stephen Greenblatt, *Renaissance Self - fashioning*, Chicago: The University of Chicago Press, 1980, p. 4.

提倡文化的历史性研究，新历史主义与文化人类学在总体上来看都是文化的阐释学和阐释的文化学。在文化的阐释学层面，两者均认同作为符号网络的文化概念而重视历史文化对阐释主体的塑型作用；在阐释的文化学层面，两者也都提倡泛文化的历史概念，强调以“阐释厚描”对文化意义和历史形式的文化分析。格兹对文化概念的界定源于马克斯·韦伯（Max Weber）的社会学理论，特别强调作为符号网络和意义结构的文化观念对人类精神和社会结构的多种塑造作用。文化要么是具有阐释内涵的“某种规范化系统，个体据此定义语词、表达感情和作出评价的各种意义和符号”，要么就是意义结构的“某种符号形式的历史性传承模式，人类以此交流沟通、延续意义和扩展对生活的知识和各种态度”，要么就是塑型网络的“某种符号方法的总体，用以控制行为与精神信息来源”。[①] 无论是重视文化概念的符号网络，还是强调文化观念的意义结构，格兹文化人类学的理论目的总是指向文化对主体阐释和意义生产的规范作用。

在意义生产的文化网络层面，格兹的《文化的阐释》特别重视文化概念的意义指涉而多次强调“文化是意义的交织网络，人类阐释得以自身体验和指导自我行为；社会结构是社会行为的特定形式，是实际存在的社会关系的网络；文化和社会结构则是相同显现的不同抽象概念”；在主体阐释的文化结构层面，格兹也强调文化概念的阐释性内涵并明确指出“人是悬挂在由他们自己编制的意义之网上的动物，我把文化看作这些网，因而认为文化分析不是一种探索规律的实验科学，而是一种探寻意义的阐释性科学。我追求的是阐释，以及阐释表面上神秘莫测的社会表达方式”[②]。提倡文化结构的符号性和网络性内涵，强调文化意义的主体性和阐释性视角，格兹的文化人类学实际上是重新建构了文化观念对于社会个体和阐释主体的建构与塑造体系，正是由于这种“文化造物”阐释理念的深刻影响，格林布拉特的新历史主义在文艺复兴研究领域相应地提出“文化塑造”和“自我塑型”的身份诗学理念。尽管以自我塑型的身份视角，格氏也多次强调文化结构对历史主体的塑型作用，他认为“自我塑型，实际上恰恰是这一整套控制机制的文艺复兴版本。它由特定意义的文化系统支配，靠着控制从抽象潜能到具体历史象征物的交流互变而创作出特定时代

---

① 关于人类学对文化的定义，参见 Kenneth Rice, *Geertz and Culture*, Ann Arbor: The University of Michigan Press, 1980.

② Clifford Geertz, *The Interpretation of Culture*, New York: Basic Books, 1973, pp. 5 – 10.

的个人”①。

从文化的阐释学层面来看，新历史主义的文化观念明显体现出格兹文化人类学的理论印记；在阐释的文化学层面，两种批评理论的契合关系直接体现在对文化结构和历史意义的“厚度描写”的阐释实践上。既然文化人类学的文化范畴是某种符号化的社会体系，那么文化分析的过程就必定是对文化符号和社会结构的阐释性再现。传统的文化研究方法侧重于对文化范畴的深度描写，强调对文化的某种抽象性和概念性的理解效果，格兹的文化人类学则提倡对文化结构的厚度描写，重视对文化的某种具体性和主体性的阐释过程。“厚度描写”的批评理念源自英国哲学家吉尔伯特·赖尔（Gilbert Ryle）。赖尔在语言符号的研究中对“抽动眼皮”与“眨眼示意”的符号学意义作出细致区分，提出语言学意义上的厚描概念。格兹则以自己的田野日志报告（当地人叙述的偷羊故事）说明文化概念本身就是历史事件、社会制度、主体活动的某种“厚度描写”。对于文化人类学的厚描意义，格兹认为厚描的阐释目的就是要在文化的表层结构之上扩大主体性阐释的空间、追踪社会性意识的取向、赋予文化概念以具体性和实质性的意义。文化人类学重视微观文化、历史细节和社会边缘的厚度描写，不仅突出人类学研究原本具有的阐释内涵、重视对文化结构和社会意识的深层次研究，而且彰显阐释活动的文化意义，强调人类学研究的精神内涵和社会效用。文化人类学既是文化的主体阐释学，也是阐释主体的文化学，用格兹本人的话来说，“文化的描述是厚度的，不仅是因为它寻求在原初文化之中的特定事件的完整性，而且因为这种厚度来源于人类学者自身文化特性的回响”，而“典型的人类学方法，是通过极其广泛地了解鸡毛蒜皮的小事，来着手进行这种广泛的阐释和比较抽象的分析的”。②

文化符号的厚度描写将人类学的田野方法带入文化研究领域并改变了文化批评的传统疆域，厚描理念在历史批评领域的理论延伸“将人们熟悉的那些属于文化学的范畴扩展到比文学批评所能允许的范围更加宽广也更加陌生的文本领域”③。与文化人类学的厚描理念相似，新历史主义也坚持将历史文本看作社会意义的符号网络，指出对文化符号的厚度描写实质上

---

① Stephen Greenblatt, *Renaissance Self-fashioning*, Chicago: The University of Chicago Press, 1980, p. 3.

② Clifford Geertz, *The Interpretation of Culture*, New York: Basic Books, 1973, p. 15, p. 23.

③ Catherine Gallagher & Stephen Greenblatt, *Practicing New Historicism*, Chicago: The University of Chicago Press, 2000, p. 27.

就是文化结构和主体意识的阐释的语境，而强调厚描阐释就是要借助文化结构进入历史语境，通过追溯逸闻轶事的文化踪迹而建构历史语境的文化图景。对于新历史主义批评来说，既然对文化符号的厚度描写既是历史主体的文化性阐释的目的，也是文化主体的历史性阐释语境，那么与其在作者或作品的意识或精神内涵之中寻求文本的意义，还不如集中于阐释网络之中的文本的效果。既然历史文化是厚度描写的文本内容，历史文本也是深度压缩的文化形式，那么文本与文化在历史批评层面就理应成为彼此间的“厚度描写”。对于文化人类学的文化分析而言，文化与文本的彼此厚描已经存在于文化符号的网状结构和社会意识的话语体系之中，但是对于新历史主义的历史批评来说，“最大的挑战不只在于探索那些其他的文本”，而在于如何在“社会能量”的历史性流通过程中“让文学和非文学成为彼此的厚描”。[①] 文化塑型和厚描阐释的思想观念代表着新历史主义文化诗学与文化人类学话语的方法论契合，符号结构与能量流动的批评理念则体现出两种批评思想对文化结构和社会意识的不同理论导向。

对于文化符号的指涉关系，格兹的文化人类学怀疑将文化视为人类后天习得能力的文化神话，主张将厚度描写的分析焦点指向某种生物学、社会学和心理学意义上的人性特征。既然符号意指的文化能力是人类社会的普遍现象和人类本性的特殊内涵，那么对文化符号的厚度描写必然会体现出不同社会文化中的群体差异和个体特征。在语言符号、文化结构与人性意义的复杂关系中，语言符号与文化结构是文化造物的研究素材，人性意义则是厚描阐释的批评目的；通过符号、结构的厚描阐释可以加深对人性意义的文化意识，对人性意义的文化分析也必然会体现对文化、语言的深度理解。语言符号和文化结构是通向人性意义的阐释链条，不同文化群体的人性意义则是语言符号和文化结构的阐释节点。在对语言符号和文化结构的厚描阐释当中，格兹的文化人类学理论特别关注符号差异和文化细节，不断强调“如果我们希望能与人性面对面的话，我们必须沉降到细节，掌握各种文化本质特点和各种社会个体”[②]。对社会个体和文化细节的理论关注体现出格兹对民族文化和抽象人性的宏大叙事的根本质疑，也突出文化人类学对具体人性和群体差异的充分重视。将人性意义置于具体的

---

① Catherine Gallagher & Stephen Greenblatt, *Practicing New Historicism*, Chicago: The University of Chicago Press, 2000, p. 30.

② Clifford Geertz, *The Interpretation of Culture*, New York: Basic Books, 1973, p. 23.

历史情境和文化语境之中，将文化研究置于文化符号与分析主体的阐释共鸣之中，格兹指出文化人类学的分析重点在于“理解某种生活形式，或是或多或少与此相关的某些方面，而使别人确信你确实已经这样做了，关涉到的并不只是讲述细节的结合或是总体叙事的强迫接受。它实际上关涉到将形式和平台、过去的时刻和长久的故事一起带入一致的视野之中”①。

格氏的新历史主义同样将文化结构和历史细节作为工作平台，转向江湖野史或逸闻轶事的厚度描写以图触摸历史的真实肉身。然而，与前者不同的是，它的批评旨趣不在于人类学意义上的文化规律和人性特征，反而更多指向社会学意义上的文化批评和意识形态特征。如果说对文化结构和人性意义的特别关注是格兹文化人类学的理论义务，那么对社会体系和权力话语的文化反思则是新历史主义通向文化诗学的必由之路。对于文化人类学与新历史主义的理论契合，格氏在文艺复兴研究中强调文化造物与厚描阐释的理论创建，要求历史批评“沉降到一小部分具有共鸣性的文本”中去，认为“这类文本的每一篇都被看作 16 世纪文化力量交汇线索的透视焦点”②；另外，对于两种批评理论之间的导向性差异，格氏指出文化诗学的“兴趣并不在于抽象的普遍规律，而在于在某些特定的偶然事件之中自我如何根据既定文化的生成规律和矛盾得以塑造”③。

与格兹的文化人类学从人性意义的角度强调符号结构与文化网络的做法不同，格氏从社会能量的流动性角度坚持文化结构与社会存在的意识形态特征，以文化符号的意识形态性来补充文化结构的抽象性规律，他指出文化符号既是社会关系的承载体也是意识形态的生产物，因而强调文化厚描的历史阐释经验。以历史性的社会语境来置换文化性的符号结构，格氏继而认为任何看似独立的社会个体（包括历史主体和文化客体）实际上都是社会能量流动的网络节点，在否定抽象人性和普适规律的基础上转向既定历史语境中的自我塑型与权力的运作过程。从总体上来看，格兹的文化人类学似乎对生理学和生物学意义上的人性意义具有特别浓厚的研究兴趣，新历史主义则更加倾向于社会能量流动过程中的文化话语和权力轨迹，强调情境主义的意识形态批评过程。换句话说，新历史主义批评要沉

---

① Clifford Geertz, *After the Fact*, Cambridge: Harvard University Press, 1995, p. 51.

② 中国社会科学院外国文学研究所《世界文论》编辑委员会. 文艺学和新历史主义. 北京：社会科学文献出版社，1993. 81.

③ Kiernan Ryan, *New Historicism and Cultural Materialism: A Reader*, New York: Arnold, 1996, p. 1.

降到历史碎片和文化细节中去，要建构起文化符号和社会意识的隐喻结构，不是为了实现格兹文化人类学的“与人性的面对面”的批评理想，而是为了以意识形态的批评途径再现社会能量的历史性流动轨迹，从而更真实地触摸到语言符号、文化结构和社会能量的历史性图景。

对于文化人类学与新历史主义的对话关系，克利福德认为自我塑型的主体观念应该被视为格氏文化诗学对“文化造物”和“阐释厚描”的理论延伸，新历史主义批评“晚期对于文艺复兴自我塑型的反思观念明显依靠于人种学的视角”，文化诗学层面上“被塑造的抽象自我总是定位于文化和表达符号模式和语言的关涉之中”。① 就文化人类学与新历史主义的批评方法来讲，两种批评思想之间确实存在着阐释理念的契合关系。但是，就文化人类学与新历史主义的理论导向而言，前者提倡建立一种研究人性意义的文化阐释学，后者则主张建立一种文化的诗学和政治学，两者之间又明显体现出文化阐释的某些功能性差异甚至阐释性对立关系。

以文化符号作为阐释对象，格氏的文化诗学认为人性意义是文化结构和社会关系的塑造产物，倾向于建构文化造物和厚度阐释的各种历史形式与社会规律。以人性意义作为研究目的，文化人类学则认为文化符号是个体内化社会规律的经常性和连贯性模式，侧重探讨群体文化和社会个体的精神内容或心理条件。无论是将文化符号作为阐释途径，还是以人性意义作为终极关怀，文化人类学在某种程度上似乎忽视了文化表征的意识形态内涵，转而在文化符号、社会结构与人性意义之间直接构筑起某种透明性的阐释通道。新历史主义则要求颠覆语言透明性的启蒙传说和抽象人性的文化神话，或是以文化形式的表征内涵作为批评途径，或是以历史文本的权力踪迹作为研究目的，在权力话语的基础上转向历史形式和文化结构的意识形态分析。

对于新历史主义文化诗学来说，文化分析的主要目的不是要追寻文化符号背后的潜在结构和意义秩序，而是要考察历史文本与文化结构在社会能量流动中的运作过程；它不必去揭示文化研究者意识之外的潜层次社会规律或深层次文化结构，而要从文化形式与历史表面追溯社会能量的流动印记，解读文化符号和历史意识的权力过程。正如克勒布鲁克所指出的：

① James Clifford, *The Predicament of Culture*, Cambridge: Harvard University Press, 1988, p. 94.

"人类学意义上的文化观念使新历史主义成为某种'当代的历史'。"① 但从后现代主义的历史观念来看，崛起于后现代语境中的新历史主义批评不可避免地转向了某种"文化的诗学和政治学"。对于格氏而言，文化符号和历史文本的本质意义不在于某种潜在的深层结构，而在于社会能量在符号网络和文化结构之间的"流动"与"交换"过程。文化的概念既是历史意义的符号结构、阐释主体得以解释经验和再现过去的参照结构与诠释体系；又是身份意识的控制机制、历史主体得以文化塑造和自我塑型的控制机制与文化结构；更重要的是作为社会能量的运动轨迹、批评主体得以历史阐释与文化重建的隐喻机制和话语导向。

就文化分析的阐释实践来看，文化人类学和新历史主义的不同批评思路或许只是同一理论问题的不同侧面：前者以社会体制的文化修辞结构作为研究视角而主要考察社会实践对于文化客体的总体塑造意义，后者则以文化符号的社会流通过程作为批评角度而重点关注社会意识对文化结构的整个运作过程。正如萨义德所指出的："我们是作为世俗和人为的建构物言说，依赖于我们可知的复数历史，而不是通过宏大理论或系统的总体。"② 新历史主义批评的谱系研究在某种程度上只能反映文化诗学"理论会商"问题的不同侧面，但是对于理论研究者而言，却正是要以厚度描写的阐释方法来考察社会批评话语的流动过程和对话关系，才能从历史阐释的主体性和主体阐释的历史性角度，彻底揭示出新历史主义文化诗学的种种理论隐喻结构和文化阐释机制。

---

① Claire Colebrook, *New Literary Histories*, Manchester: Manchester University Press, 1997, p. 204.

② Edward Said, "Figures, Configurations, Transfigurations", in Cox Jeffrey N., Reynolds (ed.), *New Historical Literary Study*, Princeton, N. J.: Princeton University Press, 1993, pp. 316 – 325.

第4章 新历史主义文化诗学的批评经验和话语范式

在后现代主义文化的历史语境中，格林布拉特提倡的文化诗学是新历史主义与各种批评流派之间“话语会商”的理论产物。究其原因，文化诗学在美国学界的崛起既是出于对各种单声道历史话语的不断反驳，也是源自向泛文化历史观念的全面转向。对于新历史主义文化诗学在历史批评领域的生成过程，海登·怀特指出：“新历史主义者之所以转向历史，不是为了寻找他们所研究的那种文学的材料，而是为了获取文学研究中历史方法所能提供的那种知识……新历史主义者已经发现的是，根本就不存在历史研究中的特定的历史方法这种东西；存在的只是多种多样的历史方法。”① 既然新历史主义坚决否定单声道的历史意识，提倡泛文化的历史观念，那么它的文化诗学就应该是某种历史性与主体性的阐释实践；既然新历史主义明确肯定历史观念的意识形态因素，积极提倡多声道的历史批评观念，那么它的文化诗学就必然是某种开放性与杂糅性的理论体系。一方面，关于文化诗学的理论形态，格氏指出它不是“某种连贯的、组织严密的，或是吸收同种而排斥异类的批评流派”，主张应该将这个文化批评理论的“称谓运用到批评实践的特殊分类”；另一方面，关于文化诗学的话语范式，他坚决反对将它剥离出批评实践的片面理论化过程，强调它不是“已有规范和程序的再次颠覆，而是不同类别的批评意见和永不停歇的求知欲望的相互混合”②。

在文化诗学的理论形态问题上，格林布拉特认同福柯的观点，即“理

---

① 海登·怀特．评新历史主义．张京媛．新历史主义与文学批评．北京：北京大学出版社，1993. 107.

② Catherine Gallagher & Stephen Greenblatt, *Practicing New Historicism*, Chicago: The University of Chicago Press, 2000, p. 2.

论不是用来表达、翻译或为实践而服务的：理论本身就是实践"[1]，因此在批评理论与阐释实践之间也不存在"物我两分"的功能性界限，有的只是某种相互交织、双向渗透和彼此融合的复杂关系。通过深入分析格氏的批评实践，可以归纳新历史主义的多种批评范式，探讨泛文化形态的诗学空间；通过考察文化诗学的话语范式，可以管窥新历史主义的整体性思路，呈现文化诗学的深层次文学观念体系。以文化诗学的理论形态为研究对象，本章深入到它的理论生成过程，对新历史主义批评展开"厚度描写"的阐释分析，归纳出它的六种诗学形态和话语范式，即理论话语的对话理念、文艺复兴的身份观念、语言表征的权力结构、文化历史的阐释范式、文学生产的流通话语和文化批评的政治意识。以新历史主义批评的理论形态为研究契机，从这些不同维度深度阐释、探讨新历史主义文化诗学的文学观念体系。

4.1　批评越界与话语振摆：理论话语的对话理念

新历史主义在当代西方学界始终是一个"没有确切指涉的措辞"，一个没有理论体系的批评理论。[2] 新历史主义文化诗学的理论形态也就成为某种讳莫如深而被搁置不论的学术问题，就连格林布拉特本人也多次宣称它只是一种文化批评实践而非任何传统意义上的理论资源。从各种批评实践中提炼理论体系要比单纯的理论演绎研究更加复杂多变并且困难重重，但是要达至客观公允就不得不深入到批评主体的各个方面。批评理论界的这种缄默态度实际上暴露出当代文艺研究活动中理论过剩和经验匮乏的普遍问题。百瑟丽重视新历史主义文化诗学的理论调和性，认为格氏的批评实践徘徊在美国功能主义或实用主义传统与他所依赖的欧洲理论思想之间[3]；皮埃特斯则强调新历史主义文化诗学的话语杂糅性，指出格氏的批评实践借鉴了以福柯、阿尔都塞、威廉斯为代表的当代欧洲理论[4]。新历史主义批评全面崛起于后现代文化的话语场，在与各种当代理论的相互碰撞中逐渐形成了新历史主义文化诗学的批评体系。格氏提倡文学研究对象

① Lawrence Kritzman, *Michel Foucault: Politics, Philosophy, Culture*, London: Routledge, 1988, p. xix.

② Veeser, H. Aram, *The New Historicism*, London: Routledge, 1989, p. 10.

③ Catherine Belsey, *Shakespeare and the Loss of Eden*, Houndmills: Macmillan, 2000, pp. 17 – 18.

④ Jürgen Pieters, *Moments of Negotiation*, Amsterdam: Amsterdam University Press, 2001, p. 12.

从文学文本转向文化形式，建构跨越学科界限的文化诗学观念，他主张的是在各种批评理论之间的自由流动，从而实现跨越话语界限的批评理念。从文学研究的越界批评到文化诗学的话语振摆，格氏的文化诗学批评实际上是把文化文本的概念重新引入某种整体性批评思路，在泛文化批评的基础上进一步建构自身理论话语的对话诗学体系。

格林布拉特的批评思想主要源自文艺复兴和前现代文化的研究领域，具有“厚度”的历史批评的实践意义，而非深度的“元批评”形态的理论色彩。然而，批评实践与理论话语却不必被当作彼此的对立面，甚至影响到对新历史主义文化诗学理论形态的深度研究。一方面，执着于批评实践的多样性和理论研究的多元化理念，新历史主义批评家们大多坚持自己信仰的是某些共同的批评原则而非任何学派性的理论教义；另一方面，考虑到理论创建者本人义正词严的理论宣言，新历史主义的阐释研究也不得不尽力回避理论研究与批评实践相互脱节的学术风险，始终没有深入追究这种“没有理论形式的理论体系”的矛盾言论。新历史主义的批评理念和阐释研究在实践性与理论性之间存在二元对立的实质，究其缘由，主要是因为其批评对象的泛文化形态和理论话语的跨学科形式。也正是在文学研究的批评越界基础之上，新历史主义文化诗学才又背负起抵制理论的道德义务。

在对待文学研究的边界问题上，格氏指出“在什么是属于文学领域的问题上，没有超验的和绝对的规律。相反，那个分界在每一次重划之中都会剧烈变化，重划的结果也是相当严重的”①。经过后现代主义的文化冲击，文学与非文学之间的传统界限不复存在，经过“文化再现过程”得到外延扩容之后的文本理念实际上已经置换了传统意义上的文学性概念。克里斯托娃（Kristeva）以“互文性”概念来描述文学边界向社会文化领域的再次转向，她将语言文本的相互指涉扩展到文化和社会结构，强调语言文本与其他文本的关系可以在既定文本的内部组织中探察，互文性概念指的是在特定阅读条件下各类文本之间关系的社会组织。格氏将这种互文性的概念运用到文艺复兴的历史研究领域，提倡泛文化形态的文学批评以积极回应文学研究的重新划界。历史与文化在文本层次的对话形式取代了文学文本或历史文本中的各种界限，具有相当包容性的文化概念也早已成功收编了历史和文学领域中的各种变动因素，当代文学研究也就必然要相应

① Stephen Greenblatt & Gunn Giles, *Redrawing the Boundaries*, New York: MLA, 1992, p. 5.

地通向某种跨学科界限、超学科理念和重整体思路的文化批评理念。这种泛文化概念的文学批评一方面极大地开拓了文学和历史研究的学术疆域，另一方面也不可避免地会使相当多数的研究者迷失在这种非限定性的文化领域，并且萌生出某种基于理论本身的自我演绎和语言游戏。正如高小康所指出的，“文艺学作为学科所面临的越界问题，其实真正重要的可能就是这种非学术性的沙龙式文化批判对学术的知识性产生的销蚀问题”①。格氏也深谙理论之水既能载批评之船舶也能覆文学之方舟的自然规律，多次强调文化诗学必须停留在实践层次的文学文化批评，避免那种以单一性理论话语对批评实践的僵化控制以及以政治性文化批判对历史知识的理论置换。

郝伍德指出文化诗学转向历史性和文化性的文学研究，既是出于对理论过剩现象的坚决抵制，也是来源于批评经验匮乏的极度忧虑。同时，他担心格氏的批评思想一味排斥理论研究，可能会流于滥竽充数的伪学术研究，强调“‘新历史’或许也会变成某种对抗性的现象”：或是“逃离理论”，或是简单地沦为“生产更多适合二十五页论文和六十分钟课程”的各种“新阅读成果”②。郝伍德的批评意见有根有据，但这样的批评并没有揭示出格氏抵抗理论阅读和提倡批评实践的真正初衷。格氏在《实践新历史主义》中积极回应西方学界对新历史主义的各种批判，他指出“这样的批评意见当然合情合理，但它似乎与我们的初衷背道而驰：我们同时着迷于理论和反对理论的迷惑力，而正是这种强调的兴趣从一开始就塑造着我们对于文学和文化研究实践的整套工作……我们不相信能够建构独立于我们的时间和地点以及我们感兴趣的特殊对象之外的任何理论体系，我们也怀疑任何我们可能从事的重要工作是否都要从这样的初衷和尝试来开始”③。

由此可见，格氏的文化诗学批评不是一味地盲目反对理论话语的指导作用，它只是不满足于从理论范式到文学文本的那种自上而下的理论演绎或意图验证，而主张从历史性的文学文本到共时性的文化理论的那种自下而上的理论生成或批评归纳过程。在文学批评领域，“如果理论最终涉及

---

① 高小康．文艺学的学科边界问题再思考．中南大学学报（社会科学版），2006（1）：77—80.

② Richard Wilson & Richard Dutton, *New Historicism and Renaissance Drama*, London: Longman, 1992, p. 23.

③ Catherine Gallagher & Stephen Greenblatt, *Practicing New Historicism*, Chicago: The University of Chicago Press, 2000, p. 2,

某种逃离偶然性而投向更高领域的企图，而在这一领域各种符号又将会被洗去历史的黏液，那么新历史主义文化诗学就要坚决抵制理论话语对批评实践的这种权力性操控和想象性建构过程”[①]。在抵制理论话语这种总体性阐释的基础上，他特别重视文学研究和历史批评实践的鲜活经验，强调文化诗学的批评旨趣源于“对个别的迷恋、宽泛的兴趣、对普适性美学规范的拒绝以及对建构某种全面性理论程序的坚决抵制”，它的“理解的任务不是取决于析取出某种原则性的集合体，更不是依靠于某种理论模式的运用，而是着眼于对独特性、细节性和个体性的直接接触”[②]。借用保罗·德曼（Paul de Man）的话来说，“文学理论可以说是产生在文学文本方法论不再是非语言性的时刻，也就是说文学不再是历史和美学的研究……讨论的目标不是意义或价值本身，而是在建构意义和价值之前它们被生产和接受的各种形态”[③]。新历史主义文化诗学虽然反对文学理论的这种总体性阐释形式，但并没有由此完全否定各种理论话语对文学研究的越界批评在本体论层面上的理论演绎功能和范式导向作用。在文学研究的边界问题上，格氏也承认他并不是“反对理论方法论的自觉性”，而只是“不愿意看到某种赤裸裸的态度，公开地将自己的价值和方法视为具有某种天生的必然性或道德感”。[④] 格氏不断强调要抵抗理论话语对批评实践的权力操控，只是不太满意于那种为挽救理论或坚持道义而驻守理论的学术努力。他的批评理论之所以提倡文学批评要在理论话语之间剧烈振摆，也无非是为了摆脱理论过剩和经验匮乏的尴尬局面，最终通向一种重视文学体验和美学经验的文化诗学。

在批评理论占主导地位的后现代文化中，松散理论体系和模糊批评范式始终为理论研究界所诟病。新历史主义文化诗学没有自身统一的理论姿态和专一的批评态度，始终奉行实用主义和拿来主义的研究政策。同时，它又反对理论话语对批评实践的过分束缚，强调文学批评在各种理论话语之间的协调原则。新历史主义文化诗学对理论规范的抵抗意识，既顺应了当代文学研究的越界批评，也突出了其文化与诗学批评的独特理论形态。

---

① Stephen Greenblatt, “Shakespeare and the Exorcists”, in *Shakespeare and the Question of Theory*, Patricia Parker and Geoffrey Hartman (eds.), London: Routledge, 1985, p. 163.

② Catherine Gallagher & Stephen Greenblatt, *Practicing New Historicism*, Chicago: The University of Chicago Press, 2000, pp. 4-6.

③ Paul de Man, *The Resistance to Theory*, Minneapolis: Minnesota University Press, 1986, p. 7.

④ Stephen Greenblatt, *Learning to Curse*, New York: Routledge, 1990, p. 167.

正如布鲁克所指出的，“‘反理论’态度的一个逻辑后果就是将新历史主义与后结构主义区分开来，消除它们之间的紧张状态。后结构主义变作一种理论实践，新历史主义则是一种历史实践……我们的任务是理解现在的紧张状态，而不是过早地通过命令来消除这种紧张状态”①。要理解理论话语与批评实践的这种紧张关系，或者说要厘清这种在实质上是理论过剩和经验匮乏现象的矛盾关系，就必须在批评理论与文学经验的辩证关系中揭示格氏批评观念坚决抵制理论体系的真实目的，进而更加深刻地理解新历史主义文化诗学的对话性理论形态。

关于批评理论与文学经验的关系，高小康指出，“批评的独断性实际上就是理论观念的独断性”，剥离了批评实践的理论话语“就是使批评话语在逻辑上获得合理性和可演绎性的某种既有的理论观念”，因此“真正过剩的是那种脱离经验自我演绎的批评理论”。② 游离理论话语之外的文学经验是单声道的阐释臆想，脱离文学经验的批评理论是独白性的话语游戏。为了揭示后现代文化的理论偏执和批评演绎，格氏以詹姆逊与利奥塔关于资本主义性质的论争为例阐明各种独白性话语对当代文化现象的阐释失效和理论矛盾。詹姆逊从西方马克思主义的理论视角出发，为了揭露“一个独立的艺术领域的欺骗性”而提倡“一切话语的真实结合”，“从话语领域划分的虚伪性发现了资本主义”；利奥塔则以后现代主义的理论角度，为了提倡“将一切话语进行区分”而“揭露独白话语统一性中的欺骗性”，“从话语领域结合的虚伪性发现了资本主义”。③ 从两种理论的演绎逻辑来看，詹姆逊和利奥塔的不同论断确实都有理有据且见解独到，从他们对资本主义性质的批评经验可以看出，关键的问题并不在于马克思主义与后结构主义之间的理论矛盾，而在于任何理论本身都不足以充分再现资本主义的历史性效应。在格氏本人看来，詹姆逊把资本主义当作压制性话语区分的媒介也好，利奥塔提倡独白话语一统化的媒介也罢，两者都是“理论在寻找阻遏其世界末日式想象过程的逻辑结果”。因此詹姆逊和利奥塔在批评理论内部脱离经验的这种自我演绎是画地为牢和故步自封，“历史

---

① 布鲁克·托马斯．新历史主义和其他过时话题．张京媛．新历史主义与文学批评．北京：北京大学出版社，1993. 74.

② 高小康．理论过剩与经验匮乏．文艺研究，2005（11）：5—10.

③ Stephen Greenblatt, "Towards a Poetics of Culture", in *Learning to Curse*, New York: Routledge, 1990, p. 151.

都充当了外加在一种理论结构上顺手捎带的轶事一样的装饰"①。

正如巴赫金（Mikhail Bakhtin）所指出的，"独白话语总是伪装成终极作品，它关闭被再现的世界与被表征的人们"②，独白性的理论话语及其独断性演绎逻辑不仅会产生某种保卫理论的话语游戏，也必然会遮蔽住文学批评世界中丰富多样的批评实践和美学经验。与詹姆逊和利奥塔那种理论主导的批评思路不同，格氏坚持从文学批评的经验世界出发进行理论话语的演绎，发现"资本主义在不同话语领域之间振摆"已经形成"美国的日常行为诗学"，他因此认为"资本主义既不会产生那种一切话语都能共处其中的政治制度，也不会产生那种一切话语都截然鼓励或断断续续的政治制度，只会产生一种趋于区分的冲动与趋于独白话语组织的冲动在其中同时发生作用，或至少是急速振摆、使人以为是同时发生的政治制度"③。艺术话语与其他话语之间其实也存在这种"极速振摆"的双向运动。社会话语通过文学经验的创作和再现不断转化为社会性的审美话语，审美话语也通过文学经验的阅读和接受持续转化成审美性的社会话语。德国理论家伊瑟尔提倡文学批评在两种话语之间的"审美振荡"，英国社会学家吉登斯（Giddens）主张以"文本间离性"取代文本自律性的概念④，格林布拉特则倡导"话语振摆"的批评概念和文化诗学的对话形态。新历史主义的文化诗学就是要在艺术与生活、审美与真实、政治与艺术这类不同话语领域之间极速摆动，最终通向一种基于"话语振摆"理念的文化批评。在文学边界问题上的振摆概念指的是"审美与真实之间的功能性区分的确立与取消同时发生"⑤，在批评理论层面上的振摆话语则无疑是新历史主义文化诗学的理论形态。

为了适应当代文学研究的疆域扩展与批评越界的现象，格氏坚决抵制文学理论的单声道形态，提倡转向"厚度描写"的诗学批评；为了避免理

① Stephen Greenblatt, "Towards a Poetics of Culture", in *Learning to Curse*, New York: Routledge, 1990, p. 150.

② Mikhail Bakhtin, *Problems of Dostoevsky's Poetics*, Caryl Emerson (trans.), Manchester: Manchester U. P., 1984, pp. 292 – 293.

③ Stephen Greenblatt, *Learning to Curse*, New York: Routledge, 1990, p. 150.

④ 关于伊瑟尔和吉登斯的不同观念，参阅沃尔夫冈·伊瑟尔. 阅读活动：审美反应理论. 金元浦，周宁译. 北京：社会科学出版社，1991；安东尼·吉登斯. 现代性与自我认同：现代晚期的自我与社会. 赵旭东，方文译. 北京：生活·读书·新知三联书店，1998.

⑤ Stephen Greenblatt, *Learning to Curse*, New York: Routledge, 1990, p. 150.

论演绎过剩与批评经验匮乏的尴尬局面，他又极力提倡批评话语的振摆理念，建构新历史主义的对话诗学体系。从“反对理论”的抵制态度转向对话诗学的理论形态，他重点揭示出理论过剩与经验匮乏之间的实际矛盾，提倡历史与文化批评的杂糅性话语特征和对话思维。然而，文化诗学在各种文本边界之间穿行往返，在各种批评话语之间“极速振摆”，是否会成为一种宽泛无边的泛文化批评、引起传统文学研究不断走向自身的消亡并最终导致批评精神的枯竭甚至学术意义的虚无？有论者指出，新历史主义的这种泛文化倾向是对文学性的严重侵犯：它既没有给出关于文本的完整定义，也缺乏对文本的价值判断和鉴别能力，在批评对象的选择上更是具有一定的盲目性；因此文化诗学的话语振摆“不仅不能获得审美欣赏时应有的愉快，而且增加了我们阅读时的负荷”——“在多种领域间的振摆和穿行要求阐释者应具有广博的知识”，与此同时“又给阐释者施加了强大的政治压力”。①

这种文化批评对文学研究的价值冲击、理论话语对批评体验的意义控制，乃至文化性理念对文学性概念的边界侵犯，在20世纪中后期的中外学界曾经引发关于文学边界和理论形态问题的持久的激烈论争。时至今日，关于文学边界的这场论战早已尘埃落定，但是大众化的文化性概念与精英化的文学性概念的对立思维仍然左右着不少学者的批评视野。对于新历史主义批评而言，它具体表现为泛文化与纯文学、主观阐释与客观历史、历史历时性与文化共时性，甚至表现为审美愉悦与意识形态之间的理论形态问题。然而，在格氏本人看来，这种泛文化的批评理念和对话性的理论形态，“既是对传统经典的逃逸，也是对经典的复兴；这既是对文学大家庭的侵越，也是向它的安全回归”②。

新历史主义的泛文化批评曾经引发学界关于文学边界问题的激烈论争，文化诗学的对话形态也受到批评理论界的充分重视，但话语振摆的对话机制却始终没有得到相应的深度阐释。格氏继而引入“社会能量流动”的批评概念，强调文本本身承载着社会能量的踪迹，社会能量又“足以伸展到创造者或消费者之外而达到某个社会集体，不管受到何种限制”③。既

---

① 李清．振摆：新历史主义本文阐释模式．成都大学学报，1998（1）：33—36.

② Catherine Gallagher & Stephen Greenblatt, *Practicing New Historicism*, Chicago: The University of Chicago Press, 2000, p. 47.

③ Stephen Greenblatt, *Shakespearean Negotiations*, Berkeley: The University of California Press, 1990, p. 6.

然社会能量的流动轨迹已经超越文学概念的传统界限，文化诗学就必须重新勘定学科边界并相应地调整理论形态和批评范式，避免那种依靠单声道理论话语而只见树木不见森林的批评之惘。既然在社会能量的运动过程中，研究主体只是流动网络的个别节点而非流动轨迹的唯一终点，那么就必须重新恢复某种整体性批评视角并相应地建构起自身话语振摆的对话体系，在各种理论话语的交流对话中避免那种理论演绎过剩与批评经验匮乏的尴尬局面。换言之，入乎文学批评之内，必得理论话语之细微；出乎文学批评之外，又须得理论话语之高志。置身于“批评细微”与“理论高志”之间，或许正如格氏本人所言，“当代理论必须重新定位，它不在阐释之外，而是在谈判和交易的隐蔽处”①。

4.2　文学经验与自我塑型：文艺复兴的身份观念

文化诗学批评注重考察历史主体与阐释主体在历史批评活动中的自我建构和身份意识。徐贲早在20世纪90年代初就已经指出“新历史主义历史观念的两个核心概念是‘人’和‘语言’”②，但是似乎并没有引起足够重视和深度探讨。与后现代文化理论的身份概念不同，新历史主义对自我概念和主体范畴的界定不是建立在批评范式与理论演绎的基础之上，而是直接来自于对文艺复兴和前现代文化的历史性批评实践。在格兹文化人类学理论的影响下，新历史主义继承了文化造物的批评理念，但是在对文艺复兴作家主体性的历史研究实践中，它又建构了自我塑型的话语体系。就历史性与主体性的文化批评而言，文艺复兴的自我塑型既是主体性的历史建构，也是历史性的主体建构。历史主体和阐释主体在语言、文化与主体相互交织的文化网络中形成独特的自我概念和身份意识。因此，新历史主义将自我塑型置于文化生产的历史语境中，不仅在泛文化历史批评的基础上建构了文艺复兴的身份诗学体系，而且在历史主体性的批评视阈中丰富完善了作为文化诗学的话语范式和诗学形态。

作为源于文艺复兴和前现代时期文学的历史批评，新历史主义文化诗学的身份概念从某种意义上来说是“以古刺今”或“以今参古”的阐释实践，其理论基础却是自古希腊罗马以降的历代思想家对自我意识和身份理

---

① Stephen Greenblatt, *Learning to Curse*, New York: Routledge, 1990, p. 159.

② 徐贲. 走向后现代与后殖民. 北京：中国社会科学出版社，1996. 47.

念的哲学沉思。不同于后现代文化的各种亚文化身份理念，格氏对自我意识和身份概念的学理界定虽在表面上是建立在诸如性别、种族与民族这类当代性批评范畴的理论基础上，实际上却深度蕴含了文学文本和文化产品的历史性批评实践。要厘清文化诗学的自我塑型观念，就必须将文艺复兴的自我概念放置到自我意识的历史谱系中来，重新开拓自我意识和主体建构的诗性空间，在文学生产的文化网络中突显身份意识的权力维度。

现代意义上的自我意识和主体身份的批评概念，归根结底来源于笛卡儿对“自然”和“理性”的对立性描述。在《第二沉思录》中，笛卡儿提出“我思故我在”的本体论观念，指出主体身份就是本体“怀疑、理解（想象）、肯定、否定、意愿、拒绝、想象和感觉”的意识；正是借助于这种对立性观念，休姆（David Hume）强调如果要以笛卡儿的方式建构自我的意识，就必须寻得自我的感知和内省，而不是“错把意识（关系）联系当作灵魂（身份）的存在”[①]。笛卡儿主张将自我意识与主体认知相结合，建构起本质主义的身份观念，虽然构建了身份意识在西方文化中的理论雏形，但是就这种本体论形态的身份观念而言，在主客体分裂的情况下仍然无法解决主体与客体、意识与物质、自我与他人之间的潜在问题。换句话说，本体论观念的潜在难题是，身份的概念究竟是一种主体臆想，还是一种客体实在？如果身份在本质上是某种主观的纯粹意识，那么它怎么能够超越个体意识的主体差异而达至社会关系的客观存在？如果身份是某种客观的实际存在，那么它又如何能够摆脱社会关系的固有形态而实现主体意识的个体差异？基于这种主客分离的认知模式，本体论的身份概念似乎无法回避主体意识和客体存在之间的矛盾问题，身份意识也开始全面驶向西方文化的认识论航道。如果说本体论形态的身份概念主要重视的是自我意识的本质意义和稳定结构，那么认识论形态的身份概念则特别关注主体意识的建构方式和认识过程。在主体意识与客体存在之间的关系问题上，康德提倡两者的相互对话和多重渗透，强调“自我意识在不同时间的身份概念只是‘我’的思想和其统一性的形式条件，而绝不可能证实‘我’的主体性的多种身份”[②]；黑格尔则主张两者的相互依存和多元界限，指出造成

---

① David Hume, *A Treatise of Human Nature*, D. G. C. Macnabb (ed.), London: Fontana, 1962, pp. 201 - 304.

② Immanuel Kant, *Critique of Pure Reason*, Norman Smith (trans.), London: Macmillan, 1990, pp. 333 - 344.

自我和他者的身份差异的根本原因在于“自我意识面对着另一个自我意识”①。

对于这种身份概念的认识论形态，艾金斯（Kim Atkins）指出，康德等人对笛卡儿的自我概念的方法论批判由于过多关注语言形式的客观条件而最终导致语言分析哲学和心灵哲学，从而强调身份概念在于主体和客体的认知关系，另外也会因为重视理解的主体性质而最终导致精神现象学，从而强调身份概念在于自我与他者的关系建构。② 这种认识论形态的身份观念不但衍生出主体与客体、自我与他者、个体与群体之间的各种辩证关系，同时也引发出自文艺复兴时代以来的现代身份意义。也恰恰就是在自我意识和身份概念的认知论航道之中，格氏的文化诗学在历史文学的批评实践中提出了身份意识的自我塑型观念。文艺复兴和前现代时代在西方古典文化史上是特殊的社会转型时期：鼓吹神性和压制个性的黑暗中世纪思想尚未消失殆尽，提倡人性和称颂世俗的人文主义的崭新时代精神也尚未完全成型。相对于中世纪文化的各种神学观念，布克哈特（Burckhardt Jocob）和米切莱特（Michelet）相继提出了基于“个性舒醒”的文艺复兴身份观念，他们认为“前现代时期在控制身份生产的智力、社会、心理和美学结构之中发生了巨大变化”，即“主体性方面同时也得到了相应的强调；人类由此成为精神的个体，而得到自我的承认”。③ 如果说布克哈特他们非常乐观地将自我意识的身份概念直接推向文艺复兴提倡个性解放的黎明曙光，那么格氏则异常冷静地将身份意识再次推回到前现代时期社会转型的特殊语境之中。中世纪封建社会的神学话语、宗教制度和社会结构在15世纪的前现代时期虽然已经消逝，但是它们仍然维持着对社会、宗教和知识结构的影响力，造就个体在文化传承过程中的主体位置。以历史性的辩证视角介入文艺复兴的身份研究，格氏否定任何超验意义的人性本质和自我意识，强调文化诗学“回避使用任何‘人’的称谓”；它的“兴趣不在于抽象的普遍性而在于独特的偶然性的事件，以及在既定文化的生成规律和矛盾关系之中得以塑型和行动的各种自我概念；这些身份的意识，以他们对阶级、性别、宗教、种族和国籍的期望为必要条件，在历史的进程之中

① Hegel G. W. Friedrich, *Phenomenology of Spirit*, Miller (trans.), Oxford: Clarendon, 1977, pp. 110 - 119.

② Kim Atkins, *Self and Subjectivity*, Oxford: Blackwell, 2005, p. 2, p. 62.

③ Burckhardt Jocob, *The Civilization of the Renaissance in Italy*, S. G. Middlemore (trans.), London: Phaidon, 1965, p. 81.

也不断发生改良和裂变”①。

从文化诗学回避人性本质和抽象理性的学术姿态来看，格氏的塑型观念可以被划到严格意义上的认识论形态。但是，从他转向历史个体和阐释主体的研究实践来看，他的身份观念似乎又无法脱离广泛意义上的本体论形态。在本体论层面上，格氏或许比较赞成海德格尔的观点，即身份概念的“‘本质’存在于它的‘未然状态’，它的‘已然’意识，依我们的观点看来，必须从它的已然状态来考虑”②。在认识论层面上，文艺复兴自我塑型的反思观念直接源于阿尔都塞的主体性理论，即自我塑型绝对不是“新型个人主义自主性的没有任何约束的呈现”③，它不断联系到文化形态、语言表征和意识形态的话语体系。在本体论和认识论形态的身份概念之间徘徊，格氏强调，“或许我们可以做的最简单的观察就是在16世纪逐渐增强了的某种将人类身份塑型成可操控艺术过程的自我意识”，“人类主体本身开始表现出明显的不自由状态，成为在特定社会之中权力关系的意识形态产物”。④ 正是在自我塑型与权力控制、自我身份与意识形态、艺术过程与政治活动这些看似矛盾实则对话的辩证关系中，格氏在《文艺复兴的自我塑型》和《莎士比亚的协调》等著作中将自我塑型的批评理念重新放置于身份概念的本体论与认识论的转型语境中，重点关注历史主体在自我塑型和文化造物之间的身份形成过程，致力于建构起某种基于文艺复兴身份概念的诗性批评空间。

西方学界早已习惯将自我意识回溯到文艺复兴的人文主义思潮，格氏却强调必须“考虑到早期现代时期的个体身份原非终极性的目标，而只是在通往各种规范结构的稳定性和决定性认同之路上的某种中转站”⑤。新历史主义的文化诗学批评不断发现“自我塑型实际上是文艺复兴的版本……通过控制从抽象潜力到具体历史状况之间的通道而创造出独特个体的某种

① Stephen Greenblatt, *Learning to Curse*, New York: Routledge, 1990, p. 164.

② Martin Heidegger, *Being and Time*, John Macquarie et al. (trans.), Oxford: Blackwell, 1962, pp. 67 - 77.

③ James Clifford, *The Predicament of Culture*, Cambridge: Harvard University Press, 1988, p. 94.

④ Stephen Greenblatt, *Renaissance Self - fashioning* Chicago: The University of Chicago Press, 1980, p. 2, p. 256.

⑤ Stephen Greenblatt, *Shakespearean Negotiations*, Oxford: Clarendon, 1990, pp. 75 - 76.

意义上的文化系统”[①]。作为对自我塑型与文化系统之间辩证关系的理论回应，格氏一方面从格兹的文化人类学获取“文化造物”的本体论观念，另一方面从阿尔都塞的批判理论中挪来“意识形态”的认识论视角。他既关注基于身份本体的形而上的历史性建构，也重视基于个体身份的形而下的文化性批判。尽管格氏的身份观念始终在认识论和本体论形态之间极速振摆，文化诗学的批评焦点却直接指向历史个体和阐释主体的自我意识，其理论视角也集中在文艺复兴时期文学生产过程的身份经验。

文艺复兴的自我塑型探讨“人类自主性在身份建构过程中的角色”，然而对于任何具体的社会身份而言，“自我塑型和被文化机制的塑型过程……是不可分割地联系在一起的”。[②] 在任何历史性的文学生产过程中均存在着历史主体在两个层面上的身份经验，涉及“自我塑型”（self－fashioning）和“自我被塑型”（self－fashioned）的两重过程，即自我的积极塑型过程和他者的消极认同过程。既然文艺复兴的文学生产活动蕴含着自我塑型和文化造物的两重身份建构过程，那么文化诗学的关注重点就在于历史主体得以自我塑型的个体意识和文学经验，而不是放之四海而皆准的那种普适性的文学教律和社会结构。在文艺复兴和前现代文化的特殊转型时期，不仅出现了主体解放和个性自由的人文思潮，同时也产生了将自我意识作为某种艺术性过程的独特观念。换句话说，文艺复兴的自我塑型过程，不仅包括历史个体通过身份意识沟通自我主体和文化客体的交流层面，同时也涵纳历史主体通过文学生产协调自我意识和文化机制的对话层面。既然历史批评围绕历史主体的身份经验展开了对现代社会转型语境的阐释分析，文化诗学的批评对象就不再是“那些控制前现代社会文化的传统和机制的运作结构”，而应该是“各类社会成员运用到他们自身体验的阐释建构过程”。[③]

或许格林布拉特提倡文化诗学批评的真正意义，并不在于要痛斥中世纪的黑暗控制而盛赞文艺复兴时代解放人性和弘扬个性的文化革命，而在于要揭示历史主体在社会转型时期的文学经验和身份意识。文艺复兴和前

① Stephen Greenblatt, *Renaissance Self－fashioning*, Chicago: The University of Chicago Press, 1980, p. 4.

② Stephen Greenblatt, *Renaissance Self－fashioning*, Chicago: The University of Chicago Press, 1980, p. 256.

③ Stephen Greenblatt, *Renaissance Self－fashioning*, Chicago: The University of Chicago Press, 1980, pp. 4－5.

现代文化的艺术形式主要是表演性的戏剧，通常情况下舞台戏剧与日常生活的相对界限都是历史主体模仿意识的主观产物。究竟是戏剧艺术模仿着现实生活，还是现实生活效仿着戏剧艺术？对于格林布拉特而言，在文艺复兴时期并没有绝对而稳定的形式界限。也就是说，在这种文学生产与社会生活的模糊界限中，历史主体不断调整着自我意识与文化机制之间的矛盾关系，同时也在两者的对话关系中通过文学媒介持续建构着自我塑型的身份经验。诚然，在任何主体意识的形成过程中，作为文化媒介的文学艺术确实可以起到某种潜移默化的塑型作用，然而在文化的生产过程中，文学形式如何能够通过语言叙事影响到历史主体的自我意识乃至身份观念？

对于文艺复兴时期主体性的形成过程，格氏指出，“文学在自我塑型的文化系统中起着时间纬度的关键作用”，通过三种互相联系的途径产生作用，“作为特定作者的特定行为的反映，作为特定行为得到塑型的各种符号的表达本身，作为这些符号的反思过程”①。格氏在主体性生产过程之中特别强调文学艺术的塑型作用，实际上就等于将身份意识的自我塑型联系到了文学文本的叙事形式。换句话说，历史主体的自我意识只能是某种在语言之中发生并且通过语言叙事而产生的艺术性过程。从语言结构对自我意识的规范作用来看，格林布拉特的语言塑型观念似乎与拉康（Lacan）的“主体进入语言的象征界”言论如出一辙，它们均主张身份概念的语言转向而强调主体意识对语言符号的屈从；从自我意识对语言结构的能动作用来看，格氏的身份观念并不是拉康意义上的心理学或精神分析学的概念，而是某种社会性和历史性的隐喻机制，只是象征着主体意识暂时性的“向叙事性自我塑型的降伏”②。

格氏的自我塑型观念衍生于文艺复兴和前现代文化的历史情景之中，身份概念的阐释活动却牵涉后现代文化的当下语境中，侧重以当代性的视角丰富历史理解和以历史性的视角针砭当代文化。在后现代文化语境中，作为主体性的“人”之概念经历了当代反本质主义思潮的冲击，或是消解在语言符号的嬉戏过程中，或是消失在权力关系的话语结构中。在语言叙事的身份层面，德里达指出：“在‘他’的整个历史中，曾经幻想过全面

---

① Stephen Greenblatt, *Renaissance Self - fashioning*, Chicago: The University of Chicago Press, 1980, p. 5.

② Stephen Greenblatt, *Renaissance Self - fashioning*, Chicago: The University of Chicago Press, 1980, p. 234.

在场的状况、可靠的基础、游戏的起源和结束。”① 在文化权力的身份层面，福柯强调：“人的概念是最近的创造物”，人也很可能快要看到自己“被抹去，就像被深埋在海边沙滩的脸面一样”。② 与后现代文化极力否定自我意识和身份主体的极端做法不同，文化诗学提倡对文艺复兴身份概念的历史考察，但发现的却是社会转型时期文学经验与身份意识的交叉作用，在身份概念的艺术化和现实化的对话过程中建构的则是身份诗学的批评视角。

对于文艺复兴自我塑型的批评理念，柯恩（Stephen Cohen）指出：“如果这种政治身份对于个体身份的特权体现出了伊丽莎白那种对主体性修辞的控制程度，那么它则倾向于忽视其与内在化语言之间的游戏，将她的实践看作对在特定时期内仍然有效的中世纪教义的某种机会主义的滞留，内在化的主体性的新范式只是自身建构的开端而已。”③ 柯恩的观点呼应了格氏的文学塑型论，他再次言明文艺复兴时期社会转型的特殊语境，即旧有的中世纪神学意识控制尚未消除，新的自我概念和身份意识又尚未成型；他也重点强调文艺复兴的文学经验对于历史主体的“修辞”性控制，即身份概念通过艺术化过程在自身的本体论和认识论形态之间极速振摆。从格氏对文艺复兴作家展开的身份批评来看，文化诗学的身份诗学理念应该既包括主体意识的诗学化过程，也蕴含着文学艺术的身份化视角。正是在文学经验与身份意识的互相贯通中，历史主体才能在自我意识和社会角色之间最终享有某种美学化的艺术人生。正如哈特勒（George Hartley）所言，借助这种处于艺术化和现实化之间的身份观念，“主体通常被看作某种固定的节点，谓语则依靠其黏附于这种主体的理解者本身的运作，它并没有被视为属于固定节点本身，只是在这样的运动过程之中特定内容被再现为主体”④。对于新历史主义文化诗学来说，这种诗学意义上的身份概念实质上就是社会转型时期历史主体性的动态建构过程，原始起点无疑是本体论形态的自我意识或社会角色，但是它的终点却是居于本体论

---

① Jacques Derrida, *Writing and Difference*, Alan Bass (trans.), London: Routledge, 1978, p. 292.

② Michel Foucault, *The Order of Things: An Archaeology of the Human Sciences*, London: Tavistock, 1970, p. 387.

③ Stephen Cohen, “(Post) Modern Elizabeth: Gender, Politics, and the Emergence of Modern Subjectivity”, in *Shakespeare and Modernity*, Hugh Grady (eds.), London: Routedge, 2000, p. 25.

④ George Hartley, *The Abyss of Representation*, Durham: Duke University Press, 2003, p. 77.

和认识论形态之间的特殊地带。文学经验虽然是不可或缺的关键部分，但社会机制和文化结构仍然是不可忽视的重要内容。

虽然文化诗学的身份理论回溯到了文艺复兴和前现代时代的历史语境，但最终指向的却是当下的后现代文化状况。对此，格氏指出“在现阶段我们的文明处在崩溃威胁之下的各种焦虑和矛盾中间，我们怀着强烈的好奇心去回应它刚建立之时的同样的焦虑和矛盾，去体验文艺复兴文化就等于是去感触那种形成我们自己身份的氛围，我们与这种经验之间既有根深蒂固的联系也有疏离陌生的感觉”①。无论是在遥远的文艺复兴时代，还是在当前的后现代主义语境，在文化断层和传统颠覆的特殊社会转型时期，各个时代的人们实际上面临着同样性质的思想矛盾和主体焦虑，翘首期待的还是文艺复兴作家那种在自我意识和社会角色之间的人生艺术，共同渴求的也还是那种在自我塑型和文化机制之间的身份诗学。曾有不少社会学者指出当代中国社会也同样正处于经济转轨、文化变迁和价值更替的社会转型时期，但是文化个体如何通过文学形式和美学经验达到自我塑型的身份艺术却似乎仍然是摆在世人面前的棘手问题。我们始终面对的社会现实是：身份概念原本蕴含的自我意识不断屈服于晚期资本主义的文化生产规律，最终沦陷到市场经济环境中的主体生产逻辑。就各种文化形态在社会转型时期的共同特征来讲，格氏对文艺复兴自我塑型的阐释经验，以及文化诗学的身份观念，提供的或许并不仅仅是形而上观念的反思视角，更多的是形而下形态的行动经验。

4.3 语言符号与权力结构：历史文化的表征形态

语言符号与权力结构的潜在关系是新历史主义文化诗学的理论基点。对于历史叙事与文化表征的关系问题，孟特洛斯认为“文化诗学的兴趣和分析技巧同时属于历史主义和形式主义”，强调以“诗学”的理论形式来规范和约束“文化”的历史内涵。② 也有学者将孟氏的论断推向理论极致，将历史语境与文化结构的传统关系进行彻底的问题化和对立化，认定文化

① Stephen Greenblatt, *Renaissance Self-fashioning*, Chicago: The University of Chicago Press, 1980, pp. 174 – 175.

② Louis A. Montrose, “Professing the Renaissance: The Poetics and Politics of Culture”, in *The New Historicism*, H. Aram Veeser (ed.), London: Routledge, 1989, pp. 15 – 16.

诗学将历时性的历史存在压缩到共时性的文化文本，最终陷入历史叙事化和文化文本化的理论误区。[①] 实际上，新历史主义文化诗学将历史性的文化批评放置于语言符号的权力结构中，提出历史文本的文化表征观念，又将文化性的历史阐释放置于权力结构的语言网络中，同时建构起文化叙事的历史表征理念。在语言符号与权力结构的深度关联中，在历史阐释与文化批评的对话关系中，新历史主义的文化诗学批评开拓出历史文化的表征诗学空间。

新历史主义文化诗学将批评视角追溯到文艺复兴和前现代文化领域，而其理论基点却扎根在语言学转向之后的后现代文化。无论是以当代文化去重新理解历史语境，还是以历史语境来重新审视当代文化，新历史主义文化诗学似乎无法回避语言叙事的西方传统问题。虽然它对后现代文化的理论偏执不断形成思想反拨之势，但是对语言叙事问题的清理却顺延了后结构主义以来的建构主义语言观念。如果要厘清文化诗学关于历史文化的表征理念，就必须将新历史主义的语言观念放置到后现代语言观念的思想谱系中来，在历史批评的文化脉络中重新探讨历史叙事和文化表征的诗性空间，在历史表述层面上揭示语言符号的意指神话和历史话语的文化结构。

从阐释主体的建构过程来看，语言符号与文化网络的批评理念直接源自格兹“文化造物的符号网络”的阐释人类学观念；从历史主体的建构过程来看，语言符号和权力结构的批评思路接近后现代理论家雅克·拉康的精神分析学观念。对于语言符号的权力视角，拉康强调“我们只可以将语言看作某种网络，笼罩在事物的整体性和现实的总体性之上，它在现实的平面上印刻下我们这里可以称之为象征性的其他平面”[②]；对于语言符号的权力过程，拉康则强调语言隐喻性和符号指涉性的协调对话，指出“各种符号的现实之中存在着脱离主体性的真理世界，并且主体性的历史发展过程明显转向于在符号秩序之中重新发现真理”[③]。如果说拉康的语言观念偏执于语言符号的匿名网络，重点关注的是语言符号对于主体建构的绝对权力，那么格氏则清醒地意识到语言符号与历史文化的辩证关系，提倡语言

---

① 张进．新历史主义与历史诗学．北京：中国社会科学出版社，2004. 289.

② Jacques Lacan, *Freud's Paper on Technique 1953 – 1954* (*Seminar* 1), John Forrester (trans.), Cambridge: Cambridge University Press, 1988, p. 262.

③ Homi Bhabha, "Postcolonial Criticism", in *Redrawing the Boundaries*, New York: MLA, 1992, p. 457.

符号叙事与历史文化表征的对话关系。对于语言符号的指涉关系，他强调“我们对于语言指涉能力的信念是我们与这个世界制定的部分契约；这种契约可能会游戏性地延迟，也有可能全部被破除，但没有废除行为本身就不会带来任何结果，在某些情况下这种废除做法不可接受”①。

在语言符号的指涉关系问题上，新历史主义语言观念比较接近后现代文化的语言符号与主体建构的相关理论；在语言符号的历史叙事功能方面，它的语言表征观念又明确显露出某种对后现代文化偏执症候的思想反拨和理论重建的姿态：一方面，与拉康从语言的塑型作用来专门强调主体世界的符号秩序不同，格氏侧重从语言的叙事功能来关注历史话语的表征形态；另一方面，与布尔迪厄强调以语言符号作为文化资本而控制意指实践和表征结构的观点有所区别，格氏的语言观念偏向于在前现代文化的历史批评中考察语言符号对历史叙事的意指关系和权力调控过程。换句话说，格氏对历史叙事的理论关注集中在“语词文字”的扩散过程和新权力结构的施行效果。在这种意义上，它或许更加接近德塞图对文艺复兴和前现代文化所作的“书写经济”的理论观念，即在滥觞于 16 世纪的前现代文化中，语言符号在西方文化中作为历史载体的控制性增长和作为权力工具的技术性扩展，以至于“积聚过去的权力和改变世界的能力都要服从于它‘语言’的形态”②。从历史叙事的语言载体来看，“书写经济”的批评观念旨在强调语言叙事的修辞本质和历史文本的文化功用，文化诗学对语言符号的关注更为直接地表现为语言符号的意指神话和历史叙事的权力内涵。对于新历史主义批评来说，作为历史写作的语言叙事从西方前现代时期开始，就不仅是历史在场和文化传承的意识途径，更多的是历史再现的权力关系和文化表征的话语网络。对于现代西方社会文化扩张的历史过程，格氏强调语言叙事和历史写作的意识形态功能，指出“历史和写作的行为都是征服‘新世界’的强大武器，历史只能通过写作工作才能有所成就”，因此“写作的某种缺失决定了文化仪式对于即席运作、环形时间对于线性时间的主导地位，同时导致了（征服者）误解和错估”。③

深受后现代文化的语言论影响，新历史主义批评同样非常重视语言符

① Stephen Greenblatt, *Learning to Curse*, London: Routledge, 1990, p. 15.

② De Certeau, M., *The Practice of Everyday Life*, Steven Rendall (trans.), Berkeley: The University of California Press, 1984, p. 135.

③ Stephen Greenblatt, *Marvelous Possessions: The Wonder of the New World*, Oxford: Clarendon Press, 1991, pp. 10 – 11.

号的话语特征和历史叙事的意识形态。在语言意指和历史话语的社会性阐释问题上，格氏的文化诗学批评明显表现出要重新建构历史主体性和阐释主体性的理论导向。在对语言符号、历史叙事与主体意识之间的网络关系进行重新组合的过程中，与其说格氏的语言观念是倾向于诸如拉康、福柯等后现代理论家的结构性或话语性的理论概念，还不如说它是有如巴赫金的对话性和社会性的批评理念，即“人类话语活动的任何产物——从日常生活的简单言语到文学艺术的复杂作品——不是从言语者的主体经验而是从言语发生的社会情景的最基本方面之中得到形态和意义”①。既然语言符号和历史叙事是主体意识与社会情景的某种对话性形式，那么叙事形态的历史文本就必然是历史主体与社会话语的意识形态产物。借用哈克斯（Terence Hawkes）的话来说，语言文本实质上就是“某种场所、地带或通常是矛盾性的潜在阐释；没有任何单一性的个体或群体能够宣称‘本质的’状态或‘固有的’权威，所有的一切在本质上来说都是意识形态，而受制于外在的政治和经济决定性因素”②。另外，既然历史文本已经是社会生产过程中的某种话语性产物，那么对语言意指和历史叙事的重建过程也同样指向阐释主体与社会语境的某种对话性形式。正如格氏所说：“我们的阐释任务必须要更加敏感地领会到这一事实的各种后果，主要途径就是要对文学文本世界之中的社会存在和文学文本存在世界的社会存在进行双向考察。”③ 在历史写作过程中，作为意指神话的语言叙事对现实世界具有某种结构性的主体收编作用，并且最终指向作为表征形式的历史文本；在历史认知过程中，作为历史文本的语言叙事对现实世界又具有某种话语性的主体重塑作用，并且同时指向历史叙事和历史阐释的表征形态。

如果可以把历史叙事看作语言符号对历史语境和文化结构的某种编码压缩过程，那么历史批评就是阐释主体对历史话语和文化踪迹所施加的特殊解码释放过程，文化诗学批评就是要在历史情境和阐释语境两个层面上揭示出历史叙事的表征形式与权力结构的文化隐喻。在过去的历史情景中，诚如麦克雷所指出的，“文学文本的语言，就是模仿意识形态语言的语言，它揭示意识形态之中的间隙，也将语言的实际用途混合到某种永不

---

① Pam Morris, *The Bakhtin Reader*, London: Arnold, 1994, p. 41.

② Terence Hawkes, *That Shakespearian Rag*, London: Methuen, 1986, p. 117.

③ Stephen Greenblatt, *Renaissance Self - fashioning*, Chicago: The University of Chicago Press, 1980, p. 5.

停止的对抗之中"①。在当下的阐释语境中，亦如孟特洛斯所强调的，"在书写话语之中对世界的各种表征参与到世界的建构过程……我们的职业实践，如同我们的主体问题，也是意识形态的生产"②。历史叙事不但能够在历史情景中以语言符号的指涉形式通向意识形态化的表征结构，也能在阐释语境中以文化阐释的表征形式再次介入意识形态的再生产过程，文化诗学批评就是要双向度地考察语言符号与历史叙事在两种语境或权力结构中的各种隐喻机制。

在语言符号的意指形式问题上，格氏或许比较认同保罗·德曼的语言观点，即"将语言看作符号和意指系统而不是各种意义的既定模式，我们实际上是在置换或是悬置起在语言的文学与非文学用途之间的传统壁垒，而将意义主体从文本经典化的世俗压力之中解放出来"③。但是，对于意识形态的表征形式，他的理念似乎又与阿尔都塞的意识形态观念取得共鸣，即"意识形态是多种个体对它们现实存在条件的想象性关系的某种'再现'"④。文化诗学以历史性和主体性的对话形式全面接触语言叙事的传统问题，同时也将批评视角深入到历史叙事作为权力表征的各种文化隐喻中去。语言叙事已经不再被限定为文化载体的传统性承接形式，也不再被看作历史情景的透明性再现效果，而是历史话语、文化结构和社会关系本身的权力形式与表征机制。如果说在现代社会中知识就是力量，在后现代文化中话语就是权力，那么对于文化诗学来说，语言符号就是力量与权力的历史合集。与其说语言叙事是意识形态的权力产物，还不如说它本身就已经是意识形态的权力形态。语言符号的权力结构既产生于文学文本之中又反过来作用于文学文本本身，历史叙事的权力机制就是对历史文化"表征本身的激活条件"⑤。

无论是语言符号的指涉关系也好，还是历史话语的权力结构也罢，意识形态的权力踪迹和施行过程才是格氏文化诗学批评重点关注的理论课

① Pierre Macherey, *A Theory of Literary Production*, Geoffrey Wall (trans.), London: Routledge, 1978, p. 44, pp. 56 - 60.

② Louis Montrose, "New Historicism", in *Redrawing the Boundaries*, New York: MLA, 1992, p. 396.

③ Paul de Man, *The Resistance to Theory*, Manchester: Manchester University Press, 1986, p. 9.

④ Louis Althusser, "Ideology and Ideological State Apparatuses", in *Lenin and Philosophy*, London: Verso, 1971, p. 162.

⑤ Annabel Patterson, "The Very Age and Body of the Time His form and Pressure", *N. L. H.*, 1988 (20), pp. 83 - 104.

题。诚如齐泽克所言，“‘意识形态’阐发的定位和演说的位置，很明显是某种纯粹的、非主体化的知识（也是声名狼藉的‘历史进步法则的客观知识’）”①，对于新历史主义文化诗学来说，意识形态的历史形式和语言形态同样都是这种“非主体化知识”和“历史进步法则”的表征产物，深入考察意识形态的语言叙事本身也就是在文化表征概念的基础上追溯历史文化的建构过程与权力踪迹。对于历史批评的理论目的，詹姆逊强调，“正是在对那种非中断叙事踪迹的侦察中，在将根本历史被压制和掩埋的现实恢复到文本表层中，政治无意识的学说才寻得了它的重要功能和必要意义”②。对于文化诗学批评来说，“政治无意识”的理论学说不仅要重新恢复历史语境中的权力结构和文化机制，而且还要揭示阐释语境中的意识形态和表征意义。在这种语言符号的意指神话与历史话语的权力隐喻中，文化诗学已经改写了文化表征的诗学观念。

如果说文化表征观念对于罗兰·巴特尔的符号学理论来说表现为意指关系的符号神话，对于福柯的话语学理论体现为历史理性的权力机制，对于斯图亚特·霍尔（Stuart Hall）的文化符码理论等同于语言符号的意指实践，那么在格氏的文化诗学中则体现为历史叙事的文化结构和文化结构的历史叙事。在文化结构的历史叙事层面，格氏倾向于将文化表征概念视为历史叙事中语言符号的意指神话，主张回溯到语言叙事的历史语境，重新拼贴历史文本表面的文化碎片和权力踪迹；在历史叙事的文化结构层面，他又将文化表征概念看作历史话语中权力关系的文化隐喻，提倡立足于当下社会的阐释语境，重新建构历史文本潜层的社会结构和文化图景。围绕文化表征的批评概念，以权力关系和文化结构为划界标线，文化诗学批评在文艺复兴和前现代的历史文化领域基本勘定了历史文化的表征诗学空间。

如果说主体性阐释是一个理论中心，语言符号和历史话语是两个批评基本点，那么语言符号的意指神话、历史叙事的权力话语、权力结构的社会机制和文化表征的政治隐喻则无疑是文化诗学批评的四条诗学原则。正如伽勒尔所指出的，格氏的新历史主义批评“在合法性问题上的争论不仅

---

① Slavoj Zizek, *For They Know Not What They Do*: *Enjoyment as a Political Factor*, London: Verso, 1991, p. 236.

② Fredric Jameson, *The Political Unconscious*: *Narrative as a Social Symbolic Art*, London: Methuen, 1981, pp. 17–20.

是关于‘表征的政治’，即谁代表谁的问题，而且也包括关于‘政治表征’的文化冲突”[①]。在“政治表征”的理论形式与“表征的政治”的诗学内涵之间，格氏更加注重前者作为“书写经济”的权力运作过程和文化政治效果，更加强调“权力的最高成就之一就是将虚构的东西施加于世界之上，而它最高的愉悦也就是强迫接受这些被认为是虚构的东西”[②]。格氏虽然承认语言虚构与历史现实之间的根本差异，强调意识形态的权力机制，但是他并没有就此片面强调表征形式与历史实质之间的逻辑对立，甚至重新回到传统历史主义的理论套路。另外，虽然新历史主义文化诗学强调表征形式对主体意识乃至社会现实的塑型作用，但是它并没有因此就完全取消历史叙事与社会现实之间的传统界限，进而重新陷入后现代主义的历史文化逻辑。对于表征形式与历史现实的辩证关系，格氏表明，“我认为完全取消再现与现实之间的区别是某种理论缺陷和实践错误，但同时我们也不能企图将它们割裂开来，它们实际上是被锁定在某种不稳定的联系之间而存在于狂喜结合和分离的世界之中”[③]。文化诗学的表征观念建立在语言符号和历史叙事的基础上，但是它的批评旨趣却在于对意指神话和权力机制的祛魅过程，最终指向的是历史阐释和文化批评的诗性空间。

诚如巴特尔所指出的，“批评者不能将作品意义的解密当成某种道德目的，而要在意义细化的基础上重新建构各种规则和约束”[④]。对于文化诗学研究来说，批评者的根本任务不是在于重新建构起历史意义与阐释结构的各种规则和约束，而是在于重新追溯意指神话和历史表征的权力运作与主体建构的历史性过程。在对语言意指和历史话语的祛魅过程中，新历史主义文化诗学将历史性的文化批评放置于语言符号的权力结构中，提出历史文本的文化表征理念，又将文化性的历史阐释放置于权力结构的语言网络中，建构起文化叙事的历史表征理念。在语言符号与权力结构的深度关联中，在历史阐释与文化批评的对话关系中，文化诗学批评不仅是在开拓历史表征的诗性空间，同时也是在重新勘察文学批评的语言论边界。正如

---

① Catharine Gallagher, *The Industrial Reformation in English Fiction*, Chicago: The University of Chicago Press, 1985, p. 188.

② Stephen Greenblatt, *Renaissance Self - fashioning*, Chicago: The University of Chicago Press, 1980, p. 141.

③ Catharine Gallagher & Stephen Greenblatt, *Practicing New Historicism*, Chicago: The University of Chicago Press, 2000, pp. 1 - 18.

④ Jonathan Culler, *Barthes*, London: Fontana, 1980, p. 21.

格氏所言，“大多数批评只是简单地指定文学的范畴而不去考察它本身或衡量其维度”，对于新历史主义文化诗学来说，“语言学反身概念之中最基本的成分以及被划入美学愉悦自足领域的语言本身，也就恰恰被认为是文学话语的条件”。① 换句话说，正是借助于这种语言符号与文化话语、表征形式与历史现实之间的极速振摆关系，新历史主义文化诗学所扮演的将不再是历史语境和文化结构的传统解密者形象，也不再是语言符号和历史文本的极端嬉戏者角色，在文化表征的诗学空间中它已然成为历史形式和权力隐喻的理性阐释者典范。

4.4 历史文本与主体视阈：文化历史的阐释范式

新历史主义全面崛起于西方后现代文化语境中，理应属于广泛意义上的后现代历史诗学的总体范畴，然而相对于后现代的各种“效果历史”观念，新历史主义却在文化诗学的理论体系中提出“阐释历史”的学术理念。如果说新历史主义在语言符号和历史话语的文化隐喻中建构了历史文化的表征观念，那么它在历史文本与主体话语的视阈融合中则提出文化历史的阐释观念。对于文化诗学的阐释空间，格林布拉特强调“如果文化诗学清醒地意识到自身的阐释性质，这种意识就必须延伸到承认其并不可能抛弃自身的语境，而完全重建和重新进入16世纪的文化”②。对于新历史主义文化诗学的阐释形式，百瑟丽则指出“在美国理论之中，尽管建构主义和文化主义极为重要，但在格氏的作品中，现实被理解为‘社会现实的文化概念’”③。对于文化诗学的理论体系，格氏的新历史主义批评不但在历史文本层面提倡主体话语的阐释本质，而且在文化主体层面主张文化历史的阐释形式。在历史文本与主体话语的视阈融合中，在历史情景与文化结构的对话关系中，新历史主义文化诗学实际上已经开拓出文化历史的阐释诗学空间。

新历史主义文化诗学的批评视角集中在文艺复兴和前现代文化领域，其理论旨趣却早已延伸到历史文化的阐释意义与当代文化的建构经验。关

① Stephen Greenblatt, *Representing the English Renaissance*, Berkeley: The University of California Press, 1988, pp. vii – viii.

② Stephen Greenblatt, *Renaissance Self – fashioning*, Chicago: The University of Chicago Press, 1980, p. 5.

③ Catherine Belsey, *Culture and Real: Theorizing Cultural Criticism*, London: Routledge, 2005, p. 4.

于文艺复兴在西方文化发展史上的重要作用，中外学界历来持有两种截然对立的批评观念：或是提倡将文艺复兴时代视为人类最辉煌的文化顶峰，从它超越时代的文化影响来评断文艺复兴文学的普适意义与永恒价值；或是主张将其看作中世纪之后人本主义的特定阶段，以既定时代的特殊意义来评价文艺复兴艺术的历史意义与时代价值。从历史文化的阐释方向来看，这两种历史批评观念，或是以历史情境或是以当下语境作为阐释基点，都没有充分重视由历史性和主体性互相交织而成的文化历史的阐释空间。诚如徐贲所言，“历史研究不是单向的，而是过去和现今之间的辩证双向对话”①；那么对于格氏来讲，在文艺复兴的历史文化与后现代的当代文化之间，同样存在着历史表征与主体阐释的双向对话。新历史主义文化诗学就是要在历史文本的阐释平台上建构文化历史的对话批评观念。

以历史文本作为文化历史的阐释平台，新历史主义文化诗学坚决反对传统历史主义与后现代历史理论的单声道视阈，提倡“历史的文本性和文本的历史性”的对话理念，主张对“文学文本之中的历史世界和文学文本存在的现实世界”展开双向考察。以历史与文化在文本层次的对话观念为批评原则，格氏认为“传统的历史方法，将历史置于文本之外，而作为文本符号所指向的目标发挥实际作用。这种观点的历史是文学能指符号必须依附的所指符号的集合体，或者是能指与所指之间的联系消失之后由学者重新建立的联系”②。相对于传统历史主义的“文外之物”和后现代主义的“文外无物”理念，文化诗学批评更加重视“文中之物”与“文外之物”的视阈融合，明显倾向于某种开放性的历史文本的对话观念。提倡历史文化与文学文本之间的双向对话关系，新历史主义文化诗学不但巧妙地回避了传统历史主义的理性历史危机与后现代文化理论的历史遗忘症，而且以泛文化形态的历史文本为阐释平台有效地缓解了文学前景与历史背景、文化文本与历史情景之间的对立关系。历史文本化和文本历史化的阐释思路，既体现出新历史主义文化诗学的对话性诗学特征，也反映出当代文学研究中历史批评实践的文化转向趋势。因此，“第一，作为文学文本的意义平台，‘历史’不是客观的、透明的、统一的，或是容易理解和因而极端无问题化的概念；第二，我们每次谈论文学与历史、文本与语境而不经

---

① 徐贲．走向后现代与后殖民．北京：中国社会科学出版社，1996. 53.

② Stephen Greenblatt, *Representing the English Renaissance*, Berkeley: The Univeristy of California Press, 1988, p. viii.

意中强化的二元对立主义其实是徒劳的和有误导性的”①。

对于传统历史主义批评来说，历史理念或许只是作为文学文本的某种辅助性言说背景或阐释语境；对于后现代主义历史理论来说，历史观念或许就在于被文学文本吸收后压缩到语言符号的关系网络。然而，对于格氏的文化诗学批评而言，历史意义就是文学文本在历史文化的阐释平台上释放的泛文化张力。格氏特别强调文学文本观念，他提倡“文艺复兴的文学作品不再被看作其他表达形式而自有其确定意义的文本的固定集合，也不再被当成对其背后历史事实进行反思的规范体系”，强调“批评实践挑战文学前景与政治背景的稳定区分，或是更广泛地来说是挑战艺术生产和其他社会生产之间的界限”。② 泛文化形态的文本观念不仅在历史文学的批评实践中竭力挑战文学前景与历史背景的人为性界限和功能性区分，而且在历史文化的阐释平台上极力促成历史文本与文化主体的阐释共鸣。相对于传统历史主义的莎士比亚研究模式，新历史主义批评在文化文本的历史化过程中扩展文学文本的概念范围和材料来源。在格氏的莎学研究中，“莎士比亚生活经历的整个范围经常是通过文化性的而非传记性方式得以定义”，“历史书籍、天气、叛乱、婚礼、生意、瘟疫、宗教斗争、绞刑、船祸或口音”也都成为文学文本的历史回音；相对于后现代主义文化的文本历史观念，新历史主义批评在历史文本的文化解读中也不断丰富着历史文本的阐释潜力和文化张力。

为了发现文学文本在语言表征形式之后的历史话语内涵，阐释主体必须转换传统历史主义的阅读方式，重点关注文本自身的表面疏离特征与深层聚合结构。为了充分理解历史文本自身所蕴含的历史纹理和文化脉络，他/她又必须在文学艺术的具体语境中致力于探索历史文化的丰富内涵。我们作为当代语境的文化主体在某种意义上只能借助文本形式来充分接触历史语境的文化碎片。重新建构历史文化的语境意义和置换出文学艺术的历史在场，取决于历史主体与阐释主体在文学文本层次上的阐释共鸣，以及我们如何正确理解文学文本作为文化历史的阐释意义和诗学含义。在历史文化的表征层面上，历史文本是“各种力量交汇的领域、价值纷争和利

① Wilson Richard & Richard Dutton, *New Historicism and Renaissance Drama*, London: Routledge, 1992, pp. 28－29.

② Stephen Greenblatt, *The Power of Forms in the English Renaissance*, Norman: Pilgrim Books, 1982, pp. 5－6.

益转移的场地，以及各种正统和颠覆力量对抗的场合”①。在文化历史的阐释层面上，历史文本“产生特定的期待，我们随后投射到文本之中并简化多语义的阐释以符合产生的各种期待，提炼出个体配置的意义”②。

在历史文本的阐释平台上，文化诗学的历史批评意义存在于作者语境、文本语境与阐释语境之间的文本对话中，其文化批评旨趣在于历史主体、文学主体与阐释主体之间的文化共鸣。正如郝伍德所指出的，“过去不是简单地在各种档案里面被‘发现’，而是由历史家/阐释者通过各种组合方式形成的文本踪迹的建构物”③。格氏本人同样强调，历史学者要尝试“尽可能地去恢复被他们分析的各种文本内部原初生产和消费的历史情境”，另外也要清楚地意识到历史阐释活动本身的三种历史性语境和三种主体性视阈并实现它们之间的“阐释对话”。④ 作为文化表征形式的历史文本诚然是三种历史性语境之间跨时空对话的阐释平台，而它同时涉及的三种主体之间的视阈融合却是文化历史阐释共鸣的理论基础。

当柯恩论及格氏的文化诗学时，他指出后者总在遵循某种既定的阐释研究套路，实现文学文本与历史语境的“人为的连接”或“随意的联系”。他发现格氏的历史批评总是习惯于从尘封的历史典籍或民间野史中找到某一个闻所未闻的逸闻轶事、某一首不为人知的历史诗歌、某一座名不见经传的雕塑设计、某一副意义寻常的历史画像，甚至某一件无甚关涉的历史物件，并由此进入对文学文本的历史阐释和文化分析，但他却总是能出人意料地找到一个看似无关却深度相连的历史节点，由此延伸至文学文本的历史语境和文化脉络。⑤ 柯恩指出格氏的批评起点是某种陌生而新鲜的历史文本，其研究目的就是要通过“人为的连接”或“随意的联系”最终实现历史语境、文本语境与阐释语境的文本对话。然而，遗憾的是，他还是没有认识到格氏这种个性化批评表述方式的重要理论意义，而只是极力批评后者以逸闻轶事的新奇手段来“哗历史批评界之众”和“取文学理论界

---

① Stephen Greenblatt, “Introduction”, in *The Power of Forms in the English Renaissance*, Norman: Pilgrim Books, 1982, p. 6.

② Wolfgang Iser, *The Implied Reader*, Baltimore: Johns Hopkins University Press, 1974, p. 271, p. 279.

③ Richard Wilson & Richard Dutton, *New Historicism and Renaissance Drama*, London: Longman, 1992, pp. 26 – 27.

④ Stephen Greenblatt, *Learning to Curse*, London: Routledge, 1990, p. 170.

⑤ Walter Cohen, “Political Criticism of Shakespeare”, in *Shakespeare Reproduced*, Jean Howard and Marion O'Conner (eds.), London: Routledge, 1987, p. 34.

之宠”。

如果我们尝试将格氏的这种与众不同的批评程式，以一种历史性的研究态度联系到三种不同语境中的主体视阈问题，就会发现他关于文化历史的阐释诗学理念。通过这种犹如“讲述故事”一般的个性化理论言说，格氏的文化诗学在批评方法层面上重点突出了阐释主体对历史文化的视阈调整与综合协调的相关作用，在理论旨趣层面上又强调了历史文化在历史主体、文学主体和阐释主体之间的阐释共鸣。换句话说，历史真实经过时代浪潮的不断冲刷，已经散落到历史语境的不同轨迹，历史文本乃至历史文化本身作为一种文化遗存，通常同时存在于历史语境、文学世界和阐释语境之中，对于它的阐释权力也就不只是属于历史语境的生产主体，也不只是属于文学世界的社会主体，更不单单属于当下语境的阐释主体。

对于这种文化历史阐释的诗学特征，孟特洛斯认为格氏实际上是提倡“各种分析和理解必须从被历史、社会和机制塑型过的我们自身的视角出发”，强调“致力于历史化的当下和过去，以及它们之间的辩证关系——过去塑造当下和当下重塑过去的那些相互作用的历史压力”。[①] 如果以阐释语境的主体视阈遮蔽历史主体和文学主体的历史声音，“关于意图与阐释之间联系的任何总体性观念忽略的是各种阐释问题发生语境的异质性，这种异质性使得对于意图与阐释之间的关联性的任何问题的总体性答案成为枉然”[②]。如果在当下语境的阐释话语与历史现实的全面在场之间直接画上等号，“我们或许会怀疑这样的联系是否能足够解释此种写作或行为，我们也怀疑它的历史是否就是当我们阅读这些恐怖语言的时候最适宜我们讲述的历史”[③]。文化诗学以这种极其个性化的阐释方法介入文艺复兴和前现代文化的研究，实际上已经表明：当下语境的主体视阈对于历史阐释活动来说固然非常重要且不可或缺，但它毕竟只是诸多历史可能性的一种版本而绝非历史现实的全面在场；对历史文本的阐释共鸣虽然可以无限接近地触摸历史肉身，但它也绝对无法达到再现历史事实和恢复历史语境的效果。这样就能使人们清楚地意识到新历史主义文化诗学乃至任何形式的历史批评本身的理论性盲点和历史性局限，格氏借助三种文化主体的视阈融

---

① H. Aram Veeser (ed.), *The New Historicism*, London: Routledge, 1989, pp. 21 - 24.

② Frank Cioffi, "Intention and Interpretation in Criticism", in *On Literary Intention*, David Newton de Molina (ed.), Edinburgh: Edinburgh University Press, 1979, p. 58.

③ Stephen Greenblatt, *Learning to Curse*, New York: Routledge, 1990, pp. 13 - 14.

合或差异之间的“嬉戏过程”，不断开拓历史阐释和文化批评的诗性空间。

相对于各种“效果历史”的理论观念，新历史主义文化诗学已经提出了“阐释历史”的诗学概念。在文化诗学的理论体系中，格氏既提倡历史文本的主体阐释观念，也主张文化主体的历史阐释理念。在历史文本与主体话语的视阈融合中，在历史情景与文化结构的对话关系中，文化诗学显然提倡某种基于历史语境对话与主体视阈融合的阐释诗学。对格氏来说，传统历史主义的历史理解意味着“年代顺序的规范性、因果关系的概念、选择和分析每个时期和国家的原则那些令人厌烦的可预见性的实践”；后现代文化的历史阐释代表着某种超越任何历史性条件的历史文本或历史话语的互文性结构；新历史主义的历史批评则是“将潜在的主体视为文字客体的整个领域，拒绝在写作文类之中作固定和先验性的区分，考察在特定时代浮现的文类区分的实际作用，认为所有的文学活动涉及各种社会能量的复杂的全局性的流动过程”①。与传统历史主义以历史理性的逻格斯概念片面压制历史阐释本身的主体性和历史性特征的理论观念截然不同，与后现代文化历史理论通过文本间性或话语间性彻底放逐文化主体或极力提倡主体间性的批评思路也有所不同，新历史主义文化诗学追求的是在三种历史语境之间的文本对话，以及三种主体视阈之间的阐释共鸣。

然而，提倡在作者语境、文本语境与阐释语境之间的文本对话也好，主张在历史主体、文学主体与批评主体之间的阐释共鸣也罢，文化诗学同样重视各种语境中主体视阈的政治外延和权力内涵。对格氏来说，“现实世界、实在身体和真实感觉的存在或缺席的确至关重要……任何有价值的历史和文本性的阐释都必须表明这一差异”②。格氏坚持以个体话语的主体视角介入历史阐释和文化批评，不再盲从于任何超验无边的主流文化权威，也不再迷信于全面统一的宏大历史叙事，而是转向具体历史语境中被边缘化的文化成分和被消声化的弱势群体，提倡回溯文化机制和主体视阈的历史性建构轨迹，从而让个体的、被压制的历史事件和文化主体发出自我的声音和诉说自我的历史。

“正是缺少这种目标的既定体系，新历史主义成为多种可能性的历史观念”，格氏如此提倡“尽可能深地潜入到特定历史文化的创造性源泉，

① Stephen Greenblatt, “What is the History of Literature?”, in *Front Lines/Border Posts*, Homi, Bhabha (ed.), *Critical Inquiry*, 1997, 23 (3): pp. 460 – 481.

② Stephen Greenblatt, *Learning to Curse*, New York: Routledge, 1990, p. 15.

而希望理解某些文化产品如何能够具有一定的独立性特征”，也是出于颠覆超验历史和重塑阐释主体的政治诉求以及关注个体话语和祈愿阐释共鸣的诗学观念，他倡导“极力远离将各种文本置于变化的和连续的既定描述之中的那种文学——历史性实践”，主张“用逸闻轶事来对熟悉的大厦挑各种毛病从而使胶布蒙盖的裂缝浮现出来”。[①] 正如詹姆逊所言，“阐释行为将既定文本暴力强制地或潜移默化地改造成为其特定主符码或‘超验所指’的某种寓言”[②]。对新历史主义文化诗学来说，在历史符码的文化寓言中显然蕴含着主体视阈的诗学空间，而在历史文本的阐释平台上正在演绎着的却是历史语境对话和主体阐释共鸣的诗性话语。

4.5 文学产品与社会能量：文化生产的流通话语

在语言符号与权力结构的对话关系中，新历史主义文化诗学直接体现为历史文化的表征诗学形态；在历史文本与主体阐释的视阈融合中，它又表现为文化历史的阐释诗学形态；在文学产品与社会能量的批评理念中，它则间接转换成为某种文化生产的流通诗学形态。文学产品与社会能量的潜在关联既是新历史主义文化诗学的理论基点，也是被普遍关注的难点问题。对于历史文学的文化诗学批评来说，格氏将历史性的文学产品放置于文化生产的流通网络中，提出作为“文化过程”与“社会能量”的历史文本观念，又将文化性的历史阐释放置于文化再生产的流通过程中，建构作为“社会生产”与“能量流通”的文化文本理念。在文学产品与社会结构的深度关联中，在文化生产与社会能量的批评理念中，新历史主义文化诗学实际上已经孕育出某种文化生产的流通诗学体系。

无论是从语言符号和权力结构交往对话的表征诗学形态上，还是从历史文本与主体阐释视阈融合的阐释诗学形态上来看，文学文本在“彻底历史化”的理论义务中作为主要的沟通桥梁，跨时空地建构历史语境、文学情境与阐释语境之间和历史主体、文学主体与阐释主体之间的共鸣关系；同时也作为重要的阐释阀门，历史性地调控当代文化主体对历史情境的批

---

① Catherine Gallagher & Stephen Greenblatt, *Practicing New Historicism*, Chicago: The University of Chicago Press, 1988, p. 16.

② Fredric Jameson, *The Political Unconscious: Narrative as a Social Symbolic Art*, London: Methuen, 1981, p. 19.

评实践与理论想象。对格氏来说，无论是在与历史人物的跨时空对话形式中，还是在对过去历史的当代性阐释实质中，“我能够听到的只是我本人的声音，但是我的声音也就是逝者的声音，因为逝者早已经设法留下了他们本人的各种文本踪迹，而这些踪迹也使得他们在逝者的各种声音之中被听到”①。虽然历史文本既是历史文化的表征诗性之理论依据，也是文化历史的阐释诗性之批评底线，但是也不能因此“将‘文本自身’当作所有意义上的某种完美的、不可替代的、不需要任何支撑的承载物”。围绕文学产品延伸出文化生产的批评理念，就是要格外关注文学产品在不同语境中的流通过程，以文学文本的运动轨迹建构文化生产的流通诗学体系。

以文学文本为批评焦点进而管窥文化生产的流动过程，文化诗学极力“挑战‘文学前景’与‘历史背景’之间、艺术生产与其他社会生产之间的稳定界限”，它认为“这些集体性的社会建构物，一方面限定了既定再现模式中的美学潜力，另一方面将这一模式联系到社会机制的复杂网络、实践、信仰以及组成文化整体的其他部分”。② 以社会文化网络的极大包容性涵纳文学意义前景与历史阐释背景的传统对立模式，文化诗学关注的不仅是文本性的历史意义，也不仅是历史维度的文学意义，而是文学维度的历史阐释空间，或是文学文本在社会生产过程中的文化流通过程。

从文学文本到文化产品的理念转变，意味着文化诗学将致力于从文化生产的阐释视角重新探寻那些散落于文化网络中的文学意义，从文化产品的流通过程解读那种文学文本自身所背负的历史意义。如果说从文化生产的阐释视角，各种文学意义本身直接或间接地指向社会生产的文化网络，正是这种社会流通过程才使得文学作品能够超越文本性结构的历史视阈，格氏本人的批评实践正是从文化生产的流通过程重新考察文学文本的社会角色和历史意义。另外，如果说“各种艺术作品本身直接或间接包含在其生产语境之中，而正是这种不断的吸收作用才使得许多文学作品能够超越历史性生产条件的消逝”③，那么文化诗学关注的也正是“在话语和物质领域之间的动态、非稳定和相互作用的关系”④。

---

① Stephen Greenblatt, *Shakespearean Negotiations*, Oxford: Clarendon, 1990, pp. 1 – 3.

② Stephen Greenblatt, *The Power of Forms in the English Renaissance*, Norman: Pilgrim Books, 1982, pp. 5 – 6.

③ Stephen Greenblatt, “Culture”, in *Critical Terms for Literary Study*, Thomas McLaughlin and Frank Lentricchia (eds.), Chicago: The University of Chicago Press, 1990, pp. 225 – 232.

④ H. Aram Veeser (ed.), *The New Historicism*, London: Routledge, 1989, p. 23.

以作为文化产品的文学文本积极介入历史文学的批评实践，新历史主义文化诗学更加关注文学文本在社会生产过程中的流动轨迹和权力关系，而不只是在文学文本自足性基础上的美学形式和意义结构。格氏一方面着眼于文学文本作为文化产品的流通形式，将新历史主义文化诗学“区别于传统文艺复兴研究的历史性关注、形式主义文学批评的阐释关注，以及解构主义分析的理论关注”，指出它们的主要分歧就是前者关注“文学话语范畴的复杂性意识和历史偶然性认识”，强调“艺术作品不是历史经验留下印记的被动表面，而是某种塑造和重新塑造这种经验的创造性媒介”；同时，他也重视文学文本作为文化产品的过程意义，指出“仅仅质疑文艺复兴时期是否存在文学范畴是不够的，人们同时还必须要质问这样的疑问：发生在哪个时间点？问题的基础是什么？又是谁想知道？出于什么目的？我们是否能够定位我们的知识？”①

将文学文本看作文化生产的流通形式，格氏实际上在强调“没有界限或局限的艺术实际上具有某种可辨认的、可确定的历史性渊源”；在文学文本的流通过程中，他又提倡“理解其艺术作品独特力量的重要线索超然于它原初的创作时间和地点”，因为文学作品本身已经记录下它在三种文化语境中流通的踪迹和历史向度。② 既然传统文学文本的自足性观念不足以“厚度描述”当代历史批评中泛文化文本的语境意义，那么新历史主义文化诗学要想双向考察“与文学文本世界相对的社会存在和文学文本内的社会存在”③，就必须深入到文化生产的整个过程，考察文学文本在历史语境、文学情境和阐释语境中的流通轨迹和意义结构，在三种语境主体的阐释共鸣中建构起的历史文化的阐释平台。既然文学文本的流通形式已经延伸到三种文化语境中的不同社会生产过程，那么文化诗学必须深入到文学文本的历史纹理和文化脉络，追溯文学文本作为文化产品的跨时空流通过程，在三种文化语境的文本对话中解读文化产品之魅与社会流通之网。

受后现代主义文化的理论影响，同时受当代阐释学的思想启迪，新历史主义文化诗学特别关注历史概念的文本性特征：一方面，它强调“彻底历史化”的批评原则不能脱离历史文本的流通形式，更不能直接达到历史

---

① Stephen Greenblatt (ed.), *Representing the English Renaissance*, Berkeley: The University of California Press, 1988, pp. i – viii.

② Stephen Greenblatt (ed.), *The Norton Shakespeare*, New York: Norton, 1997, p. 2.

③ Stephen Greenblatt, *Renaissance Self – fashioning*, Chicago: The University of Chicago Press, 1980, p. 5.

情境与文化意义的自我呈现；另一方面，既受到了文化唯物主义的思想启蒙，又得到西方马克思主义的批评精神，它相当重视文本概念的历史维度，强调“文本细读”的阅读方式既不能摆脱历史文本的情境意义，也不能直接达到文学情境与文化主体的超验共鸣。关于“历史文本化”和“文本历史化”的对话理念，格氏重视文学产品的生产语境和流通过程，指出“如果对特定文化的探索能够导致对在这一文化中生产出的文学作品的深刻理解，那么对于文学作品的细致阅读也能够通向对其生产语境的特定文化的高度理解”；关于“历史阅读”和“文本细读”的协调观念，他关注历史文本自身所蕴含的历史情境和文化脉络，指出“艺术作品相比而言直接或暗地里蕴含着它们自身的言说语境，也正是这种持续的吸收作用才使得许多文学作品能够幸存于它们生产条件的不断瓦解之后”[①]。然而，以文学产品作为文化生产的流通形式，新历史主义文化诗学究竟是如何在文学文本层面上揭示出文化产品的生产语境和历史动向？又是如何在对艺术作品的文本细读过程中解读出文学文本的跨时空流通踪迹？针对文学产品的文化生产之密与历史流通之谜，格氏继而提出了“社会能量”作为文化生产之流通途径的批评概念。

“社会能量”的批评概念是格氏从社会经济领域挪用和移植到文化研究实践的理论术语，也就是在它原本具有的社会维度中相应地扩充文学产品的历史经验和美学体验。一方面，文化诗学之所以能够通过文本细读的历史化形式，从文学文本中成功解读出文化生产过程的历史情境，就是因为“在既定作者和既定文化消逝很久之后，作者的文学作品掌握的生活内涵实质上是某种历史性的结果，无论经过多少次变形和重新塑造，在这些作品之中仍旧包含着最初被编码的社会能量”；另一方面，它之所以能够通过历史阅读的文本化形式，从历史阐释活动中基本建构起阐释主体的美学体验，就是因为“我们识别能量只能间接地通过它的效果：它被体现为某种能力去生产、塑造和组织各种集体性的身体和精神体验，它被联系到诸如快感和兴趣之类各种重复性的形式，同时伴随着那种引起不安、痛苦、担忧、心跳、遗憾、笑声、紧张、安慰和惊奇的特定能力”。[②]

社会能量在文学产品上的社会性维度实际上是“暗指某些无法衡量的

---

① Stephen Greenblatt, “Culture”, in *Critical Terms for Literary Study*, Thomas McLaughlin and Frank Lentricchia (eds.), Chicago: The University of Chicago Press, 1990, p. 227.

② Stephen Greenblatt, *Shakespearean Negotiations*, Oxford: Clarendon, 1990, p. 6, p. 19.

东西”，“不能为此提供某种便利和可靠的公式规则来划定出一种单一的和稳定的量值以供细查”；但是在文学文本的美学性维度中它又具体表现为某些“权力、感召力、性刺激、集体性梦想、惊奇、欲望、焦虑、宗教敬畏感以及某些自由流动的高峰体验”。① 对文化诗学来说，一方面，“在它的美学模式之中，社会能量必须具有最小限度的可预见性……足够超越个别创作者或消费者个体而达到某些群体”，文学文本才能作为文化生产的流通形式在特定历史语境中尽可能地去吸收、积纳社会能量的传播轨迹和文化影响，同时历史语境的文化主体也才能够通过文学文本的流通形式，尽可能地延续扩展社会能量的辐射范围和传播网络；另一方面，“社会能量的美学形式通常也具有某种最小限度的适应性，足够使得它们幸存于那些让一般性言语逐渐消失的社会环境和文化价值之中的持久性变革”，社会能量才能作为文化再生产的流通途径在既定阐释语境中尽可能地去解码、释放文学文本的历史脉络和文化结构，同时当下语境的阐释主体也才能够通过社会能量在文本层面的历史踪迹和文化遗存，尽可能地去阐释恢复社会流通的历史经验和美学体验。②

社会能量不仅是社会文本和艺术文本之间显态的历史性沟通桥梁，也是社会意识与文学艺术之间潜态的文化性延续轨道。正如格氏本人所强调的，“这些集体性的社会建构活动，一方面在某种既定的表征模式中决定了审美可能性的范围，而在另一方面也将这种模式联系到构成文化整体的机制、实践和信仰的复杂网络”③。社会文化的协调机制通过控制艺术文本的生产过程，以意识形态的权力因素决定着文化产品与社会能量的流动范围；艺术文本的建构机制也能够通过社会能量的流动形式，以美学形态的能动因素生产着宗教机制与文化规范的社会意识。社会能量的流动过程和传播轨迹更加紧密地介入文学生产的历史过程与文化结构，更加贴近文化诗学关于历史文本化和文本历史化的理论旨趣。就社会能量和美学经验的辩证关系来看，文学产品与社会结构的深度关联和文化生产与社会能量的批评理念已经开拓出社会能量流通的诗学空间。

社会能量流通的批评理念显然已经超越了文学文本与非文学文本的传

---

① Stephen Greenblatt, *Shakespearean Negotiations*, Oxford: Clarendon, 1990, p. 6.

② Stephen Greenblatt, *Shakespearean Negotiations*, Oxford: Clarendon, 1990, pp. 6 – 19.

③ Stephen Greenblatt, *The Power of Forms in the English Renaissance*, Norman: Pilgrim Books, 1982, pp. 5 – 6.

统界限、跨越了英美文学批评理论的传统疆域，更是极力挑战着对历史阐释与社会批评的传统理解。在格氏本人看来，“甚至没有任何脱离社会能量的艺术作品”，社会能量因而包容了所有的社会动因，不但基本充斥于整个社会政治和文化生活领域，而且通过文化生产过程寄身于历史文本的流通形式，在文本层面留下了各种流通语境的历史踪迹和文化脉络。既然历史文本是文化生产过程中社会能量流通的唯一跨时空形式，那么文化诗学就必须在历史阐释的文化建构过程中关注作为文化产品的文本形式自身的历史纹理和文化结构，在文本细读的基础上重点“分析这些快感、焦虑和兴趣的集体性动态流通过程”；既然社会能量在既定历史语境中已经延伸至社会生活的旮旯角落并留有各种历史性踪迹，那么对社会能量流动踪迹的当代阐释就“不存在任何单一模式的、没有全局图景的和可穷尽性的以及任何确定形式的文化诗学”，只能在文化再生产过程中不断产生出诗学体验的历史经度和历史阐释的诗性纬度。①

关于文学生产过程中的美学问题，汉斯·乔斯（Hans Robert Jauss）强调“只有当文学生产不仅是在各种系统的承接交替之中得到共时性和历时性的表征过程，而且是被看作与‘总体性历史’存在特殊关系的某种‘特殊历史’的时候，文学史的任务才能够算是圆满完成”②。如果说乔斯的文学史观念始终关注文学受众在意义接受过程中的审美维度的话，那么格氏的社会能量概念更加突出作者主体、作品主体、读者主体之间跨时空对话的阐释体验。对于文学生产过程的美学视阈，他强调“艺术作品、体验艺术作品的特定读者、作品被生产或接受的历史情境并不拥有某种作为艺术之所以成型和幸存的主要原因的特定快感”，这种特殊的美学经验和阐释快感只存在于社会能量流通的神秘历史性过程中。③ 换句话说，在文学生产的历史性过程中，历史语境、作品语境、作品人物语境和阐释语境都只是社会能量流动的历史性轨迹的部分环节，而创作主体、文学作品、作品主体、读者主体都只是社会能量流动网络中的个别节点，因此我们不可能指望通过对某一种语境的历史阐释全面再现社会能量流动的整个动态过程，也不能依靠某一类主体的文化建构而奢望完全进入到社会能量流动

① Stephen Greenblatt, *Shakespearean Negotiations*, Oxford: Clarendon, 1990, p. 12, p. 19.

② Hans Robert Jauss, *Towards an Aesthetic of Reception*, Timothy Bahti (trans.), Brighton: Harvester, 1982, p. 45.

③ Stephen Greenblatt, *Learning to Curse*, London: Routledge, 1990, p. 11.

的原初历史语境中。对于新历史主义文化诗学来说，与其徒劳地在文化生产过程中强求历史真相和文化意义的客观再现而虚伪地宣布历史语境与文化图景的全面在场，倒不如适时地转换批评方向进入历史文化的诗性空间进而寻求主体阐释的美学经验。

在对历史文本蕴含的社会能量的跨语境解读活动中，格氏的独特见解尤其显得意义深刻并且耐人寻味："我曾经梦想能够与逝者对话，直到此刻我也不放弃这个梦想，但是主要错误就是想象我能够听到某种单一性的声音——他者的声音；如果我希望听到，我就必须聆听逝者的诸多声音；如果我希望听到他者的声音，我就必须聆听我自己的声音；逝者的言语，就像我自己的话语，根本就不是任何形式的私人所有物。"① 或许连格氏本人也感叹不能与历史主体进行直接对话，甚至遗憾无法与历史情境实现全面接触。然而，对于他的文化诗学批评来说，历史文本的诗性真谛或许并不在于历史情境的全面在场，而在于指向文学产品和文化主体的历史性生产过程；历史阐释的诗学关怀也并不着眼于当下语境之中的文化主体的阐释意义，而在于最终通向社会能量流通和历史主体对话的神秘过程。

4.6 意识形态与权力话语：文化批评的政治意识

新历史主义文化诗学的批评经验集中在文艺复兴与前现代文化，它的理论关怀却已经延伸到"历史遗忘症"和"文化表征危机"的后现代文化。在历史遗忘症危机方面，林特利查指出"新历史主义的确具有一种决定论观念；这可能正是水门事件后典型的美国人文主义知识分子的焦虑的表现之一：使之成为新历史主义"②。在文化表征危机方面，王岳川强调新历史主义文化诗学实质上是在"'历史'的研究方面体现着鲜明的当代文化批判意向"，实际上是"具有政治批评倾向和话语权力解析功能的""文化诗学"或"文化的政治学"。③ 正如格氏本人所强调的，"任何不参与、不做判断、不将过去与现在联系起来的写作都是无任何价值可言的"④，新历史主义文化诗学正是以美国文学批评界的普遍理论焦虑和历史话语的意

① Stephen Greenblatt, *Shakespearean Negotiations*, Oxford: Clarendon, 1990, p. 20.

② 弗兰克·林特利查. 福柯的遗产：一种新历史主义. 张京媛. 新历史主义与文学批评. 北京：北京大学出版社，1993. 150.

③ 王岳川. 后殖民主义与新历史主义文论. 济南：山东教育出版社，1999. 168—170.

④ Stephen Greenblatt, *Learning to Curse*, New York: Routledge, 1990, pp. 166 - 167.

识形态分析为媒介，积极介入历史批评领域并逐步建构文化的诗学和政治学的批评体系。在文化诗学的理论体系中，格氏的新历史主义批评将历史性的文学文本放置于意识形态的社会结构中，通过马克思主义的意识形态分析形式划定历史文化的诗性批评之政治外延，又将文化性的历史阐释放置于权力关系的文化网络中，通过福柯式的话语分析模式建构文化批评的政治内涵。文学文本与意识形态的深度关联，在历史话语与权力关系的对话关系中，实际上已经开拓出历史文化批评的政治诗学空间。

以文学文本的流通形式介入阐释文化生产的历史语境，以社会能量的流通途径建构文化生产的阐释语境，新历史主义文化诗学似乎已经解决了作者语境、作品语境与读者语境之间的跨时空阐释之谜，阐明了作者主体、作品主体与读者主体的历史在场之谜。然而，在三种不同语境之间的文化阐释过程中，在三种不同主体之间的历史建构过程中，历史阐释的主客体之间是否存在某种直观达致而又自然合法的对话过程？抑或格氏的文化诗学在文学文本的阐释问题上是否已经再次陷入传统历史主义的超验窠臼？对于文学文本的流通观念，格氏强调“所有伟大的艺术作品在文化资源的流通过程中不是中立的传播站点”①，而是“文化得以塑造、传播、赋权、询问以及再现和表达的诸多领域之一”②。在文化产品的社会生产过程中，文学文本吸收、改造三种历史语境中的社会能量，在文本结构中不断留下历史脉络和文化结构的语境踪迹。在社会能量的历史性流通过程中，它又延伸、传播三种主体视阈中的文学文本，在历史话语层面上生产出意识形态和权力关系的阐释意义。对于格氏的文化批评观念来说，文学文本与历史话语在社会能量流通领域的融合程度基本构成了新历史主义文化诗学的政治批评外延，意识形态与权力关系在文化生产领域的运作过程则决定了其历史文化批评的政治诗学内涵。

文化诗学的批评对象是文学文本背后的社会能量和文化结构，但它的批评疆域却不局限于文学文本的历史文化外延，而是已经深入到历史话语的文化政治领域。置身于当代文学研究的泛文化思潮，格氏指出：“‘文化’通常是某个重复使用而没有任何实际意义的称谓，指向模糊感知到气

---

① Stephen Greenblatt, “Culture”, in *Critical Terms for Literary Study*, Thomas McLaughlin and Frank Lentricchia (eds.), Chicago: The University of Chicago Press, 1990, p. 225.

② Stephen Greenblatt, *Representing the English Renaissance*, Berkeley: The University of California Press, 1988, p. viii.

质的含糊姿态……离开它我们通常不能顺利讲述三句连贯的话语，但是它们并不是创新性批评实践的支柱力量。”① 相对于后现代理论过分关注滥于形式而缺乏内容的文化概念，文化诗学主张将文化概念置于文学文本的生产过程和历史话语的建构语境中，提倡回到历史意义与主体阐释的批评轨道上来。如果说基于文学文本之文化外延的历史批评并不构成文化诗学的“创新性批评实践的支柱力量”，那么基于历史话语之政治外延的文化批评则基本造就了格氏批评理论的创新性批评实践。换句话说，文化诗学的批评平台是文学文本的文化外延，而其理论导向却存在于历史话语的政治外延之中。

文学文本与历史话语基本构成了格氏批评理论的文化和政治外延，他的文化诗学批评在两种批评外延的历史深处开拓政治批评的诗性空间。格氏对历史文本施行文化批评的政治逻辑是文学艺术与社会文化的表征概念，其文化分析的政治理想则呈现出在社会能量流通过程中的权力关系和意识形态因素。对于文学文本的历史表征之政治外延，格氏指出“历史不是在围绕文学文本、表演或图像的地域之中被简单地发现的；它通常被发现在艺术作品本身，并化身于工作条件、塑造力量、意义审查的赝造者或赞助者和接受群体”；对于文学文本的历史表征之政治内涵，他强调“社会不公的某种文化性主导观念塑造着各种艺术性的表征形式，这些艺术表征形式同时也具有权力去约束、塑造、改变甚至抵制这个社会不公的概念”②。既然在格氏的批评观念中，文学艺术绝对不是历史主体可以任意留下浅薄印记的中性载体，而是历史经验得以强制性塑型和重建的权力中介，那么对于新历史主义文化诗学来说，如何在文学文本的语言叙事层面合法地阐释历史表征层面的文化意义，如何在文学文本的文化形式之中合理地延伸历史话语的政治外延，都将理论问题的政治焦点指向意识形态和权力结构在社会能量的历史性流通中的操纵过程和运作轨迹。对于这种强烈的政治诉求，格氏主张采用文化分析的批评方式“深入探索既定文本的各种边界，在文本和文化之中的各种价值、机制和实践之间建立起多种联

① Stephen Greenblatt, “Culture”, in *Critical Terms for Literary Study*, Chicago: The University of Chicago Press, 1990, p. 225.

② Stephen Greenblatt, *Representing the English Renaissance*, Berkeley: The University of California Press, 1988, p. viii.

系”①。文化分析的批评范式不但要在历史语境化的批评过程中相应地调整文学文本的文化外延，更要借助历史话语化的理论义务不断开拓文化批评的政治外延。

关于历史批评的文化外延，伽勒尔指出“它涉及将文学和非文学文本作为历史话语的组成部分同时存在于各种文本之内和之外，它的实践者在追溯各种文本、话语、权力和主体性建构过程的同时通常并没有因果关系的严格等级机制”②。关于历史批评的政治外延，孟特洛斯强调格氏的“历史批评致力于发现过去的意义，必须历史化当前和过去的世界，历史化它们之间的辩证关系——过去塑造当下而当下反过来也重新塑造过去的压力。这样的批评实践组成了文化诗学和文化政治学之间的对话”③。以历史文本的文化阐释作为诗性批评维度，格氏主张泛文化的历史批评观念，通过社会能量的流动轨迹双向考察“与文学文本世界相对的社会存在和文学文本内的社会存在”④。另外，以文化历史的权力踪迹作为政治批评维度，格氏又提倡文化诗学在社会能量的追溯过程中“拒绝局限在‘高雅文化作为各种矛盾调和的某种和谐化领域’”，倾向于在对文学文本进行文化语境化与历史话语化的“彻底历史化”的过程中，“考察到这些现象的在场本身就已经蕴含着‘精神的、社会的与物质的抵抗’、‘固执的、不可吸收的他者性’以及‘距离和差异性感受’的某种特定形式”。⑤ 历史文学的诗性阐释和历史文化的政治阅读这两种迥然相异与相互对立的批评导向，借助社会能量本身具有的文化与政治的双重外延得到了有效沟通和协调对话。在社会能量流动的文化外延中，文化诗学重视文学文本与历史话语的诗性空间，直接表现为历史阐释的文化诗学形态；在社会能量流动的政治外延中，格氏的历史批评强调意识形态和权力关系的政治内涵，间接体现为文化批评的政治诗学形态。

如果说新历史主义文化诗学通过批评疆域的重新划界，将文学文本的

① Stephen Greenblatt, "Culture", in *Critical Terms for Literary Study*, Thomas McLaughlin and Frank Lentricchia (eds.), Chicago: The University of Chicago Press, 1990, pp. 225 - 232.

② H. Aram Veeser (ed.), *The New Historicism*, New York: Routledge, 1989, p. 37.

③ Louis Montrose, "New Historicism", in *Redrawing the Boundaries*, Stephen Greenblatt (ed.), New York.: MLA, 1992, p. 415.

④ Stephen Greenblatt, *Renaissance Self - fashioning*, Chicago: The University of Chicago Press, 1980, p. 5.

⑤ Stephen Greenblatt, *Learning to Curse*, New York: Routledge, 1990, p. 169.

传统概念扩展到文化形式和历史话语的理论视阈，那么在意识形态与权力关系的范式转换中，它又将文学批评的历史阐释转向文化批评的政治阅读。如果说在重新划界之后，文学批评的针砭对象是传统历史主义的文史对立观念，那么在范式转换之后，文化批评的诟病对象则无疑是后现代主义文化的政治无定向论。对于后现代文化的政治化游戏和游戏化政治观念，伊格尔顿指出："它是自由主义的，因为某些表达或压制的传统模式仍然作用于某种幻想而指向完全自由流动的能指、无限定的文本生产，脱离真理脚镣的存在意义和社会性内涵；它也是悲观主义的，因为任何阻止这种创造性的事物—— 规律、意义、权力、结论—— 都被认为是建构于它之上，而存在对权威和欲望交织物的某种将信将疑的承认。"① 如果说伊格尔顿在西方马克思主义立场上明确指出了后理论时代的意义游戏和政治务虚，那么格氏的文化诗学批评则在"回归历史"和"转向文化"的思想大潮中，早已描绘出后现代主义之后文化批评的历史义务和政治导向。

对于20世纪80年代欧美理论界的文化转向，戴维·钱尼指出："首要意义被认为是文化范式的改变，特别是文化转向大大激发了对大众经验史的兴趣：这段历史关注的是那些通常在历史舞台上缺席的人如何经历、参与与理解社会和文化的变革。"② 伊格尔顿认为它们明显具有马克思主义的批评倾向，"目的是理解各种意识形态——人们在不同时间体验不同社会形态之时的观念、利益和各种价值观与感受"③。与文化唯物主义和西方马克思主义相同的是，新历史主义文化诗学同样重视历史文本的生产过程，关注社会对历史主体的塑型过程倾向，以意识形态的分析方法积极介入当下语境的社会批判和政治抵抗。然而，与这两种欧洲大陆的批评理论有所区别的是，新历史主义文化诗学并不赞成以政治批判完全取代文学性分析，甚至让文学文本成为直接介入社会的宣传手段或政治工具，它反而倾向于在政治性与文学性的中间地带探索文学文本内部的意识形态与权力关系。

或许，新历史主义文化诗学的理论重心并不在于文学文本的政治解读或历史文本的文化批判，而在于历史阐释和文化批评中的主体性建构过

---

① Terry Eagleton, *The Ideology of Aesthetics*, Oxford: Basil Blackwell, 1990, p. 387.

② 戴维·钱尼. 文化转向：当代文化史概览. 戴从容译. 南京：江苏人民出版社，2004. 55—57.

③ Terry Eagleton, *Marxism and Literary Criticism*, London: Methuen, 1979, p. viii.

程；或许它的批评视阈并不只是着眼于文学文本在社会文化网络中的流通使用价值，而是扩展到文学作品在意识形态和权力关系的不等价交换过程中。相对于其他文化批评理论，格氏的文化诗学更加关注不同历史语境中的主体命运，实际上也正是通过考察在文学阅读和历史阐释活动中的主体建构过程，它才能够在文学文本层面上完全聚焦意识形态与权力关系的文化隐喻，从而在文学阅读层面上揭示历史阐释和文化批评的政治内涵。

新历史主义文化诗学关注文学文本在社会能量流通过程中的历史轨迹和文化结构，但是它的批评实践却更加重视文化主体建构的各种“政治潜意识”[①]。关于文学作品本身具有的“社会外延”和“政治内涵”，格氏指出“戏剧本身就是某种社会实践，且与其他社会实践之间存在着相互联系”；关于文化主体对文学作品所投射的“阐释显意图”和“政治潜意识”，格氏强调“就算是那些热烈鼓吹单一性权力的文学文本自身也表现为各种机制和意识形态对抗的场地”。[②] 从历史文本的阐释过程来看，或许正如阿特伍德（Margaret Atwood）所指出的，“阅读同样是一种改造你（主体）的过程……不存在真正意义上的普适性文学，部分是因为根本不存在真正意义上的普适读者”[③]。格氏的文化诗学批评相当重视文学文本的主体阐释和政治阅读，特别强调文学文本接受机制中的意识形态因素。从历史文本对主体性的建构过程来看，格氏本人对政治阅读和文化批评的理论兴趣已经延伸到文学文本在历史语境、作品语境与阐释语境中对作家主体、作品主体与读者主体（包括业余阅读者和专业批评家）的意识形态操控过程，以及三种文化主体在文化塑造与自我塑型时的振摆过程。

诚如阿尔都塞所言：“在意识形态里面得到表征的并不是控制个体存在的现实关系的体系，而是这些个体对于他们生活的现实条件的想象性关系。”[④] 对于文化批评的政治阅读而言，文学文本必定是社会个体与现实条件之间的想象通道、主体间性与意识形态之间的表征形式。换句话说，作家主体只能通过文学文本的历史形式，才能够表达“他们的生活与现实条件的想象性关系”，在文学文本层面留下历史文化的主体性踪迹；作品主体只能通过文学文本的再现形式，才能体现出作家主体与作品主体之间的

---

① 此处“政治潜意识”的批评概念来自美国马克思主义文论家詹姆逊，意指文学作品本身的意识形态内涵，详见 Fredric Jameson, *The Political Unconsciousness*, London: Methuen, 1981.

② Stephen Greenblatt, *Shakespearean Negotiations*, Oxford: Clarendon, 1990, p. 45.

③ Margaret Atwood, *Second Words*, Toronto: House of Anansi Press, 1982, p. 345.

④ Louis Althusser, *Essays on Ideology*, London: Verso, 1984, p. 39.

想象性关系，在文本世界中留下文学意识的主体性印记；读者主体只能通过文学文本的历史形式，才能够在历史阐释活动中与作家主体及作品主体展开跨时空对话，以当代主体的阐释回音不断回应文学文本的历史性踪迹和历史文化的主体性共鸣。对于阿尔都塞的主体理论而言，文学文本与主体建构之间的意识形态操控在很大程度上是某种从上至下控制的单行道路，然而，对于格氏的文化诗学来说，意识形态对于主体建构的操控过程更多的是某种循环往复的双行道路。正如阿多诺（Theodor Adorno）所指出的："意识形态的发展趋势不再是要进化为某种社会性的强制性外表，而是通向某种虽然脆弱但独立的形式。所以它改变和进入的是某种胶合状态：错误的主体和客体身份。"① 意识形态不再是历史主体与文学文本之间再现性关系的政治终点，而只是文学文本与文化主体之间想象性关系的权力中介。正是在意识形态与主体建构的这种双向循环过程中，在"错误的主体和客体身份"之间的这种"胶合状态"下，新历史主义文化诗学得以在文学文本的主体性视阈中开拓出意识形态与权力关系的政治诗学空间。

从历史批评的理论外延来看，新历史主义文化诗学具体表现为理论话语的对话诗学、文艺复兴的身份诗学、历史文化的表征诗学、文化历史的阐释诗学、文化生产的流通诗学与文化批评的政治诗学等话语范式；而从历史批评的诗学内涵来看，它不仅是基于历史性阐释的文化批评实践，也是某种关于文化主体性建构的政治诗学理论。诚如王岳川所指出的："新历史主义具有政治性，并不是在现实世界去颠覆现存的社会制度，而是在文化思想领域中对社会制度所依存的异在的不安定因素，揭示出这种复杂社会状况中文化产品的社会品质和政治意向的曲折表达方式，以及它们与权力话语的复杂关系。"② 与文化唯物主义和西方马克思主义批评要求以文本批评直接介入社会改造的观念不同，新历史主义文化诗学更加愿意沉降到文本底层去深入考察社会能量在文学作品内部的运动踪迹，决意在文学文本表面解读意识形态和权力关系的各种蛛丝马迹，从而借助文学文本的流动轨迹探寻不同文化主体在三种历史语境下的文化塑造和自我塑型过程。文化诗学的意识形态和权力观念不只是定位于社会文化的历史轨迹，

---

① Theodor Adorno, *Negative Dialectics*, E. B. Ashton (trans.), London: Routledge, 1990, p. 348.

② 王岳川. 后殖民主义与新历史主义文论. 济南：山东教育出版社，1999. 169—170.

也不只是呈现于文学作品的文本性结构中，而是蕴含在文学文本与文化主体之间双向对话的隐蔽之处。文化批评的政治诗学不是历史阐释和意识形态之间的简单化的单声道阅读方法，而是文学文本与文化主体之间的诗性化的多声部理论体系；文化批评的诗学关怀也不是要在文学作品与社会意识的表征通道中揭示历史真相和批判社会时弊，而是要在历史阐释与主体建构的对话关系中最终达到对历史文化的某种更合理和更深刻的诗性认知。

不少学者对新历史主义文化诗学的“文本权力”观念提出质疑，认为格林布拉特将具有强烈社会义务的意识形态批评消声并收编到文学作品的文本结构之中，重新陷入了后结构主义的形式牢笼；也有学者对新历史主义文化诗学的“主体塑型”观念提出批评，认为格氏在前现代文化的批评实践中以当代被殖民者为文化他者集中关注白人殖民者的主体性建构过程，重新陷入了殖民主义的理论窠臼。[①] 应该说，对于新历史主义文化诗学来说，历史的文本性和文本的历史性的对话性理念早已表明文学文本与历史情境不是两种并行不悖的批评路线，而是处于相同文化生产过程的某种相互依存且彼此渗透的有机复合体。或许对于其他批评理论家而言，文学文本与历史语境就好比两条无论多么接近却永远无法相交的平行线条，在任何情况之下作为语言结构的文学文本都不足以容纳历史语境的全面在场，历史语境也无法完全穷尽文学文本的阐释意义。因此，要么是历史语境作为文学文本的后台背景，在意识形态的操控之下作为幕后隐形之手控制文学文本的流通过程；要么就是文学文本作为历史语境的表征手段，彻底放逐历史情景到语言符号的文本结构之中。对“文本权力”的强烈质疑也好，对“主体塑型”的激烈批判也罢，似乎都将理论问题的焦点集中到格林布拉特是否能够将文学文本作为历史语境的等同概念，进而建构意识形态的历史批评和建构文化批评的政治诗学上来。

正如齐泽克所言：“意识形态不是某种简单的‘错误的意识’、某种现实的虚幻性表征，而是这种现实本身早已被看作是‘意识形态性’。”[②] 对格林布拉特来说，文学文本也不仅仅是历史文化的表征手段、意识形态的

---

① 关于“文本权力”的观念批评，详见 Richard Lehan，“The Theoretical Limits of the New Historicism”，*New Literary History*，21，3. Spring 1990，pp. 533 – 553；关于“文化主体”的理论质疑，详见 Gayatri Chakravorty Spivak，*The Post – colonial Critic*：*Interviews*，*Strategies*，*Dialogues*，Sarah Harasym（ed.），London：Routledge，1990.

② Slavoj Zizek，*The Sublime Object of Ideology*，New York：Verso，1991，p. 2，p. 21.

文化产物，它本身就已然是意识形态和权力关系的直接呈现。对于新历史主义文化诗学，文学文本与历史语境在社会能量的历史性流动过程中，已经成为文化生产和再生产的某种整合性概念，作为历史表征和文化传承的文学文本，也早就已经在意识形态的历史踪迹中详细记录下了作者语境、作品语境与读者语境之间的每一次历史对话，在权力关系的文化网络中准确地定位作者主体、作品主体与读者主体之间的每一次阐释共鸣。既然历史语境在文学文本内部已经留下意识形态的各种历史踪迹，那么新历史主义文化诗学要追溯三种历史语境的对话过程和三种文化主体的建构方式，就必须首先集中在文学文本层面上开拓文化批评的政治诗学空间。

从“文本权力”与“主体塑型”的复杂关系来看，格氏文化批评的政治诗学似乎比较接近阿尔都塞的主体性批评观念，即意识形态的表征对象和权力话语的批评目标是“这些个体对于他们生活的现实条件的想象性关系”；从“历史阐释”和“意识形态”的暧昧关系来看，格氏文化批评的政治诗学却是更加深谙萨义德的文化批评观念，即政治批评是要“提供各种对理论的抵抗作用，将其开放到历史性现实并通向社会、人类需求和利益，指向那些从日常生活之中汲取而来的具体事例，而这些日常现实或是存在于或是超越于由各种理论预先设置和后继限定的阐释区域”①。格氏的这种抵抗理论的诗化政治批评已经完全渗透到文化诗学的理论形态和批评环节，呈现出某种后政治和反理论的批评倾向，但是要准确把握文化诗化和政治化批评的思想精髓，研究者仍然必须要尽可能地沉降到格氏文化批评经验的理论底线。或许，只有深入到新历史主义批评经验的潜在理论体系中，才能够最深切地感受到文化诗学的主体化阐释艺术和诗性化批评魅力。

① Edward Said, *The World, the Text, and the Critic*, Cambridge: Harvard University Press, 1984, p. 242.

第 5 章　新历史主义文化诗学的文学观念和话语体系

在当代文学批评的历史转向中，文化诗学批评强调历史性与文本性的相互贯通，提倡文学前景与历史背景在文本层面的形式对话；在当代历史诗学的文化转向中，它关注历史性与文化性的相互统一，主张历史情境与文化结构在文本层面的阐释共鸣。在理论生成阶段，文化诗学在后现代话语角斗场中通过与其他批评理论之间的理论会商，逐渐形成了自身理论的某些批评原则；在理论经验阶段，文化诗学在文艺复兴和前现代文化的批评实践中，逐渐形成了自身批评理论的主导理论形态和话语范式。正如皮埃特斯所指出的："对新历史主义者来说，历史经验是文化诗学开展考察的起点，而非终点；重要的恰恰是存在于这些经验之后并塑造它们的各种可能性的各种文化、政治与社会经济的历史条件。"① 在新历史主义文化诗学看来，历史的文本经验和文本的历史经验或许只是理论生成的诗学中介，作为符号网络和塑型条件的文化隐喻才是批评经验的理论旨趣。

对于格兹的文化人类学而言，文化概念更多地倾向于查尔斯·泰勒的人种学理论，即"知识、信仰、艺术、道德、法律、习俗和人们作为社会成员所具有的各种能力和习惯"；但是对于格氏来说，这样的文化概念却是"一个经常被使用却根本没有实际意义的称谓、某种模糊感知到的情感"，因此"它们并不能成为某种创新性批评实践的支柱"，他由此更加强调文化观念对于文学研究的理论引导作用，提倡"关注焦点在于将文化生产看作某种独立的意识领域"②。文化生产和文化分析的批评观念，不但横向贯穿格氏本人的历史批评疆域，而且也深度渗透到新历史主义文化诗学的整个文学观念体系。在理论生成阶段，文化诗学就是在历史文本和文化

---

① Jürgen Pieters, *Moments of Negotiation*, Amsterdam: Amsterdam University Press, 2001, p. 90.

② Stephen Greenblatt, "Culture", in *Critical Terms for Literary Study*, Thomas McLaughlin and Frank Lentricchia (eds.), Chicago: The University of Chicago Press, 1990, p. 225.

生产的阐释经验中逐渐建构起自身批评观念的话语系统和理论体系：在文化生产和历史批评的阐释对话中，它成功建构理论体系的话语维度；在文学文本与历史文化的相互渗透中，它首先形成理论体系的历史维度；在权力颠覆与形式遏制的辩证关系中，它逐步创建起理论体系的作品维度；在社会资本与通货谈判的隐喻机制中，它不断解密了理论体系的社会维度；在自我塑型与文化间性的主体建构中，它逐渐厘清了理论体系的作者维度；在接受惊叹与共鸣美学的崇高新论中，它清晰梳理了理论体系的读者维度；在文化政治与症候阅读的权力视阈中，它最终开拓了理论体系的批评纬度。继新历史主义文化诗学的理论渊源和理论形态分析之后，本章将对格氏批评理论的上述七个维度逐一展开深入分析，从而在理论生成的整个历史过程中，对新历史主义文化诗学的理论体系作出某种总体性的诗学界定和理论描述。

5.1 文化生产与历史批评：文化诗学的话语体系

在格林布拉特的批评理论中，历史性的新话语体系自然是体现着当代文学研究历史转向的理论经度，泛文化的生产范式则代表着当代历史诗学文化转向的批评维度。换言之，如果说在文艺复兴和前现代文化的研究实践中，“彻底历史化”的历史批评理念从根本上决定了新历史主义文化诗学的理论旨趣和批评导向，那么在文学观念体系的理论生成过程中，文化生产过程的分析模式基本奠定了它的整套话语体系和批评范式。对于历史情境与文化文本的双向对话，拉曼·赛尔顿指出，格氏代表的新历史主义“是对文学形式主义的批判”，不但“坚决质疑对文化形态或历史时期的统一性和单一性的描述”，而且“将文化视为符号体系和符号网络”，“坚持历史阐释的多样性”。① 对于历史阐释与文化生产的辩证关系，克雷尔格（Murray Krieger）认为，新历史主义文化诗学的理论疆域超越任何形式的文学反映论范畴，涉及文学作品作为文化产品的社会状况和历史情景，即“文学文本与周围各种社会历史文本之间的‘流通’关系”②。文化生产和文化分析的批评观念，不但横向贯穿格氏本人的历史批评疆域，而且渗透

① Roman Selden, *A Reader's Guide to Contemporary Literary Theory*, Hemel Hempstead: Harvester, 1997, pp. 188 - 189.

② Murray Krieger, *The Aims of Representation*, New York: Columbia University Press, 1987, p. 19.

到文化诗学的整个文学观念体系。历史的文本经验和文本的历史经验或许只是其理论生成过程中必不可少的诗学中介，但是作为符号网络和塑型条件的各种文化隐喻则是其无法替代的理论旨趣。

以文化结构为共时性的横向轴线，以历史情景为历时性的纵向轴线，新历史主义文化诗学通过对各文学要素相互关系的重新调整，基本确立了自身文学观念体系的理论坐标。然而，在它的理论生成过程中，理论研究界对历史情境的绝对重视反而在某种程度上总是遮蔽着对文化结构的深度阐发。有学者强调，在格氏的批评理念中，文学历史语境是处于作者、文本、读者/批评者、动态社会历史语境间的中心枢纽，文化结构在不经意之间就已经成为历史语境的某种注脚性的补充内容；也有学者甚至将文化结构与历史语境看作在共时性和历时性之间的内在矛盾关系，在充分强调历史性绝对视阈的同时却将格氏的文化观念视为形式主义的重新登场而对其进行激烈批判和彻底放逐。[①] 作为新历史主义文化诗学的体系坐标，历史情境与文化结构之间实际上并不存在非此即彼的不可协调的矛盾，在文本层面上也早已实现相互对话和彼此渗透的化合过程。或许在文艺复兴和前现代文化领域中的历史积淀，早已赋予格氏批评理论对历史性视阈的特殊情感，然而源自威廉斯和格兹的文化观念却改造了它的批评范式与理论导向，也为文化诗学的理论生成初步勾勒了总体理论架构。对历史性的充分强调在任何意义上来说都是文学活动中不可或缺的重要原则，新历史主义文化诗学的文学观念体系只有放置于文化生产的整体流程中才能得到全

---

① Jeremy Hawthorn, *Unlocking the Text: Fundamental Issues in Literary Theory*, Baltimore: Edward Arnold, 1987, p. 9.

方位的厚度考察和多维度的深度阐释。①

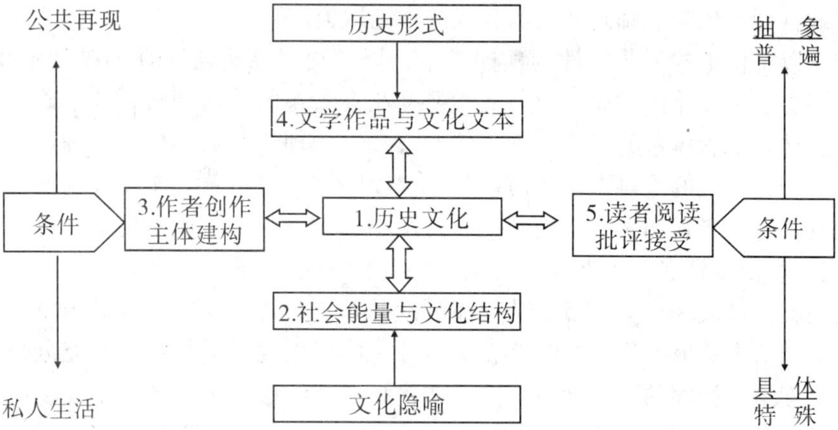

格林布拉特新历史主义文化诗学的文学观念体系图

应该说，格兹的人类文化学关注文化作为整套符号网络的结构性范围，威廉斯的文化唯物主义强调文化作为整个生活方式的生产性过程，格林布拉特则完全融合两种学科视角，在文化的结构性和过程性观念之间建构了文化的情境主义观念，强调文化诗学就是要回到文化生产的整个过程，探索特定历史语境下的文化结构，即“独特文化实践的集体建构过

① 美国文论家艾布拉姆斯在名著《镜与灯：浪漫主义文论及批评传统》（北京大学出版社，1989 年）中将整个文学系统设计成封闭型的三角形，而将文学作品作为世界、作者、读者等文学要素之间的联系中介；美国华裔学者刘若愚在著作《中国的文学理论》（四川人民出版社，1987 年）中则以中国文学理论的研究对象将艾氏的坐标改为各个文学要素之间相互贯通的某种圆圈结构，但并没有突出历史情境与文化结构的重要维度；叶维廉继而在《寻求跨中西文化的共同文学规律—— 叶维廉比较文学论文选》（北京大学出版社，1987 年）中主张将“文化历史”视为文学系统的中心环节，但仍然没有突出历史与文化的中介作用；张进在《新历史主义与历史诗学》（中国社会科学出版社，2004 年）中强调在新历史主义历史诗学的文化观念体系内部历史（历史性）是任何文学活动的一个“绝对中介”和“绝对视阈”。综合考虑上述诸种理论观念，本文以理查德·约翰生在“究竟什么是文化研究”（载《文化研究读本》，罗钢、刘象愚主编，中国社会科学出版社，2000 年，第 3—51 页）中提出的文化生产路线为主要理论依托并对其作出适当改造，由此为格林布拉特的新历史主义文化诗学初步勾勒出总体理论框架（详见“格林布拉特新历史主义文化诗学的文学观念体系图”），强调历史性从任何意义上来说都是所有文学活动中不可或缺的重要原则，而它的文学观念体系却只有放置于文化生产的整体流程之中才能得到全方位的厚度考察和多维度的深度阐释。

程，以及这些文化实践的相互关联性”①。一方面，以格兹的结构性文化视角直接介入文化诗学的批评体系，格林布拉特在语言文本的符号网络中特别关注文学作品与文化文本的历史形式，在社会文化的符号网络中重点突出社会能量与文化结构的文化隐喻。另一方面，以威廉斯的生产性文化视角深度介入整个诗学体系，格氏在文化生产的过程中主要探索作者创作与主体建构的表征空间，在文化消费的过程中特别关注读者阅读与批评接受的过程意义。诚如威廉斯所指出的，“文化的复杂性不仅在于它的各种变化过程和比如传统、机制及形成的各种社会定义，而且在于此一过程中任何一点上各种历史性变化成分之间的某种动态的相互联系”②。对于新历史主义文化诗学来说，这种文化概念的复杂内涵在于：它不仅具有以历史文化为绝对视阈联系文学作品与社会能量从历史形式到文化隐喻的结构性轴线，也同时拥有以历史文化为绝对中介连接作者创作与读者阅读从文学生产到文化消费的历史性过程。

在新历史主义文化诗学的话语体系中，文化隐喻的结构性轴线和历史性的文化过程相交并融合于历史文化的中心环节，而它们在历史批评实践中的实际交点却是同时作为历史形式和文化产品的文学作品或文化文本。约翰生（Richard Johnson）指出：“文本的概念——作为我们可以孤立出来、固定、阐述和详细研究的东西——取决于文化产品的广泛流通，这些文化产品已经脱离了它们的直接生产条件，在被消费之前还有一个被悬置的时刻。”③ 对格氏来说，在文化生产过程中的这一“被悬置的时刻”恰恰体现了历史文化的绝对中介和绝对视阈，即任何文学活动都不能脱离历史文化的具体情境；在文化网络结构中的这一“被悬置的时刻”则完全展现了社会能量与文化符号之间的各种意指活动过程，即任何文学活动都不能脱离文化符号的文本结构。关于文化符号的意义生成，布尔迪厄强调文化符号的社会生产视角，即“作品的公共意义产生于流通和消费的特定过程，由这个过程中包含的诸多社会机制和中介之间的各种客观联系而决定；生产公共意义的社会关系由这些中介在限制性生产领域的特定结构之中的地位决定”④。或许对格氏而言，文化资本的符号意义在于“符号交换

① Stephen Greenblatt, *Shakespearean Negotiations*, Oxford: Clarendon, 1990, p. 5.

② Raymond Williams, *Marxism and Literature*, Oxford: Oxford University Press, 1977, p. 121.

③ 理查德·约翰生．究竟什么是文化研究．罗钢，刘象愚．文化研究读本．北京：中国社会科学出版社，2000. 20—21.

④ Pierre Bourdieu, “The Market of Symbolic Goods”, *Poetics*, 1985 (14): p. 21.

经济”，公共意义也就自然生成于它的“协调和流通过程”中。但是，对格氏来说，历史文化的“悬置的时刻”其实就是文化生产和主体建构的历史经验，即历史言说主体通过作者创作的方式在公共再现与私人生活之间的生产协调和自我塑型，以及文化阐释主体通过读者阅读在抽象普遍与具体特殊之间的消费交换和反复塑型。

如果说格氏理解历史文化和文学文本之间的双向悬置作用，那么他更是深谙这种“悬置”在新历史主义文化诗学体系中的理论意义。在历史形式到文化隐喻的结构性视角中，并不存在任何直接贯通的、毫无阻隔的沟通机制，因此“文学艺术的社会能量的流通依赖于将艺术实践与其他社会实践分离的机制……艺术不只是存在于所有的文化之中，艺术在既定的文化之中是与其他产品、实践和话语一道被制造出来的”；在文学生产到文化消费的过程视角当中，同样不存在任何自发性的创作冲动和自主性的文学作品，因此“不能诉诸天才并以之为艺术佳作的唯一能量源，没有无动机的创作，也没有超验的或无时间性的恒定表述，没有自足的艺术品，也没有无起源或客体对象的表达，没有脱离社会能量的艺术作品，也没有社会能量的自发性生产过程”[①]。应该说，以历史文化作为历史性纬度与文化性经度轴线相交的理论基点，以历史形式到社会能量的文化隐喻作为历史性视角的纵向轴线，以文学生产到文化消费的生产过程作为文化性视角的横向轴线，格氏的批评经验已经建构起新历史主义文化诗学的理论坐标系统。从文学观念体系的整体性视角出发，下文将分别从历史性和文化性的两个维度总体把握格林布拉特批评理论的话语体系与理论导向。

如果说在新历史主义文化诗学的文学体系中，作为各文学要素“绝对中介”的历史文化是横亘于文学作品、社会能量、作家创作与读者阅读之间的理论性十字路口，那么作为文学活动“绝对视阈”的历史性维度则是在文学作品的历史形式和社会能量的文化隐喻之间的实践性四向道路。对于传统历史主义批评来说，历史性维度可能只是意味着历史情境的再次转向和文学语境的自然呈现；对于格氏的批评理念来说，历史性维度却不只是对“文化前景”与“历史背景”关系的简单颠覆，而是要重新建构文学语境与历史情境的批评意义。换句话说，传统历史主义的历史性维度或许比较关心从历史形式到历史文化的封闭性范畴，新历史主义文化诗学的历史性维度则更加重视从历史形式到文化隐喻之间的开放性体系，更加突出

---

① Stephen Greenblatt, *Shakespearean Negotiations*, Oxford: Clarendon, 1990, pp. 4 – 6.

作为文化隐喻的社会能量与作为绝对中介的历史文化之间的双向沟通和彼此塑造机制。

从新格林布拉特历史主义文化诗学的文学观念体系图来看，从文学作品的历史形式到社会能量的文化隐喻之间的完整历史性维度，至少应该包括三个理论层面的沟通机制和对话关系，即文学作品、历史文化与社会能量之间的双向贯通，文学作品、历史文化、作者创作与社会能量之间的多样沟通，文学作品、历史文化、读者接受与社会能量之间的多元对话。从格氏主张的文化生产观念来看，历史形式到文化隐喻之间并不存在任何超验意义的超级意指，也不存在任何简单意义的再现关系，存在的只是作者创作与读者阅读在历史形式、历史文化以及文化隐喻三者之间的主体介入和解密祛魅。正如格氏所指出的，从作者创作和主体建构的历史性维度来看，“不管作品如何强烈地带有个体创作智慧和个人迷恋的标志，艺术作品都是集体商讨和交换协调的产物”①；从读者阅读和批评接受的历史性维度来看，“这些集体性的社会建构物一方面在既定表征模式中界定了美学可能性的范围，而在另一方面也将这种模式联系到组成文化整体的各种机制、实践和信仰的复杂网络”②。以文化生产的历史过程作为任何文学活动中的“绝对视阈”，以特定情境的历史文化作为任何文学要素之间的“绝对中介”，新历史主义文化诗学通过作者创作和读者阅读的主体介入，致力于恢复文学批评的历史性维度就不仅仅是要恢复文学世界的历史语境，也不单单是要恢复作者创作和主体建构的历史情境；它对作为历史形式的文学作品的重点关注，实际上“在于要尽可能地恢复文本的原初生产和消费的各种历史语境，去分析这些情境与我们自己处境之间的各种关系”③。

尽管格氏本人极力主张恢复文学批评的历史性维度，提倡对作为绝对中介和绝对视阈的历史文化进行深入研究，然而文化诗学的理论旨趣最终在于要从文学作品的历史形式厚度解读社会能量的文化隐喻，从作者创作和读者阅读的主体介入重点揭示历史文化的生产过程。正如皮埃特斯所指出的，“格氏的主要兴趣在于那些‘模仿性’的交易过程，不仅关注既定事物如何在其社会性间的调整过程，比如说从宗教和政治地域转向艺术领

---

① Stephen Greenblatt, *Shakespearean Negotiations*, Oxford: Clarendon, 1990, p. vii.

② Stephen Greenblatt, *The Power of Forms in the English Renaissance*, Norman: Pilgrim Books, 1982, pp. 5 -6.

③ Stephen Greenblatt, *Learning to Curse*, New York: Routledge, 1990, p. 170.

域，而且也重视相反方向的流动”[1]，文化诗学的关注对象则是历史性维度的社会能量和文化生产，以及从文学作品的历史形式到社会能量的文化隐喻之间的多元“交易”过程。

格氏提倡历史的文本性和文本的历史性原则，实际上是在不断强调作为历史形式的文学作品内部同时存在着历史文化的历史性和文本性踪迹。从作者创作和读者阅读的主体介入效用来看，作为历史文化踪迹的文学作品是“文学文本生产的被抹杀掉一半的各种符号，乌托邦得以成型而致力掩盖的那些社会—历史力量的在场……在制成品内部存在着标志那些自身得到生产而反过来又隐蔽生产过程的各种叙事踪迹”[2]。由此可见，新历史主义文化诗学的历史性维度并不是与文本性相对立、与历史语境相对应的二元对立型观念，而是某种历时性和共时性视角兼容并蓄的开放型体系，其中不但包括以历史文化为绝对中介的、从作为历史形式的文学作品到作为社会能量的文化隐喻之间的历史性维度和结构性视角，而且涵纳以历史文化为绝对视阈的、从作者创作的文学生产到读者阅读的文化消费之间的生产性维度和过程性视角。如果作为任何文学活动“绝对视阈”的历史性维度是在文学作品的历史形式和社会能量的文化隐喻之间的实践性四向车道，那么作为任何文化活动“生产轴线”的过程性维度则是作者创作的主体建构与读者阅读的批评接受之间的理论主干道。对于文化诗学而言，文学作品的历史性维度是不可或缺且意义深远的“绝对参考”或“绝对视阈”，但是文化生产的过程性维度却是立足基础且统率全局的“绝对范式”或“绝对体系”。

以历史文化为理论原点，文学作品的历史性维度和文化生产的过程性维度实现了双向沟通与多元建构，并由此形成了各有特点且彼此对话的某种开放性体系。另外，通过历史文化的中心环节，从历史形式到文化隐喻的历史性维度已然包含作者创作和读者阅读的主体介入与共时结构，从作者创作到读者阅读的生产性维度同时涵纳历史形式与文化隐喻的语境介入和历时视角。正如格氏所强调的，在从文化生产到文化消费的过程性维度，“如果说我们获得兴趣和快感的文本踪迹并不是某种超自然权威的种

① Jürgen Pieters, *Moments of Negotiation*, Amsterdam: Amsterdam University Press, 2001, pp. 35 - 36.

② Stephen Greenblatt, *Renaissance Self - fashioning*, Chicago: The University of Chicago Press, 1980, p. 23.

种来源，如果它们是各种偶然性社会实践的诸多符号，那么我们关于文本踪迹的各种问题并不能够有利可图地集中在它们那种无法翻译的本质之中”[①]。新历史主义文化诗学对文本踪迹的研究兴趣和阐释快感并不仅仅源自对文学作品与历史文化的情境主义情感，也不单单出于对文化文本和文化结构的历史主义义务，而是在于历史性和生产性这两种批评维度之下的社会能量的生产流程与文化隐喻的解密过程。

从格林布拉特新历史主义文化诗学的文学观念体系图来看，从作者创作的主体建构到读者阅读的批评接受之间的生产性维度，至少包括三个理论层面的沟通机制和对话关系：作者创作、历史文化与读者接受之间的双向贯通，作者创作、历史文化、文学作品与读者阅读之间的多样沟通，作者创作、历史文化、文学作品、社会能量与读者阅读之间的多元对话。从格氏主张的文化生产观念来看，从作者创作到读者阅读之间并不存在任何超验意义上的物质—精神交往，也不存在任何简单意义上的生产—消费关系，存在的只是文学作品、历史文化和社会能量在作者创作与读者阅读之间的各种历史形式及文化隐喻。

从作为历史形式的文学作品的文化性维度来看，格氏相当重视作者创作在公共再现和私人生活之间的文化生产条件，特别关注主体建构在文学艺术和历史文化之间的文化生产过程，即“如何决定什么能够被演出？在什么程度上，戏剧表征的客体已经是再现本身？什么因素控制着戏剧表征中置换或扭曲变形的程度？戏剧表演满足了哪些利益？对于被表征的对象或实践来说，表征的效用又是什么？……在文化实践中固有的社会能量如何能够协调和交换？”[②] 从作为文化隐喻的社会能量的文化性维度来看，他更加重视读者阅读在“抽象和普遍”的理论与“具体和特殊”的实践之间的阐释生产条件，也就特别关注批评接受在文化结构和历史文化之间的文化再生产过程，即“我们可以拷问集体信仰和经验如何得到塑造，如何从某种媒介转向另外一种，又是如何能够被集中到可控制的艺术形式以供消费”，以及“深入探索这种魅力的各种客观条件，从而发现社会能量的踪迹如何被抹消”。[③] 通过文化文本和社会能量的结构介入与视阈扩容，新历史主义文化诗学的文化性维度就不仅仅是追溯文学生产过程的历史截面和

---

① Stephen Greenblatt, *Shakespearean Negotiations*, Oxford: Clarendon, 1990, p. 5.

② Stephen Greenblatt, *Shakespearean Negotiations*, Oxford: Clarendon, 1990, pp. 10 – 12.

③ Stephen Greenblatt, “Exorcism into Art”, *Representations*, 1985 (12), pp. 15 – 23.

文化结构，也不单单是作者创作和读者阅读的主体建构与阐释重建。它对历史性维度的充分重视是要尽可能地恢复文本原初的生产和消费的历史情境，也是要深入分析这些情境与我们当下语境之间的对话关系。

尽管格氏极力主张任何文学活动都应该同时恢复历史性和文化性的两种批评维度，提倡对在文学作品的生产过程中作为绝对视阈的历史文化进行深入研究，然而文化诗学的理论旨趣却在于要从文学作品的历史形式上解读社会能量和文化结构的历史隐喻。它不但要在作者创作和读者阅读的主体介入中揭示社会能量与历史文化的文化生产过程，也要从历史形式和文化隐喻的视角改造描述文学作品与历史文化的文化再生产过程。对于这种文化过程维度和历史结构维度之间的相互渗透并彼此包容的特殊关系，格氏本人说过一段特别耐人寻味的话："我好像是开始于社会而总结于艺术，但是这种社会实践之所以使我深感兴趣，就是因为戏剧表征作为虚幻行为的神奇力量通过唤醒社会实践的力量使我容易理解；阐释的实际运作则更准确地被描述为从艺术到社会再到艺术的某种通道；虽然这种描述并不非常准确，那些被激活的社会实践，尽管还不曾全部消逝，仍然质问着社会与艺术之间的最初区别；因此最初好像是某种清晰的线性运动，实际上倒成为令人不安但更具魅力的循环过程。"①

由此可见，在新历史主义文化诗学的理论体系中，一方面是文学作品与文化文本的文化生产过程，以公共再现和私人生活之间的相互对话为社会生产条件，通过作者创作的主体建构不断生产出文学艺术的历史形式；另一方面是社会能量和文化结构的文化再生产过程，以抽象普遍和具体特殊之间的辩证关系为阐释语境条件，通过读者阅读的批评接受不断再生产出社会能量的文化隐喻。然而，无论是主体建构的文化生产过程，还是批评接受的阐释生产过程，在作者创作与读者阅读这两个文化活动之间并不存在从历史形式到文化隐喻的任何连续形式的线性运动，存在的只是某种相互交织并彼此影响的螺旋形的历史循环过程。有鉴于这种历史性和文化性交织的网络系统，笔者认为有必要进一步从文学活动体系中的其他维度分别展开分析，以求在厚度描写格林布拉特批评理论的经验基础上，更加深刻全面地理解和把握新历史主义文化诗学的整个诗学理论体系。

---

① Stephen Greenblatt, "Exorcism into Art", *Representations*, 1985 (12): pp. 15 – 23.

5.2　文学文本与历史文化：文化诗学的历史维度

如果说文化生产和文化分析的批评理念基本奠定新历史主义文化诗学的话语体系与批评范式，那么在“彻底历史化”的文化批评流程中，情境主义的历史文化在诸多文学要素之间成为某种“绝对中介”的核心环节。历史文化的批评维度并不是要返回文学前景与历史背景的传统问题，而是关涉到文学要素之间各种关系的重新建构。对于历史的文本性和文本的历史性之间的双向对话，拉曼·赛尔顿指出格氏批评理论既是“对文学形式主义的批判”，“不再将历史作为文字作品或其他艺术形式的移动背景”，同时也是“对文学和历史的关系的重新审理”，强调“历史和文学是相互重叠的”①。对于文学、历史与文化之间的多向度关系，皮埃特斯强调“新历史主义解构文学与其‘背景’之间的传统界限”，因而“文学与历史都参与到文化形成的动态交换过程中”。② 在历史阐释与文化生产的话语系统中，文学文本是格氏批评理论的工作平台和批评边界，历史文化则是其文化诗学批评的“绝对视阈”和理论旨趣。在历史情境与文化结构之间，格氏明确提出历史文化的整合概念，引入泛文化形态的历史观念；在文本结构与生产语境之间，他又设想文化文本的整体概念，建构泛文化形态的文本观念。历史情景与文化结构在文本层面的对话关系最终指向以文学文本为必要形式、以历史文化为理论旨趣的批评线路，文学文本与历史文化的辩证关系构成了新历史主义文化诗学理论体系不可或缺的历史性维度。

正如上文所述，格氏批评理论全面崛起于语言学转向之后的后现代文化语境，因此新历史主义文化诗学在理论生成过程中自然显现出某些区别于形式主义与传统历史主义的学术理想，在历史阐释与文化生产的话语体系方面更是显露出彻底纠正历史遗忘症和文化危机论的理论倾向。对于各种语言论批评话语的理论误区，格氏指出“大多数批评只是简单地设定文学的范畴而从不拷问其所以然，也不衡量其范围。语言自我反应性的某种本质成分与被标志为美学快感的自主领域的某种语言被当成了文学语言的

---

① Roman Selden, *A Reader's Guide to Contemporary Literary Theory*, Hemel Hempstead: Harvester, 1997, pp. 188 - 189.

② Jürgen Pieters, *Critical Self - fashioning: Stephen Greenblatt and New Historicism*, Franfurt am Main: Peter Lang, 1999, p. 104.

充要条件”[①]。对于文学自足性与美学自主性的理论倾向，他并没有简单地否定文学语言对文学范畴美学体验的基础作用，更没有矫枉过正地放逐语言符号，甚至回到那种超验无边的历史情境，而是以历史文化为“绝对中介”，彻底贯通作为语言文本的历史形式和作为社会结构的文化隐喻之间的表征通道。借助于历史文化的批评概念，新历史主义文化诗学不是简单地将“语言之内”的文本细读替换成那种“语言之外”的历史批评，而是极力主张在语言叙事、文本形式与历史情境之间的辩证关系中不断建构历史之文化和文化之历史的对话性文化观念。

首先，新历史主义文化诗学的文化观念是历史性维度的文化隐喻，即作为文化性的历史概念。正如格氏所指出的：“历史并不是简单地被发现在围绕文学文本或表演行为或图像艺术的地域；它作为初始的条件、塑造的力量、意义的锻造者、赞助和接受的考察者以及其他群体而被发现在艺术作品自身”，同时“艺术作品并不是这种历史经验可以留下印记的被动表面，而是在这种经验的塑造和重新塑造之中的某种创造性中介”[②]。格氏显然意识到文学话语范畴的复杂性和历史现象的偶然性，主张历史概念彻底远离传统历史主义的超验理解，投向文学文本的文化结构和历史经验的生产过程。作为文化性的历史概念，虽说是产生于文学作品和文本结构的历时性世界，但也时常蜗居于社会流通和文化生产的共时性轨迹，在“文本之外”和“文化之内”的中间地带催生出对文化隐喻的各种理解的张力。然而，新历史主义文化诗学强调文学作品和艺术体验的社会外延与文化结构，却不意味着“艺术就可以缩减到诸多阶级、地位、家族或者其他在艺术生活和消费过程中可以瓦解到物质基础的各种社会结构”[③]，而是要将文学自足性和美学自主性问题放置到历史批评情境与文化生产过程中加以辩证分析及合理界定。它关注文化的历史建构和历史的文化生产，也不意味着就要以“文化之文”的社会批评来彻底放逐“文本之文”的细读分析，而是要在文学作品的历史形式中解读历史概念本身的文本结构和文化隐喻。

---

① Stephen Greenblatt, *Representing the English Renaissance*, Berkeley: The University of California Press, 1988, pp. i – viii.

② Stephen Greenblatt, *Representing the English Renaissance*, Berkeley: The University of California Press, 1988, pp. viii.

③ Stephen Greenblatt, *Representing the English Renaissance*, Berkeley: The University of California Press, 1988, pp. viii.

其次，新历史主义文化诗学的文化观念也是文化性维度的历史形式，即作为历史性的文化概念。在格氏批评思想的理论体系中，作为共时性结构的文化概念并不能脱离历时性的文学生产过程，作为历史形式的文学作品也不能缺少作为文化结构的社会能量。一方面，历史性的形式只有借助文化结构的隐喻机制才能最终具有批评疆域和理论意义，“正是由于文化材料的这种用途促成了对文学的传统历史性方法，而倾向于在文本之外去寻找历史，实际上是把历史当作诸多文本之中各种符号指向的物体”；另一方面，历史性的形式也是文化观念的“绝对视阈”和诗学要义，“这种观念之中的历史概念是各种文学能指必须黏附或者时间腐蚀联系之后通过后世学者再次黏附的某种所指整体”。[①] 因此，对于新历史主义文化诗学来说，仅仅回到文学语境或建构历史情境，显然还不足以说明历史文化的意义指涉关系，要真正理解文化观念的诗学关怀还必须深入到文化生产的整个过程中探讨历史形式之后的各种隐喻机制，也就是要在历史性的“绝对视阈”中描述文化结构的历时轨迹。用格氏本人的话来说：“仅仅询问在文艺复兴时期是否存在文学范畴是不够的，必须同时拷问这种质问的意义，什么是成问题的？谁想知道？为了什么目的我们建构知识？”[②]

最后，新历史主义文化诗学的文化观念是历史性纬度与文化性经度相交重叠的中间地带，即作为历史与文化之间的对话性概念。在文化诗学的理论体系中，文化结构显然不能脱离历史性的形式而实现隐喻机制的自我呈现，历史形式同样也不能缺少文化结构而达到情境意义的自主建构，因此这种文化观念倒不仅仅是历史形式和文化内容之间的对立统一问题，而是最终指向历史与文化之间相互对话和彼此渗透的整体性批评理念。一方面，既然作为社会能量的文化隐喻借助历史文化的对话性观念最终表现为作为历史形式的文学作品，那么“文艺复兴文学作品不再被视为脱离其他表现形式而自含其确定意义的某种固定的文本集合，也不再是关于作品之后历史事实的思想沉思的成套合体”，文化诗学的“批评实践就是要挑战那种支撑‘文学前景’与‘政治背景’，或更广泛意义上的艺术生产和其他形式的社会生产之间稳定区分的各种预置条件”；另一方面，既然作为

---

① Stephen Greenblatt, *Representing the English Renaissance*, Berkeley: The University of California Press, 1988, pp. i – viii.

② Stephen Greenblatt, *Representing the English Renaissance*, Berkeley: The University of California Press, 1988, pp. i – viii.

历史形式的文学文本借助历史文化的绝对中介也最终通向社会能量的文化隐喻，那么“这些集体性的社会建构物一方面定义着既定表征模式之中的美学可能性范围，同时也将此模式联系到组成文化整体的各种机制、实践和信仰的复杂网络”①。由此可见，新历史主义文化诗学的文化观念既是出乎“文学文本之外”的历时性观念，又是入乎“文化文本之内”的共时性观念。然而，它却始终无法避免历史形式与文化隐喻在文本层面的理论对话，因此也就必须要首先解决历史文化和文本结构之间的关系问题。

对于格林布拉特的批评观念来说，既然历史形式与文化隐喻在实质上是相互对话且彼此渗透的整体文化观念，那么历史形式、文化隐喻与文本结构之间的复杂关系就可以归结为历史文化与文本结构的二元关系。正如格氏本人所强调的，“伟大艺术本身就是文化之中各种复杂性斗争与和谐状态的某种不同寻常的敏感记录”②。作为文学作品的文本结构实际上就是历史性阐释维度与文化性生产维度的接触地带，它详细记录了社会能量在文化隐蔽与历史形式之间的各种运动轨迹，同时不可避免地成为历史文化的首要载体和绝对中介。就文学作品作为意指实践而自然背负的自我指涉和文化表征的双重属性而言，新历史主义文化诗学的文本观念既是历史文化的文本表征形式，也是文本形式的历史文化情境，即在历史形式、文化隐喻与文本结构之间的某种对话性批评理念。

首先，新历史主义文化诗学的文本观念应该是历史文化的文本表征形式。正如格氏所指出的，“如果将整个文化看作一个文本，那么所有的事物就会在表述层面和事件层面之上至少潜在地互相关联，因此就很难在表述和事件之间划出清晰的界限”③。作为文化的文本概念以文化的极大包容性来极力挑战文学与非文学文本之间的传统界限，以文化的历史性和生产性维度极力扩展文本范畴的批评疆域与诗学外延；它积极主张将整个文化网络纳入文本形式的意指实践，进而在文本层面不断生成对于历史情境和文化结构的表征形式。借用孟特洛斯的话来说：“文本与文本之间的轴线进行了调整，以一种整个文化系统的共时性文本取代了原先自足独立的文

---

① Stephen Greenblatt, “Introduction”, in *The Power of Forms in the English Renaissance*, Norman: Pilgrim Books, 1982, pp. 5 -6.

② Stephen Greenblatt, *Renaissance Self -fashioning*, Chicago: The University of Chicago Press, 1980, p. 5.

③ Catherine Gallagher & Stephen Greenblatt, *Practicing New Historicism*, Chicago: The University of Chicago Press, 2000, p. 8.

学史的那种历时性文本。”文化文本的批评概念既全面体现了文本形式作为历史文化绝对中介的特殊地位和运作方式，同时也特别强调了文化概念在文学研究历史性维度上的实际在场和批评介入。

其次，文化诗学的文本观念也应该是文本形式的历史文化情境。有学者指出，在格氏的批评思想中，文本不仅是供个人阅读的话语产物，而且是实际的综合而复杂的“社会文化工程”[①]。文化文本的批评概念将历时性的文化生产过程压缩到共时性的文本表征结构，但是为了避免在语言叙事和文本结构问题上重新回到后结构主义与后现代主义的理论套路，格氏在深入研究文本结构与历史文化之间辩证关系的基础上再次提出历史文化情境的文本观念。通过文本文化的批评理念，他所关注的不是文化结构的文本形式，也不是文本形式的文化结构，而是在文化文本与文本文化之间的表征通道或生产途径，也就是社会能量的流动轨迹和文化生产的历史过程。对格氏来说，文本形式的文化概念的一端牢牢地锁定着语言意指实践的文本形式和表征结构，而在另一端，它的理论触角却已经深深地扎入了社会流通和文化生产的历史过程之中。

最后，文化诗学的文本观念是在历史文化与文本形式之间的某种互文性概念。对格氏来说，历史文化绝对不能脱离文本结构作为绝对中介的表征形式，文本形式也不可以缺少历史文化作为绝对视阈的表征意义，因此在作为文化的文本概念与作为文本的文化概念之间已经形成某种相互对话和彼此渗透的整体文本批评观念。正如王岳川所指出的，文学文本到文化文本的转向“将一部作品从孤零零的文本分析之中解放出来，将其置于同时代的社会规范和话语实践关系之中，通过文本与社会语境、文本与其他文本的‘互文性’关系，构成新的文学研究范式或新的文学研究方法论”[②]。如果说文化文本观念是以语言意指的表征形式将社会情境和文化网络压缩纳入文学作品与文本形式的文化生产性维度，那么文本文化观念则是以社会能量的流通轨迹将文学作品和文本形式解压释放到社会情境与文化网络的历史性阐释过程。文化诗学批评的文本观念在历史文化的绝对视阈中并不偏向文化文本或文本文化的任何一隅，而是倾向于以历史性和文化性的双重维度关注历史情境与文化结构在文本表征层面展开的形式对话及阐释共鸣。

---

① 张进．新历史主义与历史诗学．北京：中国社会科学出版社，2004．241．

② 王岳川．历史与文本的张力结构．人文杂志，1999（4）：132—136．

既然作为文化表征形式的文学作品或文化文本被视为历史批评的绝对中介，那么历史形式与文化隐喻只能在历史文化的绝对视阈中以文本形式的表征通道达到两者之间的相互对话和彼此渗透。既然历史情境和文化结构只能呈现于文本层面的表征形式，那么历史维度的中心环节实际上也就是历史文化与文本表征的关系问题。文本表征的历史维度颠覆了历史背景与文本前景的传统界限，在历史文化的某种整体诗学关怀中更是促进了文本细读、历史阐释与文化批评之间的视阈融合和意义增殖。然而，文化诗学提倡历史文化与文本表征之间的对话关系，是否能够真正解决历时性的历史情境和共时性的文本结构之间的固有矛盾？还是在某种程度上不断加深历史情境与表征事件之间“缩减主义”（reductionism）的理论谬误？对此，格林布拉特指出，提倡历史文化的文本表征观念“并不是说这种新的文本主义解决了我们所有的问题：各种文化文本是否被设想成连贯的？将视觉踪迹消化到文本踪迹是否合适？当社会艺术和情感结构被文本化的时候，又发生了什么现象？”① 而是要以历史文化的文本表征为绝对中介来考察社会能量的历史性轨迹和文化生产的历时性过程，在文本形式的表征结构中揭示出历史形式背后的社会能量与文化结构的隐喻机制，从而在文化诗学的历史维度改造传统历史主义和后现代主义的文学批评。

在新历史主义文化诗学的理论体系中，历史文化的文本表征观念主要具有以下三种历史导向：首先，以往被历史主义传统所漠视或忽略的重要文学作品被重新引入文化文本范畴而在历史性维度上得到重点关注，逸闻轶事之类的野史素材也同时进入文化诗学的批评视野并成为其关注对象；其次，以往经典作品和文学大师的艺术成就与其他末流作家的文学作品之间形成相互交织的某种历史性的互文网络，因此文学原创性受到极大挑战，作家天才论受到强烈质疑，文学自足性受到彻底颠覆，文学经典化的历史过程又必须重新回到历史性的文化生成过程中才能得到合情合理的厚描阐释；再次，文化文本不仅包括回避社会介入和强调美学观感的各种高雅文本，也包含着那些涉及社会控制或政治颠覆的俗世文本，新历史主义的文化诗学批评就是要从流传甚久的高雅文本中解读出尘封多时的俗世文本，建构这种互文性文本网络中的历史文化图景。在历史文化的三种批评导向中，文化诗学批评重点关注的或许不是处于文本中心的后现代文化景

---

① Catherine Gallagher & Stephen Greenblatt, *Practicing New Historicism*, Chicago: The University of Chicago Press, 2000, p. 8.

观，也不是文本之外的历史主义传统，而是处于文本边界的各式各样的历史文化的文本踪迹。它致力于从历史文化的绝对视阈中全力追溯这些社会能量的运动轨迹和文化机制的生产痕迹，在文本表征的理论基础上建构文本文化和文化文本的历史性批评维度。

文化诗学批评的历史文化维度对传统文学批评的改造作用主要体现在以下四个方面："将关于'艺术'的探讨转入关于'表征'的探讨"；"从历史现象的唯物主义阐释转向对人类身体和人类主体历史的考察"；"通过追寻多种'补充'踪迹而非各种显在主题，对文学作品的各种话语语境的意外发现"；"话语分析对'意识形态批判'的逐步置换"。① 由此可见，历史文化的批评维度不仅涉及艺术自主性和历史建构性的文化表征形式，而且已经指向主体性重建和社会性批判的意识形态内涵。格林布拉特极力强调历史文化的绝对视阈，其不仅要求文学批评重新回到历史性维度，还要求以文本表征的批评理念积极改造历史性的批评维度，以求在文本表征的形式层面上将文化生产的过程维度和历史阐释的情境维度彻底整合成为历史文化的整体批评观念。正如格氏本人所指出的，关于新历史主义文化诗学理论体系，"我们的努力不是要将整个文化进行美学化，而是要将各种创造性能量更深刻地定位并融入文化之中"②。因此，在历史文化的批评维度中，文化诗学批评的理论旨趣和诗学关怀并不仅仅在于历史文化的文本表征结构与美学观感意义，它已然存在于各种社会能量与文化边界的社会生产过程和历史运动轨迹。

5.3　社会资本与通货谈判：文化诗学的社会维度

在新历史主义文化诗学的理论体系中，文化文本和文本文化的历史维度奠定了各种文学活动的绝对视阈与理论基础，但没有从根本上揭示出文学生产和文化消费的社会动态机制与历史隐喻结构。正如格林布拉特所指出的："在实际的文学实践中，我们被引入的各种困惑并不是纯粹的、无阻碍的固有难题的各种情况，而是与特定历史遭遇的各种局部化策略；要

① Catherine Gallagher & Stephen Greenblatt, *Practicing New Historicism*, Chicago: The University of Chicago Press, 2000, p. 17.

② Catherine Gallagher & Stephen Greenblatt, *Practicing New Historicism*, Chicago: The University of Chicago Press, 2000, p. 12.

揭露事实与造物之间各种传统界限的理论虚空性就显得尤为重要，在特定时刻标志文学与非文学之间差异的各种特定条件其实就是某种机制性协调和交换的重要通货。”① 既然历史文化和文本表征的动态机制是格氏批评思想的诗学指向与理论旨趣，那么社会能量的运动轨迹和文化生产则成为其文化诗学批评的阐释目标与厚描对象。在社会能量与文化结构之间，格氏明确提出社会资本的整合性理论观念，积极引入跨学科、越边界的文化批评理念；在社会资本与历史文化之间，他继而设想通货谈判的整体批评概念，不断扩容文化生产的理论话语体系。如果说社会能量与文化结构作为历史批评的社会途径，已经开拓了通往“谈判和交易的隐蔽处”的必由道路②，那么社会资本与通货谈判作为文化批评的社会机制，则成功建构了整个谈判和交易过程的历史途径。换句话说，社会能量与文化结构在文本层面的隐喻关系，最终指向以文本踪迹为必要形式而以历史文化为理论中心的批评线路，社会资本与通货谈判的工作流程，已然成为文化诗学理论体系中不可或缺的社会维度。

既然格氏坚持历史情境与文化结构在文本层面的理论对话和阐释共鸣，那么对于他的新历史主义文化诗学来说，文本性的表征形式本身已经蕴含了历史性的文化生产踪迹和文化性的历史情境印记，历史文化批评的最终目的也就是要从文本形式和表征结构中揭示出社会能量的文化结构与历史过程。诚如格氏本人所强调的，“伟大艺术本身就是文化之中各种复杂性斗争和和谐状态的某种不同寻常的敏感记录”③，艺术作品的文本脉络不仅忠实记录着特定历史情境中的文化结构和权力状态，而且在历史性与文本性的双向对话中，它已经延伸到这种文化复杂性斗争和和谐状态的文本表征与历史在场。换句话说，以历史文化为绝对视阈，以文学文本为绝对中介，作为文化文本的文学作品本身自然带有文化生产的历史痕迹，作为文化结构的社会能量必然采用文本表征的产品形式，文化诗学批评就是要在文学作品的整个生产流程中追溯社会能量、文化结构和历史轨迹，深度揭示历史形式与文化结构之间的各种社会性隐喻关系。

文学作品的历史性阐释维度是任何文学批评活动的首要原则和绝对视

① Stephen Greenblatt, “Shakespeare and the Exorcists”, in *Shakespeare and the Question of Theory*, Patricia Parker and Geoffrey Hartman (eds.), London: Routledge, 1985, pp. 164 – 165.

② Stephen Greenblatt, *Learning to Curse*, New York: Routledge, 1990, p. 159.

③ Stephen Greenblatt, *Renaissance Self – fashioning*, Chicago: The University of Chicago Press, 1980, p. 5.

阈，文学生产的社会性维度则是它们在公共表征系统中所与生俱来的诗性内涵和文化外延。正如格氏所指出的：“它的各种边界却是矛盾性的、不停谈判协调和多变化的……它们不是发生在艺术家想象的私密卧室，因为那种想象本身，就其材料、资源和灵感来说，早已经是社会建构物。”① 在由作者创作到读者阅读的文化生产过程中，文学作品早已失去那些超验本质的传统价值和自足形态的美学意蕴，在“彻底历史化”的批评原则中呈现的是各种意识形态性的社会话语和文化权力。既然文学艺术本身就是各种文化生产活动的社会性表征形式、文化结构和权力关系的历史性沉淀物，那么文化诗学批评也就是要以社会能量的批评理念从文学艺术的社会核仁中重新培育出文化生产与历史情境的阐释果实。社会能量的批评观念“希望能够提供某种补偿性的批评——深入探讨伟大艺术作品得到力量的那些半隐蔽的文化交易过程”：从社会维度的历史性视角来看，文化诗学“研究独特文化实践的集体性建构过程和探讨这些实践之间的各种关系”；从文化生产的结构性视角来看，它的批评重点在于历史性地呈现“某种细微的隐蔽交换体系、交换和交易的网络、各种竞争性表征之间的对撞、各种股份公司之间的谈判”，在文学活动的整个历史过程中“理解这些区域的建构以及超越它们之间移动边界的运动过程：谁决定哪种材料能够被移用以及哪些又能够留用？各种文化材料如何准备交换？当它们被移动的时候又发生了什么？”②

从文化诗学的文学观念体系来看，作为社会能量与文化结构的社会维度在纵向的历史性纬度上通过历史文化的绝对视阈深度关联文学作品的历史形式，同时也在横向的文化性经度上通过历史文化的绝对中介联系文化生产的各个要素。以社会学的理论视角介入文化批评，吉登斯提出“社会结构物”的概念来限定和表述包括艺术生产在内的社会化过程，强调“社会系统的结构特性同时是组成这些系统的各种实践的手段和结果……各种规律和资源由某种相互作用的生产过程之中的行动者支配，但同时也是通过这样的交流得到重新组合”③。以文化学的理论视角介入社会批评，格林布拉特提倡的是用“社会能量”和“流通交换”的批评概念来描述与再现

① Stephen Greenblatt, *Representing the English Renaissance*, Berkeley: The University of California Press, 1988, pp. i – viii.

② Stephen Greenblatt, *Shakespearean Negotiations*, Oxford: Clarendon, 1990, pp. 4 – 7.

③ Anthony Giddens, *Central Problems in Social Theory*, London: Cambridge University Press, 1982, pp. 69 – 71.

文化生产、消费的整个过程，追溯“集体信仰和经验如何得到塑造，如何从某种媒介转向另外一种，又是如何能够被集中到可控制的艺术形式以供消费”的特殊历史过程。①

综合考虑两位理论家的批评理念，有论者提倡以“社会工程论”来概述文化诗学的社会维度，同时指出格氏的新历史主义深刻洞察到了“流通交换”对“文学本质”的制约，但也存在着以“流通”代替“生产”的危险。② 应该说，从作者创作到读者阅读的文化性生产过程来看，格氏的批评观念特别重视艺术作品的社会生产过程和艺术生产的社会关系网络，在理论层面的确表现出吉登斯式的社会批评特征，但这绝不意味着文学批评的诗性特征就可以被消解于社会批评的理论网络；从历史形式到文化隐喻的历史性流通过程来看，文化诗学批评也确实表现出某种“社会工程论”的整体批判倾向，但这绝不是以“流通过程”代替“文化生产”的理论后果；从整个理论体系的批评导向来看，文化诗学批评的社会维度相当关注文学作品的生产过程和社会能量的流动过程，但也同样重视艺术作品的历史主义积淀和艺术生产的情境主义轨迹。

由此看来，以历史文化为绝对视阈或绝对中介，文化诗学的社会维度应该是既包括文化生产和再生产过程的共时性关系结构，同时也蕴含文化文本与社会能量的历时性流通过程。从文化生产的共时性维度来看，文学作品和社会能量“既是某种由社会所生产出来的东西，也是某种产生集体经验的踪迹表现出来的东西”；从社会变革的历时性维度来看，它更是“一种螺旋式增殖过程，使社会变革成为可能”③。正如格氏本人所指出的，文化批评的理论旨趣“在于这些早期的交换过程，在于理解各种能量如何得到首次集中和部署而后又返回到它们生成的文化之中”④。对于新历史主义文化诗学来说，历史批评的社会维度或许并不简单的只是那种一蹴而就的单向度的文化生产和再生产的社会结构，而是一种循环往复的多元化谈判协商的历史性文化过程。社会维度的历史批评要重新建构文化生产的社会结构和历史轨迹，就只有首先回到社会能量的历史情境中来考察以社会

① Stephen Greenblatt, *Shakespearean Negotiations*, Oxford: Clarendon, 1990, p. 5.

② 张进. 批评工程论——新历史主义批评理论的当代意义. 文艺理论研究，2005 (1): 56—65.

③ Thomas Brooks, *The New Historicism and Other Old - fashioned Topics*, Princeton: Princeton University Press, 1991, p. 185.

④ Stephen Greenblatt, *Shakespearean Negotiations*, Oxford: Clarendon, 1990, p. 20.

资本与通货谈判概念贯穿起来的文化批评的社会机制。

在社会能量与文化结构之间，文化诗学主张社会资本的整合观念，积极引入跨学科、越边界的文化批评；在社会资本与文化主体之间，它提倡通货谈判的整体性批评概念，不断扩充文化生产的理论话语体系。正如格氏所指出的，“文化是某种特殊的协调网络，在此之中在物质货物、思想观念或者通过诸如奴役、收养或婚约的机制在人类本身之间实现各种交换”，“如果文化是作为各种限制条件的结构而起作用，那么它也作为活动的协调和保障者……只有通过即席作用、试验和交换活动，文化的各种边界才能得到设立”①。文化概念本身不但具有某些限定性的静态边界，而且蕴含多种肯定性的动态过程。在文化诗学的社会维度，社会资本与通货谈判的社会机制恰恰生成于这种文化网络的双重属性之间协调对话的多元化过程。

格林布拉特积极提倡特定文化作为“复杂整体”和“塑型网络”的社会意识，实际上是在强调文化性和历史性这两种社会维度在文化诗学体系中的观念渗透与视阈融合。就社会维度的文化生产过程来看，“艺术作品是一番谈判以后的产物，谈判的一方是一个或一群创作者，他们掌握了一套复杂的、人所公认的创作成规，另一方则是社会机制和实践”；就社会维度的历史性交换过程来看，“艺术的存在总是隐含着一种回报，通常这种回报以快感和兴趣来衡量……总要涉及社会的主要通货——金钱和声誉”②。作者主体从公共再现和私人生活的各种社会区域之中进行文化材料的收集整理工作，在历史形式与文化隐喻的各种对话机制之间展开文化生产活动，在读者阅读与批评接受的各种社会关系之中获取金钱和声誉的社会资本，在社会能量与文化文本的各种流动线路之中将社会资本再次投入公共再现领域，并且周而复始地延伸出文化生产与再生产的历史性过程。如果说“社会资本”的批评理念体现了社会能量与文化结构在历时维度的通货积累和意义增殖过程，那么“通货谈判”的批评思路则更多地展现了社会能量与文学作品在共时维度遵守的那些“操纵和对相关系统作出调节的代码”。借用格氏本人的话来说，“艺术作品是具有各种规范习俗的复杂

① Stephen Greenblatt, “Culture”, in *Critical Terms for Literary Study*, Thomas McLaughlin and Frank Lentricchia (eds.), Chicago: The University of Chicago Press, 1990, pp. 225-232.

② Stephen Greenblatt, *The Greenblatt Reader*, Michael Payne (ed.), MA: Blackwell, 2005, pp. 11-12.

共同性知识储备的特定创作者或创作者群体与整个社会机制和各种实践之间协调谈判的产物”。通货即“意指使一种交易成为可能的系统调节、象征过程和信贷网络”，“谈判”表现为“一种微妙的、难以捉摸的交流过程，是一套贸易和交流的网络系统，是各种竞争性的表述和再现的交织，是一种类似股份公司的谈判和协商”。① 格林布拉特引入社会资本与通货谈判的整体批评观念，不但在文化结构与历史情境的相互对话、彼此渗透中妥善解决了共时性与历时性之间的传统矛盾，而且在文化批评的社会机制中也建构起文化诗学理论体系的社会维度。

虽然新历史主义文化诗学坚持整体性的文化批评观念，但是在文化生产的整个过程中它却并不存在统一固定的社会资本的生成模式，在社会能量的流动过程中更是始终呈现出历史性和文化性之间相互交织的多样化模式。具体来说，社会资本的摄取过程主要体现在以下途径：①“挪用实践”（appropriation），即在公共再现领域和私人领域对文化对象的无偿征用，比如作家创作的文学语言通常是对日常语言的无条件征用和对生活素材的无限制改造；②“购买过程”（purchase），即通过金钱等诸多经济形式的通货交易能够直接获取各种文化材料与文学经验，比如戏剧艺术对表演服装、演出场地、化妆用品和剧本权力等的美学诉求只能通过通货交换的市场行为而得到满足；③“象征性的获取”（symbolic acquisition），即社会实践或其他形式的社会能量通过表征形式跨界转移到文学经验的社会区域，比如文学叙事对社会实践和文本事件的模仿行为或者社会实践对文学叙事的反向模仿过程。作为通货谈判的普遍方式，“象征性的获取”蕴含以下几种方式：①“通过模拟形式的象征性获取”（acquisition through simulation），即文学创作再次模仿早已被认为是再现形式的文学活动，比如以戏中戏的简单形式或者以公共庆典或宗教仪式的复杂形式实现的戏剧本身的自我再现过程；②“通过隐喻形式的象征性获取”（metaphorical acquisition），即通过潜层次的相似性和亲族性的文学效果实现的社会能量与文化经验的整体性位移过程，比如在1606年的戏剧中将“上帝”等称谓全部置换为古希腊、古罗马的诸神之名号，又如《亨利八世》的旁白吟唱之本意是在戏剧控制观众想象的能力与王室控制臣民的能力之间作出明显区分，实际上却越来越混淆这两者之间的文化边界；③“通过提喻或转喻的象征性获取”（acquisition through synecdoche or metonymy），即文学经验经

① Stephen Greenblatt, *Shakespearean Negotiations*, Oxford: Clarendon, 1990, pp. 6 – 7.

过以部分指称或替代整体而获取文化能量的社会实践，比如莎士比亚喜剧的文字调侃通常不仅作为莎士比亚的某种象征符号，而且在公共艺术领域也已成为这一类文化经验和艺术想象的重要索引。①

虽然社会资本的积累形式和生成过程是多种多样且错综复杂的，但它们在文化性的生产过程和历史性的流通过程中却始终遵循通货谈判的交易原则和运作规范。在文化批评的社会机制上，格氏认为这些通货谈判的生成原则主要包括：①文学模仿经验和文化表征实践总是伴随着文化生产和通货交换的经济行为，文学经验既生成于文化产品的生产和流通环节，反过来也通过上述各种途径重新参与到文化再生产过程之中；②文学经验在社会资本和通货谈判之间的运作必然会涉及各种形式的交换和获取实践，也就无法避免采用公共文化领域的各种通货形式，而不仅仅是局限于金钱和声誉这些最普遍的文化资本形式；③通货谈判的交易形式看似是作者主体和读者主体之间的供需关系，实际上却是社会能量通过主体介入形式在历史文化的绝对视阈中的文化性生产过程和历史性流通线路，而各种文学要素实际上已经是集体交换过程的各种产物。②

由此看来，文化诗学的社会维度不仅存在着社会资本与通货谈判之间的生产流通过程，而且还蕴含着文化主体与历史文化的交换协调过程。正如格林布拉特所指出的："伟大的作家们在准确意义上来说是这些文化符号的大师、文化交换的专家。他们创造的作品是各种社会能量和实践的积聚、改造、表征和交流的多样结构……在任何文化中都存在着引起人们欲望、恐惧和挑衅的无数符号和某种总体性的象征经济。"③ 换句话说，在文化诗学的社会维度，社会资本只能以社会能量的流动途径来呈现文化生产的历史轨迹，而后又必须回到文化再生产的历史过程去实现通货谈判和资本增值。在这两种周而复始的历史性过程中，文化主体无论是作为被动的历史接受者还是作为能动的文化协调者，都只有在历史文化的绝对视阈和通货谈判的既定结构中才能寻得文学经验的价值增值与自我主体的重新建构。

对于文化诗学的批评观念来说，文学经验在历史文化的生成过程中不

---

① Stephen Greenblatt, *Shakespearean Negotiations*, Oxford: Clarendon, 1990, pp. 8 – 10.

② Stephen Greenblatt, *Shakespearean Negotiations*, Oxford: Clarendon, 1990, p. 12.

③ Stephen Greenblatt, "Culture", in *Critical Terms for Literary Study*, Thomas McLaughlin and Frank Lentricchia (eds.), Chicago: The University of Chicago Press, 1990, p. 230.

仅完全融合文化产品的生产和消费活动，而且实际上也指向社会能量和文化文本的历史性流动过程。对此，格林布拉特强调，“不管作品如何强烈地带有个体创作智慧和个人迷恋的标志，艺术作品都是集体商讨和交换协调的产物”，因而在社会资本的文化批评维度中是绝对“不能诉诸天才并以之为艺术佳作的唯一能量源”，而在通货谈判的历史批评维度中实际上也是“没有无动机的创作，没有超验的或无时间性的恒定表述，没有自足的艺术品，没有无起源和客体对象的表达；没有脱离社会能量的艺术，也没有社会能量的自发性生产过程”①。既然文学经验并不能脱离历史性的社会能量流通过程而获得社会意义的自我生成，社会能量也不能被剥离出文化生产过程而实现文学经验的自发生产，那么文化诗学的批评实践就必须沉降到社会资本和通货谈判的历史情境中去才能追溯到社会能量的流动轨迹，也才能真实捕捉到文学经验的生产意义。应该说，以社会资本与通货谈判的经济术语深度介入文学活动的美学领域，新历史主义文化诗学实际上是在强调文学经验的社会维度，即任何文学活动的产生和任何美学意义的生成最终落脚于文化生产与社会流通的交易过程，这种深度介入文学经验生成过程的市场和经济行为，通过文化生产的社会途径，或是颠覆瓦解，或是调整改造，或者增殖扩容了各种文学要素之间的文化边界以及各类文学活动之间的美学空间。

正是在文化诗学的社会维度，任何文学活动都不可避免地披上了马克思主义式的经济外衣，俯首称臣于文化生产和社会流通的经济规律。在格林布拉特的批评视野中，莎士比亚堪称精通资本运作和擅长通货谈判的某种另类的“文学经济大师”。众所周知，莎士比亚戏剧在西方文化中始终是无法猜透的历史隐喻和文化神话，它既卓然超越于任何历史语境的时代局限，超然傲视于历史之神的“达摩克利斯剑”，同时又深深扎根于文艺复兴时代的人文主义沃土，以历史时代的“斯芬克斯之谜”永久感染后继之世。对于莎士比亚的文化神话，伊格尔顿曾质疑：“通过由‘莎士比亚’这个名字表达出的政治、文化和意识形态的限制条件和决定因素，你在批判性阐释中能够走多远？”② 对于莎士比亚的历史隐喻，格林布拉特在莎剧经典的社会维度之外另辟历史文化的阐释蹊径，将批评焦点投射在历史阐

---

① Stephen Greenblatt, *Shakespearean Negotiations*, Oxford: Clarendon, 1990, p. vii, p. 5.

② Terry Eagleton, “Afterword”, in *The Shakespeare Myth*, Graham Holdemess (ed.), Manchester: M. U. P, 1988, pp. 203 – 204.

释和文化生产过程中的资本运作与通货谈判行为。对格氏来说，莎士比亚在社会话语与文学经验之间“建立的联系不是原因和结果的关系，也并非材料来源和文学实现之间的关系”，而是在“处理某种共享的符码，由各种修辞和直喻相互连接的，并同时作为再现对象和条件的某种集合体”。[①]因此，在戏剧艺术的生产过程中，莎士比亚实际上是在巧妙地协调某些文化、学术和文学欲望的经济原则，他的伟大成功在某种意义上来说就是创作主体与历史文化在文化生产过程中协调对话的产物，同时也是社会资本与通货谈判在历史流通过程中的意义增殖的效果。

莎士比亚的文化神话和历史隐喻实际上验证了文化批评的两种社会机制，即社会资本的文化性生产过程和通货谈判的历史性流通过程。在文化生产和历史流通这两个社会维度上，作者创作和读者阅读是文化生产活动中的交易双方与经济主体，作为文学作品的文化文本同时作为文化生产和历史流通的交换形式与经济中介，作为绝对视阈的历史文化则是文学经验与社会资本的交换语境和经济条件，各种形式的社会能量在这种文学活动网络中不断实现资本积累和通货谈判的历史性过程。从文化生产的社会维度来看，作者主体与他所能接受到的社会能量的历史或文本形式展开社会资本的生产过程，最终实现历史文化和当下文化在作者视阈之中的通货谈判和主体建构；从历史流通的社会维度来看，读者主体通过艺术中介与作者主体和历史文化展开通货谈判的流通过程，最终实现历史文化与当下文化在作者创作与读者阅读视阈融合之中的通货谈判及主体重建。

新历史主义文化诗学的社会维度既是某种循环往复的文化性生产过程，也是某种螺旋上升的历史性流通过程。在文化性的生产维度上，每一代人都具有重塑过去历史和生产当代历史的文化权利；在历史性的流通维度上，每一代人也都拥有阐释历史文化和重建文化主体的历史禀赋。然而，创造历史也好，阐释历史也罢，“任何历史都是当代史”的思想口号并不是说我们每一个人在文化性生产过程中都自然拥有创造历史或重塑历史的文化权利，或许我们所拥有的也只是在历史性流通过程中阐释历史和重建文化的历史义务。显而易见，文化生产和历史流通的双重社会维度确实能够更好地解决“过去历史”与“当代历史”、“历史事实”与“主体阐释”之间的各种概念偏执及阐释误区，也能够更好地厘清历史情境与当下语境、历史实践和文化话语之间的阐释性质和诗性导向。这种在文化生

---

① Stephen Greenblatt, *Shakespearean Negotiations*, Oxford: Clarendon, 1990, p. 86.

产和历史流通之间相互对话且彼此渗透的社会维度，正是后现代文化回归历史和重建文化的理论核心与诗学要义，文化诗学在与各种后现代理论的话语会商和通货谈判中已经作出了自己的历史抉择，即“当代理论必须重新选位：不是在阐释之外，而是在谈判和交易的隐秘处”①。

5.4 自我塑型与主体间性：文化诗学的作者维度

如果说文学文本与历史文化的辩证关系基本构成了文化诗学的历史性维度，社会资本与通货谈判的隐喻机制直接指向了文化诗学的社会性维度，那么自我塑型和主体间性的商讨过程则蕴含着文化诗学的作者主体性维度。以文艺复兴的文学批评经验为理论基点，格林布拉特重视自我意识和文化塑造在主体建构过程中的双重视阈，主张将自我塑型观念定义为那些“控制机制的文艺复兴版本和各种意义的特定文化体系，它们通过控制从抽象潜力到具体历史积淀的特殊通道来创造特殊个体”②。在自我塑型的文学经验层面，皮埃特斯认为“格氏的结论毫无疑问地证实了自我塑型和身份嬉戏的各种现象都联系到将语言作为主体性建构的用途和操控”③；在自我塑型的主体建构层面，张进发现“作家主体不是一个先于文学活动的、本原性的、既成的主体事实，而是一个通过文艺活动的文化赋予和自我塑型，是解构和建构的同时展开”④。作为文本表征的历史文化是格氏批评思想的绝对视阈与理论旨趣，作者创作和主体建构的对话关系则是文化诗学理论体系的诗学要素和理论环节。在文学生产与作者主体之间，格氏提出自我塑型的整合性概念，引入主体建构的历史批评观念；在社会资本与历史文化之间，他提出主体间性的整体理念，拓展文化生产的主体批评空间。如果说文化生产与作者主体在文本层面的隐喻关系指向了以文学文本为历史形式而以文化主体为理论中心的批评线路，那么自我塑型与主体间性之间的商讨过程已然构成文化诗学体系不可或缺的作者主体性维度。

在文化诗学的理论体系中，作为文化结构的社会能量是历史形式的社会资本，作为绝对视阈的历史文化是文化生产的关系条件，作为绝对中介

---

① Stephen Greenblatt, *Learning to Curse*, New York: Routledge, 1990, p. 159.

② Stephen Greenblatt, *Renaissance Self - fashioning*, Chicago: The University of Chicago Press, 1980, pp. 3 - 4.

③ Jürgen Pieters, *Moments of Negotiation*, Amsterdam: Amsterdam University Press, 2001, p. 51.

④ 张进．新历史主义与历史诗学．北京：中国社会科学出版社，2004. 218.

的文学文本是文化产品的历史形式，那么充当能动创造者的作者和读者主体在这种文化生产过程中必须承担起历史调查者和文化建构者的实践义务。正如威尔森所言，“历史调查者也类似他的历史的产物，不能认识到其纯粹形式的他者性，却总是部分通过当下的参考框架”①。公共再现领域与私人生活领域之间的文化生产都包括文学作品的生产过程和作者主体的建构过程，作者主体的自我塑型同样蕴含文学作品与文化主体之间的双向塑造过程。一方面，作者主体通过文学作品的绝对中介不断创造历史形式的文化文本和艺术经验；另一方面，文学作品和艺术经验通过历史文化的绝对视阈反向建构文化隐喻的作者主体与读者主体。这种文学经验与自我塑型的作者观念包括文学创作和主体建构的双重属性及多种向度。

文化诗学的作者维度围绕文艺复兴作家的文学经验和自我塑型进行理论生成与历史建构。文艺复兴和前现代文化既是西方人本主义思潮的时代滥觞，也是自我塑型和主体生产的历史开端。正如格氏所指出的，以莫尔和斯宾塞等人为代表的文艺复兴作家之作品“可以被视为 16 世纪文化中各种力量聚合线路的中心；它们的重要意义并不在于使我们可以看到某些重要的深层历史原则，而在于我们可以阐释它们本身的象征性结构与它们作者的创作生涯之间的相互影响，以及在更广范围的社会世界中组成某种自我塑型的单种复杂性过程，并且通过这样的阐释，更进一步地理解文学和社会身份在这种文化中的形成过程”②。虽然这些艺术大师的主体视阈和文学经验各有千秋且相互迥异，格氏却发现有一条理论原则始终贯穿他们的文学创作和主体建构的文化生产过程，那就是自我塑型的生产途径，即“自我塑型是经由某些被视为异端的、陌生或可怕的东西才得以获得的。而这种带有威胁性的他者——异教徒、野蛮人、巫婆、通奸淫妇、叛徒、基督之敌——必须予以发现或假造，以便对他们进行攻击并摧毁之”③。自我身份的主体确认过程通常需要自我主体与社会他者之间的文化参照体系，自我塑型的主体生产实践同样召唤文学经验与作者主体之间的历史对话机制。换句话说，在格氏的批评理念中，文学经验的主体生成和自我概

① Richard Wilson & Richard Dutton, *New Historicism and Renaissance Drama*, Harlow: Longman, 1992, pp. 26 – 27.

② Stephen Greenblatt, *Renaissance Self – fashioning*, Chicago: The University of Chicago Press, 1980, pp. 5 – 6.

③ Stephen Greenblatt, *Renaissance Self – fashioning*, Chicago: The University of Chicago Press, 1980, p. 9.

念的主体建构通常是文化结构与历史合力的时代产物，它既是在作者创作与历史文化之间某种文学经验“协商、传达、调解、融合”的通货谈判过程，也是在主体建构与历史文化之间主体生产或经验生成的历史过程。

正如百瑟丽所指出的，在文艺复兴的作家创作经验中，“作为时间旅行的历史让位于作为化装戏剧的历史，对过去历史的重新建构是作为华丽服装的当下语境”①，文化诗学的作者维度就是要不断穿梭于在历史文化与文化主体之间自我塑型的文化隐喻机制。换句话说，既然自我塑型的批评理念是文学经验与作者主体的文化生产途径，那么主体协调的批评实践则呈现了自我塑型和主体经验的历史阐释过程。② 由主体建构的社会视角介入文学经验的美学领域，格氏从文艺复兴作家的艺术实践出发，阐明文学经验与作者主体之间的三种协调形式及潜在理论误区：首先，将文学经验“作为特定作者具体行为的反映”，但是如果只将文学作品的阐释局限于作者本人的个体行为，那么文学作品则成为文学传记（或是历史模式，或是心理分析模式），忽视了作者和作品参与的意义结构和文化网络；其次，将文学经验“作为自身行为塑造的符码”，但是如果仅将文学经验作为社会规范的直接反映，那么作者主体和文学作品最终会成为意识形态与社会结构的庸俗注脚；再次，将文学经验“作为这些符码规范的反思”，但是如果将其固化为“行为规范的客观反思”，那么这种机械反映论的文学观念将“极大减少我们对艺术相对于个体和机制的具体功能”，“将艺术作为某种超时间、超文化的普适人类本质，或者作为与社会生活相对的某种自我控制的封闭系统”。③

有感于这种自我塑型和主体协调的作者观念，杨正润认为文化诗学的作家主体至少包括三个方面的协调内容，即以文学作品为流通中介“将自己从社会生活中直接获得的或是通过流通过程从其他途径获得的经验材料调和起来”；以主体协调为对话形式“将自己的创作活动同当时社会的政治权力和文化规范调和起来”；以历史文化为批评视阈“将自己的作品同读者观众的审美期待与爱好调和起来”。④ 文化诗学的作者观念看似包含三

① Catherine Belsey, *The Subject of Tragedy*, London: Routledge, 1986, p. 2.

② Kiernan Ryan, *New Historicism and Cultural Materialism: A Reader*, New York: Arnold, 1996, p. 55.

③ Stephen Greenblatt, *Renaissance Self-fashioning*, Chicago: The University of Chicago Press, 1980, pp. 3-4.

④ 杨正润. 主体的定位和协和功能. 文艺理论与批评，1994（4）：112—122.

种社会关系层面的协调内容，实质上却全部蕴含于文化生产的整个体系，正是在这三方面协调内容的相互交织和彼此渗透的复杂网络中，自我塑型的历史过程同时成为文学经验与作家主体的生产方式。以《乌托邦》的作者托马斯·莫尔（Sir Thomas More）为例，我们就可以大致理解主体协调的作者观念和自我塑型之间的协调关系：从文化生产的社会资本积累过程可以发现，在公众生活中的莫尔必须时刻代表着压制性和惩罚性的国家权力与王室利益，在私人生活中他却时常表示出乌托邦社会中的市民政治和平等理想，这种现实世界与个人生活的矛盾对立恰恰成为莫尔进行自我塑型的绝佳条件和必要材料；从文化产品的生产过程可以看出，他以历史文化作为文学作品的创作视阈，以文学作品作为通货谈判的交换中介，不但成功创作出公共义务与私人生活相互协调的文学作品，而且同时生产出文学经验与主体建构的自我塑型经验，即“自我主体向叙事形式的投降和屈服”和随即而来的对各种社会角色的“即席利用”。正如格氏所指出的，“历史性的莫尔是叙事性的虚构：为了造就自我部分，为了获取戏剧角色的生活，必须恒久而无准备地更新自我，同时永远意识到自我的非真实性”，因此在这种意义上我们可以说，“莫尔的生活其实是他的工程（project）”[①]。

从文化生产的整个过程来看，作者创作和主体建构的双重维度已经形成某种自我塑型的文化工程，它的运作产物不但包括历史形式的文学作品与文化文本，而且深度蕴含着文化隐喻的社会能量和文化结构。既然作为文化文本的文学作品是作者主体通过社会资本与通货谈判的历史性运作形式，那么作为社会能量的文化结构则是作者主体通过社会资本与历史文化的隐喻性建构过程，文化诗学的作者维度无法回避历史文化与社会结构的各种塑型机制，也就不得不面对自我塑型过程中的主体间性问题。正如格林布拉特所言，“艺术家以各种全新方式来收集和塑造他们形成文化的能力，以至于在整体经济中很少有交往行为的各种文化成分之间开始有一些强烈的相互作用，并已经拥有扰乱这种肯定性关系的特定潜力”，艺术家的文学经验“处在剧烈变化的各种环境中，伴随极端分歧的各种后果，是即席表现的某种结构，是各种模式的集合体，它具有足够的伸缩性、足够

① Stephen Greenblatt, *Renaissance Self-fashioning*, Chicago: The University of Chicago Press, 1980, p. 31.

的变化范围去适应在既定文化之中的大多数参与者”①。文学作品的生成过程不是作家主体脱离社会的纯粹想象创作，而是作家主体与历史文化的通货谈判和资本积累；作者主体的建构过程也不是文学经验脱离文化结构的纯粹的个体呈现，而是文学经验和历史文化的协调商讨和通货交换。换句话说，文学经验与作家主体的生产形式不能超然于作家创作与自我塑型的社会文化条件之上，社会能量和历史文化的隐喻机制也同样无法剥离社会资本与通货谈判的主体间性问题。

对于文化诗学的主体概念，孟特洛斯指出：格氏之所以总是谈论“主体”而非“个体”，就是“为了强调各种个体和个体的概念是在语言和社会之中的历史性构成”②，实际上是强调作者主体在文化生产过程中所面临的社会和文化间性问题。对格氏而言，作者主体在文学和美学经验领域能够拥有的不是某种一呼百应而随心所欲的独裁者形象，恰恰相反，他/她作为文化间性的主体形式必须全身心投入到文化生产的各个环节，主动扮演社会生产者和市场协调者的历史角色。诚如福柯的“全景敞式监视”观念所表明的，“真正的主体化过程是机械性地发生于某种假想性关系之中的……受制于某种可视性地域而自我清晰的他通常会采取对权力限制的某种责任，他使得它们自然作用其实在扮演双重角色；他成为自身主体化的原则”③。在作者创作与现实世界的这种假想关系中，诸如语言符号、文化结构和历史形式等隐喻机制始终横亘在文学创作与主体建构之间，直接导致个体作家的角色缺席和作者主体的权力失效，将作者创作与主体建构的双重过程直接引入到文化生产和市场交换的历史轨道。既然自我塑型的主体化过程深度蕴含着社会资本积累与文化通货谈判的市场逻辑，那么文学经验和作者主体实际上受制于文化生产过程中的主体间性与历史隐喻。也正是在这个意义上，新历史主义文化诗学认为，由于主体间性问题的实际存在，天才作家的个体地位已经让位于作者创作的主体角色，置身于社会资本与历史文化的隐喻机制中，“个体是权力的某种效果，而且同时在同等程度之上，它也是权力表达的特定成分。权力构造的个体同时也是权力

① Stephen Greenblatt, “Culture”, in *Critical Terms for Literary Study*, Thomas McLaughlin, et al. (eds.), Chicago: The University of Chicago Press, 1990, pp. 225 – 232.

② H. Aram Veeser (ed.), *The New Historicism*, London: Routledge, 1989, p. 21.

③ Michel Foucault, *Discipline and Punish*, Alan Sheridan (trans.), London: Penguin, 1979, pp. 195 – 203.

的载体"①。

在自我塑型和主体生产的文化过程中，主体间性的历史在场并不意味着作者创作和主体建构的权力缺席与意义失效，而是在文化诗学的社会维度上更加强调作者主体与历史文化的协调对话形式和对社会机制的即席利用过程。对于作者主体与文化机制之间的双向塑造过程，百瑟丽认为："主体在文化中学会再生产或挑战那些在塑造它们的特定社会的意指实践中所背负的各种意义。如果主体性是文化的某种效果，或者是文化在意指实践中的刻画结果，那么在文化之外将不再有人类的立身之地。"② 对于作者主体与文化机制之间的双向协调过程，格氏在《莎士比亚的协调》和《文艺复兴的自我塑型》中相继提出诸如"有益性的焦虑操控"与"即席化的文化利用"等各种批评观念。

从文化诗学的整个作者维度来看，格氏的自我塑型观念并不局限于"人生如戏，我如戏子"这类传统思路的静态理解，即"只要他能够根据环境条件的变化而适应，只要他能够调整并塑造自我身份"，而是在塑造文学经验和作者主体的双重过程中更加强调语言叙事和文学经验对自我身份的双向塑造机制，也就是说，在历史断裂的权力缝隙和文化间性的网络结构中实现各种即席性的文化利用与自我塑型。对莫尔等文艺复兴作家而言，文学写作和戏剧艺术"提供的不是人类自由的范式，而是人造身份形成的模式……这种将自我塑型成为某种艺术作品的做法看上去并不限制和控制既定个体是由于朝臣善于隐藏造作而创作出自发性的各种幻觉"③。对于格氏的文化诗学批评来说，自我塑型的作者主体"不是生产文化的东西，甚至也不是在文化生产之中的静态实体；这两者恰恰是某种相同的过程"④。自我塑型的文化工程无法脱离文学经验与作者主体的生产过程，文化间性的隐喻机制更是无法回避社会资本与通货谈判的市场规律，在自我塑型和文化间性之间协调、徘徊的作者主体自然只能寄托于某种戏剧化的艺术人生与即席化的文化表演。借用巴特尔的话来说，文学经验的塑型机制"被期待的是某种衍射过程，而在能量的传播中不留有中心地位或意义结构：我不是矛盾的，我是被分散的"，因此，置身于文化间性的塑造网

① Michel Foucault, *Power/ Knowledge*, Colin Gordon (ed.), New York: Pantheon, 1980, p. 99.

② Catherine Belsey, *Culture and Real: Theorizing Cultural Criticism*, London: Routledge, 2005, p. 9.

③ Stephen Greenblatt, *Sir Walter Raleigh*, New Haven: Yale University Press, 1973, pp. 38 – 41.

④ Alan Sinfield, *Faultlines*, Oxford: Clarendon Press, 1992, pp. 29 – 51.

络，“当今的主体在别处理解自己”。[①]

在新历史主义文化诗学的理论体系中，作者主体在文学创作层面作为能动创造的文学生产者，通过文学经验的文化结构和文学作品的历史形式，积极参与文学经验和主体建构的自我塑型过程；在社会文化层面，他/她又作为即席利用的文化表演者，通过文学作品的文化文本和社会能量的文化结构，积极深入自我意识与主体间性的自我协调过程。有论者强调：“作家在文学活动中是负有各自历史性的商讨主体，而不是纯粹的‘反映者’或‘创造者’。作家对权力话语的‘能动’颠覆和对权力话语的被动‘屈从’（即颠覆被包容）同时存在于作家的主体性之中”。[②] 文学经验的生成过程既包括文学作品和文化文本的作家创作向度，也蕴含自我塑型和自我协调的主体建构向度，作者主体的建构过程在历史维度既拥有在文学经验与社会资本之间积累增值的社会性条件，在社会维度也担负在自我塑型与主体间性之间通货谈判的强制性义务。传统意义上的作家批评或许比较重视作家主体对文学经验的单向影响效果，文化诗学的作者维度则更加关注文学主体在自我塑型与主体间性之间的历史性商讨过程。

格氏将莎士比亚在自我塑型和主体间性之间的商讨过程看作某种“总体性艺术家和总体化社会之间的某种崇高的对抗过程”：“总体化社会”代表着历史文化和社会机制的主体间性结构，总是“设置某种能联系所有人类、自然和宇宙力量的神秘网络并代表其统治精英在此网络之中占据特权地位”；“总体性艺术家”则善于即席利用自我塑型工程，是“那种通过训练、智慧和才干而在创作中时刻自我完善的人”；因此，“那种在总体性艺术家与总体化社会之间的对抗结果就是某种独特的、无穷尽的、极富感染力的艺术作品集合体”[③]。而“总体性艺术家”的自我塑型工程和“总体化社会”的主体间性结构之间的对抗结果，则总是某种戏剧化的主体塑型艺术和即席化的文化表演能力。[④] 正如格氏所指出的，“莎士比亚似乎承

① Roland Barthes, “The Death of the Author”, in *Image*, *Music*, *Text*, Glasgow: Fontana, 1977, p. 143, p. 168.

② 张进．新历史主义与历史诗学．北京：中国社会科学出版社，2004. 218.

③ Stephen Greenblatt, *Shakespearean Negotiations*, Oxford: Clarendon, 1990, p. 2.

④ “文化表演能力”的批评观念来源于美国女性学者朱蒂斯·巴特勒（Judith Butler），原本指向语言学领域相对于语言知识范畴（competence）的语言运作能力（performance），此处表示文化性的即席利用和身份的自我确认之动态过程，详见 Judith Butler, *Gender Trouble*: *Feminism and the Subversion of Identity*, London: Routledge, 1999, pp. 163 – 181.

认、再现和探索他与即席利用者的关系，但他与戏剧和文化的关系自然是远比这种关系要更加复杂。在他的作品中也有某些人物角色可以即席利用而无悲剧后果，也有角色能够拥抱欲望的流动性”①。如果说莎士比亚的戏剧艺术已经反映出总体性艺术家与总体化社会之间的历史性对抗结果，那么其角色塑造则更加充分体现了他本人在自我塑型和文化间性之间的主体塑型艺术和文化表演能力。针对莎士比亚戏剧蕴含的主体协调艺术，格氏通过对《奥塞罗》中伊阿果的角色分析归纳了文化性即席利用运作的重要原则：其一，“此人必须愿意将他/她自身置入他人的精神世界，将宇宙苍生作为可以由意志操控和改造的某种意识形态性的建构”；其二，“在此人的自我现实和此人希望挪用和操纵的现实建构之间必须存在某些结构相似性”；其三，“这种相似性必须伴随着相互交换性的缺失，对他者现实可以被操控的信仰不能被此人自我现实的概念所违背，如果后者被视为操控的某种潜在目的，才有真正的即席能力可言”②。

在文化诗学的理论体系中，作者主体看似是文学经验和主体建构的本质内容，但在文化生产过程中仍然是等待各种主体化机制填充的虚空形式。针对主体和主体化的批评概念，齐泽克指出：“如果我们要抽象或者减缩主体化不同模式的丰富性、在各种个体‘生活’其主体地位的特定方式中的经验丰富性，那么剩余的就只是等待这个丰富性填充的空白地带；原初的虚空、象征性结构的缺席是主体和能指符号的主体。因而这种主体与主体化效果是严格意义上的对立关系：主体化过程掩盖的不是前主体或超主体过程的写作，而是结构的缺席、主体的缺席。”③ 对齐泽克这种具有深厚马克思主义背景的拉康主义者来说，或许主体意义只是主体化过程中的某种在场形式和短暂效果，根本无法存在那种象征性结构之外的作家主体。然而，对格林布拉特这种带有深厚文化人类学背景的福柯信仰者来说，作家主体始终存在于文学经验与主体建构的文化生产过程的各个环节中，在自我塑型与文化间性之间的“这些策略自其在景观管理和文本塑造之中实施开始就已被包含在其中，它们早已经被包含在制作和演出戏剧的

---

① Stephen Greenblatt, *Renaissance Self - fashioning*, Chicago: The University of Chicago Press, 1980, p. 252.

② Stephen Greenblatt, *Renaissance Self - fashioning*, Chicago: The University of Chicago Press, 1980, pp. 228 - 229.

③ Slavoj Zizek, *The Sublime Object of Ideology*, London: Verso, 1991, p. 175.

文化实践之中”[①]。

5.5 权力颠覆与形式遏制：文化诗学的作品维度

如果说历史文化是格林布拉特批评理论的思想视阈，那么作为文化文本的文学作品则是绝对中介的再现形式和厚描对象。对格氏本人来说，文化诗学的作品观念并不局限于历史文本化和文本历史化的批评范式，而是以文化文本的历史形式渗透到社会资本和通货谈判的生产过程之中、以历史文化的文本形式蕴含于社会能量与文化结构的隐喻机制之中。对于文学作品的社会隐喻结构，布莱尼甘指出：“文学文本是权力的各种载体，其作为有用的研究对象是因为它们包含着社会中普遍存在的权力和颠覆。”[②]对于这种隐喻结构所指向的文化文本形式，皮埃特斯认为权力颠覆与形式包容的制衡模式是“冷战修辞，而且更重要的是，它是社会病理学话语，这种话语活跃了20世纪功能主义人类学和社会学”[③]。在文学作品与主体建构之间，格氏明确界定权力颠覆的文本形式，在对社会权力的形式化过程中积极引入权力话语的批评范式；在文学作品与读者阅读之间，他提倡文学文本的遏制权力，在对文学形式的权力化过程中强调意识形态的社会批评。从权力颠覆的文本形式来看，“颠覆”与“包容”的二元对立结构在文学生产的历史过程中已经建构起文本结构内部的权力话语体系；从形式遏制的权力效用来看，“权力”与“文本”的二元消解机制在文学消费的历史过程中基本确立起权力化文本和文本化权力之间的双向对话关系；从文化生产的整个工作流程来看，文化诗学的作品维度已然蕴含权力颠覆与形式遏制的商讨过程。

新历史主义文化诗学的权力观念主要源于威廉斯的意识形态理论和福柯的权力关系话语，然而格氏在意识形态批评的范式转换过程中更加侧重文本内部的权力结构，在对福柯历史观的话语重建过程中更加关注权力话语的施行机制，即颠覆和包容的二元模式。格氏的二元权力观念与他的文化结构观念交相辉映且相得益彰。对于文本内部的权力结构，格氏强调

---

① Stephen Greenblatt, *Shakespearean Negotiations*, Berkeley: The University of California Press, 1990, p. 138.

② John Brannigan, *The New Historicism and Cultural Materialism*, London: Macmillan, 1998, p. 6.

③ Jürgen Pieters, *Critical Self-fashioning*, Frankfurt am Main: Peter Long, 1999, p. 151.

“文化对于西方文学研究的用途”是“通过夸奖和责罚手段强化各种文化边界”；对于权力话语的施行机制，他指出文化概念同时作为“各种限制条件的结构”和“运动的调节和保障机制”，以及“社会行为必须被包容的各种限制的条件合集，个体必须服从的各种模式的全部体系”①。从文化生产的历史过程来看，文化诗学的作品维度既包括文学作品的文化文本，也蕴含社会能量的文化结构，但无论是文本内部的权力结构，还是权力话语的施行机制，指向的都是权力话语本身的颠覆与包容的二元机制。

正如福柯所指出的，在文化概念的结构体系中，“权力无所不在，倒不是因为它涵纳所有事物，而是由于它来自任何角落”②；在文化机制的施行过程中，“权力并不是否定、拒绝和排斥机制的集合体，相反它是有效的生产。它很有可能直接生产到个体本身”③。与福柯在文化结构中发现权力话语的生产机制的观念相同的是，格氏在历史文学作品中同样发现了文化塑造和自我塑型的二元权力结构。然而，与福柯在“否定性权力”和“生产性权力”之间偏重权力话语的包容、遏制功能的做法不同，格氏在颠覆与包容的权力施行机制中更加重视权力二元对立属性之间的辩证关系，更加关注权力话语在文学作品和文化文本的历史呈现形式与主体建构过程。对于格林布拉特来说，“颠覆这个术语指的是文艺复兴中的某些因素，就是当抑制看上去不可能时，当时的读者所力求达到的、对我们自身关于真理和现实的感觉的一种抑制、摧毁或服从”，这种“颠覆性的声音产生于对秩序的确保，并被后者有力地表达出来。但这种颠覆性的声音并不侵损秩序的根基”。④ 也就是说，颠覆概念指的是那些对现存社会秩序和文化结构不断形成某种无法回避的毁灭性威胁，它是使读者受众得到自由愉悦和接受快感的非稳定因素与非常态机制；包容概念指的则是社会秩序对这些颠覆性因素的控制技术和管理机制，它将各种非稳定因素与非常态机制不断收编于读者受众普遍认可的社会常识和文化规范之内，最终消解它们的现存威胁和颠覆潜力。简而言之，颠覆和包容之间的辩证关系既体

---

① Stephen Greenblatt, “Culture”, in *Critical Terms for Literary Study*, Thomas McLaughlin and Frank Lentricchia (eds.), Chicago: The University of Chicago Press, 1990, pp. 225 – 232.

② Michel Foucault, *The History of Sexuality* (volume1), Robert Hurley (trans.), New York: Vintage Book, 1990, p. 93.

③ Michel Foucault, “Je Suis un Artificier”, in *Michel Foucault*, Roger – Pol Droit (ed.), Paris: Odile Jacob, 2004, p. 113.

④ Stephen Greenblatt, *Shakespeare Negotiations*, Oxford: Clarendon, 1990, p. 39, p. 52.

现出二元权力机制的各种结构张力，也同时反映出权力施行过程的各种复杂向度。

在格林布拉特看来，这种权力机制的结构张力，在文艺复兴和前现代文化时期重点表现为对主流文化和宗教权威进行的某种颠覆性的象征性阐释行为：一种是以戏剧艺术的文本形式将“异己的声音或异己的阐释直接记录在案”，将颠覆性的威胁因素不断包容并有效纳入文学艺术的虚构范畴；另一种则是以戏剧艺术的表演形式将其重新释放并有效纳入社会存在的现实范畴，即“当稳固确定的意识形态处于某种特殊情况，需要对自身作出解释的时候，它就会暴露自身的局限”①。对于格氏的《看不见的子弹》来说，英国殖民者哈里奥特在文艺复兴时期的殖民书写恰恰验证了颠覆与包容之间的辩证关系。一方面，“主导秩序生成颠覆因素而使其满足自身要求标志着‘权力的条件’”，主导秩序总是通过象征性的表征行为将异己文化的颠覆威胁不断包容于权力机制的张力结构之中；另一方面，“关于‘颠覆的遏制’的总体性言论自身对于主体中介来说也是颠覆性的，它简化主导秩序的虚幻和迷惑效果”，异质文化也同样通过某种象征性的阐释行为重新组合而再次释放原本所具有的颠覆性意义。② 哈里奥特对殖民地天花泛滥的疫情报告无疑代表着大英帝国开边拓疆的意识形态色彩，其中总在极力以“科学知识”的权威声音细致记录下任何异己而边缘化的他者声音，殊不知他在看得见的主导秩序的文本包容机制中已经埋藏下看不见的异己文化的颠覆子弹。正如格氏所言，“颠覆性的观念并没有消失，而是至今保留在戏剧的结构之中，它们被遏制而实际上却是服务于抬高其当初质疑的权力本身”，因此“某些美学和政治结构致力于遏制那些生产出的颠覆观念，而不是简单地任其自生自灭”。③ 或许对于福柯来说，作为文学作品的文化文本只能够被动地承受权力机制的单向度塑造而毫无任何积极主动之姿态，但是对于格林布拉特来说，权力机制蕴含着某种权力颠覆与形式遏制的二元模式，权力的形式及形式的权力之间的对话关系也集中反映于文学作品的表征形式及文本结构对权力颠覆的能动消解过程。

格林布拉特在后现代文化语境，尤其是继福柯的权力话语理论之后才

① Stephen Greenblatt, *Shakespeare Negotiations*, Oxford: Clarendon, 1990, pp. 21 – 39.

② Stephen Greenblatt, “Invisible Bullets: Renaissance Authority and Its Subversion”, *Glyph*, 1981 (8): pp. 40 – 61.

③ Stephen Greenblatt, *Learning to Curse*, New York: Routledge, 1990, pp. 165 – 166.

提出颠覆和包容的对立概念，本身确实没有多大的学术创见和理论贡献。但是，他将权力机制的二元模式巧妙融入文化诗学的作品维度，有效地促进了权力观念和文本理念的理论深化与实践扩容，在权力化的文本与文本化的权力之间为历史文本的当代阐释开拓了文学作品的文化结构和社会关系，在形式遏制对权力机制的二元消解过程中清晰梳理了文学作品与意识形态之间的复杂指涉关系。然而，颠覆—遏制的批评概念在英美批评理论界引起的激烈争论是格氏所始料不及的，而且让他更为疑惑的是，在众多号称是新历史主义批评的学者群体内部，对权力概念也明显存在着不同理论倾向的象征性阐释。对于权力话语的施行方向，多利莫尔强调“虽然颠覆确实能被权力自身的目的所‘挪用’，但颠覆性一旦产生，就既可以为权力所利用，也可以用来反对权力”，“从属的、边缘的、异议的成分也可以挪用统治话语并在这个过程中改造它们”；对于权力话语的施行机制，孟特洛斯认为格氏这种颠覆—遏制模式的表述过于简单、形式过于对立、运作过于呆板，而强烈提倡采用一种更为松动多样、更具渗透性和更重视过程性的形式形态概念。[①] 实际上，新历史主义阵营内部的这种激烈论争恰恰反映出权力机制本身的阐释向度和张力结构，格氏本人也正是想将这种权力概念的文化隐喻化解于文学作品和文化文本的表征结构与阐释张力之中。

既然在社会能量的文化结构中普遍存在着颠覆与包容的二元权力机制，将颠覆性的异己成分和他者文化统统收编于文化表征与主体阐释的双向过程，那么在文学作品的文化文本中也同样蕴含着权力颠覆与形式遏制的二元消解机制，将颠覆性的不稳定因素不断融合到艺术形式的文本结构中。在社会能量的文化结构中，“作家对权力话语的‘能动’颠覆和对权力话语的被动‘屈从’（即颠覆被包容）同时存在于作家的主体性之中”[②]；在文学作品的文化文本中，作品对权力话语的“能动”颠覆和被动“包容”同样存在于文学作品的文本间性之中，对权力颠覆的形式遏制过程蕴含于文化诗学的作品维度。对格氏来说，莎士比亚戏剧作为总体性艺术家与总体化社会之间激烈对抗的完美历史性产物，更加能够清晰再现社会颠覆因素与表征遏制形式之间权力赋予和权力消解的双向机制。

---

① Jonathan Dollimore & Alan Sinfield, *Political Shakespeare*, Manchester: Manchester University Press, 1985, pp. 10 – 12.

② 张进．新历史主义与历史诗学．北京：中国社会科学出版社，2004. 218.

针对莎士比亚对权力观念的艺术化处理效果，即权力的文本化过程，有论者指出，“权力在莎士比亚悲剧中通过挪用极端颠覆性狂欢而建构自身的话语性……狂欢的煽动性的标记已经转换为反对革命性的手段”①。关于受众群体对莎剧的象征性阐释效果，即文本的权力化过程，格氏以伊丽莎白女王对《理查二世》中“示范权力”的某种戏剧性和政治性的反复置换过程为佐证，详细说明了戏剧的艺术形式对权力的颠覆因素的二元消解机制。按照格氏的批评观念，伊丽莎白女王将戏剧表演视为释放社会压力和进行道德教育的有效手段，毫不顾及戏剧所具有的那种群臣预言的腐蚀和骚动因素，因而她保护和积极支持戏剧艺术的民间发展。对于《理查二世》这部直接涉及国王被废黜砍头的历史剧本，伊丽莎白女王的支持态度表现得极其含糊而又暧昧。当埃赛克斯农民起义流产之后，她才真正明白《理查二世》这部悲剧所采用的表演的现时体裁、时间场地和观众的象征性阐释都对文本的权力化过程具有至关重要的推动作用。莎士比亚的这部关于国王砍头的悲剧在环球戏院仅仅上演过一两次，在大街小巷却被表演了高达四十多次，在这样的情况下“女王自身的生命安全已经受到戏剧的潜在威胁，我们还能说这部悲剧还是严格意义上的文学体裁吗?”换句话说，这部戏剧在权力颠覆和形式遏制的二元消解机制中，已经明显具有“能够从现存统治秩序那里夺取合法权力并赋予到他处的能力”②。

这种以戏剧表演的艺术形式借古讽今、针砭时弊的文学公案在中国历史上也并不罕见，但是历史戏剧与权力话语之间的政治龃合却通常鲜有英国文艺复兴戏剧的那种复杂脉络的缠绵体验。正如格林布拉特强调“文艺复兴时代的英国戏剧一般来说既非机构化的宗教和政治权威的简单延伸，也非针对哪个权威进行的反宗教的或颠覆性的活动”，哈斯耐特代表伦敦主教为戏剧作品颁发演出许可证，冀望于以权力的文本化过程对颠覆性的文化他者进行有效包容，戏剧表演者或是迎合权贵，将它们纳入虚幻性的文学范畴，以形式遏制的权力消解机制来能动地控制、约束这些潜在的颠覆因素，或是对抗权贵，将它们释放到想象性的观众阐释过程，同样以形式遏制的权力赋予机制来能动地生产、制造这些威胁性的颠覆因素；另一

---

① Richard Wilson, “‘Is This a Holiday?’: Shakespeare's Roman Carnival”, *English Literary History*, 1987 (1): pp. 31 –45.

② Stephen Greenblatt, *Renaissance Self – fashioning*, Chicago: The University of Chicago Press, 1980, p. 3.

方面，无论是在权力的文本化还是在文本的权力化的文化生产过程中，“伊丽莎白时代的戏剧并非简单地反映官方对待恶魔势力的政策，它部分地由它组成并反过来协助具体确定它所依赖的精神上和政治上的话语”①。然而，究竟如何在艺术形式与权力话语之间真正理解文化诗学的作品维度，格氏指出“两种观念之间的差异，其一是艺术与文本完整性无关，其二是通过历史研究希冀寻得文本之中的稳定意义，而这种核心将差异甚至矛盾部分统一为某种有机性整体”②。也就是说，在权力话语与阐释主体的自我塑型机制中，文化诗学的作品维度和文学作品与文化文本的自足完整性无甚关联，“任何被获得的个性，总是在内部包含了对它自身进行颠覆或剥夺的迹象”；在权力话语与文学文本的形式遏制机制中，颠覆和遏制的二元有机整体总是以社会能量与文化结构的历史形式同时存在于文化表征及主体阐释的各种文学机制中，文化诗学的作品维度呈现出文化生产过程的历史在场，全盘表现出权力颠覆与形式遏制的历史性商讨过程。

继格林布拉特提出历史性的文本与文本性的历史观念之后，新历史主义文化诗学的作品观念引发英美批评理论界的激烈的连锁反应。有位知名学者甚至直接批评格氏，认为他这种“颠覆—遏制”的权力机制始终无法摆脱“模棱两可，似是而非，甚至有投机取巧”之嫌的暧昧态度，文本权力和权力文本的作品观念“只不过是一种虚张声势的捶胸顿足”：它“一味关注于研究客体的符号力量”，因此“社会政治效力大打折扣”。③ 针对格氏的权力文本和文本权力观念，布莱尼甘含蓄地指出，它“将我们对于过去的知识微缩到所有各种文本之中的权力设计和运作过程，将所有的文本一视同仁地看作意识形态策略，历史也不妨被称为共谋”④。如果单从格氏的文本观念来看，两位理论家的批评意见确实比较中肯，而且恰好切中这种泛文化文本概念本身的某种理论弊端和实践困境；但是如果将这种文本形式的遏制概念放置于文化生产的整个历史过程，就会发现格氏的作品观念并不仅仅局限于文本结构的符号策略，而且包括文学文本的历史表征

① Stephen Greenblatt, "Loudun and London", *Critical Inquiry*, 1986 (4): p. 343.

② Stephen Greenblatt, *The Power of Forms in the English Renaissance*, Norman: Pilgrim Books, 1982, p. 4.

③ Gayatri Chakravorty Spivak, *The Post-colonial Critic*, Sarah Harasym (ed.), London: Routledge, 1990, pp. 152-168.

④ John Brannigan, *The New Historicism and Cultural Materialism*, London: Macmillan, 1998, p. 76.

形式和社会能量的文化隐喻机制，同时文化诗学的作品维度显然也包括将权力文本化的作者创作和将文本权力化的读者接受过程。

诚如百瑟丽所言，“文本必须超越自身统一性的各种工程，不论其是颠覆或遏制”①。但是对于格氏来说，颠覆和遏制的社会工程却无法超越文学文本的历史表征与社会能量的文化隐喻，在文化诗学的作品维度又直接表现出那种莎剧内部“没有解决且无法解决的双面性”和“总体性艺术家与总体化社会之间的激烈对抗”。对此，他指出，在文学艺术形式与权力关系话语的表征机制中，“艺术是划分合理的边缘和私密地带，是洞察力、快感和隔离的区域；艺术也是某种多变的、中心的公共领域，是通过心灵控制、威压、规训、焦虑和宽恕手段维持的政治秩序地带”；在社会权力颠覆与艺术形式遏制的商讨过程中，“美学空间的建构存在于它对权力话语的同时挪用和偏离”；在社会文化领域，权力话语本身显然就已经包含着颠覆与包容的二元对立机制而对文化主体不断实施“否定性压制”和“肯定性生产”的双重塑型过程；但是在文学艺术地带，权力文本和文本权力的作品观念本身也已经包括了权力颠覆与形式遏制之间的商讨过程。②

正如布莱尼甘所指出的：“对新历史主义者来说，颠覆总是在权力的各种利益之中得到生产。”③ 权力本身在某种意义上不断生产各种社会文化的颠覆性因素，并且通过文学作品的表征形式引起读者受众的想象性阐释活动，最终或是有效地将这种颠覆性成分遏制到艺术虚幻的范畴，或是被动地将它们重新引入社会现实的范畴。由此看来，文化诗学的理论要义或许就“在于某种限制条件的前置形式—— 颠覆性的见识在明显权威性的各种文本中得到生成的同时也被这些文本自身所遏止，而且是如此有效地制衡以至于既定社会的许可和管辖机制均没有直接参与”④。在格氏看来，诸如文学作品之类的“这些集体构造物一方面在既定表征模式中决定着美学可能性的大致范围”，同时在文学经验的美学疆域内标划着文学作品与文化文本的历史形式；另一方面，“也将这种模式联系到各种组成文化整体

① Catherine Belsey, “Towards Cultural History: In Theory and Practice”, *Textual Practices*, 1989 (3): p. 166.

② Stephen Greenblatt, *Shakespearean Negotiations*, Oxford: Clarendon, 1990, pp. 158 – 159.

③ John Brannigan, *The New Historicism and Cultural Materialism*, London: Macmillan, 1998, pp. 8 – 9.

④ Stephen Greenblatt (ed.), *Allegory and Representation*, Baltimore: Johns Hopkins University Press, 1981. p. 41.

的机制、实践和信仰的复杂性网络体系”，在颠覆与包容的二元权力机制中不断解读社会能量与权力结构的文化隐喻。或许正是在文化诗学的这种作品维度上，在社会权力颠覆与文本形式遏制的商讨过程中，“文学体裁的研究也才是文化诗学本身的探索”。[①]

5.6　逸闻轶事与共鸣美学：文化诗学的读者维度

作为历史形式的文学作品和文化文本是格林布拉特批评理论的文化阐释对象与历史批评平台，作为文化隐喻的社会能量和权力结构则是其文化诗学批评的文化厚描线索与历史阐释旨趣。对格氏来说，文化诗学的读者维度既包含阅读主体以历史批评视角对文学作品历史形式的情境阅读效果，同时也蕴含他们以当下批评视角对社会能量文化隐喻的解密祛魅过程。针对阅读活动的阐释向度，接受美学理论家姚斯（Hans Robert Jauss）提倡过历史与当下批评视角的“视阈融合”观念，他认为“如果文学史被当作在形成连续性的作品和观众之间的对话维度，那么它的美学和历史视角的对立则同样是连续性协调的……由历史主义切断的那种从历史外观到当下文学经验的线索又重新得到了结合”[②]。正是在“历史外观”和“当下文学经验”之间，格氏将历史厚描的阐释中心转移到阅读主体由审美惊诧到接受共鸣的视阈调整过程，强调“我们通过意志行为作出良好选择，或者通过写作和阐释行为，而其力度则由是否能调动读者决定”[③]，进而以阅读接受的批评视角明确指出“哲学在惊诧之中起航，而诗歌的目的则是生成这种惊诧情感”[④]。在历史形式与读者阅读之间，格氏提出接受惊诧的整合性概念，在对逸闻轶事的历史厚描中引入审美惊诧的批评理念；在文化隐喻与读者阅读之间，他继而提倡共鸣美学的整体性理念，在对接受过程的文化分析中建构审美崇高的批评体系。从文化生产的整个历史过程来

---

① Stephen Greenblatt, *The Power of Forms in the English Renaissance*, Norman: Pilgrim Books, 1982, p. 6.

② Hans Robert Jauss, *Towards an Aesthetic of Reception*, Timothy Bahti (trans.), Brighton: Harvester, 1982, p. 18.

③ Catherine Gallagher & Stephen Greenblatt, *Practicing New Historicism*, Chicago: The University of Chicago Press, 2000, p. 46.

④ Stephen Greenblatt, *Marvelous Possessions: The Wonder of the New World*, Oxford: Clarendon, 1991, p. 19.

看，文化诗学的读者维度蕴含于逸闻轶事与共鸣美学的理论商讨过程之中。

既然文化诗学的作者维度同时包含自我塑型与主体建构的共时结构和文化生产与通货谈判的历史过程，那么与此对应的读者维度同样也蕴含阅读主体的文化生产结构与批评接受的通货谈判过程。无论是主体生产也好，还是批评接受也罢，文化诗学的阅读活动无疑横亘于某种抽象普遍的文化意识与具体特殊的主体意识之间，也就自然处于阅读主体与历史文化的历史性和开放性的谈判之中。读者阅读的批评视阈显然不足以高瞻远瞩到完全融合于文学作品和文化文本的整个历史视阈，因而逸闻轶事在格氏的批评思想中也就自然而然地成为历史叙事与文化表征的主体叙事视阈，深度介入阅读主体的历史阐释和文化建构过程。正如皮埃特斯所指出的，“以叙事主义方式而言，逸闻轶事是作为某种途径来问题化过去和历史文化集合之间的共时性关系，来表示在历史时刻中处于中心地位的断裂性”①，以逸闻轶事的阅读介入形式而言，文化诗学的读者维度是作为文化再生产的历史途径来不断“问题化”那些超时空的本质性阅读意义和普适性阅读经验，以求在历史断裂和文化断层的知识飞地达到某种读者阅读的审美惊诧感知和批评接受的审美崇高体验。

“逸闻轶事”是来自于法文“小历史”（petti histoire）的批评概念，类似于中国文化关于“江湖演义”和“民间野史”的历史观念，它那种充满历史偶然和文化碎片的历史形式在很大程度上明显区别于官方正史或宏大历史（grand histoire）所具有的统一性、总体化、进步性与规范化的结构特征。对于传统意义的案头正史来说，处殿堂之高而忧天下的政治色彩或许已经在意识形态的编码形式之下部分地稀释了历史实践原本所具有的旺盛活力和鲜亮色彩；而对于逸闻轶事的民间野史来说，处江湖之远而无所规矩的民间色彩，则在历史偶然性的形式之下触摸到了历史实践的真实肉身和鲜活生命。将这种理论意义转化为格氏的现代批评话语来说，“逸闻轶事是文化再现技术中的主要产物，在未作区分的局部时刻的演替与它们所指向的广泛策略之间进行协调”②。

---

① Jürgen Pieters, *Moments of Negotiation*, Amsterdam: Amsterdam University Press, 2001, pp. 76 - 79.

② Stephen Greenblatt, *Marvelous Possessions: The Wonder of the New World*, Oxford: Clarendon, 1991, pp. 2 - 3.

从历史阐释的理论视角来看，格氏提出的逸闻轶事概念接近福柯的历史档案概念，甚至在某种程度上也可以视为福柯话语理论在文化诗学读者维度上的观念影响和理论延伸。但是从历史解构的理论指向来看，格氏的逸闻观念与福柯的档案理念又明显具有诸多不同的政治诉求和诗学旨趣。正如福柯所言，“档案给了我们回到话语形成和作用的过程中研究权力、统治和矛盾之间的各种关系的契机，为技术性、政治性也就是策略性的话语（甚至各种科学话语）的潜在分析提供材料”①。历史档案的批评概念要比逸闻轶事的阅读观念更加倾向于现有的知识体系与话语结构，以此挖掘权力关系网络和意识形态踪迹，更加关注文化生产过程的社会文化维度。历史档案和逸闻轶事同样以历史断裂的文化形式深度介入“话语构成的总体或全体陈述”，从历史偶然性的批评视角解读历史形式和文化结构的意识形态隐喻。历史档案的理论意义在于知识体系和话语结构，而逸闻轶事的诗学旨趣却指向于知识体系之外的主体接受方面，即读者主体的那些超乎寻常的审美惊诧和美学快感。

诚如菲尔曼所指出的，逸闻的历史形式“既包含文学又超越历史，具有叙事的形式却指向形式之外的世界”，它同时“生产真实的效果和偶然的事件，将事件纳入和超脱历史连续性的参考语境”②。逸闻的主体效果是既蕴含历史文化的阐释视阈又超越知识体系的传统范畴，具有读者阅读的历史形式却又指向接受惊诧的美学经验。对格林布拉特来说，接受主体在阅读活动中的“惊诧”范畴实际包括阅读“诧异”（wonder）和接受“惊叹”（marvel）两个活动阶段，最终都是指向“在极端差异的在场之中的某种决定性的情感和智力经验”③。对于文化诗学的读者维度来说，在读者主体的阅读诧异阶段，逸闻轶事通常实现的是从文学作品到文化隐喻的“兴奋注意”，不断使读者主体积极参与到“复杂的、动态的文化力量”之中，作为诧异体验的审美效果，“这种内部的反应不能被边缘化或者断然拒绝，更不是某种可以被拒绝的恐惧心理的建构；惊诧是绝对紧急的某种主要或极端的激情”；另一方面，在读者主体的接受惊叹阶段，逸闻轶事所引起的审美惊诧体验“似乎抵制回忆、包容和意识形态性的融合；它奇

---

① Michel Foucault, *The Archaeology of Knowledge*, A. M. Sheridan - Smith (trans.), London: Tavistock, 1972, pp. 127 - 130.

② H. Veeser Aram (ed.), *The New Historicism*, London: Routledge, 1989, pp. 49 - 76.

③ Stephen Greenblatt, *Marvelous Possessions*, Oxford: Clarendon, 1991, p. 135.

怪地与任何连续一致性的事物保持距离”，惊诧的审美经验也“不是情感巨变而狂喜痴迷的符号，而是某种可以在二十年后通过记忆行为感受的狂喜状态”①。换句话说，在文化诗学的读者维度，逸闻轶事的历史形式显然存在于“深化和复杂化历史”而“触摸现实效果”的“那些陌生材料的库存之中”，但是它对于读者主体的美学意义却始终蕴含于“某种强烈好奇的刺激之中，而非连续性惊诧的兴奋之中”②。

如果说福柯的历史档案概念最终指向各种权力关系和话语结构的知识解构与历史理解的建构过程，那么格氏的逸闻轶事观念则将批评视角集中于阅读主体的审美惊诧和文学快感的生成过程。正如克勒布鲁克所指出的，“故事叙述的重要性，在个体的、家族的语境下被再次诠释为对某种自我和现实的陌生化过程和对创伤的治疗性反应；承认并致力于生产‘文学快感’和‘历史理解’的重要性；区分虚幻和现实的伦理意义”③。可以说，在读者阅读阶段的历史理解中，格氏重视的是逸闻轶事的历史肉身形式与读者主体的审美惊诧体验；在读者接受阶段的文学快感中，他关注的是逸闻轶事的美学快感和阐释共鸣的审美崇高体验。从文化生产的整个历史过程来看，格氏将文化诗学读者维度的文学阅读“快感作为历史理解的极端复杂的某种范畴”，将“美学反应的设想连续性似乎更多地导向某种权力的文本属性来产生美学快感，导致这种快感中立和沉思性地超越于历史之外的观念”④。皮埃特斯直接将这种阅读快感称为格氏文化诗学的“共鸣美学”（resonantial aesthetics）。⑤

在文化诗学的读者维度，逸闻轶事的历史形式是读者主体通向审美惊诧体验的理论契机，审美惊诧的文学快感最终指向审美惊叹经验之后的接受共鸣。正如格林布拉特所指出的，“惊叹对于文学批评来说并不陌生，但它总是（如不是隐含的话）与形式主义而不是历史主义联系在一起。我希望将这种惊叹延伸到艺术作品的各种形式边界，正如我希望与这些边界之间产生强烈的共鸣感受”⑥。文化诗学的惊叹理念主要源自俄国形式主义

---

① Stephen Greenblatt, *Marvelous Possessions*, Oxford: Clarendon, 1991, pp. 16－20.

② Stephen Greenblatt, *Marvelous Possessions*, Oxford: Clarendon, 1991, pp. 3－6.

③ Claire Colebrook, *New Literary Histories*, Manchester: Manchester University Press, 1997, p. 60.

④ Stephen Greenblatt, *Learning to Curse*, New York: Routledge, 1990, pp. 9－10.

⑤ Jürgen Pieters, *Critical Self－fashioning*, Frankfurt am Main: Peter Lang, 1999, p. 176.

⑥ Stephen Greenblatt, *Learning to Curse*, New York: Routledge, 1990, p. 170.

的文学陌生化思路，但它并没有停留在阅读接受和审美经验的文学文本疆域，而是将这种阅读惊诧和接受共鸣重新放置于文学阅读的整个历史文化维度，在两者的辩证关系中重新考察阅读主体在艺术作品与文化边界之间的各种文学快感和美学经验。在读者阅读的历史形式中，格氏强调逸闻轶事之类的艺术作品对读者主体所具有的观感引力和阅读快感，指出“通过惊诧，我又是指被展示客体的这种特性：它能够阻止观者的正常理解轨迹，传达出某种独特性的吸引力而唤起某种高位的注意力”；在批评接受的文化隐喻中，他关注阅读主体的接受共鸣和崇高体验，阐明“通过共鸣的概念，我是指被展示客体的这种特性：它能够超越自身形式边界并达到更大规模世界，在观者内心唤起各种复杂的动态性的文化力量，因为它的存在，观者从它那里浮现出的或是某种隐喻，或是简单的某种转喻机制”①。

对格林布拉特来说，逸闻轶事的历史形式必然引起读者主体的阐释欲望和文学快感，而读者主体的接受共鸣在此之间却同时指向读者个体的审美惊诧和崇高体验。从艺术作品本身具有的特殊感召力量来看，文化诗学体系的审美崇高观念在文学文本层面可以追溯到古罗马思想家朗吉弩斯《论崇高》的文学风格论，即那种不同凡响的、无懈可击的艺术生命力和主体感染力；从审美主体本身的认知结构来看，格氏的审美崇高观念在主体接受层面又可以溯及康德的“审美判断力”论述。正如康德所指出的，“我们的想象力致力于通向无穷，而我们的理性却要求真实观念的绝对整体，因此我们在感性世界估计事情重要性的力量，于那种观念来说远远不足。但这种不足本身恰恰能够在我们自身引起某种超感觉的能力……崇高作为思考能力的证明思维确实具有超过任何感性标准的能力”②。崇高体验就是追求物体自我（thing - in - itself）和存在总体（the totality of existence）这两个无法达到的目标的具体过程。然而，无论是文学风格论也好，还是审美判断论也罢，格氏提出的阅读惊诧和审美崇高观念都同时存在于文学作品的历史形式与社会能量的文化隐喻之中，也就蕴含于读者主体对文学作品的整个文化性认知结构和历史性阐释过程之中。

康德视野的崇高概念或许更多在于接受主体性或审美判断力在理性认

---

① Stephen Greenblatt, *Learning to Curse*, New York: Routledge, 1990, p. 170.

② Immanuel Kant, *Critique of Pure Reason*, Norman Smith (trans.), London: Macmillan, 1990, p. 106.

知与感性体验之间的某种无形式而超感官的心灵体验和美学快感；文化诗学的崇高概念则显然指向读者主体在面对逸闻轶事之时在内心情感中骤然生成的那份阐释愉悦和美学快感，这种崇高体验在文化诗学的读者维度包含于文化生产和再生产的整个历史性循环过程之中。一方面，读者阅读的审美惊诧首先生成于文学作品与文化文本的历史形式，最终指向社会能量与文化结构的隐喻机制，读者主体则必须时刻面对逸闻轶事的视阈冲击，不断产生历史阐释的审美快感；另一方面，批评接受的审美共鸣始终存在于从文化隐喻到历史形式的反方向解读过程中，读者主体自然缺少某些感性认知的惊诧体验，明显增添某种理性分析的共鸣经验。也就是在这个意义上，格林布拉特断定在文化诗学的读者维度“从惊诧到共鸣要比从共鸣到惊诧相对容易”①。

格氏将康德式的崇高概念进行改造并引入到读者阅读的文化生产过程中，主张在文化诗学的理论体系中重新确定读者主体在文学作品的历史形式与社会能量的文化隐喻之间的阐释快感和审美经验。然而，逸闻轶事和共鸣美学最终生发的各种激烈批评，也是格氏本人始料未及且无法承担的。比如，布鲁斯特指出“新历史主义使用各种逸闻让我们感觉到我们知道的要比实际情况来得更多”，警告“那些逸闻轶事是否已经让批评家整天沉溺于提喻，或许只是这种沉溺倾向的症候”②。实际上，从读者主体对逸闻历史的审美过程来看，格氏提出的阅读惊诧和审美崇高的共鸣美学，既通过文化生产的历史过程存在于文学作品的历史形式之中，又通过读者主体的各种阅读实践而深度蕴含于历史形式之外的社会能量的文化隐喻，因此也就根本区别于布鲁斯特提到的自后结构主义以来的各种“文本主义”或“形式主义”的理论偏执和结构症候。换句话说，阅读惊诧和接受共鸣在本质上都是存在于文化表征形式与历史阐释过程之中的某种无法消除的文化间性或主体间性的呈现形式及施行效果。也就是说，“共鸣的效果并不依靠艺术和非艺术之间区别的瓦解；它的实现途径可以通过使观众认识到表征实践与其他部分类似实践之间区分开来的艺术对象和各种谈判、交换、转向、排斥机制的某种文化性和历史性的偶然建构”③。诚如布莱尼甘所言，“在观察者与其研究客体之间存在着一个文化间距，对新历

① Stephen Greenblatt, *Learning to Curse*, New York: Routledge, 1990, p. 172, p. 181.

② Douglas Bruster, *Shakespeare and the Question of Culture*, New York: Palgrave, 2003, pp. 43 – 44.

③ Stephen Greenblatt, *Learning to Curse*, New York: Routledge, 1990, p. 181.

史主义者而言，这个间距不容抹杀和忽视，而必须得到解释和商讨”①。对于格氏的批评理念来说，审美惊诧与接受共鸣的两种主体境界，正是存在于读者主体与文化间距之间的这种“隔”与“不隔”的辩证关系中，文化诗学的读者维度也就呈现于读者主体在接受惊诧与美学共鸣之间的这种历史性商讨过程中。

对于文化诗学读者维度所蕴含的主体间性和商讨过程，克勒布鲁克从文学再现论的批评角度出发强调“正是由于语言本身的不透明性才产生了格氏期待‘惊叹’的‘惊诧’，进而追踪到为它们提供共鸣语境的那一系列通过转喻有联系而传统意义无指涉的文本和逸闻”，因此他仅仅根据文学作品的历史形式而非社会能量的文化隐喻，就断然批判“格氏对那种档案性物体的惊诧是他自身难以了解的欲望的某种崇高客体，没有任何‘现实’客体，甚至威尔瑟主教的帽子也不能满足这种欲望”②。实际上，对于格林布拉特和他的文化诗学来说，“文学研究的历史逸闻转向不但脱离传统经典性而且促使经典的复活，既是超越也是回归；它并不只是某种背景：它要求行动，实际上它威胁要占领整个文学领域”；在阅读惊诧和接受共鸣的文学愉悦和美学快感中，逸闻轶事的美学意蕴“最终通向某种‘接触区域’，在这种魅力地带的文艺之神被召唤到现实之中”③。总而言之，新历史主义文化诗学的读者维度不仅在历史阐释环节包含着逸闻轶事的阅读惊诧感受，也同样在主体建构环节蕴含着接受共鸣的审美崇高体验。对格氏本人来说，正是在读者阅读的整个文化再生产过程中，特别是在接受惊诧与美学共鸣这两种主体视阈的历史性商讨过程中，“哲学试图以稳定的知识体系去替换惊诧概念，新历史主义的功能恰恰是要在共鸣的中心连续性地更新和补充惊诧体系”④。

---

① John Brannigan, *The New Historicism and Cultural Materialism*, London: Macmillan, 1998, p. 32.

② Claire Colebrook, *New Literary Histories*, Manchester: Manchester University Press, 1997, pp. 57 – 59.

③ Catherine Gallagher & Stephen Greenblatt, *Practicing New Historicism*, Chicago: The University of Chicago Press, 2000, p. 48, p. 46.

④ Stephen Greenblatt, *Learning to Curse*, New York: Routledge, 1990, p. 181.

5.7 文化政治与症候阅读：文化诗学的批评维度

如果说社会能量的历史文化是格林布拉特批评理论的绝对思想视阈和终极理论关怀，文学作品的文化文本是作为绝对中介的历史再现形式和文化厚描对象，那么在文学文本的历史形式与社会能量的文化结构之间的各种隐喻机制则是各种文化诗学实践的文化阐释旨趣和社会批评义务。对格氏本人来说，文化诗学的批评维度并不局限于文学阅读和审美经验的理论增殖意义，而是更加重视文化生产和历史流通的社会介入过程。针对文化诗学的批评称谓，孟特洛斯指出它是“新实用主义的经验主义”，实质上惘然徘徊在文化的唯物主义理念与诗学的形式主义方法之间，在将文化情境的历时过程消解在文化结构的共时网络的同时，阻止文化诗学最终通向文化政治学的意识形态地带。[①] 针对文化诗学的历史批评实践，布莱尼甘认为“格氏使用过去历史作为当下语境之中政治斗争的某种动力，阐明文学研究学科并没有脱离政治地域”[②]。西蒙·德林（Simon During）强调“职业历史学家已经不再重点关注规矩严格的政治和国家历史领域”[③]。在文学作品与文化文本之间，格氏提出意识形态的整合性概念，在读者阅读的历史形式之中积极引入文化政治的批评观念，在社会能量与文化结构之间设想权力话语的整体概念，在批评接受的文化隐喻中建构症候阅读的话语体系。从读者阅读的历史形式来看，文学文本的症候阅读作为文化诗学批评的厚描方法，就是要完全标识出文化生产过程的权力坐标和话语踪迹；从批评接受的隐喻机制来看，历史形式的文化政治作为厚描对象也就是要彻底再现意识形态的历史运作过程；从文化生产的整个工作流程来看，文化诗学的批评维度蕴含于症候阅读与文化政治的商讨过程中。

如果说逸闻轶事的“江湖野史”形式在文化诗学的读者维度指向主体阅读的审美惊诧和接受共鸣的审美崇高，那么逸闻轶事的“文化表征”内涵则在文化诗学的批评维度表露出解构“宏大叙事”和重新书写“历史底层”的无可争辩的权力诉求和政治意愿。正如格氏所言，“逸闻轶事是将

---

① H. AramVeeser (ed.), *The New Historicism*, London: Routledge, 1989, p. 17, pp. 32 – 33.

② John Brannigan, *The New Historicism and Cultural Materialism*, London: Macmillan, 1998, p. 6.

③ Simon During, “New Historicism”, *Text and Performance Quarterly*, 1991, 11 (3): p. 175.

反历史的创见和决心带入到文学史领域的某种通道"，借助逸闻轶事的历史形式，"各种反历史概念致力于复活那种变化性和培育学科性的离心力"，在历史文化的隐喻机制之间"逸闻轶事带入文学批评的也正是这种离心力。逸闻的立场甚至将最经典的各种作品拉到历史的边界和几乎被遗忘而不熟悉的各种存在之中"①。在文学作品的历史形式和社会能量的文化隐喻之间，逸闻轶事的批评概念看似是在主体阅读过程中不断生成历史解构的阐释快感和知识游戏，但实质上对于阅读主体来说却又极具历史建构的权力内涵和政治意义。诚如徐贲所指出的，"新历史主义批评所关心的不只是主导意识形态所维持的表象，而更重要的是这表象下被压抑的他异和破坏性因素"，"从这些因素的存在状态和被压抑、被化解的方式与过程中可以看到文化产品的社会、政治素质的特殊表现形态以及它们和社会统治权威之间的极为错综复杂的关系"②。因此，与其说逸闻轶事只是那些简单而直接介入权力话语和政治批评的反历史形式，还不如说它是作为文学作品和文化文本之中嗷嗷等待主体阐释与批评厚描的权力踪迹的文化症候。逸闻轶事在文化诗学的读者维度是审美惊诧与接受共鸣的理论基础和实践契机，它在批评维度彰显症候阅读和权力批判的理论义务与批评旨趣。

无论是从逸闻轶事的反历史形式来看，还是从它本身所蕴含的意识形态内涵来看，格林布拉特践行的症候阅读（symptomatic）观念归根结底都源自阿尔都塞的西方马克思主义批评范式。③ 针对文本层面的各种社会潜意识和政治无意识结构，阿尔都塞指出"所谓症候阅读法，就是在同一运动中，把所读的文章本身中被掩盖的东西解放出来并且使之与另一篇内部发生联系"，在对各种症候的深度解读过程中，"系统不断生产出问题式和对它的对象的反思，这些对象只有通过这种反思才能够被看得见"④。症候

① Catherine Gallagher & Stephen Greenblatt, *Practicing New Historicism*, Chicago: The University of Chicago Press, 2000, p. 54, p. 74.

② 徐贲．走向后现代与后殖民．北京：中国社会科学出版社，1996. 63—64.

③ 此处的"Symptomatic"源自法国思想家阿尔都塞，通常直译为症候，也多译为"症候阅读"。阿尔都塞从拉康早期语义学之中获得理论启发，提出要从文本表层的各种症候来发现其深层隐匿的心理或社会的无意识结构，最终形成"症候阅读"的批评方法并多次运用到马克思主义著作的文本阅读。关于拉康的症候论说，参阅福原泰平．拉康：镜像阶段．石家庄：河北教育出版社，2002. 248；关于阿尔都塞的症候阅读观念，参阅张一兵．问题式、症候阅读与意识形态．北京：中央编译出版社，2003. 87.

④ 阿尔都塞．读《资本论》．李其庆，冯文光译．北京：中央编译出版社，2001. 20—26.

阅读法不仅在对各种社会和文化“问题式”的历史性反思过程中明显具有文本表层连续但历史深层断裂的文化批评形式，而且在对各种语言和文本“无意识”现象的社会性解读过程中也已然蕴含着对权力结构和政治意识的历史批评意义。换句话说，对于阿尔都塞的症候阅读观念来说，“单纯的字面上的阅读在论证中只能看到文本的连续性。只有采用‘症候阅读’才能使这些空白显示出来，才能从已说出来的文字中辨别出沉默的话语”①。

如果说阿尔都塞的症候阅读论致力于从文本连续性的历史假象中不断解读社会关系的集体无意识结构与文化过程的主体潜意识结构，那么格氏则是通过逸闻轶事的反历史形式，主张通过历史文化的“文本遗迹”回溯并沉降到社会能量的流动踪迹和意识形态的生产过程。从历史的文本性层面来看，格氏的逸闻历史与阿尔都塞的症候阅读具有提倡以历史断裂观念深层介入到文本阅读的异曲同工之妙处；从文本的历史性层面来看，格氏的逸闻式症候阅读更加重视社会潜意识的结构化和政治化建构轨迹，强调主体阐释和文化生产的过程性和历史性维度，格氏本人更是不遗余力地强调文化诗学批评“对于没有解决的矛盾和冲突要比综合和同化更感兴趣，以同样的视角关注各种边缘和中心，从对完成形态的美学秩序的赞誉转向对这种秩序生成过程中意识形态和物质基础的某种探索”②。

既然逸闻轶事的审美惊诧和接受共鸣的审美崇高从阅读体验和审美经验两个层面构成了文化诗学的读者维度，那么逸闻轶事的症候阅读则成为历史阐释和文化批评的政治介入形式或权力厚描方式。诚如齐泽克所指出的，在意识形态崇高客体的历史性解读过程中，“症候被设想为白点，被设想为主体历史的非符号化的想象性因素，分析将为一开始表现为无意义踪迹的事物回溯性地提供意义”③。然而，对格氏来说，症候阅读对主体历史的意义回溯过程显然包括两个方面的理论导向和批评意义：一方面，在症候现象的本体层面，既然意识形态和权力结构作为社会能量的文化隐喻机制，那么通过文学作品与文化文本的历史形式才能得到厚度呈现或深度阐释，通过文学文本的文化结构和历史张力才能蕴含“在自身生产过程之中部分被抹去的各种符号”以及它们“得以存在且致力于隐化的那些社会

① 阿尔都塞．读《资本论》．李其庆，冯文光译．北京：中央编译出版社，2001. 94.

② Stephen Greenblatt, *Learning to Curse*, London: Routledge, 1990, p. 10, p. 168.

③ 齐泽克．意识形态的崇高客体．季广茂译．北京：中央编译出版社，2001. 183.

历史力量的在场”；另一方面，在症候现象的阐释层面，既然文学作品的历史形式中“遗留着某些叙事的踪迹并在成型产品之中标识其得以生产的隐蔽过程”[①]，那么在文本层面对“历史白点”与“文化症候”进行诗学批评则更加需要提倡批评主体“以怀疑的、谨慎的、祛魅的、批判的甚至逆向的”各种“反历史”形式，以文化政治自觉和历史主体自愿的理论旨趣，在解构宏大历史叙事的同时，开拓“底层历史”或“草根历史”形式的“可能性的历史”[②]。

格林布拉特提倡的这种以逸闻轶事为反历史形式的症候批评范式，在西方学界从来就不缺少针砭之声和批判之语，美国左派批评家拉卡普拉对此颇有微词，甚至可以说是义愤填膺。作为西方经典文化与英美知识传统的忠实捍卫者，拉卡普拉坚持认为新历史主义在逸闻轶事的政治化过程中不断走向理论话语的逻辑化和批评范式的程式化的极端，在逸闻历史与症候阅读之间从来就“不存在现成的公式来‘解读’那些症候、批判和德理达眼中的‘异延’间的各种关系，但是任何阐释现代作品的尝试行为必须面对如何对待这些关系的问题”[③]。如果从症候阅读论本身的结构主义色彩来看，拉卡普拉的激烈批评确实很有深度，但是他显然过多估算了阿尔都塞的症候论对格氏批评观念的理论遗产，反而忽视了文化诗学批评对福柯谱系学的观念涉入和理论改造，即以文化政治作为厚描对象的“批评实践将不再寻求具有普适价值的各种形式结构，而是作为某种历史性调查以深入到引导我们组成自我和认知自我的行动、思考和言语主体的各种事件”[④]。也就是说，文化诗学的批评维度从来就不是历史阐释的某种公式化理论的演绎结果，而是文化政治的某种谱系性批评的厚描过程。

在文化诗学的批评维度上，文化政治的谱系批评蕴含批评本体论与批评方法论这两个层面上的理论界定和实践意义。对格林布拉特来说，在文化政治的厚描对象方面，既然“艺术是某种划分合理的、边缘性的、私人

---

① Stephen Greenblatt, *Renaissance Self - fashioning*, Chicago: The University of Chicago Press, 1980, p. 23.

② Catherine Gallagher & Stephen Greenblatt, *Practicing New Historicism*, Chicago: The University of Chicago Press, 2000, p. 9, p. 16.

③ Dominick LaCapra, *Rethinking Intellectual History*, Ithaca: Cornell University Press, 1983, p. 45.

④ Michel Foucault, "Nietzsche, Genealogy, History", in *The Foucault Reader*, P. Rabinow (ed.), New. York: Pantheon, 1984, p. 45.

地带的，或是某种悟性、快感和私密的领域；同时也是某种广阔的、中间公共地带的，通过意识控制、强迫、规训、焦虑和宽恕等手段而成为可能的合理政治秩序”，那么文化政治的谱系批评就应该重点关注文化生产过程中的那些“权力、感召力、性兴奋、集体梦幻、奇幻、欲望、焦虑、宗教恐惧和其他自由流动的强烈经验”[①]。在文化政治的厚描向度方面，既然文化诗学的批评维度指向历史文化的症候阅读和谱系批评，那么它的文化批评“强烈感兴趣于追踪在文化领域中广泛流通的社会能量，它在边缘与中心之间来回流通，经过被指为艺术的领域与明显对艺术冷漠甚至敌对的领域，从底层挤压而上并改造那些人为被抬高了的领域，又从上面转向下层开拓领地”[②]。总而言之，格氏将症候阅读作为历史批评的厚描方式，实质上就是要求在文化诗学的阅读维度不断恢复意识形态和权力话语的“政治有意识”在场，文化政治作为谱系批评的厚描对象是主张在文化诗学的批评维度呈现历史主体和阐释主体的“政治无意识”结构。

对于文化诗学的批评维度来说，要从文本层面不断施行症候阅读，并呈现出文学作品的历史形式与社会能量的文化隐喻中的各种意识形态踪迹和权力话语图景，就必须“不断回到个体的经验与特殊环境之中，回到当时的人们每天都要面对的物质需要和社会压力，沉降并集中到一小部分具有共鸣性的文本之上”；然而要在症候阅读的谱系厚描层面再现“政治无意识”和“主体有意识”因素在各种历史阐释与文化批评活动中的历史商讨过程，文化诗学又必须承认这种阐释权力论和主体政治学的理论局限与实践意义，即“我们是能够获得有关人类表述结构的既定理解的，因为对于某个特定的‘我’来说，这种‘我’是特殊的权力形式，它的权力集中在某些专门的机构之中……同时也分散于意义的意识形态结构之中，存在于特定的表达方式与反复循环的叙事模式中”[③]。

正是由于症候阅读的这种文化表征论和阐释权力观内涵，文化诗学的批评维度不仅通过逸闻轶事的历史形式，将阐释主体和历史主体的建构过程纳入到文化分析和政治批评的理论疆域，而且也通过逸闻轶事的社会隐

---

① Stephen Greenblatt, *Shakespearean Negotiations*, Oxford: Clarendon, 1990, pp. 158 - 159, p. 19.

② Catherine Gallagher & Stephen Greenblatt, *Practicing New Historicism*, Chicago: The University of Chicago Press, 2000, p. 8.

③ Stephen Greenblatt, *Renaissance Self - fashioning*, Chicago: The University of Chicago Press, 1980, p. 6.

喻，将文化批评视角延伸到边缘性和历史性的他者群体。借用格氏的话来说，“如果文化批评的任务是要解密普罗斯派罗的权力，那么倾听卡利班的声音同样是它的义务”①。另外，因为深谙主体政治学容易沦为某种正义性解构游戏的潜在误区，格氏提倡文化诗学的批评维度要不断延伸到症候阅读与主体政治之间的历史商讨过程中，强调文化政治的症候式阅读“不能意味着艺术能够被缩减到诸如阶级、地位或家族的各种社会结构，也不意味着它就可以简单地被归结为生产和消费过程的物质基础”，因为在文化诗学理论体系的“特定文化之中多样社会建构既相互联系也彼此区分……社会中不同的主导性文化概念塑造着各种艺术性表征，而这些表征同时也具有约束、塑造、改变甚至抵抗这些社会不同概念的权力”②。

由于以逸闻轶事的症候阅读积极介入历史阐释的主体政治，格氏在西方学界不断受到保守主义右派学者的激烈批判和严词声讨；由于以文化政治的厚描过程积极置换权力解构的社会批判，他又不得不承受激进主义左派学者的批驳意见甚至是恶意的人身攻击。格氏的这种似乎内外逢源、实则左右不合的批评理念已经透露出某些与当代文化研究思潮的权力解构逻辑迥然不同的诗学理念和政治导向。正如徐贲所指出的，“新历史主义知道为反抗而反抗的批评是有缺陷的，真正有政治力量的批评不仅是反抗的，而且是策略的、清醒的、分析周详的”，而“批评自觉的批判目的和实践本身就是反抗性的”。③ 也就是说，格氏对文学作品的社会批评，并不在于要将文学经验和美学快感完全化约，最终限制到意识形态和权力话语的政治地带，因为历史文化的症候阅读和政治厚描显然要比纯粹的政治解构形式与简单的社会批判行为更加具有主体自觉性及历史紧迫感。诚如巴特勒所言，“文化建构的身体将得到解放，不是要回到它的‘天然过去’，也不是要指向它的原初快感，而是要通向文化可能性的开放性的未来”④。但是，对格氏来说，“关注艺术的历史性或意识形态功能”，并不是要“忽

---

① Stephen Greenblatt, “Culture”, in *Critical Terms for Literary Study*, Thomas McLaughlin et al. (eds.), Chicago: The University of Chicago Press, 1990, pp. 225 – 232.

② Stephen Greenblatt, *Representing the English Renaissance*, Berkeley: The University of California Press, 1988, pp. vii – viii.

③ 徐贲. 走向后现代与后殖民. 北京：中国社会科学出版社，1996. 63—64.

④ Judith Butler, *Gender Trouble: Feminism and the Subversion of Identity*, New York: Routledge, 1999, p. 119.

视对艺术快感的分析”,[①] 而是要回溯文本症候阅读与文化政治厚描的历史性商讨过程，彻底揭示出文学文本与历史阐释之间的文化生产之图和主体建构之谜。

① Stephen Greenblatt, *Learning to Curse*, New York: Routledge, 1992, p. 9.

第6章　新历史主义文化诗学的跨界批评和理论延伸

在格林布拉特的批评观念之中，艺术快感和意识形态的不同理论导向作为某种相互对话且彼此渗透的批评旨趣，始终隐藏在文学文本与历史阐释之间的文化性生产机制之中。在新历史主义文化诗学的整个理论体系中，意识形态的批评维度实际上是作为对艺术快感的某种揭秘祛魅机制，深度蕴含于文本症候阅读与文化政治厚描的历史性商讨过程之中。从文化诗学的历史渊源来看，格氏的文化批评思想得益于威廉斯的文化唯物主义和阿尔都塞的新马克思主义批评，这两个学派理论家的批评思想大致奠定了西方当代文化研究思潮的观念体系和文化逻辑的基础。从文化诗学的理论导向来看，格氏的历史批评观念得益于西方马克思主义学者的意识形态分析观念和福柯的权力话语理论，这两种看似对立实则通达的分析模式基本左右了当代文化研究的理论视角和批评旨趣。文化诗学与文化研究不但在文学批评的历史转向中同时享受英国文化唯物主义的历史谱系，而且在历史批评的文化转向思潮中又蕴含着诸多理论观念的亲缘关系。

诚如霍尔所指出的，"文化研究……包含了各种各样的历史。它是一个完整的结构……涉及许多方面的工作……它始终是一个不稳定的结构……经历过许多发展轨迹"[①]。或许对霍尔和不少文化研究学者来说，新历史主义文化诗学只是当代文化研究思潮在美国学界的历史呈现形式，它本质上属于文化研究在诸多发展轨迹中的某种不稳定结构体系。然而，对格林布拉特来说，也就是在文化研究思潮的"不稳定结构"和"诸多发展轨迹"中，新历史主义文化诗学才能实现自身向当代文化研究的理论延伸和体系拓容，同时在文化生产的过程维度最终实现历史形式与文化隐喻的视阈融合，在历时性维度之中与过去逝者进行阐释对话，在共时性维度之

① Stuart Hall, "Cultural Studies and Its Theoretical Legacies", in *Cultural Studies*, Lawrence Grossberg, et al. (eds.), New York: Routledge, 1992, p. 278.

中与当下他者展开文化对话。针对文化诗学的理论延伸状况，本章内容将致力于从格氏的文化批评经验梳理文化诗学与文化研究之间的理论对话关系，从历史谱系和理论渊源的分析视角呈现两种批评思想的历史契合与理论分歧。具体来说，就是以历史阐释与性别经验的批评视角关注文化诗学的性别研究实践，以历史表征与主体政治的批评视角评价文化诗学的后殖民主义批评经验，在（后）结构主义和文化主义之间的阐释张力中探讨新历史主义文化诗学的批评导向和理论归属问题。

6.1 历史契合与理论分歧：文化诗学与文化研究

在当代西方批评理论界，新历史主义文化诗学作为某种“文化的诗学和政治学”获得自身的本体论地位和方法论意义。然而，随着“文化”观念在西方世界的思维转向和意义重建，格氏的文化诗学批评也明显产生了向当代文化研究的理论延伸和体系拓容。一方面，在历时性的过程维度，文化诗学主张借鉴西方马克思主义与文化唯物主义的理论范式，与过去逝者不断进行跨时空的阐释对话；另一方面，在共时性的结构维度，它又积极提倡以文化人类学和权力话语理论的研究视角，与当下他者不断展开跨文化的批评对话。然而，诚如西蒙·都林（Simon During）所指出的，文化研究“并非一门学科，而且它本身并没有一个界线清晰的研究领地”①；那么格氏倡导的那种“抵抗理论化程序”和“排斥体系化工程”的文化诗学批评在文化研究的时代大浪潮中，又应该如何重新审视自我？

中外批评理论家对此众说纷纭，褒贬不一。从文化批评的历史谱系出发，约翰生强调文化研究与新历史主义作为“后—后结构主义”运动中相互独立的两套理论体系②；从“当代文化”概念的极大包容视角出发，陈晓明等认为现今时兴的文化研究狭义上是指发源于英国新左派的大众文化研究，广义上则已经包括美国的新历史主义文化诗学批评。③ 但是，如果从文化诗学的整个话语体系来综合考察理论谱系的历史性维度和文化观念的共时性维度，就会发现文化诗学与文化研究的历史契合实际上在于西方马克思主义的文化生产观念和文化分析范式，两者之间的理论分歧则主要

① Simon During, *The Cultural Studies Reader*, London and New York: Routledge, 1993, p. 1.

② Richard Johnson, "What Is Cultural Studies Anyway?", *Social Text*, 1987 (1): pp. 38 - 39.

③ 陈晓明，杨鹏. 结构主义和后结构主义在中国. 北京：首都师范大学出版社，2002. 261—262.

是文化社会批判和文化历史阐释的不同批评旨趣与理论导向。实际上，文化诗学在意识形态批判的诗性空间已经实现了自身理论向文化研究思维的理论延伸和意义增殖。

作为当代英语世界的理论关键词，文化研究首先产生在“二战”之后的英国文化界，其后迅速成为20世纪中期最时尚的批评理论，并且逐渐风行整个西方学术界。就文化研究的理论谱系来说，英国学界的文化研究思潮，在政治层面上源自20世纪50年代新左派知识分子对庸俗社会主义和斯大林主义的意识形态批评，在思想层面上发轫于威廉斯和霍加特等左派批评家对李维斯及其“细绎集团”的文化传统批判。[①] 就文化诗学的历史谱系来看，美国学界的文化诗学在政治层面上来看是“水门事件后典型的美国人文主义知识分子的焦虑的表现之一”[②]，在思想层面上来源于格氏在剑桥学习期间所接受的威廉斯的文化唯物论观念。如果说文化研究的思想萌芽和理论成熟对于威廉斯等诸多英国左派批评家来说，拥有某种真情实感的社会实践和批评体验，那么文化诗学的理想建构和批评实践对于以格氏为代表的新历史主义者来说，更多地具有某种转益为师的理论借鉴和历史经验。

对于作为研究对象的文化观念，威廉斯在充分重视普通民众及其生活经验的理论基础上简要概括了文化意义的三种界定方式：首先是马修·阿诺德式的理想化传统文化范畴，它将文化定义为人类文明的完善状态或进步过程，最终指向伟大传统谱系中的“最优秀的思想和艺术经典”；其次是李维斯式的精英化历史文献范畴，将文化定位为理性启蒙和文化传承的文学经典与精英传统；再次是威廉斯本人所作的“整体的生活方式”的社会性范畴，将文化观念扩展到“生产组织、家庭组织、表现或制约社会关系的制度结构、社会成员借以交流的独特方式等等”[③]。威廉斯提倡的这种由传统的精英式文化观念向当代的大众生活经验的旨趣转移，从方法论层面来看体现出从静态的文化观念结构到动态的意义生产过程的深层理论转向，文化唯物主义这种深嵌于生产过程的动态文化观念，对文化研究和文化诗学都产生过至关重要的理论影响和导向作用。从理论导向的现实影响来看，文化研究从文化唯物主义吸取的理论营养和批评活力主要体现在三

---

① 罗钢，刘象愚．文化研究读本．北京：中国社会科学出版社，2000. 3.

② 弗兰克·林特利查．福柯的遗产．张京媛．新历史主义与文学批评．北京：北京大学出版社，1993. 150.

③ 雷蒙·威廉斯．文化分析．罗钢，刘象愚．文化研究读本．北京：中国社会科学出版社，2000. 125—126.

个方面：首先，它拒绝采用某种完成形态的理论形式，主张在历史和政治语境中的自由穿行，认为“文化研究史可以解读为在变化着的历史工程和思想资源中不断地重建自身的努力”；其次，它拒绝采用学院派的或精英式的批评立场，提倡“文化研究的理论是根据它与自身在当代世界的特定实践、结构和斗争的关系以及促进和介入的情况来衡量的”；再次，它提倡跨学科和跨疆域的批评实践，强调文化实践的主体经验性和价值多元化的理论倾向。①

威廉斯将文化范畴建构为某种对生活方式的整体性批评思路，从理论范式和批评经验两个层面奠定了当代文化研究的思想脉络与历史轨迹，在理论导向和研究旨趣两个方面对格氏的文化诗学产生了历史文化转向的理论作用。这种理论影响在文化诗学体系中更是集中体现为文学文本的文化生产维度和社会能量的文化分析维度。正如哈克斯（Terence Hawkes）所指出的，随着物质性的文化观念介入到文学作品的生产过程中，文学文本“没有被视为僵化的和确定意义的具体化身，而是作为某种交叉点或汇合处，它不断超越某种无人之地和特殊地带，在那里相互区别甚至彼此对立的各种阅读在历史之中竞争意识形态权力，即世界应该如何描绘之类的能够决定文化意义的权力”②。对于新历史主义文化诗学来说，既然文化范畴蕴含着文学作品生产与文化主体生成的整个历史过程，那么文学批评者就必须积极回溯到各种文本踪迹形成的历史情境和文化结构，重新审视意识形态和权力关系在文化生产过程中的各种历史形式和文化隐喻。在这种明显具有马克思主义倾向的历史批评中，文化诗学亟须解读的症候问题包括：“既定文学作品强化的是什么样的行为，又是什么样的实践模式？为什么特定时刻、特定地点的读者会发现这一作品具有如此的强迫性？我的价值观和正在阅读作品的价值观念之间有什么差别？这部作品依靠的又是什么社会性的理解观念？它隐含或明显压制的又是谁的思想或运动自由？褒奖或斥责的特定行为可能连接到的更大规模的社会结构又是什么？”③

文化诗学与文化研究的学术谱系都刻有威廉斯文化唯物论的理论印记。然而，如果说文化研究从威廉斯那里汲取的是生产关系的文学批评经

① 劳伦斯·格罗斯伯格．文化研究的流通．罗钢，刘象愚．文化研究读本．北京：中国社会科学出版社，2000. 67—68.

② Terence Hawkes, *Meaning by Shakespeare*, London: Routledge, 1992, p. 8.

③ Stephen Greenblatt, “Culture”, in *Critical Terms for Literary Study*, Thomas McLaughlin et al. (eds.), Chicago: The University of Chicago Press, 1990, pp. 225 -232.

验和意识形态的社会批判精神，那么文化诗学收获的则是情境主义的文学批评范式和文化生产的历史阐释思维。换句话说，文化研究与文化诗学在文化生产和文化分析的马克思主义批评范式中，获得了某种历史性和社会性的理论契合点。但是两者之间产生的理论分歧实际上在于社会批判介入和文化历史阐释的不同理论道路与批评导向。

英国文化研究思潮和美国文化诗学批评的“文化”观念都来源于威廉斯的文化唯物论，但是在不同的学术环境中各有局部的范畴调整与深度的学理延伸。诚如布鲁斯特所指出的，“在过去的一个世纪里，我们发现‘文化’已经从一个主要表示等级和层次的‘纵向’概念，转变成一个主要表现多样和差异且公平接受的‘横向’概念”①。从理论生成的历史背景来看，不同的政治倾向和社会经验而绝非国别和地缘因素，造成原本属于同一宗派的文化研究和文化诗学之间的理论分歧与旨趣差异。一般来说，文化研究倾向于以“以古刺今”的主体批评视角积极介入社会文化批判，关注在当下语境的文学经验和文化意义；文化诗学提倡以“以今参古”的历史批评视角介入文化历史阐释，专注历史情境的文化机制和主体意义。借用本雅明（Walter Benjamin）的话来说，既然“不存在任何文明的历史档案而同时不是作为野蛮主义的记录文件”②，那么文化诗学与文化研究的理论差异就在于它要在各种文本踪迹中不断解读意识形态和权力话语的历史运作过程，在历史文化的阐释过程中重新建构文学作品和社会能量的历史性生产机制。

以历史解构的批评形式介入文学意义的文化阐释，文化诗学批评或许习惯于潜入文学经典、历史文本和文化传统的既定疆域，不断清理出在它们身后的诸多非正统的历史空白区域，并且在深层断裂的历史话语中建构文化结构和主体阐释的意义链条。对格林布拉特来说，“解构作为某种解放性的挑战力量，既是文学文本向其他文本的特定条件的有益回归，也是对非文学文本之实证主义必然性和历史事实之特权领域的不断攻击”③。正是通过主体阐释的历史解构观念，借助于逸闻轶事的江湖野史形式，新历史主义文化诗学不断发掘出埋藏在历史深处、早已尘封无形或销声匿迹的

---

① Douglas Bruster, *Shakespeare and the Question of Culture*, New York: Palgrave, 2003, p. 209.

② Walter Benjamin, *Illuminations*, London: Cape, 1970, pp. 256－257.

③ Stephen Greenblatt, “Shakespeare and the Exorcists”, *Shakespeare and the Question of Theory*, Patricia Parker and Geoffrey Hartman (eds.), London: Routledge, 1985, p. 164.

主体价值观念和多元文化形式，在这种边缘视角的历史性回溯过程中揭示出意识形态和权力关系在文本层面的历史形式与文化隐喻。针对这种历史批评的政治潜意识，格氏明确表示，“新历史主义者有意回避那种建筑斜墙将各种文本置于某些变化与连续性既定描述的文学—历史实践；相反我们使用逸闻来敲碎那些熟悉的建筑物，让被涂抹填充的各种裂缝不断显现出来”；另外，以历史解构和文化重建视角介入底层历史的书写政治与阐释实践，历史也将有望成为有如文化观念的那种表现多样和差异且公平接受的“横向”概念，因此“反历史和历史都是在连续性矛盾过程之中的各种瞬间，而不是带有独特区分性特征的各种实体性对立活动”①。

与当代文化研究思潮热衷于社会文化批判不同，文化诗学更加重视对文本意义的情境主义阐释和对历史语境的意识形态批评，更加倾向于揭示出权力话语的历史形式和文化机制。正如百瑟丽所指出的，文化研究思潮“为颠覆因素代理言论，为劳工阶级撰写历史，或者赋予女性以声音，最终都是为了重新确定现已存在的各种对立情况”，文化诗学“更极端和更谦逊的叙事致力于消解这些对立本身，来减轻权力、资本、父权和种族主义的不稳定性，揭示出这些不稳定性被困扰而达到这样的程度，即它们本身再生出的抵抗因素反过来威胁到它们的无缝隙统治状况”②。换句话说，以当下语境还是以历史情境为理论中心，文化研究与文化诗学之间明显产生了社会批判和历史阐释的理论分歧和批评差异，两种批评思维更是选择了意识形态和权力话语的不同理论范式，通向相互辩证关联但各具研究重心的批评疆域和理论空间。

文化研究与文化诗学已经产生了社会批判和历史阐释的理论分歧：前者立足于当下语境并且断然选择意识形态的社会批判方向，后者回溯历史情境，通向权力话语的历史阐释道路。不同的批评经验和阐释立场使得文化研究和文化诗学之间不断生成两种迥然相异的理论导向，也必然面对各自与生俱来的某些理论困境和历史难题。针对文化研究的泛滥倾向，伊格尔顿不无忧虑地指出：“当代文化的概念已剧烈膨胀到了如此地步……我

---

① Catherine Gallagher & Stephen Greenblatt, *Practicing New Historicism*, Chicago: The University of Chicago Press, 2000, p. 52.

② Catherine Besley, “Making Histories Then and Now”, in *The Use of History: Marxism, Postmodernism and the Renaissance*, F. Barker, et al. (eds.), Manchester: Manchester University Press, 1991, p. 31.

们这个时代的文化已经变得过于自负和厚颜无耻。"[①] 针对文化研究的对抗性政治立场，罗伯特·扬（Robert Young）也强调文化研究者们的理论困境在于政治立场与文学经验的潜在对立：一方面，"他们希望批判进攻"，将文学批评等同于某些解构传统观念的社会批判工程；另一方面，社会批判在文学经验的回音壁的现实效用已经表明"对抗性的文学或理论模式不是对抗性的机制模式，这样的状况本身说明了对抗性政治的各种局限"[②]。

针对文化研究与文化诗学所面临的不同问题，格氏明确表示文化诗学的理论要义"在于历史实践的各种符号性维度和符号实践的各种历史性维度"，与此相比，"文化研究的困境首先在于它非常容易就会失去对有如当代理发店或餐馆的各种复杂性阅读的特定意义……也就是显著性、权力和客体惊诧感的最终丧失……潜在危险就在于它正在成为毫无对象的，或越来越细微却无涉大碍的某种臆想性话语……就在于它可以充满共鸣但毫无惊诧可言"。[③] 借用伊格尔顿的话来说，泛化的文化批评范畴与日益程式化的意识形态批判往往会使文化研究"成为意识形态的颠倒的镜像，用理论上和谐的散光来代替近视"[④]。相比之下，格氏的文化诗学批评更加热衷于"宏大叙事—逸闻轶事"的二元历史话语解构和"颠覆—遏制"的二元权力话语批评，虽然也不断受到职业批评家的理论诟病，但还是在历史文学批评领域开拓出了意识形态批判的某种历史维度和诗性空间。

从历史批评的文学经验来看，文化诗学对文化批判和社会介入问题似乎并不抱有多少理论热情；从文学批评的历史经验来看，它更加倾向于从历史深层断裂之处的文化结构和主体命运反向观照当下语境的社会现实与文化状况。从这种历史谱系的批评观念来看，格林布拉特或许更加倾心于福柯对"特殊知识分子"的角色定位，即"通过他在自身领域的分析，不停质疑那些被假定为常识的东西、扰乱人们的行为和思考的精神习惯、驱散被视为熟悉或接受的东西而重新考察各种规则和机制，以及在重新问题化（在此之中他施行作为知识分析的特定角色）的基础之上积极参与到政

① 特里·伊格尔顿．文化之战．王宁．全球化与文化．北京：北京大学出版社，2002. 143—153.

② Robert Young, "The Idea of a Chrestonmathic University", in *Logomachia: The Conflict of the Faculties*, Richard Rand (ed.), Lincoln: The University of Nebraska Press, 1992, p. 113.

③ Harvey Blume, "Stephen Greenblatt: The Wicked Son", http://www.bookwire.com/bookwire/bbr/reviews/ -june2001/GREENBLATTInterview.htm, 2006-12-25.

④ 特里·伊格尔顿．美学意识形态．王杰等译．桂林：广西师范大学出版社，1997. 334.

治意愿（在此之中他施行作为公民的特定角色）的形成过程”[①]。换句话说，文化诗学批评本质上并不认同文化研究思潮的那种急风骤雨式的社会介入和政治批判，它反而倾向于在文学文化经验与意识形态批评的历史性空间内逐渐达到对当下社会问题的某种潜移默化且理论自觉的诗性认知效果。

6.2 性别隐喻与历史阐释：文化诗学的性别研究

当代文化研究重视当下语境，专注于阶级、性别和种族等大众文化形式，新历史主义文化诗学则回溯历史情境，关注文化结构与主体经验的谱系研究，提倡同时在历时性维度与过去逝者之间进行阐释对话和在共时性维度与当下他者之间展开文化对话。在文艺复兴与前现代文学的批评实践中，格林布拉特重点挑选“性别”和“种族”范畴作为与历史他者和当下他者之间的对话桥梁和理论通道。诚如福柯所指出的，“从16世纪末开始，性别话语的植入并没有经历限制性的某种过程，反而受到更多刺激机制的控制……关于性别的各种权力技术并没有遵守严格挑选的原则，而是多样化性别的某种发散和培植过程”[②]。如果说16世纪是西方文化各种价值规范的特殊转型期或历史断裂区，那么格氏的文化诗学批评就是要回溯到西方文明黄金时代的文艺复兴语境，集中呈现各种文化机制的历史建构轨迹和各种文化他者的主体塑型过程。借用伽勒尔的话来说，新历史主义文化诗学“一直是要追溯现代主体性在热衷于试图获得稳定主义的必要失败过程中经历的创造”，同时“深入到社会改造的最深层、最少被质问怀疑、同时又最难接近的领域：即关于我们自身作为性别主体的改造”[③]。换句话说，部分是受到威廉斯文化唯物论的观念影响，部分是受到福柯权力话语的理论影响，格氏的文化诗学在对性别机制的历史阐释过程中始终关注各种性别话语的权力施行机制，在性别经验的历史阐释过程中重视各种意识形态的主体性建构方式。

---

① Michel Foucault, *Michel Foucault: Politics, Philosophy and Culture*, L. Kritzman (ed.), London: Routledge, 1988, p. 265.

② Michel Foucault, “We ‘Other Victorians’”, in *The Foucault Reader*, Paul Rabinow (ed.), London: Penguin, 1984, p. 300.

③ 转引自中国社会科学院外国文学研究所《世界文论》编辑委员会. 文艺学和新历史主义. 北京：社会科学文献出版社，1993. 169.

与文化研究的性别范畴相似，文化诗学也重视性别视野的主体经验和文化意义。然而，后者的性别批评主要是在文学文本层面上不断展开对文化机制的历史阐释和谱系研究。从批评经验的现象层面来看，文化诗学无疑缺少文化研究学派积极介入社会和批判改造传统的强烈政治诉求；从理论观念的本质层面来看，前者明显比后者更加具有反思文化和重新建构主体的理性社会观念。正如历史学家斯哥特（Joan W. Scott）所指出的，“要在过去历史中来理解性别群体之中多样性趋向的重要性，我们的目的是发现在不同社会和时代之中性别角色和性别隐喻的特定范围，从而展现出它们背负何种意义以及如何能够保持社会秩序或者导致变革”①。或许格氏也并不是一味地反对文化研究思潮的那种急风骤雨式的社会批判和文化改造，只是在接受福柯历史话语和文化人类学观念的洗礼之后，他的文化诗学批评愈加倾向于通过性别谱系的结构分析和文化机制的话语阐释，从而达到当下主体对性别隐喻的历史意识和对性别经验的理论自觉。

以文艺复兴和前现代时期的性别观念为批评对象，格氏的论文《虚幻与摩擦》特意援引法国散文家蒙田和英国剧作家莎士比亚的两宗文本案例，清晰地呈现出性别隐喻的话语结构和文化机制的历史谱系。据格氏描述，蒙田于 1580 年 9 月前后在旅行手记中详细记录了一宗在当地发生的性别变异案例：来自乔蒙德小镇的七八个女孩企图改换男装，以求作为男性继续生活，其中一位甚至已经辗转到某个名叫蒙特尔恩德的小村庄，化装成织工并且过上了男性的正常生活，在与当地一女子结婚同居之后被人告发，最终被宗教裁判所以“非法手段弥补性别缺陷罪”处以极端之绞刑。或许蒙田当时只是将其作为某种茶余饭后的逸闻趣事，在个人游记中对“女换男装”这类事件大肆渲染，然而，无独有偶的是，数年之后身处英国的莎士比亚却在戏剧《第十二夜》中几乎重复演绎了这一事件：女主角奥利维亚已经爱上男主角奥钦诺的侍童塞拉瑞奥，塞拉瑞奥却暗自爱着自己的主人奥钦诺，并且后者也为前者的魅力所吸引。整个戏剧突变在于发现塞拉瑞奥竟然是女扮男装的性别隐喻。在前现代文化的现实生活中，蒙田或许只能接受换装易性的那些女孩必须承担宗教权力的严厉裁决与文化机制的排斥结果；然而，在文艺复兴的戏剧世界，莎士比亚却可以以性别观念的自觉意识，娴熟控制和巧妙利用这种文化机制的性别隐喻以及性别

① Joan W. Scott，“Gender：A useful Category of Historical Analysis”，*American Historical Review*，1986（91）：p. 1054.

范畴的话语结构。虽然没有任何直接的历史线索或文本证据来断言莎士比亚的艺术创作是直接受到这一事件或蒙田游记的观念启发，但是莎士比亚戏剧与蒙田游记之间的这种互文性关系在某种程度上已然呈现出那个特定历史时代中性别意识的多元化形式和性别隐喻的多样性意义。

正如格林布拉特所指出的，与蒙田游记强调“男女之间的差异”有所不同，莎士比亚的《第十二夜》显然是意识到“性别角色的某种暂时性、游戏性颠倒能够丰富更新正常关系的意义”，而相关研究者通过这种性别隐喻的施行机制也就能够完全“解释为什么在莎士比亚对男性扮演女性和女性假扮男性的戏剧处理之中几乎没有不稳定因素”；另外，为了更深刻地揭示出性别范畴在文艺复兴时代的观念形态和意义结构，“我们必须历史化莎士比亚式样的性别本质，将其恢复到与关于身体的其他各种社会话语之间的协调和交换关系之中”。[①] 然而，对于莎士比亚关于性别隐喻的各种艺术想象，格氏借助于社会能量和文化生产的批评观念，硬是解读出特定性别观念和文化机制在历史情境中的“协调交换关系”：一方面，文化机制对于性别主体具有意识形态的绝对塑型作用，“在既定文化之中性别话语在身份塑造过程中起到了某种重要角色的作用，它协助在每个人内心植入某种控制个体即席能力的个性气质和性别倾向的特殊体系”；另一方面，性别主体对文化观念同样具有隐喻机制的反向建构作用，“性别本身就是某种网络体系，在此之中历史偶然性的人物角色能够形成特定文化对于性爱经验的类型理论”[②]。正是因为对历史情境的特殊兴趣，格氏似乎不太关注当下文化研究思潮中如火如荼的性别研究，却更加钟情于从性别话语的深层断裂之处不断清理性别隐喻的文化机制和历史意义。因此，文化诗学批评采用的总是一种比较冷静和理性的历史谱系学形态的性别研究思路。

诚如巴特勒所指出的，性别研究的“谱系学批评拒绝追寻因压制而被遮蔽的性别起源、女性欲望的内在真相、真正的或真实的性别身份”，“要调查的是把那些身份类别定为本原和原因所蕴含的政治利害关系”。[③] 格氏的文化诗学批评积极提倡将这种性别范畴的谱系学研究纳入后结构主义以

---

① Stephen Greenblatt, *Shakespearean Negotiations*, Oxford: Clarendon, 1990, pp. 66 – 68.

② Stephen Greenblatt, *Shakespearean Negotiations*, Oxford: Clarendon, 1990, p. 75, p. 86.

③ Judith Butler, *Gender Trouble: Feminism and the Subversion of Identity*, New York: Routledge, 1999, pp. ix – xi.

来的文化建构主义思路，致力于回溯到性别隐喻的历史性阐释过程，揭示出性别范畴的建构机制和身份话语的政治内涵。与巴特勒的性别观念相似的是，格氏在性别身份问题上也坚持一种坚定的反本质主义立场，认同性别界限的不稳定性特征和性别特征的表演性内涵。然而，与前者明确否认性别主体不同的是，他重视文化主体在各种社会机制中的自我塑型过程，在深入调查性别身份所涉及的各种“政治利害关系”的同时，更加关注文化主体在特定历史语境中的性别困惑和主体政治。

为了呈现性别范畴蕴含的各种表演性内涵，格氏的论文《虚幻与摩擦》又特别引入欧洲文艺复兴时期的另一宗典型性别案例。根据格氏的叙述，文艺复兴时期的雅克·杜福医生在《关于双性通体、生育后代和对母亲与孩童的医学治疗》中详细记录了有关同性婚姻和性别变异的真实事件：在1601年的鲁汶小镇附近，一个名叫福布勒的32岁寡妇与一个名叫玛丽的20多岁女孩（前者是基督新教的女教徒，后者则是女扮男装且自认为双性同体的天主教徒），在经历“恋爱同居”过程之后毅然决定结婚，她们不满足彼此之间的秘密交欢和私下愉悦，希望通过父母的允许和教会的见证并得到公共认可的合法婚姻。然而，她们之间的浪漫爱情却不断受到公众谴责，教堂方面随即拘捕并判决后者处以焚烧之刑罚，前者则被鞭刑而流放到诺曼底地区。由于后者拒绝忏悔和坚决上诉，地区议会指派雅克·杜福医生来彻底调查异端之事，通过玛丽对性别特征的自我表演和医生对生理反应的权力验证，地区议会认定双性同体的玛丽确实既具有女性的性器外观又具有男性的性器功能。由此，宗教法庭当即宣布释放这两人，并命令玛丽必须穿着女性衣物直到25周岁，在其表现出某种稳定而持续的性别身份之前不允许与任何性别发生任何关系。杜福医生在1603年的个人记录中将这一宗教事件作为具有历史意义的科学文献，但是格氏认为“我们可以将此书不是理解为在规范性个体主义各种边缘的某种奇异和静态事物——无性别、无颜色和无文化的——而是作为各种历史性特殊主体得以塑型、再现和群体整合的某种特殊和偶然话语的部分”①。在这种性别身份的认定问题上，杜福医生在他的文艺复兴时代所感兴趣的，或许只是由此类性别案例所编织起的关于性别范畴的知识体系和话语结构；而在后现代主义的文化研究思潮中，格氏的文化诗学批评却对这种性别话语的生成过程产生浓厚兴趣，在历史批评领域更加关注性别范畴本身的文化建构

① Stephen Greenblatt, *Shakespearean Negotiations*, Oxford: Clarendon, 1990, pp. 75 - 76.

形式和主体表演内涵。

正如巴特勒所说，在性别话语的各种文化机制中“作为表演性重新构造的某种结果，性别表演能力并不能脱离性别调节体系的那种强制性和重复性实践而得到理论化”，在性别身份的各种表演意识中的“各种规范实际并不存在，当然它们要求某种物质化过程总是接近而永远无法成为‘在严格意义上的主体表演’”①。任何性别主体只有通过生理特征的明确显现或性别能力的公开表演，才能在现有的知识话语体系中建构起性别范畴的身份观念和主体意识，同时他/她也只能在各种文化机制的话语结构中施行性别身份的表演意识和主体政治。因此，对于性别话语的文化机制来说，“考察的材料表明，前现代时期的个体身份不是作为某种终极目标，而是作为通向某种对各种规范结构的稳定性和决定性认同的中转站点”；对于双性同体的历史人物玛丽本人来说，在性别身份的表演意识中“他具有社会意义的个体性——他从众多无名男女中出现到再现的光亮之中……是在通往融合性别和生产的正常结构的极不稳定时刻”；因此，也就是在性别话语的塑型机制和性别主体的表演意识之间，“身份通过在这些矛盾性理论之间的滑动而同时实现其自身的成型或消解：尽管文艺复兴的性别观念与各种确定性边界之间具有很大关系……它同样与这些边界之间的摩擦行为密切相关”。② 如果说巴特勒在语言学家奥斯汀的“语言行事”符号理论中寻得性别表演和主体消解的后现代身份观念，那么格氏在文艺复兴的文本档案中发掘出性别话语与自我塑型的主体政治。诚如齐泽克所指出的，“性别作为某种与生俱来的绊脚石与心理学中创伤的概念相同，也是作为其象征化过程失效的效果”③。对格氏本人来说，作为主体性表演的性别范畴既是各种权力话语和文化机制的实施效用，也是各种身份意识和主体政治的理论前提，文化诗学的性别研究也就落脚于这种性别隐喻的历史阐释和权力话语的主体政治。

从性别身份的建构理念来看，新历史主义文化诗学大致上延续了当代文化研究的性别批评思维；从性别经验的阐释途径来看，它的理论旨趣既不在于文化研究思潮所强调的社会意识形态批判，也不在于巴特勒等后现

---

① Judith Butler, *Bodies That Matter: On the Discursive Limits of "Sex"*, New York: Routledge, 1993, p. 15.

② Stephen Greenblatt, *Shakespearean Negotiations*, Oxford: Clarendon, 1990, p. 84.

③ Slavoj Zizek, *Enjoy Your Symptom! Jacques Lacan in Hollywood and Out*, London: Routledge, 1992, pp. 124 – 126.

代理论家的哲学方法论建构，反而在于性别经验在文学层面的历史阐释过程。以文化诗学作为性别研究的理论视阈，以莎剧这类文学文本作为研究平台，格氏敏锐地解读出各种性别经验的历史意义和各类性别身份的表演内涵，即"这种身份的开放性奥秘……如果脱离两种独特性别之间的虚幻存在和摩擦行为就无法继续存在"[①]。诚如巴特勒所言："性别本身的解释分析不再是作为在既定身体之上性别的人为建构，而是作为控制身体物质化过程的某种文化形式。"[②] 对于格林布拉特来说，作为性别范畴的身份或身体概念或许原本就不是某种二元对立且非此即彼的意识形态批判形式，而是始终蕴含着性别经验与主体政治的历史性商讨和对话过程。

对于性别对立的极端化解构思维，德里达明确表示"我抵制在这样到处发展的运动之中的弱势群体的自我陶醉，包括在女性主义运动之中的这种不良倾向"[③]。与当代女性主义批评思潮形成鲜明对比的是，文化诗学虽然关注性别观念的话语分析和父权意识的权力批判，却非常警惕性别范畴最终沦为主体政治的批判工具，因此它更加提倡性别身份的合理界限和性别主体的理性建构，也就是倾向于通过性别差异之间的各种摩擦和对话过程来合理解决性别界限固化与性别批判泛化的理论盲区。或许有人会因此质疑格氏所宣称的意识形态批评和权力话语分析的政治立场，或许有人会诟病他的新保守主义和男权主义情结，但是他们似乎都没有真正领悟到德里达的性别观念，"它不在性别差异，而在某种新的性别观念之中，它彻底游离于条框之外、总体上存在于框架之外，也完全偶然浮现于我们所熟悉的'性别'称谓"[④]。显然，当代女性主义运动和文化研究思潮明显缺失或潜在疏忽的那种冷静思考和理性态度，在文化诗学的理论观照之下已经完全熔铸于性别经验的历史阐释和性别主体的文化建构。

---

① Stephen Greenblatt, *Shakespearean Negotiations*, Oxford: Clarendon, 1990, p. 93.

② Judith Butler, *Gender Trouble: Feminism and the Subversion of Identity*, New York: Routledge, 1999, pp. 1 - 3.

③ Jacque Derrida & E. Roudinesco, *For What Tomorrow…A Dialogue*, Jeff Fort (trans.), CA: Stanford U. P., 2004, p. 21.

④ Jacques Derrida, "Women in the Beehive", in *Men in Feminism*, Alice Jardine et al. (eds.), London: Methuen, 1987, p. 199.

6.3 主体政治与历史书写：文化诗学的后殖民批评

如果说基于性别范畴的历史阐释是格林布拉特在历时性维度与过去逝者之间跨时空的文化性对话过程，那么他对西方殖民史的文化批评则是以共时性视角与种族他者不断展开跨文化的历史性对话过程。正如孟特洛斯所指出的，“在新世界的叙事中‘异域文化的冲突’、‘对性别和性行为的欧洲再现投射到新世界’都是独特而又相同的文化现象”①。以欧洲文化对殖民地“新世界”的历史叙事作为历史表征的文化现象来深入研究前现代欧洲的独特殖民经验，格氏的文化诗学批评致力于在浩瀚无垠的各类历史档案和文化文本中，不断挖掘欧洲殖民史的各种“文化症候”和“历史白点”，但是这些颇有实绩、充满启示的研究成果却不断受到美国左派学界的强烈质疑和理论争鸣，甚至当格氏的代表作《不可思议的占领》在1991年出版后，当即被划入“欧洲中心主义”和“新保守主义”阵营，长期受到诸如斯皮瓦克等后殖民理论家的激烈批判和激进攻击。② 不少批评家都将个中原因归结到文化诗学的“政治无定论”，指出“新历史主义诞生之日起就要求对历史进行反思，又必须要在‘没有任何动机的’指导思想下进行”③。实际上，当今时代的后殖民批评不仅需要那种颠覆殖民文化和解构权力主体的决然态度与昂扬斗志，在重识自我和重建主体的迫切情感中更加召唤对殖民历史与后殖民问题的冷静反思与理性清理。正如格氏的哈佛同事、后殖民理论家霍米·巴巴所指出的，后殖民批评的历史意义是“见证文化表征过程中不平等和不均衡的各种力量，并且在现代世界秩序

---

① Louise Montrose, “The Work of Gender in the Discourse of Discovery”, *Representation* , 1991 (33): pp. 1 – 41.

② 格林布拉特对欧洲殖民文化的历史研究在西方学界已经引起诸多批评理论家的激烈批判，详见 Martin Orkin, “Whose Things of Darkness? Reading/Representing *The Tempest* in South Africa after April 1994”, in *Shakespeare and National Culture*, John Joughin (ed.), Manchester: Manchester University Press, 1997; Kaitira Kandjii, “Pippa Stotnes's Miscast”, *Current Writing*, 1997, 9 (1): pp. 110 – 113; James Holstun, “Ranting at the New Historicism”, *English Literary Renaissance*, 1989 (19): pp. 189 – 225; Shane Moran, “Always Historicise! Neoconservatism, Postmodernism and New Historicism”, *Current Writing*, 1996 (2): pp. 128 – 137.

③ 盛宁. 二十世纪美国文论. 北京：北京大学出版社，1993. 273.

已经卷入到政治和社会权力的争斗中”[1]。然而，对格林布拉特来说，文化诗学层面上的后殖民批评是要深度揭露出欧洲殖民文化在历史表征之后的主体政治形式，同时避免这种表征权力的主体政治在更旗易帜、改头换面之后，重新倒向被殖民者文化的另一个极端形式。

正如王岳川所指出的：“如果说新历史主义通过历史与当代的互释、互读和互相揭底，阐释出历史与现在的千丝万缕的联系和话语权力运作轨迹的话，那么后殖民主义则主要是从理论层面阐释殖民者与被殖民者之间此起彼伏的权力消解和转换，揭示硬权力与软权力之间的话语斗争模式。”[2] 萨义德、斯皮瓦克等理论家推动的后殖民主义批评与格林布拉特的文化诗学之间明显具有不同的批评疆域和政治导向，但是两种批评观念在历史批评领域却不约而同地将理论焦点集中到殖民历史的话语结构和历史表征的文化政治问题上。后殖民批评家总是首先要将自己牢牢定位在“权力弱者”和“文化他者”的被殖民者形象上，侧重于对欧洲殖民文化的彻底清理和对本土历史文化的重新建构。格氏的文化诗学批评始终以某种“去中心化”的西方批评者视角重新介入后殖民批评，提倡回溯殖民活动的历史源头，彻底清理和理性反思早期欧洲的殖民历史与文学经验，在对殖民文化的建构方式和对殖民主体的塑型过程的细致分析中探讨历史表征的权力内涵和文化交流的主体政治。

与后殖民批评家要求文学批评介入社会运动的政治诉求和解构情结有所不同，文化诗学批评更加倾向于以各种历史文本为工作平台，致力于对文本世界的文化语境和文化语境的文本世界不断施行双向考察，也就首先对文本世界的历史叙事和文化表征形式产生浓厚的研究兴趣。格氏显然意识到语言叙事作为表征形式在欧洲殖民经验中的特殊意义，在《学会诅咒：16 世纪的语言殖民主义面面观》中专门论及这一文化现象，他认为“语言殖民主义被许多欧洲大陆作家连同诸如武力征服、强制同化和开拓定居等大规模事业一道被提到……无休止地绑架诱骗的第一例竟然是为了阴谋得到语言翻译者；在新世界的主要罪过也是以语言的利益而展开的”[3]。首次发现新世界的欧洲航海家哥伦布在 1492 年 10 月 12 日的个人

① Homi Bhabha, “Postcolonial Criticism”, in *Redrawing the Boundaries*, S. Greenblatt (ed.), New York: MLA, 1992, p. 437.

② 王岳川．后殖民主义与新历史主义文论．济南：山东教育出版社，1999. 6.

③ Stephen Greenblatt, *Learning to Curse*, New York: Routledge, 1990, pp. 16 – 17.

游记中就已经表示将当地印第安人转换为顺从仆人的首要举措是将6个土著人带到葡萄牙国王那里，学会欧洲大陆的理性语言，其他欧洲探险家在新世界的各种旅行文学也陆续表达他们通过语言殖民和历史表征，期望实现对当地人的“不可思议的占领”。格氏将欧洲大陆对新世界的众多殖民罪恶主要归结到语言利益和表征权力问题确实是有点夸大其词，并且有企图消解历史正义性和政治进步性的嫌疑，但是他对历史表征形式的充分重视无疑也揭示了欧洲人在发现新世界之后，对美洲土著人不断施行的以文字记录为主要途径的各种“他者化”征服机制。在欧洲人这种文化表征和历史书写的符号性或象征性的文化征服过程之前，“印第安人已经失去了隐喻的透明性，反而在与具有迥然不同文化背景的人们努力打交道的过程之中得到了某种历史主体的厚度；而欧洲人也没有被理解成单一化传统的隐喻代表，而是作为那些通过极端的竞争性权力能够即席利用错综复杂途径的各种角色”①。

正如文化人类学家克利福德所指出的，“在统一化的人类历史的‘终点’之处采用某种有争议的欧洲中心视角确实有点过于简单……记录差异的传统秩序如何失去要比察觉新秩序的出现来得更加容易”②。对格林布拉特来说，文化诗学批评对于欧洲早期殖民历史的理论关注揭示了欧洲文化在与新世界的最初遭遇中形成的对种族他者施行语言殖民的新兴文化秩序。针对语言殖民主义的征服机制，格氏明确指出，无论在欧洲殖民者努力征服他者的各种权力机制中，还是在欧洲探险家不断寻找他者的各种文化旅行中，“新世界的各种早期话语，首先应该是惊诧的某种殖民化记录”：从语言殖民的话语形式来看，欧洲殖民者以语言叙事的表征形式将异域的惊诧体验置换到自我的知识体系中来，“这种置换使得我们能够恢复在自身实践之中潜伏的惊诧体验，那是一种被熟悉感受踏平而被压制束缚到某种对阶级和地位的普通的半隐蔽调节过程”；从表征形式的殖民效果来看，欧洲殖民者的文化权力不断渗透到当地土著人的生活领域，并且对新世界已经实现了某种不可思议的精神占领，因而那些已经被欧洲文化“他者化”的被殖民者“对惊诧体验那种批判性和人性化力量的重新恢复

① Stephen Greenblatt (ed.), *New World Encounters*, Berkeley: The University of California Press, 1993, p. xiii, p. x.

② James Clifford, *The Predicament of Culture*, Cambridge: Harvard University Press, 1988, pp. 14–15.

并不能像变魔术一样在那些到新世界来占有和奴役的人们的话语之中起到自身作用"①。毫无疑问，在对殖民地新世界的历史遭遇和文化征服过程中，语言叙事和历史表征的文化权力早就已经成为贯穿整个欧洲殖民事业的重要环节之一。

将这种表征形式的权力话语观念积极引入后殖民批评领域，萨义德针对西方文化的东方主义情结明确指出，由于殖民者与被殖民者双方在历史表征和文化建构问题上的权力失衡，"东方不仅与欧洲毗邻，也是欧洲最大、最富饶和最古老的殖民地，是欧洲文明和语言的源泉，是它的文化竞争者，同时也是其最深刻和最频繁出现的他者形象"，在历史上曾经作为殖民地的东方几乎就是欧洲殖民者想象性的创造物，总是作为"某种具有古典风味的浪漫地带、异国情调的事物、难以忘怀的记忆和风景以及不同寻常的体验"。② 对于以萨义德为代表的后殖民批评家来说，东西方之间的文化交流历史主要体现为西方作为强势的殖民者对处于弱势的东方不断进行的长达几个世纪的殖民占领和权力征服过程，这种殖民实践首先体现在西方文化以语言叙事的表征形式对东方他者的权力话语的知识表述和历史书写中。然而，同样是以表征概念介入后殖民批评领域，格氏却不太认同殖民话语在历史书写和文化表征之后的这种单向度运作过程。他多次强调"任何既定的表征形式不仅是各种社会关系的反映或产物，而且它本身也是某种联系到其他文化流通领域之中的群体理解、地位等级、各种抵抗和矛盾的社会关系"；此外，他坚决抵制那种将文学经验与政治批判完全混淆的极端做法，指出对社会政治的关注并不一定就要像第三世界的后殖民批评那样"导致文学模仿实践和其他社会实践之间必要界限的最终瓦解"③。文化诗学批评提倡对欧洲殖民史的文化分析和政治批判，完全赞成在历史领域对殖民主义文化进行彻底的颠覆解构和思想清理，但是对格氏本人来说，这些后殖民批评的"当代理论必须重新定位，它不在阐释之外，而是在谈判和交易的隐蔽处"④。

与后殖民批评家片面强调语言叙事的权力内涵、对表征形式的隐喻机制搁置不论的极端做法有所区别，文化诗学批评在"形式的权力"与"权

① Stephen Greenblatt, *Marvelous Possessions: The Wonder of the New World*, Oxford: Clarendon, 1991, pp. 24 – 25.

② Edward Said, *Orientalism*, London: Penguin, 1978, p. 1.

③ Stephen Greenblatt, *Marvelous Possessions*, Oxford: Clarendon, 1991, p. 6.

④ Stephen Greenblatt, *Learning to Curse*, New York: Routledge, 1990, p. 159.

力的形式”的阐释对话中，更加重视表征形式对欧洲殖民者和新世界被殖民者同时具有的主体建构意义，更加倾向于在文学艺术的表征形式层面揭示出语言叙事的权力机制和历史阐释的主体政治。以莎士比亚晚期作品《暴风雨》为例，格氏在文学文本的表征形式层面清理了欧洲语言殖民主义的双向阐释意义和多重指涉经验。从文化诗学的批评视角来看，这部戏剧展现出的是在“有文字”的欧洲殖民者与“无文字”的土著人之间的文化遭遇和权力征服过程，“文明人”普罗斯派罗将“野蛮人”卡利班带入自己的文明世界，迫使其学会文明的语言继而为欧洲殖民事业服务，卡利班恰恰是在这种语言殖民过程中学会用欧洲的语言来诅咒殖民者，最终获得自己的政治声音：“你教会我语言；你由此获利/但是，我知道如何诅咒。红色灾祸即将降临/只因我学会你的语言。”① 语言叙事的表征机制可以赋予欧洲殖民者以历史书写和知识话语的权力形式，对新世界土著人不断实现某种符号性或象征性的“不可思议的占领”，那么处于弱势的被殖民者也可以利用表征机制的阐释潜力，同样达到“学会诅咒”和“获得声音”的政治隐喻。无独有偶，格氏本人在对第三世界的文化书写中，也详细记录了其作为西方游客的各种“惊诧发现”：若干年之前还是被殖民者的巴林人现在已经使用日本 VCR 设备来尽情观赏本土节目和民族文化，而且已经使用西方语言来自由表述自我声音和民族身份。如果说格氏对莎剧的历史批评从“形式权力”的征服机制来挖掘语言殖民现象和文学表征机制的多种政治隐喻，那么他本人的东南亚游记则将“权力形式”的抵抗意义直接联系到当今世界文化的后殖民状况。

诚如保罗·布朗（Paul Brown）所指出的，莎士比亚对欧洲殖民事业的艺术介入“采用的是某种强烈的和快感的叙事形式，一方面致力于和谐化这种分裂而超越那些无法调和的矛盾对立，另一方面也在神秘化这些需要殖民主义话语的政治条件”②。对莎剧的后殖民批评并不仅仅要从表征形式的隐喻机制重新评价语言殖民主义的权力话语和历史意义，更多的是要在文化诗学的理论视阈揭示历史和文化表征形式之后的各种主体政治内涵。针对当代后殖民批评偏重文化抵抗、轻视历史批评的不良理论情形，

---

① Stephen Greenblatt, *Learning to Curse*, New York: Routledge, 1990, p. 22.

② Paul Brown, "This Thing of Darkness I Acknowledge Mine: The Tempest and the Discourse of Colonialism", in *Political Shakespeare*, Jonathan Dollimore & Alan Sinfield (eds.), Manchester: Manchester University Press, 1985, p. 48.

格氏指出，“我们时代的各种后殖民加勒比和非洲文化，为了替卡利班伸张正义而不惜重新书写莎士比亚戏剧”，新历史主义文化诗学却在戏剧文本层面发现“艺术家的想象活动使得他能够展示出王室权力那种冰面之中的各种裂缝记录、那种被置换和被压迫的声音”。因此，在对文学经验和表征形式的历史阐释机制中，“如果文化批评的任务是要解密普罗斯派罗的权力，那么倾听卡利班的声音同样是它的义务”①。换句话说，社会语境是文化诗学批评的历史大舞台，文学文本就是其后殖民批评的文化主战场。

既然文化诗学强调历史语境与文化网络在文本层面的形式对话和阐释共鸣，那么它的后殖民批评应该采取何种文本性的阅读策略和批评政治？针对文本表征形式的多重意义和复杂结构，格林布拉特指出文化诗学在四个理论层面的后殖民批评义务。其一是对文本不透明性的理论假定：关于“书写经济”的批评观念，“相关学者的目的不应该是要剥离出或回顾到各种欧洲文本来发现赤裸裸的真理”，“关键问题不在于是否根本存在任何真理或者是否我们永远只能被禁锢于无知之中……而是殖民主义的各种话语实际上已经对殖民主义作出重要贡献”；其二是对文本复杂性的明确意识：在表征机制的双向意义中，“早期欧洲殖民者对于文化遭遇的描述并不是铁板一块或思想单一，而是充满模棱两可或是自相矛盾”；其三是对文本他者性的文化分析：在表征形式的权力结构中，“他者的声音并不是以某种单纯而无感染的形式达到我们的视野”，“欧洲关于新世界的整个书写工程都最终落脚于目标对象的缺失，比如风景、人群、声音、文化那些曾经让作者神魂颠倒、极度恶心或是引人入胜的事物”；其四是对文本权威性的历史质疑，即在主体阐释的权力政治中，“文本并不是简单地出现在现实世界（或通常是遗留于历史档案中）：它们被标识、归类、许可和审定”，因此“尽管没有清醒的意识，它们却已经着手‘对各种距离的某种细微、永恒的实践’”②。将这种复杂性的文本结构和表征形式放置于文化生产的历史过程中，格氏关注社会能量和文化结构在文学文本层面的历史脉络与权力踪迹，主张文化诗学的后殖民批评“尽量少关注文学领域的预

---

① Stephen Greenblatt, "Culture", in *Critical Terms for Literary Study*, Chicago: The University of Chicago Press, 1990, pp. 225 - 232.

② Stephen Greenblatt (ed.), *New World Encounters*, Berkeley: The University of California Press, 1993, pp. xvi - xvii.

设中心……多关注各种边界，尽量追溯到那些处于文本边缘而只能被瞥见的地带”①。

从历史阐释的政治立场来看，文化诗学的后殖民批评回溯了欧洲现代性进程，挖掘了欧洲殖民者对当地土著施行的历史书写和文化表征的权力内涵；从文化批评的理论导向来看，文化诗学批评倾向于立足于后现代文化语境，揭示殖民者和被殖民者双方围绕历史阐释与文化建构的主体政治。新历史主义文化诗学已经表现出经验过剩和理论散光的文学现象，再加上格氏等人自身极力排斥理论演绎和体系建构，就难免会在批评理论界不断产生各不相同甚至截然对立的政治立场和理论评价。从后现代主义或后殖民主义的历史阐释逻辑出发，格拉迪（Hugh Grady）提倡将格林布拉特冠冕为后现代主义莎学领袖。他认为，后现代莎学“抛弃那种作为美学价值和实践的整体性价值观念”和“颠覆先前等级性的各种对立关系”的理论导向，体现出对“西方理性的他者和第三世界人民”的历史关注和文化关怀；格氏的文化诗学批评呈现出后现代文化“去中心化”的批评导向和理论重心，“开放性地面对那些甚至在我们文明最伟大和最重要的作品中被排斥和毁誉的被边缘化和被压制的大多数声音”②。另外，从后现代主义或晚期资本主义的文化批评逻辑出发，詹姆逊却将格氏列入新殖民主义和新保守主义的理论阵营。他认定，“在从现代到后现代的过渡之间的相关性，从早期垄断资本主义（所谓帝国主义时代）到跨国化和高科技化突变的某种经济性或系统性改造”，然而“帝国主义，在格林布拉特看来，仍然留有更加激烈的政治议题，但是在当今情况下另一种福柯式的和第三世界形式的极端主义，更加排他性的反帝国主义模式已经沿着马克思主义道路被开拓出来”③。针对格氏及其后殖民批评的各种阐释本身在理论观念的表征机制看来或许并不奇怪，相反的是，它在表征形式之后的社会语境中却能真实反映出相关阐释者的主体政治视角和权力关系网络。

针对格氏这些主流学者对后殖民批评的观念挪用和理论移植现象，作为第三世界知识精英的后殖民理论家们经常发出斯皮瓦克式的关于“属下能否说话”的质疑声音：“‘欧洲’始终作为所有版本历史的某种自主性的

① Stephen Greenblatt, *Shakespearean Negotiations*, Oxford: Clarendon, 1990, p. 4.

② Hugh Grady, *The Modernist Shakespeare*, Oxford: Clarendon, 1991, p. 207, p. 245.

③ Fredric Jameson, *Post-modernism, or the Cultural Logic of Late Capitalism*, London: Verso, 1991, p. 193.

理论主体……是什么使得这些现代欧洲的圣人们能够对他们毫无经验的各个社会最终生成这样一种洞察力?”[①] 这种对于历史表征和阐释权力的强烈质疑、对于后殖民批评归属问题的激烈论争，从本质上来讲透露出争取历史话语和文化权力的主体政治：格氏以西方文化的批评视角，理性介入到欧洲殖民历史和新世界文化研究；斯皮瓦克显然以历史上和现实中所有被殖民者的代言人形象，挑战西方历史书写的政治合法性，并且强烈排斥其文化批评经验的理论合理性。如果考虑到历史上的欧洲殖民主义和现代的西方新殖民主义给那些前殖民地国家和人民所造成的苦难历史以及困窘现状，斯皮瓦克的激进态度就显得过于极端，但是情有可原。不过话又说回来，在这些针对文化身份、先入为主的非理性批判之中，除了那种非此即彼的主体政治，究竟有什么依据能够判定格氏的后殖民批评不具有创见性的理论观念和进步性的文化价值？又有什么能够保证斯皮瓦克的后殖民批评就已经具有第三世界的历史经验和社会洞察力，能够充分代表“不能发声的属下臣民”？诚然，格氏的理论话语带有西方主流的学术色彩，他毕竟是作为西方学界的莎学专家介入后殖民批评实践的。虽然他没有文化他者或“属下臣民”的历史意识，却也包含西方学者对殖民问题的反思情绪，他的文化经验和政治意识也就自然是理性地栖居于欧洲殖民历史的表征权力和他者文化重建的主体政治之中。

6.4　从历史延异到文化播撒：文化诗学的理论趋向

早在 1980 年代中期，克尔莫德就在《纽约书评》发表文章《废墟上的艺术》，认为格林布拉特“轶事嫁接法”的逸闻主义已经“臭名昭著”，针锋相对地提倡一种“事实更加充分的历史”[②]。到了 1990 年代初期，勒翰和卡洛林大肆批判格氏的历史观念与文化观念，在新历史主义的发展高峰期迫不及待地宣告它的学术死刑，提倡文论研究走向新历史主义之后。在 1990 年代中期，从思想史领域转移到文学理论研究的海登·怀特，虽然通常被奉为新历史主义的理论贵胄，但其总是在激烈批判文化诗学之余，意图折回历史诗学的学术轨道。按照他们的话说，格氏的新历史主义早就

---

① Chakrabarty Dipesh, “Postcoloniality and the Artifice of History”, *Representation*, 1992 (4): pp. 1 - 24.

② 宁 . 新历史主义还有冲劲吗 . 外国文学评论, 2001 (4): 149—150.

已经成为过去时态，明显失去思想冲击力，它现在“既算不上新，也算不上历史，因为不再有用”，已经和形式主义、结构主义一道被陈列于西方文学的理论博物馆。自20世纪80年代之后，格氏的文化诗学不断融入西方学术主流，逐渐成为虽未成型却已被盖棺定论的文学常识。然而，自从这种新兴批评理论越洋登陆中国学界以来，日渐成为某种众说纷纭而炙手可热的理论显学。一方面，文化诗学批评与中国文学经验紧密结合，已经卓有成效地实现了在当代中国文化语境中的理论拓容和意义增殖；另一方面，这种文论阐释和文化建构的“理论旅行”过程在某种程度上集中放大，而不是根本解决了文化诗学批评的思维局限和理论盲点。正如柯林尼可斯所言，“一个理论问题中复杂和矛盾的、包含着不同层面的错乱，这些矛盾以空白、失误、沉默、缺失等方式，作为一个负责结构的症候被反映在作品的表面上来”①。从格氏的文学经验来看，文化诗学批评主要表现出四个方面的结构症候或理论局限：理论结构过于松散、历史阐释过于延异、政治态度过于暧昧、美学意义过于消解。

从文化批评的历史实践来看，新历史主义文化诗学的盲点问题首先表现为对批评经验的过分迷恋和对理论建构的极度排斥。诚然，格氏提倡非理论化和非制度化的文学研究实践，而且这种批评经验对后现代文化语境“无米之炊”（即“理论演绎过剩”和“批评经验匮乏”）的不良倾向具有积极和正面的理论反拨作用，但是如果只是一味沉溺于批评经验的表面意义，否定理论建构的梳理工作，那么这种“有米而无炊”的批评倾向很可能会矫枉过正地走向理论与实践二元对立的另外一个思维极端，甚至导致自身地位在唯名论和唯实论之间的理论危机。一方面，从唯实论的批评视角出发，皮埃特斯等理论学者关注文化诗学在西方当代语境的意义史或效果史，倾向于以文化诗学的谱系研究置换理论本体建构，指出“格氏本身绝非理论家；他的作品是对历史文本（文学或非文学类别）的细微阅读，而非那种对各种文学文本的性质和功能热心引入新概念和新理论视角的批评家作品”②。另一方面，从唯名论的批评视角出发，霍华德等批评家关注文化诗学自身作为文学批评理论的重要缺陷，认为文化诗学实践者“在不少场合将自己的批评视为理所当然，这就模糊或忽略了各个阶段所涉及的

① 柯林尼可斯．阿尔都塞的马克思主义．杜章智，沈起予编译．台北：台湾远流出版公司，1990.47.

② Jürgen Pieters, *Moments of Negotiation*, Amsterdam: Amsterdam University Press, 2001, p.18.

理论问题，人们除了看到他们坚持认为仅仅以形式主义的方法对待文艺复兴时期的文本是不够的以外，很难看出这种批评究竟有什么新意，也就削弱了改变思维方式的可能性”①。

遗憾的是，这种潜在的理论危机在后现代文化的大时代语境中并没有引起文化诗学批评家的足够重视和冷静思考，以至于格氏本人在2000年出版的著作《实践新历史主义》中竟然宣称文化诗学作为“事实上不存在的东西，也许只是指向某种新阐释实践的某些碎语，怎么能够成为一个‘领域’？”因此“我们所有人都应该知道历史和新历史主义的各种原则，但我们所知道的却是它（或许还有我们）的抵制体系化形式”②。格氏强调文化诗学的批评经验本身并无过错，但是这不应该以牺牲文化诗学的理论建构为代价，更不能因此就片面抵制理论体系化工作，完全沉溺于批评经验的阐释快感。韦勒克曾多次批评比较文学的理论危机，“我们学科的处境岌岌可危，其严重的标志是，未能确定明确的研究内容和专门的方法论”③。实际上，格氏的文化诗学批评在1990年代末期同样呈现出理论结构过于松散和批评体系缺乏建构的各种盲区，在彻底排斥理论建构的极端做法中极有可能走向某种说不清道不明的理论虚无地带。借用王岳川的话来说，理论体系缺席的文化诗学批评最终将会“落入方向的多维性（无定位）和理论拼集裂解的张力性（无中心）的理论与实践的双重误区”④。

文化诗学的松散体系和模糊导向导致历史意义的阐释延异与阐释意义的历史播撒过程。对于文化诗学的激烈批评主要集中在它的历史话语和阐释方法。在理论谱系的批评层面，勒翰认为格氏的新历史主义过多地受到福柯解构主义的负面影响，因此过度热衷于历史解构和主体阐释，在文学批评活动中极有可能产生“时间空间化”、“过度意识形态化”和“割裂历史与语言关系”的严重后果。⑤ 在文学经验的批评层面，卡洛林认为格

---

① 霍华德．文艺复兴研究中的新历史主义．中国社会科学院外国文学研究所《世界文论》编辑委员会．文艺学和新历史主义．北京：社会科学文献出版社，1993. 120.

② Catherine Gallagher & Stephen Greenblatt, *Practicing New Historicism*, Chicago: The University of Chicago Press, 2000, p. 1.

③ 韦勒克．比较文学的危机．干永昌．比较文学研究译文集．上海：上海译文出版社，1985. 122.

④ 王岳川．后现代主义文化研究．北京：北京大学出版社，1992. 401.

⑤ Richard Lehan, “The Theoretical Limits of the New Historicism”, *New Literary History*, 1990, 21 (3): pp. 533－553.

氏一味沉溺于文学与历史的互文式阅读，在强调历史的意识形态批判的同时却无理性的历史观念建构，因此它自身的杂糅性将很快导致“新历史主义之后”的理论形态。① 在历史批评的理论层面，柯恩认为格氏的逸闻批评实质上是某种“随意连接”的文化阅读，文化诗学的“这种策略从方法论上来讲是首先认为任何社会方面都是相互联系的，但没有任何组织原则在决定着这些关联方式”②。借用拉卡普拉的话来说，文化诗学批评简直就是一种“毫不费力的观念联合论、并列呈现方式或混合大杂烩……拙劣的蒙太奇，或者就是剪贴的拼凑物品”③。

以上多位西方理论家的批评意见或许有些过于激烈而稍显尖刻，但是在某种程度上确实反映出新历史主义文化诗学在历史意义和主体阐释之间的两难处境。如果承认历史意义的先验存在，排斥主体阐释的积极作用，那么文化诗学批评似乎就重新回到传统历史主义的思维套路；如果强调主体阐释的决定作用，承认作为“过程形态”和“阐释效果”的历史意义，那么它可能会再次陷入后现代文化的解构主义牢笼，因而断言在历史意义和主体阐释之间彻底实现视阈融合则是一种可望而不可即的理论乌托邦。诚如王岳川所指出的，“正因为新历史主义强调历史与现实、情感与理性、具体阐释与文本语境的互动，也往往有可能使自己成为一种无边的历史主义，即想通过文献式考据而达到哲学批判的高度，以一种微观分析的方式从事宏观的把握，从而显示出能力不济和诸多牵强附会之处”④。事实上，格氏的文化诗学引入格兹的文化人类学理论，以文化网络的结构观念不断强化历史意义的参照体系，全面整合历史阐释的各种视阈。然而，将历史意义和主体阐释纳入文化观念的网状结构和文化生产的参照过程，或许并不能彻底解决历史意义无休止延异的理论困境，反而在泛文化形态的历史文本中被直接置换为历史语境与文化文本之间的阐释对立问题。海登·怀特由此认定，格氏的文化诗学是“以一种所谓的‘文化主义谬误’为基础，并因此而打上了历史唯心主义的烙印”，在文化文本与历史语境的相

---

① Carolyn Porter, "History and Literature: After the New Historicism", *New Literary History*, 1990, 21 (2): pp. 253－272.

② Louis Montrose, "New Historicism", in *Redrawing the Boundaries*, S. Greenblatt (ed.), New York: MLA, 1992, p. 400.

③ LaCapra Dominick, *Soundings in Critical Theory*, Ithaca: Cornell University Press, 1989, p. 193.

④ 王岳川．后殖民主义与新历史主义文论．济南：山东教育出版社，1999. 6.

互贯通过程中更是呈现出“进行双重意义的简化”的“文本主义谬误”①。海登·怀特的批评意见有些夸大其词，有失公允，却也揭示出文化诗学纠缠在历史情境与文化结构、历史过程与文本表征、历史意义与主体视阈这些二元观念之间而无法游刃有余的理论困境。

这种松散模糊的理论体系和变动不居的历史意义，在批评立场层面体现为模棱两可甚至过度暧昧的政治态度。正如盛宁所指出的，格氏的文化诗学为了保持历史情境的复杂面目，放弃追求具体的历史真实，始终以一种政治无定论的整体观念来对待历史意义，必须在“没有任何动机的”指导思想之下。② 或许是受到福柯权力话语观念的深刻影响，或许是出于消解左派知识分子的激进方式、积极融入美国主流文论的学术愿望，格氏和文化诗学批评家们并不是讳莫如深地回避意识形态批判和权力话语分析等批评立场，而是要提倡从文学文本和历史档案的文化尘埃中不断积淀历史文化和主体建构的权力踪迹和话语结构。然而，非常遗憾的是，他们对于政治批评的学术热情仅仅局限于历史文本层面的意义解构和意识批判，最终无法避免陷于纸上谈兵、自我陶醉的尴尬境地。正如布莱尼甘所指出的，格氏的文化诗学实际上“将我们对于过去的知识化约为在各种文本之中可以辨认出的权力的各种设计和运作过程，将各种文本作为受到意识形态策略的同样运作，历史实际上也可以称为同谋”③。针对格氏的文学阅读方法，柯恩不无夸张地指出，“新历史主义以权力的针线在一种复杂和全面的模式中将历史景象建构成某种数不清线索的工作衣物，而你只需要在某一地方拉住线头，就会发现它总是连接到另一端”④。由此可见，格林布拉特的文化诗学批评对于文学文本的过度迷恋，在某种程度上潜在地消解了它原本所具有的政治批评视野和社会介入热情。

新历史主义文化诗学的暧昧政治态度还在于政治意识的始终缺席和批评立场的过度中立。如果把握不好这种尺度，将复杂多变的历史语境和多种多样的文化结构纳入到在文本层面上可以自由控制、收放自如的批评过程，文化诗学批评在文本地带的政治世界自然可以随心所欲、左右逢源，

---

① 海登·怀特．评新历史主义．张京媛．新历史主义与文学批评．北京：北京大学出版社，1993. 95—108.

② 盛宁．二十世纪美国文论．北京：北京大学出版社，1993. 273.

③ John Brannigan, *The New Historicism and Cultural Materialism*, London: Macmillan, 1998, p. 76.

④ Carolyn Porter, “Are We Being Historical Yet?” *South Atlantic Quarterly*, 1988 (3): pp. 743 – 786.

然而由此产生的严重后果却是历史真实与历史意识的完全混淆，以及客观世界与主体世界的彻底消解。用盛宁的话来说，“新历史主义主张对历史的兴趣可以脱离政治而独立发展，在历史地看待文学的愿望背后可以没有任何政治动机”，但是这种暧昧政治态度一旦发挥到极致，必然会导致“把历史批评与想象和虚构结合起来的倾向”①。实际上，文化诗学批评的政治立场问题，长久以来始终承受着来自各方面的批评意见。尤其是当格氏在20世纪90年代陆续出版有关中世纪欧洲殖民史的批评著作之后，他的批评观念更是被直接划入“欧洲中心主义”和“新保守主义”的学术阵营，不断遭到斯皮瓦克等第三世界“边缘话语”的理论攻击和观念批判。国内学者也批评格氏的文化诗学批评“否认因果关系而导致历史精神性和文化先进性的消解；颠覆历史知识而导致对历史审美地位的不适当放大；强调偶然性而导致对历史必然性的背离……对大历史的线性反动使其陷入小历史相对主义；对边缘的迷恋使其迷失于意识形态边缘”②。应该说，文化诗学批评已经意识到在文学文本层面实际蕴含着作者创作语境、作品人物情境和读者接受环境这三个重要维度，但是它在如何有效使用文学文本这把多刃剑的问题上，却仍然显得有些不够娴熟，也不够全面，在历史意义的理论困惑中，确实可能沉沦于文本结构的权力关系，而完全忽略文本之外的政治现实。

实际上，文化诗学视阈的权力话语分析和意识形态批判始终集中在文学文本层面，尚未深入到当下的社会文化语境。诚然，格氏的理论初衷是回溯历史谱系，不断揭示权力话语和意识形态的历史结构与生成过程。然而，这种折中主义的理论思路还是冒着相当大的学术风险：一方面，文化诗学批评有可能会以文本结构来彻底置换权力关系，无法言明自身的政治立场问题；另一方面，它又可能会沉溺于以文本结构来分析、设计各种权力关系，无法生成自身的文化美学意义。虽然格氏本人坚决抵制以政治快感代替美学意义，多次强调“新历史主义者的工程并不是要‘降低’艺术或排斥美学快感；相反它关注于发现那种在狭窄边界之内或之外来塑造文学作品的创造力量”③。但是，如此警醒的理论意识并不等于就有相对自觉

① 盛宁．新历史主义．台北：台湾扬智文化事业公司，1996. 127.

② 张进．马克思主义与新历史主义历史诗学．甘肃联合大学学报，2004（4）：15—17.

③ Catherine Gallagher & Stephen Greenblatt, *Practicing New Historicism*, Chicago: The University of Chicago Press, 2000, pp. 11 – 12.

的批评实践。实际上，任何文学批评可能都无法在文学形式与权力话语、美学意义和政治快感、美学意义和文化经验这些相互区别的理论观念之间始终维持某种绝对的平衡。在文化诗学的各种批评实践中，理论天平很明显地偏向于权力话语、政治快感和文化经验的意识形态批评，在理论导向失衡状态下也就很难回避美学消亡论的潜在威胁。

正如克勒布鲁克所指出的，“历史变成某种潜在的无限交换的理想所指物，在既定故事形式与那些学术性、秘密性发现之间其效用仅仅反映出叙述—研究者本身的某种独创性和差别性”，因而具有讽刺意味的是，“这种致力于在历史档案深处寻求差异的新历史主义批评生产出的却是整整一代学者几乎都在从事的某种在文体学意义来说是相同的工作”。①克氏的批评话语虽说有点尖刻而夸张，但是格氏的理论写作特征和历史批评风格确实呈现出反对理论建构、消解美学价值、解构历史意义、颠覆政治立场的诸多弊端，只不过它们还只是作为某种潜在的思维趋向，并非那些既成事实的理论话语。伊安·赖特（Iain Wright）的意见比较中肯，他指出格氏的文化诗学批评在突破传统历史主义的同时，却又承担起“仅仅是逸闻、拼凑物品或是打翻收藏家橱柜之后的各种古玩物”的学术风险，这种潜在的理论危险表现为“我们将会忽视不同的象征系统具有不同的运作模式”、“文本变得如此易变和多元而将会在批评家的手中分解为一堆碎片”、“在偶然性之中，历史过程同样只会成为无法说明的飞地”。②在批评经验的各种导向问题上确实很难两全其美或是左右逢源，格氏的文化诗学批评也不是毫无缺陷可言的理论神话，但是它的理论亮点与其思维弱点总是“随影附形”且“共生共荣”，在积极反拨后现代理论弊端的同时明显呈现出自身在理论结构、历史意义、政治态度、美学价值等方面存在的潜在问题。

新历史主义文化诗学的理论局限和思想盲点已经引起中外批评理论界的极大关注。国内学者普遍认为，美国新历史主义在经历过历史意义的延异困惑和批评经验的文化播撒过程之后，已经消解在当代文化研究的世界浪潮之中。但是，从 20 世纪 90 年代初期开始，格氏的文化诗学批评就已经在文化研究学派的思潮冲击之下，转向由福蒙顿（Patricia Fumerton）等

---

① Claire Colebrook, *New Literary Histories*, Manchester: Manchester University Press, 1997, p. 59.

② Iain Wright, "Historicizing Textuality or Textualizing History?: The Turn to History in Literary Studies", *Proceedings of the 1993 Conference of Australian Association for Phenomenology and Social Philosophy*, Canberra (Australia), 1994, p. 6.

理论家所提倡的“新物质主义”的批评实践。[1] 在跨越文化边界的理论旅行过程中，以童庆炳为代表的中国学者对文化诗学批评的理论阐释和文化建构，更是以人文关怀和美学意义的本土文学经验不断改造和丰富着它的批评观念和理论体系，与西方文化诗学形成文化对话和比较研究的理论趋向。针对文化诗学呈现的各种理论弊端，福蒙顿和西蒙·亨特提倡所谓的“新—新历史主义”或“新兴的新历史主义”的理论观念，指出这种“90年代新历史主义的新品种”“主要关注于某种共同经验，即在阶级和文化意义之上的共同经验：底层（普通民众）、普通（共有言语、共同利益、共同感受）、共通（普遍熟悉的）、常规的、典型的或常识性的（共同规则、平凡实践、公共事物）等等。在文化实践和表征活动的多重细节的特定语境中，新—新历史主义坐落于这些无数种平民性的特定密丛中”[2]。如果说西方语境的文化诗学批评总是不断呈现出片面深刻的理论传统，不得不重新引入诸如“平民性”和“共同经验”等新兴概念来维持这种非生态性增长的理论阐释链条，那么中国文化诗学批评则呈现出包容对话的理论导向，在“人文关怀”和“文化价值”这些生态批评观念的理论观照之下，回避那种为求深刻而几近偏执的理论弊端。

从理论生态的批评视角来看，文化诗学批评的真正困境不是在文化本体论层面的顾此失彼、实难两全的理论困惑，而是整个中西方文学理论在哲学认识论层面所共同面对的“我注六经”还是“六经注我”的历史难题。正如徐贲所指出的，“历史研究者的主体（‘人’）和他的工具（‘语言’）本身都是历史的产物，任何具体的人在借助语言而把目光投向过去的时候，他的视角和视野都已经被限制在某一时刻历史下语言的历史沉淀

---

① 继格林布拉特的新历史主义文化诗学之后，以福蒙顿教授为代表的新物质主义批评在20世纪90年代中后期的美国学界曾经产生很大的理论影响，相关的批评论述和理论著作主要包括：Patricia Fumerton, *Renaissance Culture and the Everyday*, Philadelphia: University of Pennsylvania Press, 1999; Jeffrey Knapp, *An Empire Nowhere: England, America, and Literature from "Utopia" to "The Tempest"*, Berkeley: The University of California Press, 1992; Lena Cowen Orlin, *Private Matters and Public Cultural in Post – Reformation England*, Ithaca, N. Y.: Cornell University Press, 1994; Orlin (ed.), *Elizabethan Households: An Anthology*, Washington: The Folger Shakespeare Library, 1995; David Hillman and Carla Mazzio, *The Body in Parts: Fantasies of Corporeality in Early Modern Europe*, New York: Routledge, 1997; Ann Rosalind Jones, *Renaissance Clothing and the Materials of Memory*, Cambridge: Cambridge University Press, 2000, et al.

② Patricia Fumerton, *Renaissance Culture and the Everyday*, Philadelphia: The University of Pennsylvania Press, 1999, p. 3.

以及它们错综复杂的复合影响之中”①。换句话说，历史研究者通过语言工具和主体经验阐释历史语境和生产历史意义，在这种阐释活动和意义建构过程中获得自我观念和主体形式。但是，究竟是阐释主体生产语言工具和历史意义，还是语言工具和历史意义生成阐释主体？诚如王岳川所指出的，历史阐释的真正困境还是在于左右为难的导向问题：“究竟应该是‘我注六经’还是‘六经注我’？是忠于阐释对象的历史还是忠于阐释主体的‘我’的阐释？”②

显而易见，对于格氏的文化诗学批评而言，它总是不断徘徊在历史真实和主体关怀的左右之间与历史情境和文化结构的内外之间，因此，“由于既定目标对象的缺失，新历史主义成为无限可能性的某种历史观念：既对集体性深感兴趣，同时也保留着对个体声音、孤立丑行、异质视角和短暂图景的密切关注”③。对于以童庆炳为代表的中国理论家来说，他们总是坚持并举文化诗学批评的语言之维度、审美之维度和文化之维度，因此植根于中国现实土壤的文化诗学必须“从文本的语言切入，揭示文本的诗情画意，挖掘出某种积极的文化精神，用以回应现实文化的天站或弥补现实文化精神的缺失或纠正现实文化的失范”④。实际上，中西方理论学界对于文化诗学的经验延伸和理论拓展，正反映了任何文学理论都无法摆脱自身的历史性理论局限和文化性思维困境。德勒兹以根茎隐喻来说明文本根基，他认为“块茎本身具有多样形式，从各个方向扩展的分支表面到鳞茎球根和块茎关节的凝结物状……根茎也同时包含最好和最坏的东西：土豆、毛须或野草”⑤。正是以这种根茎隐喻的特殊形态，格林布拉特的文化诗学批评才有可能以泛文化观念的历史形式包容那些相互矛盾、彼此对立的批评范式和理论资源，同时以开放性的理论外延生发出各种反思历史、面向未来的新兴阐释体系和诗学理论。

---

① 徐贲．走向后现代与后殖民．北京：中国社会科学出版社，1996. 47.

② 王岳川．新历史主义的理论盲区．广东社会科学，1999（4）：103—108.

③ Catherine Gallagher & Stephen Greenblatt, *Practicing New Historicism*, Chicago: The University of Chicago Press, 2000, p. 16.

④ 童庆炳．文化诗学——文学理论的新格局．东方丛刊，2006（1）：30—37.

⑤ Gilles Deleuze, “Rhizome Versus Trees”, in *The Deleuze Reader*, Constantin Boundas (eds.), New York: Columbia University Press, 1993, p. 29.

结束语：新历史主义文化诗学的理论贡献和历史意义

福柯曾经指出："书写者的名字既反映出某种话语体系的出现同时也体现出这种话语在特定社会和文化中的地位。"① 因此，任何理论家的思想观念既呈现出批评话语的体系结构，同时反映出这种话语体系的社会文化渊源。在当下语境中的历史形态学领域，如果说德里达和海登·怀特的批评思想呈现历史作为文本结构的理论观念，福柯的哲学观念体现历史作为权力话语的思想谱系，那么格林布拉特的文化诗学则代表历史作为泛文化的阐释体系。正如詹姆逊所指出的，在历史文本的阐释活动，"我们同过去交往时必须穿过想象界、穿过想象界的意识形态，我们对过去的了解总是要受制于美学深层的历史归类系统的符码和主题，受制于历史想象力和政治潜意识"②。文本历史和话语历史的误区在于过分集中在历史表述层面，要求历史书通过文化部件与价值线索的串联，建构连贯的历史叙事以再现历史修辞学的理论结构；文化诗学在历史表述层面强调"文本的历史性"和"历史的文本性"之间的阐释对话，在历史阐释层面揭示文化历史的过程性和循环性，在对历史遗忘症候和文化表征危机的激烈批判中形成自身的批评观念与理论体系。如果说格氏在后现代思潮提出文化诗学是为了避免文学批评偏执于作家、作品、读者任何单一之隅，在文化的整合网络中重构文学、作家和读者的联系，那么经过"理论延伸"和"文化拓容"之后的文化诗学就是"将文化对象放置到与社会和历史过程的某种有趣关系"，恢复"文学阅读活动通常忽视的一整套文化实践"。③

---

① Michel Foucault, "What Is an Author", in *The Foucault Reader*, Paul Rabinow (eds.), London: Penguin, 1984, p. 107.

② 詹姆逊．马克思主义与历史主义．张京媛．新历史主义与文学批评．北京：北京大学出版社，1993. 21—22.

③ Harvey Blume, "Stephen Greenblatt: The Wlcked Son", http: //www. bookwire. com/ bookwire/bbr/reviews/ june2001/GREENBLATTInterview. htm, 2006 - 12 - 25.

在后现代主义的文化语境中，格氏提倡的文化诗学批评是新历史主义与各种批评流派之间“话语会商”的理论产物。究其原因，文化诗学批评在西方学界的崛起，既是出于对各种单声道历史批评的不断反驳，也是源自对泛文化历史观念的全面转向。海登·怀特在理论演绎过程中断然宣称，“新历史主义之所以转向历史，不是为了寻找他们所研究的那种文学的材料，而是为了获得文学研究中的历史方法所能提供的那种知识”①。格氏也从文学经验的批评角度回应后现代文化的历史观念，“如果文化诗学意识到它作为阐释的地位，这种意识就必须延伸到接受这种现实，即我们不可能彻底重建和重新进入16世纪的文化，而将自己的各种条件抛在脑后”②。既然格氏的批评观念坚决否定单声道的历史意识，提倡泛文化的历史观念，那么他的文化诗学批评就应该是历史性与主体性的阐释实践；另外，既然他肯定历史观念的意识形态因素，提倡多声道的历史批评观念，那么文化诗学批评必然是开放性和杂糅性的理论体系。实际上，文化诗学批评在后现代话语角斗场中通过与其他批评理论的“理论会商”过程才逐渐形成自身的批评原则和理论体系：在对后现代主义的批评转向中，它强调在历史解构基础上的文化阐释和主体重建；在对文化唯物论的理论对话中，它主张社会批判的历史转向和文化祛魅；在对西方马克思主义的范式转换中，它提倡在意识形态批判之后的权力关系和话语结构；在对福柯历史观的话语重建中，它重视在权力话语范式的历史视角和主体重建；在对当代阐释学的视阈转移中，它关注文本意义视阈之外的历史维度和阐释过程；在对文化人类学的诗性置换中，它又重视文化塑造过程中的自我塑型和主体间性。

由于理论资源的杂糅本质和商讨特征，新历史主义文化诗学在批评观念和话语体系的各个层面呈现出批评实践与理论阐释的对话性原则。针对当代文学批评的历史转向，文化诗学强调历史性与文本性的相互贯通，提倡文学前景与历史背景在文本层面的形式对话；针对当代历史诗学的文化转向，它关注历史性与文化性的相互统一，主张历史情境与文化结构在文本层次的阐释共鸣。然而，在批评话语的理论会商和阐释对话过程中，文

① 海登·怀特．评新历史主义．张京媛．新历史主义与文学批评．北京：北京大学出版社，1993. 107.

② Stephen Greenblatt, *Renaissance Self-fashioning*, Chicago: The University of Chicago Press, 1990, pp. 5-6.

化诗学并没有彻底陷落于某些西方学者界定的那种“关系理论学”范畴，相反它有明确的研究对象和批评逻辑，那就是要“研究各种独特文化实践的集体性构造和探讨这些实践之间的关系”，即“各种集体信仰和经验如何得到塑造，如何从某种媒介转向另外一种，又是如何能够被集中到可控制的艺术形式以供消费，以及这些边界如何在或是艺术形式或是以其他毗邻表达方式的各种文化实践之中被标识和突出”。[①] 在理论生成的实践经验阶段，新历史主义文化诗学在文艺复兴和前现代文化的批评领域中形成自身批评理论的主导理论形态与话语范式：在批评越界与话语振摆的批评理念中，它重新引入理论话语的对话诗学观念；在文学经验与自我塑型的建构过程中，它建构文艺复兴的身份诗学理念；在语言符号与权力结构的深度关联中，它扩展历史文化的表征诗学观念；在历史文本与主体视阈的视阈融合中，它深化文化历史的阐释诗学内涵；在文学产品与社会能量的流通网络中，它孕育文化生产的流通诗学体系；在意识形态与权力话语的相得益彰中，它开拓文化批评的政治诗学空间。

关于文学艺术的双重意义和阐释途径，阿多诺指出：“人们必须从两方面考虑它的社会本质：一方面是作为自为存在的艺术，另一方面则是它与社会的联系。艺术的这种双重本质显现于一切艺术现象中；这些现象本身则是变化和矛盾的。”[②] 格林布拉特同样重视文学艺术形式所蕴含的各种社会本质和美学意义。然而，这种理论关注始终集中于艺术现象背后的文化生产机制和历史阐释结构。正如他本人所强调的，“我们希望在我们的文学批评中恢复一种对于真实的足够信念，无须放弃文学本身的某种力量来跨越或逃避日常生活的单调乏味，也无须否认任何文本都要依靠它所再现的那些身体和声音的在场”[③]。文化诗学批评对艺术现象的深度解读显然不在于文学文本之外，却在于社会能量和历史流通的各种文化隐喻之中。事实上，文化生产和文化分析的批评观念不但横向贯穿于格氏本人的历史批评经验，而且深度渗透于新历史主义文化诗学的整个文学观念体系。在理论生成的体系细化阶段，新历史主义文化诗学在历史文本和文化生产的阐释经验中，建构起自身批评观念的话语系统和理论体系：在文化生产和

---

① Stephen Greenblatt, *Shakespearean Negotiations*, Oxford: Clarendon, 1990, pp. 6 – 12.

② 阿多诺．艺术与社会．周宪等译．当代西方艺术文化学．北京：北京大学出版社，1988. 70.

③ Catherine Gallagher & Stephen Greenblatt, *Practicing New Historicism*, Chicago: The University of Chicago Press, 2000, p. 6, p. 31.

历史批评的阐释对话中，它呈现理论体系的话语维度；在文学文本与历史文化的相互渗透中，它首先形成理论体系的历史维度；在权力颠覆与形式遏制的辩证关系中，它创建理论体系的作品维度；在社会资本与通货谈判的隐喻机制中，它解密理论体系的社会维度；在自我塑型与文化间性的主体建构中，它厘清理论体系的作者维度；在接受惊叹与共鸣美学的崇高新论中，它梳理理论体系的读者维度；在文化政治与症候阅读的权力视阈中，它开拓理论体系的批评维度。在理论领域的各种话语会商中，在历史疆域的各种批评实践中，文化诗学提倡生态增长的文学经验而非过度演绎的理论话语，开拓的是整体性的文化批评和对话性的理论话语体系。

虽然文化诗学强调文化生产和历史流通的理论体系，但它也同样重视文学经验和文化现象蕴含的各种美学价值与审美意义。对格林布拉特来说，“快感是我文学感受中的重要部分—— 既是我自身反应的部分（快感和我称为骚动的感受通常是对等的），也是我最希望能够理解的问题”，而文化诗学的根本任务则“是要历史化快感，探索它的各种变动和转换，理解它的各种利益”①。艺术快感和意识形态的不同理论导向作为某种相互对话且彼此渗透的批评旨趣，隐秘在文学文本与历史阐释之间的文化生产机制之中；意识形态的批评维度作为对艺术快感的某种解密祛魅机制，蕴含于文本症候阅读与文化政治厚描的历史性商讨过程。作为“始终在路上”的开放理论体系，新历史主义文化诗学通过从文化诗学到文化研究的“批评介入”过程，实现自身向欧洲批评学界的文化理论延伸和话语体系重建；另外，通过文化阐释和文化建构的“理论旅行”过程，实现自身在当代中国文化语境的美学意义增殖和文化理论拓展。如果说文化诗学向文化研究的理论延伸，可以看作美国实用主义批评与英国经验主义和欧洲理性主义传统之间的某种双向的理论商讨环节，那么它在当代中国的理论拓展，主要表现为本土文化对美国新历史主义进行文论阐释和文化建构的某种单向度理论移植过程。这种文论阐释和文化建构的“理论旅行”，在某种程度上集中放大而不是根本解决文化诗学本身的某些思维盲点和理论局限。从总体上来看，文化诗学的理论体系，一个绝对研究视阈是历史文化，两个重要中心环节是文化生产和历史流通，三个主要批评层面是文学经验、历史阐释和主体建构，四种潜在理论问题分别表现为话语结构过于松散、历史阐释过于延异、政治态度过于暧昧、美学意义过于消解。

---

① Stephen Greenblatt, *Learning to Curse*, London: Routledge, 1990, pp. 9 - 10.

平心而论，文化诗学批评在理论旅行过程中呈现出的思想局限性有些消极无度且众说纷纭，然而它对后现代文化的理论贡献却是积极正面且有目共睹的。或许在“我注六经”还是“六经注我”之间的各种阐释困惑中，任何流派的文学理论都无法彻底摆脱自身的历史性理论局限和文化性思维困境，文化诗学的历史意义或许就在于它在后现代文化的时代大潮中敢为人先地激烈批判历史遗忘症候和文化表征危机，倾力践行文学批评经验和理论生态建构。对于格氏的文学成就和理论贡献，哈佛大学原校长陆登廷在任命他为人文学科大学教授的时候高度评价：“没有人能够像斯蒂芬·格林布拉特那样，在过去的20多年之间改变了文学批评和研究的整个方向……他真正的贡献远远超越方法论意义。最重要的一点，就是他将文学看作具有生命的重要艺术作品，而其具有极大的敏锐和敏感。”① 斯坦福大学的资深教授奥格尔高度评价格氏的批评经验：“他涉猎广泛：联系性阅读通常是出于意料又极富启发；他的写作简单而富有才气。最重要的是他乐于冒险的精神使他成为一直富有激情而极为煽情的批评家。”② 应该说，陆登廷和奥格尔对格氏的学术评价虽不无盛誉之辞但也确实客观中肯。但是，格氏本人对此却清醒地意识到，“在任何情况下，我都不能够简单地将我自身的背景加上括号而搁置；经常是默默而又含蓄地，我只能努力将它们转化到我对作品的一腔爱意之中”③。

诚如陆扬所言，“没有人怀疑我们向往灵魂的快感永远要远胜于向往肉体的快感”④。对于格林布拉特和他的文化诗学批评来说，文学作品的自然生命和文化批评的鲜活经验，显然才是我们作为文学理论家通往各种“灵魂快感”的历史必由之路。关于文学批评的理想状态和实践效果，米歇尔·福柯在《哲学的生命》中也曾经说过这样一段充满隐喻且耐人寻味的诗性话语：

> 我忍不住梦想一种批评，这种批评不会努力去评判，而是给一部作品、一本书、一个句子、一种思想带来生命；它把火点

① The Harvard University Gazette, “Greenblatt Named University of Professor of the Humanities”, http://www.hno.harvard.edu/gazette/2000/09.21/greenblatt.html, 2006-10-02.

② Stephen Greenblatt, *The Greenblatt Reader*, Michael Payne (ed.), Malden, M.A.: Blackwell, 2005, p. i.

③ Stephen Greenblatt, *Hamlet in Purgatory*, Princeton: Princeton University Press, 2001, p. 4.

④ 陆扬. 文学研究和文化研究. 人文杂志，2004（5）：9—10.

燃，观察青草的生长，聆听风的声音，在微风中接住海面的泡沫，再把它揉碎。它增加存在的符号，而不是去评判；它召唤这些存在的符号，并把它们从沉睡中唤醒。也许有时候它也把它们创造出来——那样会更好。下判决的那种批评令我昏昏欲睡。我喜欢批评能迸发出想象的火花。它不应该是穿着红袍的君主。它应该夹着风暴和闪电。①

显然，对于文学批评，福柯倾向于在鲜活生动的文学经验中致力于实现批评话语的个性化建构和生态型增长，他极力排斥理论话语对批评经验的那种判决式征服，倡导在文学批评的历史性维度、在批评理论的描述性空间通向文学批评和哲学话语的生命空间。然而，在我看来，福柯所向往的这种生命意义的文学批评也正是格林布拉特心仪已久和致力于实现的诗学形式，但有所不同的是，格氏将各式各样的文化主体重新带入这种生命哲学的历史性维度，在文化诗学的批评体系中期盼获得那种酣畅淋漓的批评主体和淋漓尽致的历史经验。正是出于这种对文学经验的历史性关注和对批评个体的文化性建构，才使得格林布拉特的文化诗学批评在当代西方学界逐步成为人文显学，不断渗透到其他人文学科，同时也使得他本人在当代英语文学世界中已然成为一位执牛耳级的批评理论家。历史的评价终究是公允的，正如格林布拉特从来没有忘却文学批评的历史义务，掌管历史国度的缪斯女神也终将在当代西方文论史上深深镌刻下他的名字。

---

① 米歇尔·福柯．权力的眼睛：福柯访谈录．严锋译．上海：上海人民出版社，1997. 105.

参考文献

一、格林布拉特的主要著作

[1] Stephen Greenblatt, *Sir Walter Ralegh*: *The Renaissance Man and His Role*, N. H. : Yale U. P. 1973.

[2] Stephen Greenblatt, *Renaissance Self－fashioning*, Chicago: The University of Chicago Press, 1980.

[3] Stephen Greenblatt (ed.), *Allegory and Representation*, Baltimore: Johns Hopkins University Press, 1981.

[4] Stephen Greenblatt, *The Power of Forms in the English Renaissance*, Norman: Pilgrim Books, 1982.

[5] Stephen Greenblatt, *Representing the English Renaissance*, Berkeley: The University of California Press, 1988.

[6] Stephen Greenblatt, *Learning to Curse*, New York: Routledge, 1990.

[7] Stephen Greenblatt, *Shakespearean Negotiations*, Oxford: Clarendon, 1990.

[8] Stephen Greenblatt, *Marvelous Possessions*: *The Wonder of the New World*, Oxford: Clarendon, 1991.

[9] Stephen Greenblatt, *New World Encounters*, Berkeley: The University of California Press, 1993.

[10] Stephen Greenblatt, "What Is the History of Literature?" *Critical Inquiry*, 1997, 23 (3): pp. 460－481.

[11] Stephen Greenblatt (et al.), *Practicing New Historicism*, Chicago: The University of Chicago Press, 2000.

[12] Stephen Greenblatt, *Hamlet in Purgatory*, New Jersey: Princeton University Press, 2001.

[13] Stephen Greenblatt, *Will in the World*: *How Shakespeare Became*

Shakespeare, N. Y.: Norton, 2004.

[14] Stephen Greenblatt, *The Greenblatt Reader*, Michael Payne (ed.), Malden M. A.: Blackwell, 2005.

二、其他参考文献

英文部分

[1] Anthony Giddens, *Central Problems in Social Theory*, London: Cambridge University Press, 1982.

[2] Ania Loomba, *Post - colonial Shakespeares*, London and New York: Routledge, 1998.

[3] Atkins Kim, *Self and Subjectivity*, Oxford: Blackwell, 2005.

[4] Bruster Douglas, *Shakespeare and the Question of Culture*, New York: Palgrave Macmillan, 2003.

[5] Catherine Belsey, "Towards Cultural History: In theory and practic", *Textual Practice*, 1989 (3): pp. 159 - 168.

[6] Catherine Belsey, *Culture and Real: Theorizing Cultural Criticism*, London: Routledge, 2005.

[7] Certeau De M., *The Practice of Everyday Life*, Steven Rendall (trans.), Berkeley: The University of California Press, 1984.

[8] Claire Colebrook, *New Literary Histories*, Manchester: Manchester University Press, 1997.

[9] Clifford Geertz, *The Interpretation of Cultures*, New York: Basic Books, 1973.

[10] Douglas Bruster, *Shakespeare and the Question of Culture*, New York: Palgrave, 2003.

[11] Edward Said, *The World, the Text, and the Critic*, Cambridge: Harvard University Press, 1983.

[12] Fredric Jameson, *The Political Unconsciousness*, London: Methuen, 1981.

[13] Fumerton Patricia & Simon Hunt, *Renaissance Culture and the Everyday*, Philadelphia: The University of Pennsylvania Press, 1999.

[14] Gayatri Chakravorty Spivak, *The Post - colonial Critic*, Sarah Harasym (ed.), London: Routledge, 1990.

[15] George Hartley, *The Abyss of Representation*, Durham: Duke University Press, 2003.

[16] Gilles Deleuze, *The Deleuze Reader*, Constantin Boundas (ed.), New York: Columbia University Press, 1993.

[17] H. Aram Veeser (ed.), *The New Historicism*, London: Routledge, 1989.

[18] Hayden White, *Metahistory*, Baltimore: Johns Hopkins University Press, 1973.

[19] Immanuel Kant, *Critique of Pure Reason*, Norman Smith (trans.), London: Macmillan, 1990.

[20] Jacques Derrida, *Of Grammatology*, G. C. Spivak (trans.), Baltimore: Johns Hopkins University Press, 1976.

[21] James Clifford, *The Predicament of Culture: Twentieth – century Ethnography, Literature, and Art*, Cambridge: Harvard University Press, 1988.

[22] Jauss R. Hans, *Towards an Aesthetic of Reception*, Timothy Bahti (trans.), Brighton: Harvester, 1982.

[23] Jean Lytoard François, *The Lytotard Reader*, Andrew Benjamin (ed.), Oxford: Blackwell, 1989.

[24] Joan W. Scot, *Gender and the Politics of History*, New York: Culumbis University Press, 1999.

[25] John Brannigan, *The New Historicism and Cultural Materialism*, London: Macmillan, 1998.

[26] Jonathan Dollimore, *Political Shakespeare*, New Essays in Cultural Materialism Manchester: Manchester University Press, 1985.

[27] Judith Butler, *Gender Trouble: Feminism and the Subversion of Identity*, New York: Routledge, 1999.

[28] Jürgen Pieters, *Critical Self – fashioning*, Frankfurt am Main: Peter Lang, 1999.

[29] Jürgen Pieters, *Moments of Negotiation*, Amsterdam: Amsterdam University Press, 2001.

[30] Keith Jenkins, *The Postmodern History Reader*, London and New York: Routledge, 2001.

[31] Kiernan Ryan, *New Historicism and Cultural Materialism: A Reader*,

New York: Arnold, 1996.

[32] Krieger Murray, *The Aims of Representation*, New York: Columbia University Press, 1987.

[33] LaCapra Dominick, *Rethinking Intellectual History*, Ithaca: Cornell University Press, 1983.

[34] LaCapra Dominick, *Soundings in Critical Theory*, Ithaca: Cornell University Press, 1989.

[35] Linda Hutcheon, *The Politics of Postmodernism*, London: Routledge, 2003.

[36] Mark Gurrie, *Postmodern Narrative Theory*, London: Macmillan Press, 1998.

[37] Martin Heidegger, *Being and Time*, John Macquarie et al. (trans.), Oxford: Blackwell, 1962.

[38] Michael Holquist, *Dialogism: Bakhtin and His World*, London: Routledge, 1990.

[39] Michel Foucault, *The Archaeology of Knowledge*, A. M. sheridan (trans.), New York: Patheon, 1972.

[40] Michel Foucault, *Language, Counter - Memory, Practice: Selected Essays and Interviews*, F. Bouchard and S. Simon (trans.), Ithaca: Cornell University Press, 1977.

[41] Michel Foucault, *The Foucault Reader*, Paul Rabinow (eds.), London: Penguin, 1984.

[42] Michel Foucault, *Technologies of the Self*, Amherst : The University of Massachusetts Press, 1988.

[43] Michel Foucault, *Politics, Philosophy, Culture and Other Writings, 1977 - 1984* , New. York. : Routledge, 1988.

[44] Michel Foucault, *The History of Sexuality*, Vol. 1, 2, 3, Robert Hurley (trans.), London: Vintage, 1990.

[45] Mulhern Francis, *Contemporary Marxist Literary Criticism*, London: Longman, 1992.

[46] Paul de Man, *The Resistance to Theory*, Minneapolis: Minnesota University Press, 1986.

[47] Peter Burke, *Varieties of Cultural History*, Ithaca, New York: Cor-

nell University Press, 1997.

[48] Roland Barthes, "The Death of the Author", in *Image*, *Music*, *Text*, Glasgow: Fontana, 1977.

[49] Roland Barthes, *A Barthes Reader*, Susan Sontag (ed.), London: Cape, 1982.

[50] Scott Wilson, *Cultural Materialism: Theory and Practice*, London: Blackwell, 1995.

[51] Simon During, *The Cultural Studies Reader*, London and New York: Routledge, 1993.

[52] Slavoj Zizek, *The Sublime Object of Ideology*, London: Verso, 1991.

[53] Stuart Hall, "Cultural Studies: Two Paradigms", *Media*, *Culture and Society*, 1980 (2): pp. 57 –72.

[54] Sun Yifeng, "Translating Cultural Difference", *Perspective*, Beijing: Tsinghua University Press, 2004.

[55] Terry Eagleton, *Criticism and Ideology*, London: Verso, 1978.

[56] Terry Eagleton, *The Ideology of Aesthetics*, Oxford: Basil Blackwell, 1990.

[57] Thomas Brook, *The New Historicism and Other Old –fashioned Topics*, Princeton: Princeton University Press, 1991.

[58] W. Theodor Adorno, *Negative Dialectics*, E. B. Ashton (trans.), London: Routledge, 1990.

[59] Willie Thompson, *Postmodernism and History*, Hundmills: Palgrave Macmillan, 2004.

[60] Wolfgang Iser, *The Implied Reader*, Baltimore: Johns Hopkins University Press, 1974.

中文部分

[1] 保罗·利科. 历史与真理. 姜志辉译. 上海：上海译文出版社，2004.

[2] 曹顺庆. 比较文学论. 成都：四川教育出版社，2002.

[3] 陈厚诚，王宁. 西方当代文学批评在中国. 天津：百花文艺出版社，2001.

[4] 戴维·钱尼. 文化转向：当代文化史概览. 南京：江苏人民出版

社，2004.

［5］高小康．理论过剩与经验匮乏．文艺研究，2005（11）：5—10.

［6］高小康．作品链与活动史——对文学史观的重新审视．文学评论，2005（6）：57—63.

［7］蒋述卓．批评的文化之路．北京：中国社会科学出版社，2003.

［8］蒋述卓．文化诗学：理论与实践．北京：人民文学出版社，2005.

［9］李凤亮．文学叙事与历史叙事比较的理论基点．华中师范大学学报，2004（4）：113—116.

［10］刘庆璋．文化诗学的诗学新意．文艺理论研究，2000（2）：33—37.

［11］陆扬．关于新历史主义批评．外国文学研究，1994（3）：93—96.

［12］罗钢，刘象愚．文化研究读本．北京：中国社会科学出版社，2000.

［13］饶芃子．中西比较文艺学．北京：中国社会科学出版社，1999.

［14］盛宁．二十世纪美国文论．北京：北京大学出版社，1993.

［15］盛宁．新历史主义．台北：台湾扬智文化事业公司，1996.

［16］童庆炳．中西比较文论视野中的文化诗学．文艺研究，1999（4）：33—35.

［17］童庆炳．植根于现实土壤的文化诗学．文学评论，2001（6）：35—40.

［18］童庆炳．新理性精神与文化诗学．东南学术，2002（2）：45—47.

［19］童庆炳．“文化诗学”作为文学理论的新构想．陕西师范大学学报，2006（1）：5—9.

［20］王一川．后结构历史主义诗学：新历史主义和文化唯物主义述评．外国文学评论，1993（3）：5—16.

［21］王岳川．后现代主义文化研究．北京：北京大学出版社，1996.

［22］王岳川．新历史主义的文化诗学．北京大学学报，1997（3）：23—31.

［23］王岳川．后殖民主义与新历史主义文论．济南：山东教育出版社，1999.

［24］谢少波，王逢振．文化研究访谈录．北京：中国社会科学出版社，2003.

［25］徐贲．走向后现代与后殖民．北京：中国社会科学出版社，1996.

［26］叶舒宪．文学与人类学——知识全球化时代的文学研究．北京：社会科学文献出版社，2003.

［27］余英时．钱穆与中国文化．上海：上海远东出版社，1994.

［28］詹姆逊．文化转向：后现代论文选．胡亚敏译．北京：中国社会科学出版社，2000.

［29］詹姆逊．政治无意识．王逢振，陈永国译．北京：中国社会科学出版社，1999.

［30］王逢振．詹姆逊文集·第1卷．新马克思主义．北京：中国人民大学出版社，2004.

［31］张进．新历史主义与历史诗学．北京：中国社会科学出版社，2004.

［32］张京媛．新历史主义与文学批评．北京：北京大学出版社，1993.

［33］张一兵．问题式、症候阅读与意识形态．北京：中央编译出版社，2003.

［34］周建漳．历史及其理解和解释．北京：社会科学文献出版社，2005.

［35］中国社会科学院外国文学研究所《世界文论》编辑委员会．文艺学和新历史主义．北京：社会科学文献出版社，1993.

［36］周宪等．当代西方艺术文化学．北京：北京大学出版社，1988.

后 记

本书关注的是当代文学和文化批评理论的“文学性”和“历史性”问题，研究以当代美国文学批评家格林布拉特为代表的“新历史主义转向”的文化诗学理论。一般认为，新历史主义思潮区分为海登·怀特的历史诗学和格林布拉特的文化诗学。前者侧重“元形态历史”的修辞学和叙述学，后者关注“文学文化史”的喻说学和阐释学；前者的理论话语已经成为跨学科的当代显学，后者的批评经验却寡人问津。本书的研究尽量避免历史诗学先入为主的阐释导向，聚焦于梳理格氏作为重要新历史主义批评家的文学经验和理论观念，探讨他所提倡的从文学史批评到文化史研究的诗学空间。然而，值得关注的是，本书探讨的新历史主义文化诗学，是作为欧美后现代学术研究在历史转向之后的文学话语，因此在言说语境、理论体系和价值观念等方面区别于1980年代伊始在中国学界兴起的文化诗学，它反映出的主要是美国学界新历史主义思潮的文化观念和理论动向。

本书是本人在2008年博士学位论文《格林布拉特批评理论研究》基础上进一步修改和完善的，期间有幸得到国内外多位教授、学者的指导和帮助，在此谨致谢意！特别感谢我的导师高小康先生的悉心指导，他的爽朗性格、学者才情和学术精神让我深深感受到文艺研究的意义所在。同时，感谢业师王坤教授和林岗教授的言传身教，他们的治学经历一直在精神上鼓励我不断前行。在论文评审答辩过程中，有幸得到蒋述卓教授、陈继会教授和吴与敏教授的宝贵意见，受益良多。2010年获得国家留学基金委、暨南大学和荷兰莱顿大学的项目资助，在莱顿大学文化学研究所（LUICD）从事博士后研究期间，得到莱顿大学 Ernst van Alphen 教授以及比利时根特大学 Jürgen Pieters 教授的指导，有效拓展了本书的国际视野和理论边界，有利于对文化诗学展开更加系统的研究工作。

对我来说，研究成果能否吸引读者的阅读兴趣，能否获得理论学界的认可，这一点至关重要。因此要特别感谢暨南大学出版社的黄圣英、周玉宏老师，感谢她们的专业意见和辛勤的编辑工作。另外，本书在写作和修改过程中，部分章节发表在《暨南学报》（哲学社会科学版）、《云南社会科学》、《重庆师范大学学报》（哲学社会科学版）、《中国海洋大学学报》（社会科学版）、《甘肃理论学刊》、《淮南师范学院学报》、《唐山师范学院学报》等学术刊物上，以及广东外语外贸大学刘岩教授主编的论文集《后现代语境中的文化身份研究》中。其中，关于文化诗学方法论的两篇论文被《新华文摘》论点转载、被北京师范大学文艺学研究中心《文艺学新周刊》全文转载。在此感谢所有这些刊物的提携和支持。

我还要感谢一直关心我成长的师长和同学。作为学术启蒙导师，广东外语外贸大学的马建军老师和刘岩老师一直不遗余力地支持我，无论是学术资源，还是精神支持，她们都是毫无保留地鼎力相助。我还要特别感谢暨南大学的朱桃香、胡慕辉、钟平衡、王宝峰、廖开洪和王琼等同事朋友，中山大学的同窗好友陈义华、袁志成、蓝国桥、党西民、刘根勤、徐晋如、伍发泉和李望华诸君，以及莱顿大学的程梅、边岩峰、王忠孝，谢谢你们一直以来对我的鼓励和支持。另外，我要特别感谢我的家人，感谢她们的默默付出，哪怕我有一点点的进步，那也是因为有她们的无私奉献和倾力支持。

最后，需要专门指出，由于学识和阅历方面的种种限制，书中的疏忽遗漏和欠妥之处可能在所难免，因此在感叹学力有限之余，也特别欢迎读者诸君批评指正、不吝赐教。

王　进
2012 年 5 月
于广州暨南大学